W0469740

ALPER SOYTÜRK

ENDSTATION U-BAHNHOF KOTTBUSSER TOR

Über den Autoren

Alper Soytürk wurde 1985 als Sohn einer türkischen Gastarbeiterfamilie in Berlin geboren. Im Rahmen seines Studiums der Islamwissenschaften lebte er viele Jahre in Ägypten, Syrien, der Türkei, im Jemen und anderen Ländern des Nahen Ostens. Während dieser Zeit verfasste er zahlreiche Reisereportagen für Fachzeitschriften. Seit 2015 ist er als Lehrer in einem Berliner Brennpunktviertel tätig. Zurzeit arbeitet er an seiner Doktorarbeit.

Webseite:
www.alpersoytuerk.de

E-Mail:
info@alpersoytuerk.de

Facebook:
https://www.facebook.com/profile.php?id=100003646303805

Instagram:
a_soytuerk

1. Auflage
Deutsche Erstausgabe Dezember 2018

Lektorat: Marianne Hollmann-Wobschall
Covergestaltung & Buchsatz: Sarah Buhr/covermanufaktur.de

Bibliografische Information der Deutschen Nationalbibliothek:
Die Deutsche Nationalbibliothek verzeichnet diese Publikation in der Deutschen Nationalbibliografie; detaillierte bibliografische Daten sind im Internet über http://dnb.dnb.de abrufbar.

Herstellung und Verlag:
BoD – Books on Demand,
Norderstedt

ISBN: 978-37-4818-146-0

»Migranten leiden fast doppelt so häufig unter psychischen Erkrankungen wie der Bevölkerungsdurchschnitt und sind nach Ansicht von Fachärzten zudem medizinisch schlechter versorgt.«

Pharmazeutische Zeitung, 12.09.2012

»In der Fachliteratur finden sich zahlreiche Hinweise für ein erhöhtes Suizidrisiko bei Migranten.«

Schweizer Zeitschrift für Psychiatrie und Neurologie, April 2013

»Insbesondere junge Frauen sind gefährdet. Sie versuchen fast doppelt so oft sich das Leben zu nehmen wie ihre deutschen Altersgenossinnen.«

Bundeszentrale für politische Bildung, 01.03.2010

KAPITEL EINS

»Du willst deine Freunde besser kennenlernen? Dann mach einen Fehler.«
Berat (25) aus Reinickendorf

Ferhat rieb sich verschlafen die Augen und griff reflexartig zu seinem Smartphone. Er sah, dass die digitale Anzeige auf dem Display 01:53 Uhr zeigte. Als er bemerkte, dass nicht die Display-Beleuchtung ihn blendete, sondern der Vollmond, der ihm ins Gesicht schien, legte er das Smartphone beiseite. Irgendwann in den kommenden Tagen, dachte er, würde er eine Gardine anbringen.

Er horchte etwas auf, als er meinte, ein Geräusch vor seiner Haustür vernommen zu haben. Er machte jedoch keine Anstalten, seine warme Bettdecke beiseitezuschieben, und legte seinen Kopf wieder auf das Kissen. Das war bestimmt die Katze vom Nachbarn, die gerne frei im Hausflur herumlief und gelegentlich an seiner Tür kratzte. Er stellte ihr immer eine Schale Wasser und einen kleinen Fressnapf vor die Tür.

Gerade als er wieder seine Augen geschlossen hatte und in den Schlaf versinken wollte, konnte er das Geräusch vor seiner Haustür jetzt laut und deutlich hören. Es kratzte an der Tür. Er hatte doch erst gerade heute Nachmittag frisches Wasser und einen vollen Napf hingelegt.

Verfressene Katze, dachte Ferhat verärgert und zog widerwillig die Bettdecke beiseite. Als er aufstand und barfüßig in den Flur schlich, hörte er ein leises Winseln. So ein Geräusch hatte er noch nie gehört, das konnte unmöglich die Katze des Nachbarn sein.

»Cemal?«, sprach er kaum vernehmbar zu sich selbst. Er schaute durch den Türspion, und diesmal schrie er den Namen so laut, dass es im gesamten Treppenflur hallte. »Cemal!«

Anschließend riss er die Tür auf und sah, wie sein Freund Cemal auf dem Boden saß und sich gegen den Türrahmen lehnte.

Ferhat lief ziellos im Treppenflur hin und her. Erst beugte er sich zu seinem Freund hinunter, dann versuchte er in seine Hosentasche zu greifen, bis er merkte, dass er überhaupt keine Hose anhatte.

»Bleib ganz ruhig, Cemal«, redete Ferhat auf ihn ein und beunruhigte sich selbst am meisten damit. Erst gab er Cemal einige Klapse ins Gesicht, dann sich selbst, um sich zu vergewissern, dass das kein Alptraum war. Noch vor einer Minute lag ich im Tiefschlaf, dachte er sich, als er sich zu Cemal hinunterbeugte. Ferhat fühlte nach seinem Puls und bemerkte dabei, dass Cemal ein Klappmesser in der Hand hielt, dessen Klinge bis zur Mitte mit Blut verschmiert war. Ferhat versuchte das Messer aus Cemals Hand zu lösen, doch dieser hielt verkrampft daran fest.

»Cemal, mein Lieber. Hier bist du in Sicherheit«, versuchte Ferhat auf ihn einzureden, weil er bemerkte, wie Cemals rechtes Auge flatterte, und er befürchtete, dass Cemal wegtreten könnte. Doch Ferhat begriff schnell, was der Grund für Cemals verkrampften Griff war. Dieser hatte tiefe Schnittverletzungen in der anderen Hand, die er erfolglos versuchte, hinter seinem Rücken versteckt zu halten. Ferhat konnte sich daraus keinen Reim machen.

»O Gott! Was hast du da? Was ist passiert?«

Plötzlich nahm Ferhat einen starken metallischen Geruch wahr. Gleichzeitig roch es irgendwie säuerlich, aber auch scharf nach billigem Wodka. In diesem Moment bemerkte er, dass Cemal zu reden versuchte.

»Ferhat … Es gab Streit … isch hab' … meinen Vater … isch hab' ihn verletzt …«, stammelte er mühsam.

Ferhat erschrak, als er bemerkte, dass Cemals Hemd zerrissen und mit Blut überströmt war. Doch als er auch noch feststellen musste, dass Cemal während des Sprechens rötlicher Speichel aus dem Mund floss und ihm über das Kinn lief, rannte Ferhat in Panik zurück in seine Wohnung. Hastig wählte er die 112.

»Kommen Sie bitte schnell in die Adalbertstraße 90! Ich glaube, mein Freund hat schwere Verletzungen.«

KAPITEL ZWEI

»Ich werde schweigen, aber ich werde nicht vergessen.«
Seher (34) aus Tempelhof

Ferhat stand vor dem Fenster und schaute noch einmal hinter sich, wo Cemal im Krankenbett lag. Vom Fenster des Krankenzimmers konnte er direkt in den Landwehrkanal blicken. Er konnte aber auch sehen, wie sein Gesicht am Fenster gespiegelt wurde und fand, dass er müde und angestrengt aussah. Obwohl er eine bräunliche Haut hatte, merkte er, wie blass er wirkte und wie sich das kleine schwarze Muttermal auf seiner rechten Wange stark von der hellen Haut abhob.

Er strich mit der Hand durch seine dichten, schwarzen, leicht gelockten Haare und fand, dass er für seine 22 Jahre zu ernst aussah. Er hasste an sich, seine Unbekümmertheit, die er vor fünf Jahren aus der Türkei mitgebracht hatte, im Laufe der Zeit verloren zu haben.

Er hörte zwar immer wieder Komplimente seiner Mitschülerinnen wegen seiner schlanken Figur, seiner großen Körpergröße und den großen schwarzen Augen, doch er machte sich mehr Sorgen um seine Psyche, die, wenn man sie verbildlichen könnte, um vierzig Jahre älter wirken würde als sein müdes, nachdenkliches Gesicht, das sich am Fenster spiegelte. Es konnte nicht an seinem Aussehen liegen, dass viele seiner Mitschüler ihn reifer einschätzten, als er eigentlich alt war.

Es war eher seine für viele zu reife Art, jedem in allen Belangen helfen zu wollen, wie beispielsweise seine übertriebene Hilfsbereitschaft. Wenn die Schüler in der Schulpause zum Bäcker auf der gegenüberliegenden Straßenseite rannten und er eine alte Oma sah, wie sie die Straße überqueren wollte, dann zog er es vor, ihr die Einkaufstüten abzunehmen und sie bis vor ihre Haustür zu tragen.

Wenn jemand in Mathe wieder nichts verstanden hatte und er nach der Stunde versuchte, dieser Person die mathematische Gleichung mit solch einer Geduld zu erklären, dass seinem Gegenüber irgendwann der Geduldsfaden riss und es einfach die Klasse verließ mit der Bemerkung, dass man sich einen Ausfall in der Klausur ja leisten könne.

Wenn er auf der Arbeit in einem türkischen Hochzeitssaal die weiblichen Mitarbeiterinnen aufforderte, früher nach Hause zu gehen, da es spät geworden sei, und er sich dafür bereitstellte, den dreckigen Saal nach der Hochzeitsfeier weiterzuputzen, als den jungen Frauen zuzumuten, um drei Uhr morgens noch den Heimweg antreten zu müssen.

Er war in Elazığ aufgewachsen, in einem kleinen Dorf, und so hatte er es immer von seinen Eltern und Verwandten gelernt, nämlich stets selbstlos zu sein. Mit dieser Einstellung war er in Berlin in den letzten fünf Jahren an seine Grenzen geraten. Er würde jetzt am liebsten zu Cemals Vater gehen. Cemal hatte etwas davon gesagt, dass er seinen Vater verletzt habe, bevor er in Ohnmacht fiel.

Ferhat ging davon aus, dass Cemal diese Verletzungen von seinem Vater haben musste. War es Notwehr, war es ein Angriff? Er vermochte diese Frage nicht zu beantworten.

Plötzlich hörte er, wie die Tür hinter ihm aufging. Er drehte sich um und sah, dass eine Krankenschwester an Cemals Bett getreten war, um dessen Vitalfunktionen auf den Gerätschaften, an denen er angeschlossen war, zu kontrollieren.

Sie begrüßte Ferhat, und er erkundigte sich bei ihr nach Cemals Verletzungen. Ferhat hörte der Krankenschwester zu, die ein Klemmbrett in ihren Händen hielt und auf ihm ablas, welche Verletzungen Cemal davongetragen hatte.

Neben irgendwelchen lateinischen Begriffen, die ihm überhaupt nichts sagten, verstand er nur einzelne Wortfetzen, mit denen er etwas anfangen konnte.

Sie sprach die zahlreichen Fachbegriffe mit einer derartigen Routine aus, dass Ferhat irritiert war.

Die Uhr zeigte fünf nach vier. Ihr helles, glänzendes Gesicht zeigte keinerlei Anzeichen einer Übermüdung oder Überlastung. Ihre blauen Augen, die ihn an den Meeresgrund erinnerten, blickten erst aufmerksam auf die Patientenakte, um dann mit großer Eindringlichkeit auf Ferhats Gesicht zu verharren. Ferhat deutete dies als Ermahnung, ihr mehr Aufmerksamkeit zu schenken, da er immer wieder den Augenkontakt mit ihr mied.

So gehört es sich, dachte er.

Er dachte, dass seine Blicke sie verlegen machen könnten. So kannte er das aus der Türkei, aus seiner Heimatstadt Elazığ. So bin ich eben aufgewachsen, schoss es ihm durch den Kopf. Ihre kastanienbraunen Haare leuchteten im grellen Licht des Krankenzimmers. So jung und doch so routiniert. Wie alt konnte sie sein? Vielleicht Anfang zwanzig?

»… und einen tiefen Schnitt knapp neben der Pulsader. Einen Zentimeter daneben, und er wäre wahrscheinlich verblutet. Ich werde ihm jetzt in die isotonische Kochsalzlösung einen kleine Dosis Schmerzmittel spritzen, damit er die Nacht weitestgehend schmerzfrei durchschlafen kann. Er braucht dringend Schlaf und Erholung. Sie sollten wissen …«, wollte sie noch ausführen, doch Ferhat fiel ihr ins Wort.

»Entschuldigen Sie … die tiefe Schnittwunde neben der Pulsschlagader …«

»Ja?«

»Heißt das, dass er sich diese Wunde absichtlich zugefügt hat?«

»Diese Frage wird wohl nur Ihr Freund beantworten können. Geben Sie ihm die Zeit, die er jetzt braucht, um wieder zu Kräften zu kommen. Sie sind sicherlich nicht der Einzige, der gerne Antworten auf noch offene Fragen hätte.«

Die Polizei zum Beispiel, dachte Ferhat. Er war von zwei Polizeibeamten vernommen worden, gleich nachdem er in der Notaufnahme eingetroffen war.

Eigentlich hatte er gehofft, dass sie ihm Näheres zu Cemals Verletzungen sagen würden. Auch hätte er gern von ihnen etwas darüber gehört, was mit seinem Freund in der vergangenen Nacht geschehen sein könnte. Sie hielten lediglich Ferhats Personalien fest und verabschiedeten sich schnell, als ihnen klar wurde, dass er zum einen noch unter Schock stand und zum anderen keine weiterführenden Hinweise geben konnte. Wenn er ganz ehrlich sein sollte, so musste Ferhat zugeben, dass er dies auch gar nicht wollte.

Und so verschwieg er ein wichtiges Detail: die Information Cemals, dass er seinen Vater verletzt habe. Ferhat nahm sich vor, dieser Sache lieber selbst auf den Grund zu gehen.

In solche Familienkonflikte die Polizei, Anwälte und Gerichte zu verwickeln, würde die Situation noch komplizierter machen, als sie ohnehin schon war, redete er sich ein.

Ferhat hatte zwar vor einer halben Stunde Onkel Hasan, der so etwas wie ein Ziehvater von ihm geworden war und Dilan, die er von seiner Arbeitsstelle auf Hochzeiten kannte, angerufen, um sich seinen ersten Schock von der Seele zu reden, doch er hatte beiden nichts davon erzählt, wie die Verletzungen von Cemal zustande gekommen waren. Letztendlich wusste er es selber nicht so genau.

Onkel Hasan und Dilan hatten Ferhat erklärt, dass sie ins Krankenhaus kommen würden. Ferhat wollte ihnen keine Umstände bereiten, doch sie akzeptierten keine Widerworte. Dilan war auf dem Heimweg gewesen, als Ferhat sie angerufen hatte.

Sie kam von der Arbeit, wo sie in einer türkischen Musikbar bis tief in die Nacht gesungen hatte. Onkel Hasan hatte er aus dem Schlaf geweckt. Dieser hatte mit aufgeregter Stimme gefragt, in welchem Krankenhaus er sich befand und noch gesagt, dass er auf dem Weg sei. Dann hatte er aufgelegt.

Obwohl alle beide weder Verwandte von ihm noch von Cemal waren, dachte sich Ferhat, dass mit den beiden zusammen seine Familie in der Fremde vollzählig wäre.

Cemal wäre sein kleinerer Bruder, der ihm ständig Kopfschmerzen bereitete, Dilan seine ältere Schwester und Onkel Hasan sein Vater. Er lächelte kurz über die Überlegung, dass er sich in der Fremde über die Jahre eine eigene Familie zurechtgebastelt hatte, deren Mitglieder nicht miteinander verwandt waren.

In Gedanken versunken schreckte er kurz auf, denn die Tür schloss sich geräuschvoll. Die Krankenschwester schien sich verabschiedet zu haben, ohne dass er etwas davon mitbekommen hatte. Ferhat blickte auf die dicke Kanüle, die aus dem rechten Handrücken Cemals wie ein dicker Metallsplitter ragte. Um das Kanülenpflaster hatte sich eine dünne Blutspur gebildet, die getrocknet war und eine Kruste bildete. Über dem Metallpfosten hing der Tropf mit Kochsalzlösung und einem Cocktail aus Schmerz-, Beruhigungs- und Schlafmitteln. Das Ganze tröpfelte friedlich vor sich hin, um endlich im

Katheder anzukommen, von wo aus die Flüssigkeit direkt in Cemals Adern floss.

Ferhat trat näher an Cemals Bett und legte seine Hand auf die Schulter des Freundes. Umgeben von Kanülen, Kathedern und Schläuchen, die seinen Körper säumten, sah Cemal um etliche Jahre gealtert aus.

Ferhat wurde das Gefühl nicht los, als ob Cemal mit dem vielen Blut etwas weiteres Essenzielles für immer verloren hatte: seine Jugend. Für seine achtzehn Jahre sah er viel zu ernst und mitgenommen aus.

Jetzt waren Cemals Augen geschlossen; er hatte grüne Augen, die sonst jeden anstrahlten. Und er hatte eine Stupsnase, die ihn immer irgendwie unbekümmert aussehen ließ. Am rechten Nasenflügel saß ein kleines Muttermal, das Cemals Gesicht unverwechselbar machte. Bei der Betrachtung der Lippen erinnerte sich Ferhat an das typische breite Lächeln des Freundes.

Der Kontrast zu den jetzt schlaff hängenden Augenlidern und der blassen Gesichtsfarbe war beängstigend, zumal diese sich kaum von der weißen Bettwäsche abhob. Ferhat spürte, wie steril dieses Zimmer roch und wie leblos hier drinnen alles wirkte, abgesehen von den Gerätschaften, an die Cemal angeschlossen war und die im Sekundentakt einen monotonen Piepton erzeugten.

Ferhat drückte die unversehrte Hand Cemals und verließ das Zimmer.

Als er die Tür hinter sich schloss, sah er, wie Onkel Hasan und Dilan sofort von ihren Sitzplätzen aufsprangen und zu ihm eilten.

»Wie geht es ihm? Wie ist das alles passiert, mein Sohn?«, fragte Onkel Hasan, noch auf halber Strecke.

Sie sind sicherlich nicht die Einzigen, die gerne Antworten auf noch offene Fragen hätten, schoss es Ferhat durch den Kopf. Im gleichen Moment bemerkte er, wie die Krankenschwester, mit der er sich vor wenigen Minuten noch unterhalten hatte, am Ende des Flures stand, wo sie lebhaft und in offensichtlich bester Laune mit einigen Kolleginnen plauderte.

»Und wie geht es dir?«, schob Dilan nach, als sie vor ihm stand.

»Alles gut bei mir«, sagte Ferhat und machte eine beschwichtigende Geste mit den Händen. Am liebsten hätte er das nächtliche Drama noch weiter heruntergespielt, um sich die innere Anspannung nicht anmerken zu lassen.

»Ich bin euch sehr dankbar, dass ihr gleich gekommen seid. Nachdem ich die Notrufnummer gewählt hatte, wart ihr die Ersten, die mir eingefallen sind. Ich wollte euch nicht mitten in der Nacht aus dem Schlaf reißen. Verzeiht mir bitte.«

»Solche Sätze möchten wir nicht hören, mein Sohn. Ich wäre schwer beleidigt, wenn du mich nicht angerufen hättest. Sag aber, wie geht es Cemal?«, sagte Onkel Hasan.

»Seine Lage habe sich stabilisiert, sagte die Krankenschwester. Er braucht momentan viel Ruhe.«

»Am besten ist es, wenn wir jetzt alle nach Hause gehen und uns ausruhen. Wir können jetzt eigentlich nichts für ihn tun. Vor allem du brauchst Ruhe, Ferhat. Lasst uns nach Hause gehen. Morgen sehen wir weiter«, sagte Dilan.

»Du kommst mit mir. Ich kann dich unmöglich allein lassen«, sagte Onkel Hasan und legte seine Hand auf Ferhats Schulter.

»Vielen Dank, Onkel Hasan, aber ich komme schon klar. Ich möchte noch eine kurze Weile hierbleiben, dann werde ich auch gehen. Versprochen«, sagte Ferhat. Er legte seine Hand auf die von Onkel Hasan.

»Nun gut. Wir sind 24 Stunden erreichbar, falls was passieren sollte. Pass gut auf dich auf«, sagte Onkel Hasan, während er Ferhat herzlich umarmte.

Ferhat spürte die warme Wange von Onkel Hasan an seiner und den beißenden Geruch von Kölnisch Wasser in seiner Nase.

In diesem Augenblick fühlte er deutlich, wie sehr er seinen Vater vermisste.

Wie lange war es her, dass sie sich das letzte Mal umarmt hatten? Vielleicht etwas mehr als ein Jahr? Ferhat dachte voller Liebe an seinen Vater, der gerade in Elazığ war und auch immer stark nach Kölnisch Wasser roch. Überwältigt von seinen Gefühlen und Erinnerungen ließ er den Kopf für einen kurzen Moment auf Onkel Hasans Schulter ruhen. Doch dann nahm er sich zusammen und begleitete ihn und Dilan bis zum Ausgang.

Nachdem die beiden vom Dunkel der Nacht verschlungen worden waren, entschied er sich, etwas zu machen, wovon er bisher geglaubt hatte, bis ans Ende seines Lebens Abstand halten zu können.

Eilig lief er zum Zigarettenautomaten. Als er in den Hosentaschen nach Geld kramte, zitterten seine Hände so stark, dass ein paar Münzen auf den Boden fielen.

Während er den dreckigen Bürgersteig nach den Münzen absuchte, fühlte er sich irgendwie ertappt, als wäre er der alte Mann, der auf der anderen Straßenseite neben einer Parkbank stand und unter dem fahlen Licht einer Laterne im Abfallbehälter nach Pfandflaschen suchte.

Nachdem er die Münzen gefunden hatte und sich endlich eine Zigarettenschachtel aus dem Automaten ziehen konnte, stellte Ferhat fest, dass er gar kein Feuerzeug hatte. Noch dümmer kam er sich vor, als er auf die Leuchtschrift des Krankenhauses blickte. In diesem Augenblick wurde ihm bewusst, dass er nicht der Arzt werden würde, der er nach seinem Abitur und dem Medizinstudium einmal werden wollte.

Der immer top gepflegte, gut aussehende und gesunde Arzt, der seinen Patienten die Zeit im Warteraum seiner Praxis mit kostenlosen Äpfeln angenehmer machen wollte und den Rauchern vortragen wollte, wie schädlich doch dieses Teufelszeug sei.

Er packte die Zigarettenschachtel in seine linke Hosentasche und trat durch die automatische Schiebetür zurück in den Flur des Urban-Krankenhauses. Er sah gegenüber vom Empfangsbereich einen Kaffeeautomaten. Als er sich einen Kaffee zog, verbrühte er sich an dem heißen Plastikbecher.

Ferhat blickte kurz den langen, schmalen Flur hinunter und sah, dass dort ein Essenswagen stand, auf dem sauberes Geschirr gestapelt war. Ferhat holte sich schnell eine Tasse und schüttete den Kaffee in sie hinein.

»Sie sollten jetzt aber auch nach Hause gehen«, hörte Ferhat eine Stimme hinter sich und ließ vor Schreck die Kaffeetasse fallen, die auf dem Boden in unzählige Stücke zerbrach.

Er drehte sich um und sah die junge Krankenschwester vor sich, mit der er über Cemals Verletzungen gesprochen hatte.

»Entschuldigen Sie. Ich wollte Sie nicht erschrecken«, sagte sie, ohne den Anschein zu erwecken, dass es ihr wirklich leid tat.

»Wir sollten das mit dem Begrüßen und Verabschieden noch etwas üben«, sagte Ferhat. »Vorhin sind Sie aus dem Zimmer gegangen, ohne dass ich etwas gemerkt habe. Und jetzt begrüßen Sie mich, ohne dass ich Sie sehen konnte. Kein Wunder, dass dabei eine Tasse zu Bruch geht.« Missmutig versuchte Ferhat mit Zellstofflagen, die er vom Servierwagen genommen hatte, die Kaffeepfützen vom Boden zu entfernen.

»Lassen Sie das«, meinte die junge Frau mit versöhnlicher Stimme. »Ich wische das schon auf. Ihr Freund hat nichts davon, wenn Sie mit aller Gewalt versuchen, wach zu bleiben, während er schläft, denn wenn er zu sich kommt, so werden Sie todmüde an seinem Bett stehen.«

Die Schwester lächelte ihn an. »Kommen Sie am besten gegen Mittag wieder.«

Vermutlich hatte sie recht, dachte sich Ferhat. Er schaute auf ihr Namensschild, das mit einem Clip an der Brusttasche ihres türkisfarbenen Kittels befestigt war. »Fr. Jung« war dort zu lesen.

»Frau Jung«, sagte Ferhat, »würden Sie mir bitte Ihre Telefonnummer geben? Dann könnte ich mich nach meinem Freund erkundigen.« Er blickte die junge Frau ein wenig unsicher an. »Ich möchte nicht, dass das bei Ihnen falsch rüberkommt, aber …«

»Nein!«, unterbrach sie ihn.

»Wie, nein?«

»Nein. Ich werde es nicht falsch verstehen. Meine Privatnummer bekommen Sie nicht, aber ich kann Ihnen anbieten, dass Sie uns Ihre Nummer geben und wir uns bei Ihnen telefonisch melden, wenn Ihr Freund wieder bei Bewusstsein ist.«

»Und wann ist Ihre Schicht?«, fragte Ferhat, ohne sich erklären zu können, warum er das tat.

»Mich können Sie hier immer von 22 Uhr bis 6 Uhr morgens antreffen. Meine Kolleginnen werden sich bei Ihnen melden, falls es etwas Neues geben sollte.«

»Bis 6 Uhr morgens, sagten Sie. Vielen Dank. Ich bin Ferhat. Sie sind?«

»Immer noch Frau Jung«, sagte sie und ging mit einem bedeutungsvollen Lächeln wieder an ihre Arbeit.

»Ich danke Ihnen vielmals, Frau Jung«, rief Ferhat ihr nach. Auch er konnte ein Lächeln nicht unterdrücken.

Ferhat öffnete erneut die Tür zum Krankenzimmer, da er seine Jacke auf Cemals Bett vergessen hatte. Draußen herrschte hektischer Betrieb in den engen Fluren. Es roch nach Desinfektionsmitteln und Kartoffelklößchen. Der Flur war mit grellem Neonlicht bestrahlt.

Nachdem er die Tür hinter sich geschlossen hatte, roch er nichts mehr. Das Zimmer wirkte ordentlich, aufgeräumt und steril. Das Licht war gedimmt, und der Überwachungsmonitor wirkte durch das blaue Elektrodiagramm, das die regelmäßigen Herzschläge Cemals aufzeichnete und dabei in gleichmäßigen Abständen einen Summton abgab, entspannend auf Ferhat.

Gerade in dem Moment, als er sich seine Jacke schnappen wollte, wurde die Ruhe durch ein unüberhörbares Geräusch gestört, das sich wie eine starke Vibration anhörte. Ferhat blickte nervös auf die Gerätschaften, doch dann merkte er, dass der Lärm aus dem Nachtisch kam. Es war Cemals Handy, das dort vibrierte. Wer ruft denn um diese Uhrzeit an?, fragte Ferhat sich. Ein Blick auf den Überwachungsmonitor zeigte ihm, dass es 4:23 Uhr war. Er griff nach dem Handy und wollte es ausstellen, damit Cemal nicht geweckt wurde.

Doch als er auf das Display sah, merkte er, wie sich kalter Schweiß auf seiner Stirn bildete. Ausgerechnet der Mann rief an, der Cemal in diesen bedauernswerten Zustand versetzt hatte: Cemals Vater. Sein Bild erschien auf dem Handy-Display.

KAPITEL DREI

»Verschiebt das Lachen nicht so weit nach hinten, bis ihr glücklich seid, denn vielleicht werdet ihr dadurch sterben, ohne gelacht zu haben.«

Firat (58) aus Neukölln

»Hallo Cemal!? Mein Sohn … Rede doch endlich!«, hörte Ferhat am anderen Ende der Leitung eine verzweifelte Frauenstimme. Er hatte Cemals Eltern schon mehrere Male getroffen und konnte dessen Mutter an ihrer unverkennbar kräftigen Stimme erkennen, bei der immer auch ein irgendwie verzweifelt klingender Unterton mitschwang.

»Hallo, Tante … Ähhhm … Ich bin's, Ferhat.«

»Ferhat? Wieso Ferhat!? Wo ist Cemal? … Was ist mit ihm? Wieso geht er nicht ran? Warum du?«

Ferhat merkte, dass es keinen Sinn machte, der Mutter seines Freundes etwas vorzumachen. Also entschied er sich, ihr alles über Cemals aktuellen Zustand zu sagen, was er wusste.

»Liebe Tante, bitte beruhige dich doch. Ich bin gerade bei Cemal. Er liegt im Krankenhaus. Ich selbst habe das veranlasst. Sein Zustand ist stabil. Ihm geht es den Umständen …«

»Stabil? Was ist denn passiert? Und in welchem Krankenhaus liegt mein Sohn?«, wurde Ferhat von Cemals Mutter unterbrochen.

»Tante? Muss ich dir wirklich erklären, was heute Nacht vorgefallen ist? Schließlich hat sein Vater ihn in diese Situation gebracht«, sagte Ferhat.

»Welche Situation? Wovon redest du, mein Junge?!«

Mit dem Handy am Ohr verließ Ferhat das Krankenhaus. Er hätte später nicht mehr sagen können, warum es ihn ausgerechnet zum Landwehrkanal hingezogen hatte.

Dort hockte Ferhat sich an den Uferrand. Er konnte sich keinen Reim drauf machen, warum Cemals Mutter offenbar nicht wusste, was ihr Mann ihrem Sohn angetan hatte. Oder hatte sie tatsächlich keine Ahnung von dem, was passiert war?

»Cemal war doch heute Nacht bei euch oder etwa nicht? Was ist da vorgefallen?«, erkundigte er sich bei der Mutter seines Freundes.

Diese antwortete sofort: »Es gab einen heftigen Streit zwischen ihm und seinem Vater. Cemal war wohl bei Cansu gewesen. Denn er kam mit dem Verlobungsring in der Hand zu uns. Und kaum hatte er die Wohnung betreten, warf er seinem Vater den Ring an den Kopf.«

Die Stimme der Frau klang aufgeregt und tränenerstickt. Aber sie bemühte sich sehr, für Ferhat verständlich zu wirken. »Cansu hat die Verlobung gelöst. Und Cemal behauptet jetzt, dass wir daran schuld seien. Im Übrigen war er betrunken. Und als mein Mann versuchte, ihn zu beruhigen, hat er ihn mit einem Messer verletzt.«

Cemals Mutter schluchzte laut auf. Es dauerte einen Augenblick, dann schien sie sich wieder gefasst zu haben. »Er hat mehrere Verletzungen am Oberschenkel.«

Ferhat runzelte unwillkürlich die Stirn. »Davon weiß ich nichts, Cemal hat nichts darüber gesagt.«

»Ferhat, mein Sohn«, nahm Cemals Mutter den Faden wieder auf. »Mein Mann und ich glauben, dass dieses Mädchen kein guter Umgang für unseren Sohn ist. Wir haben Cemal mehrmals darum gebeten, dass er die Verlobung auflöst, und nun waren wir sehr froh, dass Cansu diesen Schritt getan hat.«

»Habt ihr der Polizei etwas erzählt?«, fragte Ferhat.

»Nein.«

»Gut. Ich habe Cemal vor meiner Tür gefunden. Er blutete stark und hielt ein Messer in der Hand. Damit habe er seinen Vater verletzt, erklärte er mir. Doch ich frage mich, woher Cemals Verletzungen stammen?«

»Lieber Gott, sag bitte, dass das nicht wahr ist! Was hat mein lieber Cemal? Sag mir sofort, wo er ist!« Ihre Stimme hatte einen energischen Klang angenommen.

»Also hat ihn sein Vater nicht verletzt?«, fragte Ferhat ungläubig.

»Oh Gott, nein! Nein und nochmals nein! Ich bitte dich, Ferhat, sag mir, was meinem Jungen zugestoßen ist«, hörte Ferhat noch und merkte, wie am anderen Ende das Telefon zu Boden fiel und ein Geschrei ausbrach. Anschließend war die Verbindung tot. Ferhat schossen unzählige Gedanken durch den Kopf.

Er blickte in den Landwehrkanal, in dem sich die große Silhouette des Urban-Krankenhauses abzeichnete, und sah, wie das Licht der Straßenlaternen, die fahl in den Kanal schienen, durch einen Schatten gebrochen wurde.

Plötzlich fuhr er zusammen, denn er fühlte eine Hand auf seiner Schulter. Erschrocken drehte er sich um. Vor ihm stand Cansu.

»Es tut mir leid. Ich musste das tun«, sagte sie mit leiser Stimme. In diesem Moment konnte Ferhat deutlich spüren, dass ihm der kalte Angstschweiß ausbrach und ein leichtes Schwindelgefühl einsetzte, das ihn zu Fall brachte.

KAPITEL VIER

»Egal, ob König oder einfacher Arbeiter. Egal, ob reich oder arm. Glücklich ist derjenige, der in seinen vier Wänden innere Ruhe findet.«
Aynur (45) aus Zehlendorf

»Hallo, Ferhat! Dein Gesicht hat sich gerade ein bisschen verfärbt! Geht es wieder?« Cansu beugte sich mit besorgter Miene über ihn.

Er richtete sich auf und wartete einen kurzen Augenblick, bis der Druck in seinem Kopf nachließ.

»Ja, es geht. Cansu?«

»Ja, Ferhat?«

»Ich muss von dir wissen, was gestern Abend mit Cemal passiert ist! Und was war dann noch in der Nacht? Bitte rede nicht um den heißen Brei herum, du musst mir die Wahrheit sagen, Cansu, die ganze Wahrheit!« Ferhats Blick war eindringlich auf Cansu gerichtet.

Cansu zuckte mit den Schultern. »Da gibt es im Grunde nicht viel zu erzählen. Es ist aus und vorbei zwischen Cemal und mir.«

Obwohl Cansu sich große Mühe gab, über den Dingen zu stehen, konnte sie doch nicht verhindern, dass ihre Augen plötzlich feucht wurden und sogar ein paar Tränen über ihre Wangen rollten.

»Findest du nicht, dass du etwas voreilig gehandelt hast?«, hakte Ferhat nach.

»Voreilig?« Cansu schüttelte heftig den Kopf. »Im Gegenteil! Ich hätte das viel früher tun sollen. Wir sind schon seit zwei Jahren zusammen und erst seit kurzem verlobt.«

Ferhat wusste, worauf sie hinauswollte. Es ging um die ewigen Streitereien zwischen den Familien. Und vor allem ging es um das Ansehen von Cansu in der türkischen Community. Er wusste nur zu gut, dass es ein absolutes No-Go war, zwei Jahre lang als Paar zu leben, ohne wenigstens miteinander verlobt zu sein. Auch er hatte Cemal mehrmals gewarnt und ihn dazu aufgefordert, entweder ordentlich zu heiraten oder die Beziehung zu beenden.

»Seine Familie war von Anfang an gegen mich«, mischte Cansu sich in Ferhats Gedanken. »Ich bin nicht konservativ genug, ich bin nicht aus derselben Heimatstadt in der Türkei, sie hatten ständig was zu kritisieren. Dabei habe ich mich wirklich sehr bemüht, ihren Wünschen entgegenzukommen, aber irgendwann ist ein Punkt erreicht, wo das einfach nur noch demütigend ist.«

Ferhat zog es vor, zu schweigen, denn er wusste nicht, was er dem noch hinzufügen könnte. Ohnehin wurde er das Gefühl nicht los, dass Cansu jetzt jemanden brauchte, dem sie ihre Sorgen erzählen konnte.

»Cemal wollte immer alle Seiten beschwichtigen. Er dachte, das würde sich über die Zeit schon einrenken, aber es wurde immer schlimmer. Am Tag unserer Verlobung sagte seine Mutter öffentlich vor allen Gästen, dass wir beide noch sehr jung und unerfahren seien und unsere Entscheidung bereuen würden. Sie hat sich demonstrativ allein mit ihrem Sohn fotografieren lassen. Mit mir wurde dagegen kein einziges Bild gemacht. Den ganzen Tag über hat sie mir die kalte Schulter gezeigt und mich ständig düster angeschaut. Cemal dachte tatsächlich, dass er es hinbiegen könnte. Doch nun siehst du ja selbst, Ferhat, was passiert ist: Cemal hat mich und vielleicht sogar seine Familie verloren.«

»Die Gemüter sind erhitzt. Wir sollten nicht so sprechen, als wäre auf beiden Seiten Schluss«, wandte Ferhat ein. »Man kann seine Familie nicht wechseln wie dreckige Wäsche. Man hat nur diese eine.«

Cansu wischte sich mit dem Handrücken die Tränen vom Gesicht. Dann blickte sie Ferhat ernst an. »Ich habe Cemal niemals vor die Wahl gestellt, sich zwischen seiner Familie und mir entscheiden zu müssen«, sagte sie mit fester Stimme. »So etwas würde ich nie tun. Aber ich habe natürlich schon von ihm erwartet, dass er sich etwas mehr für mich einsetzt, dass er zu mir hält. Doch er hat es vorgezogen, den Status quo zu wahren.«

Ferhat fand, dass sie wunderschön und sehr traurig aussah, wie sie gedankenversunken auf die dunkle Wasseroberfläche des Landwehrkanals blickte.

»Was mich betrifft, so ist die Sache aus und vorbei«, nahm Cansu das Gespräch nach einem Moment des Schweigens wieder auf. »Ich habe mich in den letzten Jahren vor den Augen meiner Familie und meiner Freunde allzu sehr demütigen lassen müssen. Langjährige Freundschaften sind dadurch zu Bruch gegangen. All das hat jetzt ein Ende.«

Ferhat ließ das Gesagte auf sich wirken. Jetzt ergriff er das Wort.

»Als ich vor fünf Jahren das erste Mal nach Deutschland kam, wart ihr, du und Cemal, die Ersten, mit denen ich Freundschaft schloss. Ich habe, um ehrlich zu sein, nicht viele Menschen, auf die ich mich verlassen kann. Da gibt es Onkel Hasan, Dilan, Cemal und dich. Wenn ich sehe, dass ihr jetzt getrennte Wege gehen möchtet, dann ist es für mich so, als würde sich ein Teil meiner Familie auflösen, als würde meine Familie zu Bruch gehen.«

Cansu schwieg. Kurz darauf wollte Ferhat wieder auf die letzte Nacht zu sprechen kommen.

»Cansu, ich möchte von dir wissen, wann du Cemal das letzte Mal gesehen hast und wie du davon mitbekommen hast, dass er im Krankenhaus ist«, forderte Ferhat sie auf, ohne sie anzublicken. Er beobachtete, wie unter der Admiralbrücke ein kleiner Entenschwarm im weichen Mondlicht gemächlich den Kanal überquerte.

Cansu nickte. Dann begann sie zu erzählen. »Seine Mutter hat mich in der Nacht angerufen und laut in das Telefon geflucht. Sie schrie etwas davon, dass ich Fluch in ihre Familie gebracht hätte und ich daran schuld sei, dass Cemal seinen Vater mit einem Messer attackiert habe.«

»Und was war dann?«, fragte Ferhat ungeduldig.

»Ich war empört und ratlos. Ich wusste nicht, was ich machen soll. Ich habe sofort Cemal angerufen, und der sagte mir, dass er sich etwas antun würde, wenn ich nicht sofort vor deine Haustür käme. Ich spürte, dass er stark angetrunken war. Er konnte kaum einen vernünftigen Satz bilden und ging überhaupt nicht auf meine Fragen ein.«

»Meine Haustür?«

»Ja. Ich bin auch sofort losgefahren. Er war bereits da, als ich ankam, und drohte auch jetzt wieder, sich etwas anzutun. Er war fürchterlich betrunken und lallte vor sich hin. Schließlich fing er an, wild herumzuschreien. Er machte mir Angst, Ferhat! So habe ich Cemal noch nie erlebt. Also ging ich zu meinem Auto zurück und sperrte mich darin ein. Daraufhin wurde er noch aggressiver und trat die Haustür auf. Da habe ich die Polizei verständigt. Einige Minuten später sah ich, wie mehrere Mannschaftswagen vor dem Haus hielten und hineinstürmten. Kurz darauf kam ein Krankenwagen. Sie haben den blutüberströmten Körper Cemals auf einer Trage aus dem Haus transportiert und sind dann mit Blaulicht weggefahren.«

»Moment mal«, unterbrach Ferhat. »Du willst mir sagen, dass er noch keine Verletzungen hatte, als du ihn trafst? Kurze Zeit später geht er in das Haus und wird schwer verletzt hinausgetragen. Was hat das zu bedeuten?« Ferhat schossen sogleich die eindringlichen Worte von Krankenschwester Frau Jung durch den Kopf, die mit einem Nebensatz erklärt hatte, dass die Schnittwunde die Pulsschlagader knapp verfehlt habe. »Hat Cemal sich das angetan?«, fragte er mehr sich selbst als Cansu.

KAPITEL FÜNF

»Alles, was ihr euch erträumen könnt, ist wahr.«
Fatih (28) aus Schöneberg

Ein Jahr später

Als Ferhat aus dem Fenster blickte, erloschen gerade die Straßenlampen. Der Tag brach an. Die Straßen gewannen ihre Farbe zurück, die nun nicht mehr in das bleierne Dunkelschwarz der Nacht getaucht, sondern in ein dunkles Violett gehüllt waren. Am trüben Himmelsgewölbe funkelten noch einzelne Sterne. Die Luft war kühl, auch am Abend waren die Temperaturen nicht gerade spätsommerlich warm gewesen.

Trotzdem war heute der erste Schultag nach den Sommerferien. Die Zeit rast, dachte Ferhat, kämmte noch kurz seine Haare und machte sich dann auf den Weg zur Schule.

Die U-Bahnstation, das Kottbusser Tor, von der er aus zur Schule fuhr, lag nur einige Gehminuten entfernt. Von dort aus fuhr er bis zum Zoologischen Garten. Dort stieg er um.

»Nächste Station: U-Bahnhof Zoologischer Garten – Ausstieg in Fahrtrichtung links«, hallte eine Frauenstimme, die Ferhat wegen des Ratterns der U-Bahn kaum verstand. Er stieg aus. Die Matrixanzeige, die anzeigen sollte, wann die nächste U-Bahn kommt, funktionierte an diesem Morgen nicht. Die feinen Härchen am Arm von Ferhat richteten sich auf. Die Station war kalt. Als hätte sie jemand seit Tagen in Kälte eingeweicht, um sie anschließend draußen in der Kälte bei pfeifendem Wind trocknen zu lassen, dachte Ferhat.

Er war viel zu früh dran. Es war gerade mal sechs Uhr. Zwei Stunden hatte er noch bis zur ersten Schulstunde. Jetzt, wo die Matrixanzeige kaputt war, schien die Zeit für ihn wie stehengeblieben zu sein.

Auf dem Bahnsteig herrschte eine gähnende Leere. Der Besitzer des Bahnhofskiosks, an dem es brühendheißen Kaffee gab, machte an diesem kalten Tag Ende August wahrscheinlich den Umsatz seines Lebens. Ein älterer Herr mit in das Gesicht geschobenem Hut und einem untätig sitzenden Dackel, den er an der Leine hielt, kauerte auf einer der Bänke, die auf dem Bahnsteig standen. Seine Hände hielten verkrampft eine Tageszeitung. Nichts regte sich, er sah wie eine ausgestopfte Wachsfigur aus.

Ist bei dem etwa bereits die Todesstarre eingetreten?, dachte Ferhat. Neben dem Alten mit dem Hund entdeckte er ein unangenehm stark geschminktes Mädchen. Sie trug Kopfhörer und hopste zur Musik ständig hin und her. Offenbar war es ihr vollkommen egal, wie sie auf ihre Umwelt wirkte. Sie war derartig überdreht, dass Ferhat das Gefühl hatte, sie könnte jeden Moment Spielfelder aufmalen, um darauf Hickelkasten zu spielen.

Auf dem gegenüberliegenden Bahnsteig schlief ein Großstadtnomade auf den Sitzbänken. Seine Knie waren angewinkelt, sein Oberkörper gekrümmt, und seine Ellenbogen berührten die Oberschenkel.

Seine Kapuze war tief in sein Gesicht geschoben, man konnte nur den silbern schimmernden Dreitagebart erkennen. Obwohl er groß war, wirkte er wie ein Neugeborenes, gebeugt, angewinkelt und schutzbedürftig. Sein ganzes Hab und Gut schleifte er in einem Einkaufswagen mit sich mit, der mit Lidl-Tüten und jeder Menge Pfandflaschen vollgepackt war.

Eine gut bekleidete Dame mittleren Alters und mit aufwendig gerichteter Frisur betrat nun den Bahnsteig und lief direkt zum Kiosk. Sie holte sich Kaffee und trank ihn schwarz, ohne Zucker beizugeben.

Nun wartete sie mit dem Kaffee in der Rechten und der Handtasche in der Linken auf die U-Bahn, von der keiner wusste, wann sie kommen würde, da die Matrixanzeige noch immer nicht funktionierte.

Das Einzige, was Ferhat an der Anzeige erkennen konnte, war die Aufforderung, das Rauchen auf den Bahnsteigen zu unterlassen. Die Dame mit der edlen Handtasche klopfte gierig mit zittrigen Händen eine Zigarette aus der Schachtel. Sie begann gehetzt zu rauchen, in der Erwartung, dass in jedem Moment die U-Bahn eintreffen könnte.

Ihr Ausatmen klang wie theatralisches Seufzen, als fragte sie sich, was sie neben all diesen Freaks verloren hatte.

Das fragte sich Ferhat auch, der sich gegen die Wand lehnte, als würde er sich vor jemandem verstecken. Ferhat spürte die Vibration seines Handys und sah, dass er eine Textnachricht empfangen hatte.

»Hi Ferhat, wie geht's dir? Ich wünsche dir einen erfolgreichen Schulstart. Wie geht's denn Cemal, was macht der so? Grüß ihn von mir. LG Lisa.«

Was der Cemal so macht? Das wüsste Ferhat auch gerne. Der war seit gestern Abend nicht mehr aufgetaucht, wie so oft seit der Trennung von Cansu und seiner Entlassung aus dem Krankenhaus.

Cemal musste vor einem Jahr knapp drei Wochen im Krankenhaus stationär behandelt werden. Ferhat hatte die meiste Zeit im Aufenthaltsraum des Krankenhauses und manchmal auch auf einer Parkbank am Ufer des Landwehrkanals geschlafen. Cemal wusste bis heute nichts davon. Ihm hatte Ferhat immer gesagt, dass er zum Schlafen nach Hause ging.

Die Krankenschwestern hatten versucht, ihn dazu zu bewegen, beruhigt nach Hause gehen zu können, doch Ferhat hatte sich nicht umstimmen lassen, auch wenn die Krankenschwestern nicht müde geworden waren, ihm zu sagen, dass sie sich bei ihm melden würden, wenn sich Cemals Zustand verschlechtern sollte.

Erst als Lisa das Ganze nicht mehr mit ansehen konnte und das mehr als eine Woche so ging, hatte sie Ferhat ihre Privatnummer angeboten. Ferhat hatte sie zwar nie angerufen, doch Lisa hatte ihm von sich aus jeden Abend eine Textnachricht geschickt:

»Er ist eingeschlafen«, »Cemals Gesundheitszustand hat sich heute enorm gebessert«, »Er wird in etwa zwei Tagen wieder auf den Beinen sein.«

Cemal hatte sich über Ferhat mit den Worten »Die Alte steht voll auf dich«, lustig gemacht. »Dr. Ferhat und seine Gattin Lisa Jung. Ihr würdet ein Traumpaar abgeben. Siehst du, Digger, man muss jeder Situation etwas Positives abgewinnen. Ich liege nicht umsonst hier«, hatte Cemal zufrieden gelächelt.

Die Krankenschwester, die sich Ferhat gegenüber vor einem Jahr als Frau Jung vorgestellt hatte, hieß Lisa. Sie hatte nach kurzer Zeit Ferhat das Du angeboten.

Als Cemal gesagt hatte, dass er nicht umsonst hier liege, hatte Ferhat die Situation ausgenutzt, um ihm die Frage zu stellen, wie seine Verletzungen zustande gekommen waren. Cemal hatte ihm die Frage nicht beantworten können. Er hatte nie behauptet, dass sie von seinem Vater kamen, wovon Ferhat im ersten Moment ausgegangen war. Doch nachdem Cansu gesagt hatte, dass Cemal in jener Nacht, in der sie ihn getroffen hatte, keine Verletzungen gehabt hatte, konnte Ferhat sich keinen Reim darauf machen.

Cemal war mit 2,5 Promille ins Krankenhaus geliefert worden, also hatte Ferhat sich keine Hoffnungen gemacht, dass er sich überhaupt an irgendwas erinnern könnte. Cemal hatte sich nur noch an den heftigen Streit mit seinem Vater erinnert. Es war gut möglich gewesen, dass Cemal sich die Verletzungen selbst zugefügt hatte. Die Staatsanwaltschaft war auch davon ausgegangen. Sie hatte das auf seinen stark alkoholisierten Zustand zurückgeführt und diesen Fall schnell geschlossen. Die Verhöre von Cemal hatten keine neuen Erkenntnisse gebracht.

Zumal die Stichverletzungen und das sichergestellte Messer in Cemals Hand zusammenpassten. Cemals Vater war nicht zur Polizei gegangen, sodass es auch zu keiner Anklage gegen ihn gekommen war. Der Kontakt war aber abgebrochen.

Seine Mutter hatte ihn einige Male im Krankenhaus besucht, doch Cemal hatte sich entschieden, bei Ferhat zu leben und nicht zu seinen Eltern zurückzukehren.

Mit Cansu war es auch aus und vorbei gewesen, auch wenn Cemal der Meinung war, sie würden wieder zueinander finden. Cansu hatte seit einigen Wochen ihre Nummer gewechselt und Ferhat drum gebeten, sie nicht an Cemal weiterzugeben.

Cemal hatte versucht, sie die letzten Wochen zu erreichen, was ihm misslang, und aus Frust schlug er sich die Nächte um die Ohren, daher vermochte Ferhat Lisas Frage, was Cemal so treibe, beim besten Willen nicht zu beantworten.

Aus einiger Entfernung nahm Ferhat das Rattern einer U-Bahn wahr. Er löste sich von der Wand, trat an den Bahnsteig und beugte sich weit vor, um in den Tunnelschacht zu schauen. War das seine U-Bahn? Das konnte man nie so recht wissen. So, wie der Schienenverkehr der Berliner U-Bahn angelegt war, konnte es sein, dass bloß etwas weiter oben eine andere U-Bahnlinie vorbeifuhr oder die entgegenfahrende U-Bahn sich ankündigte.

Er blickte in den Tunnelschacht, der ein schwarzes Loch war. Zwei schwache Lichtstrahlen kündigten sich aus dem dunklen Tunnel an und wischten über die Bahngleise.

Die Lichtstrahlen wurden heller, und jetzt konnte Ferhat den Kopf der Bahn sehen. Die beiden Scheinwerfer blendeten sein Gesicht, er trat einen Schritt zurück.

Endlich, dachte er. Das waren lange fünf Minuten.

Die U-Bahn kam unter quietschendem Bremslärm zum Stehen. Die Türen blieben noch kurz geschlossen. Die Frau mit der edlen Handtasche nahm noch einen letzten Zug von ihrer Zigarette und warf sie dann auf den Bahnsteig, ohne sie vorher ausgedrückt zu haben.

Plötzlich öffneten sich alle Türen der U-Bahn gleichzeitig. Das Geräusch, das dabei entstand, erinnerte Ferhat an das Schnauben eines Pferdes nach einem anstrengenden Ritt.

Ferhat betrat ein U-Bahn-Abteil und setzte sich auf einen leeren Vierersitz.

»Zurückbleiben, bitte.« Über den Türen ertönten kurz drei Signaltöne bei rot blinkender Signalleuchte. Die U-Bahn fuhr los.

Der alte Mann und sein Dackel waren nicht eingestiegen. Er blieb weiterhin regungslos auf seinem Platz, während Ferhat in seinem Abteil an ihm vorüber in den U-Bahn-Schacht fuhr.

KAPITEL SECHS

»Ich bin eigentlich mein Leben lang alleine gewesen. Es war nur so, dass Menschen in mein Leben gekommen und wieder gegangen sind.«
Ceren (39) aus Wilmersdorf

Ferhat hatte viel Zeit. Er betrat die kleine Bäckerei, die in einer schmalen Einkaufspassage gegenüber der Schule lag. Er kaufte sich ein Croissant, das mit Schokoglasur verziert war.

»Darf es noch etwas sein, junger Mann?«, fragte die ebenfalls junge Verkäuferin.

Ferhat ließ sich nicht zwei Mal bitten. »Und einen Kaffee, bitte.«

Er verließ die Bäckerei. Vor ihm lag in einiger Entfernung das Schulgebäude. Dieses betongraue Haus wirkte im grünen Charlottenburg ziemlich deplatziert. Alles um die Schule herum war grün: satter grüner Rasen, grüne Bäume, die sich, so wie die Laternen, dem natürlichen Straßenfluss hingaben, und ein grüner Fußballplatz.

In Kreuzberg spielt man auf vergitterten Bolzplätzen, die im heißen Sommer stark nach Pisse stinken, dachte er sich. Als Ferhat in das Croissant biss, merkte er sofort, dass es keine Schokofüllung hatte, wie die Schokoglasur vermuten ließ. Er ärgerte sich. Schließlich hatte er sich darauf gefreut, in fette, süße Schokofüllung beißen zu können. Das Croissant war staubtrocken, der Kaffee bitter, und beides harmonierte überhaupt nicht miteinander.

Wenn man früh um halb sieben nicht mal einen anständigen Kaffee bekommt, kann man vom Tag wohl nicht mehr viel erwarten, dachte er.

Er betrat das Schulgelände, huschte schnell über den Hof und zog an einer schweren Metalltür, um in das Schulgebäude einzutreten.

Dann bewegte er sich durch die Schulflure. Ganz langsam und unauffällig.

Alles sehr eng und abgedunkelt, dachte er sich, als er versuchte, die Bilder zu erkennen, an denen surreale Kunstmalereien hingen, die in ihm ein bedrückendes Gefühl erzeugten. Ferhat hätte viel lieber klare Menschengesichter oder Darstellungen aus der Natur gesehen.

Die Flure waren eng und lang. Sehr lang. Diese Schule war früher mal ein Krankenhaus, bis es vor dreißig Jahren in eine Schule umfunktioniert wurde.

Er trat vom Flur aus in eines der Klassenzimmer, dessen Tür offenstand. Kein Wunder, dachte Ferhat beim Anblick des trostlos wirkenden Schulhofes, wenn ich hier früher Patient gewesen wäre, hätte ich auch nicht mehr lange leben wollen.

Er stellte sich mit dem Rücken zur großen Tafel und stützte beide Arme auf den Tisch, der vor ihm stand. So musste es sich anfühlen, Lehrer zu sein. Dann nahm er ein Stück weiße Kreide und fing an, Wörter ohne jeglichen Zusammenhang an die Tafel zu schreiben.

Der Schwamm lag auf dem Halter, und er tunkte ihn in den sauberen Wassereimer. Dann zog er ihn hoch und presste mit seiner großen rechten Hand das Wasser heraus. Einzelne Tröpfchen fielen zu Boden. Er wischte die Tafel sauber. Früher hatten die Putzfrauen hier das Blut der Patienten weggewischt, nun wischte er die Kreide von der Tafel.

Er befand sich auf der ersten Etage und musste hoch zur zweiten. Dort stand der Kursplan für die Abiturjahrgänge. Eigentlich hatte er nach der E-Phase keine Lust mehr, sich diesen Plan anzuschauen.

Ab der zwölften Klasse fühlte er sich wie eine Lottokugel, die in jedem Fach, außer den beiden Leistungskursen, in eine andere Klasse gedrängt wurde, und die, wenn sie mal Glück hatte, auf eine vernünftige Klasse stieß. Zumeist setzten sich diese Klassengemeinschaften aus zwanzig Individuen zusammen, die zusammen genommen zwanzig Individuen ergaben und keine Klasse und schon gar nicht eine Klassengemeinschaft.

Elazığ war von hier aus so weit weg. Erzurum war von hier aus so weit weg. Die Türkei war von hier aus so weit weg. Jedes Mal, wenn er am Kottbusser Tor die türkische Aufschrift *Kreuzberg Merkezi* las, wäre er am liebsten in einen der stinkenden Parks in der Umgebung gerannt und hätte sich dort übergeben.

In der Türkei war alles so anders.

Nach fünf Jahren Deutschland konnte er sich immer noch nicht an Berlin gewöhnen. Inzwischen sprach er gutes Deutsch. Er las gern Romane, neben denen, die sie schon in der 11. und 12. Klasse gelesen hatten.

Alles wirkte um halb sieben Uhr morgens auf der zweiten Etage eines Charlottenburger Gymnasiums so befremdlich. So sinnlos, wie darauf zu hoffen, von irgendeiner Flurwand eine Antwort auf diese Verzweiflung zu erhalten. Die Wände schwiegen. Die Schule war still. Die Lehrer waren noch nicht eingetroffen. Nur das Rauschen der dicken Heizungsrohre hallte durch alle Wände und Decken.

Als er die zweite Etage betrat, wünschte er sich, sie nie betreten zu haben. Mit einem Schlag wurde sein Mund trockener, als er vorhin gewesen war, und dieses Mal lag es nicht am trockenen Croissant, sondern an der Vitrine, in der er ein Foto erblickte: das Foto eines Mädchens, dessen Gesicht ihn eindringlich zu betrachten schien. Ferhat wusste, in dieser Vitrine waren die Fotos der neuesten Selbstmordopfer zu sehen.

KAPITEL SIEBEN

»Tut nicht so, als würdet ihr lieben.
Liebt einfach.«
Ceylan (25) aus Steglitz

Drei Mädchen zündeten Teelichter an, die um ein großes Bild in der gläsernen Vitrine lagen. Das Bild war schwarzweiß und zeigte ein junges türkisches Mädchen. Ferhat konnte dies an ihrem Namen erkennen. Sie hieß Arzu. Auf dem Bild lächelte sie. Ferhat trat näher heran. Er wollte die drei Mädchen nicht bei ihrer Arbeit an der Vitrine stören. Er sah neben Arzus großem Porträt viele Blumen und mehrere kleinere Fotos, auf denen Arzus Freundinnen zu sehen waren. Außerdem lagen dort zahlreiche schriftliche Beileidsbekundungen.

»R.I.P. Wir haben dich alle lieb!«

»Wir werden dich vermissen, Süße.«

»Du wirst nun mit den Engeln fliegen.«

Ein Monument des Todes.

»Arzu. Geboren 1991. Gest. 2008«

Sie entschied sich gegen das Leben mit siebzehn Jahren. Wieso tat sie das?, fragte sich Ferhat. Wieso nahmen sich junge Migranten, vor allem aus dem türkischsprachigen Raum im Berlin des Jahres 2008, so oft das Leben? Woran fehlte es ihnen?

Er wusste nur mit Gewissheit, dass es ein weiterer Selbstmord war, der ihn auch dieses Mal erschütterte. Er wusste nur zu gut, dass diese »Vitrine des Selbstmordes«, wie sie genannt wurde, es leider nicht nur berlinweit zu einer traurigen Berühmtheit geschafft hatte.

Ferhat frustrierte es jedes Mal aufs Neue, die Bilder in dieser Vitrine zu sehen, die alle paar Monate durch neue ersetzt wurden. Doch noch mehr störte es ihn, dass er wider besseres Wissen sich ausgerechnet diese Schule ausgesucht hatte, um hier das Abitur abzulegen, eine Schule, in der die Selbstmordrate im bundesweiten Durchschnitt am höchsten lag.

Er schaute sich mit diskretem Abstand das Bild an. Die drei Mädchen waren ausnahmslos schwarz gekleidet, und ihre Gesichter waren kreidebleich. Sie hatten kein Parfum aufgetragen. Keine Schminke. Ehrliche Trauer zierte ihre Gesichter. Stillschweigend unter tränenden Augen schmückten sie das Monument des Selbstmordes. Sie klagten nicht. Sie sprachen nicht miteinander. Dieser Ort gebot zu schweigen.

Ferhat betrachtete das Geschehen einige Minuten lang. Das war der zweite Selbstmord in diesem Jahr, und noch immer konnte und wollte er sich nicht an dieses Monument gewöhnen. Ferhat war aufgefallen, dass es zumeist junge Mädchen waren, die sich das Leben nahmen. Die meisten unter ihnen hatten einen Migrationshintergrund.

»Warum?«, fragte sich Ferhat diesmal laut.

Die drei Mädchen blickten kurz zu ihm hinüber. Er hatte zu laut gedacht. Erst als Ferhat weitere Bilder von Arzu in der Vitrine sah, wurde ihm schmerzhaft bewusst, dass ihm ihr Gesicht bekannt vorkam. Er erinnerte sich, dass er sich mit ihr mehrmals auf Schulfesten unterhalten hatte.

Sie verkaufte an einem Essensstand gebratene und gekochte İçli Köfte, eine für die türkische Region Malatya bekannte Speise aus Weizengrütze mit Hackfleischfüllung. Das Bild, wie sie hinter dem Tresen stand und ihr Essen präsentierte, löste eine Reihe von Erinnerungen in seinem Kopf aus.

Er erinnerte sich, als wäre es gestern gewesen, wie er auf sie zukam und sie fragte, ob sie tatsächlich aus Malatya komme. Er hatte ihr erklärt, dass dies die Nachbarregion seiner Heimat Elazığ ist, weshalb er auch schon häufig mit der Familie in Malatya gewesen sei. Sie hatte gelächelt und gesagt: »Ich verkaufe hier keine Made-in-China-Ware. Wir aus Malatya machen das beste İçli Köfte in der ganzen Türkei.«

Ferhat hatte nichts dagegen einzuwenden gehabt, er hatte sich gleich zwei Stück Köfte gekauft, eines gebraten und das andere gekocht.

Arzu hatte ihm beide gereicht und gesagt: »Vergiss bloß nicht, Joghurt und Tomatensoße darüberzugeben!«

»Wenn du schon dabei bist, dann reich mir gleich auch Sumak, Minze und scharfes Chilipulver rüber«, hatte Ferhat lächelnd geantwortet.

»Ihr aus Elazığ müsst es mal wieder übertreiben«, hatte sie gemeint und ihm die Gewürze gegeben. »Du verdirbst dir noch den Magen.«

Ferhat aber hatte hineingebissen und die Augen geschlossen. Ohne dass er es gemerkt hatte, war ihm eine Träne entwichen.

»So schlimm? Ist es die Schärfe?«, hatte Arzu gefragt und ihn ein wenig unsicher angeblickt.

»Nein. Es ist nur der Geschmack meiner Heimat. Meine Mutter kocht uns dieses Gericht immer zum ersten Tag des Fastenbrechens am Ramadan. Dieses Essen erinnert mich an Familie und schöne Gesellschaft. Danke, Arzu. Es schmeckt zum Heulen gut!«, hatte er hinzugefügt und dabei gelacht. »Ihr aus Malatya wisst, was schmeckt.«

Ferhat erinnerte sich, dass er Arzu zum letzten Mal kurz vor den Sommerferien gesehen hatte. Er hatte sie gefragt, ob sie in ihre Heimat, nach Malatya, reisen werde.

Sie hatte geantwortet, dass Berlin ihre Heimat sei. Doch um seine Frage zu beantworten, hatte sie knapp hinzugefügt: »Ich weiß noch nicht. Kommt drauf an.«

Jetzt, nachdem Ferhat ihr Bild in der Vitrine sah, fragte er sich, ob er irgendetwas aus ihrer Antwort oder an ihrer Körperhaltung hätte ablesen können, was auf ihren späteren Suizid hindeutete.

Wieso habe ich ihrem letzten Satz bloß keinen Wert beigemessen? Warum habe ich nicht nachgehakt?, fragte er sich.

Er hatte viele Gerüchte gehört, die im Umlauf waren. Gescheiterte Liebe, Trennung der Eltern, Depressionen, Streit in der Familie, und was nicht alles getuschelt wurde. Er nahm keine Notiz davon, da er der Meinung war, dass Gerüchte am Ende des Tages noch immer nur Gerüchte waren, und davon gab es in der Oberstufe jede Menge.

Was aber, wenn eines dieser Gerüchte tatsächlich keines war?, fragte er sich.

Der bittere Nachgeschmack von verlorenen Menschenleben drückte seine ohnehin angeschlagene Laune. Das waren alles die »erfolgreichen« Selbstmorde, nicht vorstellbar, wie viele nicht geglückte Selbstmordversuche es gab. Aber Frau Hösch, seine Deutschlehrerin, nannte es »Freitod«. Für sie war Selbstmord eine zu dramatische Bezeichnung für etwas, was angeblich aus freiem Willen geschah. Der Freitod war für sie eine modernere Bezeichnung, eine zeitgemäßere.

Arzu würde das auch nicht mehr lebendig machen, versuchte Ferhat sich auf andere Gedanken zu bringen. Arzu bedeutete im Türkischen »Wunsch«.

Was wohl ihr letzter Wunsch gewesen sein mochte? Was wohl die letzten Gedanken waren, die ihr durch den Kopf schossen? Wann hatte sie begonnen, über einen Suizid nachzudenken? Was hatte sie überhaupt dazu bewogen, über so etwas wie Selbsttötung nachzudenken? Was war in ihr vorgegangen, nachdem sie sich fest entschlossen hatte, sich umzubringen? Was waren die letzten Worte, die sie sprach? Was war die letzte Mahlzeit, die sie zu sich genommen hatte? Was waren die letzten Kleider, die ihren Körper bedeckten? Was waren die letzten Worte, die sie zu ihrer

Mutter sprach, im Bewusstsein, sie das letzte Mal zu sehen? Wie fühlte sich der letzte Kuss ihrer Mutter auf der Stirn an, in dem Wissen, dass es die letzte Berührung mit dem Diesseits war? Was hatte sie so untröstlich gemacht, sich vorzeitig als 17-Jährige von dieser Welt zu verabschieden?

Ferhat bekam Kopfschmerzen. Auf all diese Fragen würde er sowieso keine Antworten erhalten. Er verließ mit schnellen Schritten die zweite Etage. Zum ersten Mal betrat er das Herrenklo, ohne einen Würgereiz zu bekommen. Denn noch waren die Toiletten sauber. Es war der erste Schultag.

Er trat vor das Waschbecken und ließ das kalte Wasser über beide Hände und die Handgelenke fließen. Als er sich im Spiegel anschaute, konnte er nicht umhin festzustellen, dass er erschöpft aussah. Schnell wusch er sich das Gesicht und befeuchtete seine Haare. Dann verließ er eilig das Schulgebäude.

KAPITEL ACHT

»Einer der wertvollsten Geschenke, die wir Menschen bekommen haben, ist die Zeit. Achte gut darauf, wem du von diesem kostbaren Geschenk etwas abgibst.«

Ali (65) aus Tempelhof

Die Sonne verschwand allmählich hinter den Betonbauten, und der Abend senkte sich über Berlin. Die ungewohnte Kälte des Morgens hatte sich über den Tag gelegt.

Kreuzberg war die finstere »Rückseite Berlins« und die »gesetzlose Enklave«, die erschreckend zentral lag, wie es so manche Feuilletonisten zu bezeichnen pflegen.

Glanz und Schmutz lagen hier dicht beieinander. Der Ort, wo Tellerwäscher halt Tellerwäscher blieben und Millionäre einen großen Bogen darum herum machten, auch wenn die Immobilienpreise in den letzten Jahren in die Höhe geschossen waren.

Ferhat warf die Tageszeitung beim Vorbeigehen in eine Papiertonne und versank in Gedanken. Berlin war die Stadt, die er lieber heute als morgen verlassen hätte. Berlin, die nicht enden wollende Baustelle. Querstraßen, die baubedingt in Sackgassen endeten, und Straßen, die unvermittelt ihren natürlichen Fluss verloren. Gammelnde Fassaden und seelenlose Hinterhöfe.

Doch Ferhat wollte unbedingt Chirurg werden. Er sollte sein Abitur in Deutschland machen, damit der Übergang zur Hochschule problemlos verlief. Noch ein Jahr, dann konnte er sein Studium antreten.

Ferhat lief nun die Hauptstraße hinunter, die von etlichen Lebensmittelläden umsäumt war. Jeder dritte Laden bot orientalische Spezialitäten zum Verzehr an, und in jedem zweiten Laden konnte man Sportwetten abschließen, vor dem arbeitslose Jugendliche versuchten, die Zeit totzuschlagen. Verschleuderte Zeit eines Menschenlebens, das untätig in den Tag hinein lebte. Die Straße versprühte den Duft von gewürzten Fleischspießen.

Er betrat die Teestube, die in der Nähe seiner Wohnung lag.

Hier waren drei Generationen vereint. Dickbäuchige und teeverrückte Patriarchen, untaugliche Familienväter und arbeitslose Jugendliche spielten auf den Tischen Karten, tranken ihren türkischen Tee, und wenn gerade kein Fußballspiel lief, ließ man den riesigen Flachbildfernseher, der wie eine Art Trophäe an der Wand hing, sodass man ihn von jeder Ecke des Raumes sehen konnte, vor sich hin flimmern. Sie saßen auf harten Holzstühlen an billigen Tischen.

Gierig griffen ihre Hände in die große Holzschale, die mit Sonnenblumenkernen gefüllt war. Während die älteren Männer zumeist mit Sakkos und klassischen Stoffhosen bekleidet waren, kamen die Jugendlichen oftmals mit lässigen Jogginghosen und Sportschuhen in die Teestube. Ferhat wähnte sich irgendwo dazwischen. Er war weder sportlich gekleidet noch so fein, dass er spontan bei einer Hochzeitsfeier hätte vorbeischauen können.

Viele hatten ihr Glück in den türkischen Fußballmannschaften gesucht und gefunden. Drei Jahre in der zweiten Liga getaumelt. Dann Drogen- und Alkoholprobleme und jetzt als verwahrlostes Talent hier gelandet.

Für diese Teestube, die ein eingetragener Sportverein war, gab es weder feste Öffnungszeiten, noch konnte sich Ferhat erklären, wieso in einem eingetragenen Sportverein 24 Stunden lang geraucht wurde. Ein kühler Dunst aus Asche setzte sich an den Wänden ab und machte sich in Form gelb wuchernder Flecken bemerkbar. Auch wenn man versucht hatte, durch die Mannschaftsfahnen der drei großen Istanbuler Mannschaften Galatasaray, Fenerbahçe und Beşiktaş diese Flecken zu verdecken, wucherte dieses gilbe Unzeug auf allen Fahnen, so wie ein Bild, das den Rahmen sprengte.

»Selamun Aleykum«, grüßte Ferhat in die Runde.

Keiner nahm Notiz von seiner Anwesenheit.

Jedes Mal das Gleiche, dachte er sich. Kein Gruß wird in dieser Teestube erwidert.

»Aleykum Selam«, grüßte Ferhat auch dieses Mal sich selbst zurück, so, wie er das immer machte.

Der Teewirt war zu jeder Tageszeit hier anzutreffen. An manchen Tagen ging er nicht nach Hause und schlief hinten im Lager auf einem Haufen Pappkartons. Er zog immer seine feinen, schwarzen Schuhe aus, legte die Strümpfe darauf und schlief dann ein, ohne seinen Schlüsselbund und das Handy aus der Hosentasche zu nehmen. Seine harte Cordjeans ließ er immer an, und sein Hemd zog er auch nie aus.

Ferhat hatte das Gefühl, das keiner hier so recht wusste, wie der Teewirt wirklich hieß. Man nannte ihn schlicht Cevo. Eine atemberaubend hässlich anmutende Erscheinung, die nach billigem Kölnisch Wasser roch und stets ein Lächeln auf dem Gesicht hatte. Ein kleiner Kopf mit großen spitzverlaufenden Ohren. Tiefe Gesichtskrater an den Wangen, eine rot aufgequollene Nase und gelbe Zähne. Dann noch das schütte grau-braune Haar, das wirsch auf dem Kopf stand. Dennoch hatte er die schönste Stimme in der ganzen Straße und den prächtigsten Schnauzbart, den er schwarz gefärbt hatte. Sein Schnauzbart war so ziemlich das Einzige, das er pflegte. Er kämmte ihn fast stündlich durch, wachste ihn und massierte ein Bartöl, das nach Zedernholz roch, in seinen Schnauzbart ein.

Obwohl hier Alkohol verboten war, gab er sich jeden Abend die Kante. Seine ständige Trunkenheit hatten die meisten Gäste hier stillschweigend hingenommen.

Ferhat ging zu ihm hinüber. Er setzte sich auf einen Barhocker. Cevo hatte diese Barhocker selbst besorgt. Er meinte, sie verliehen dieser Teestube eine besondere Note. Vielleicht wollte er aber auch einfach nur Gesellschaft hinter der Theke, dachte Ferhat. Also hatte er ein Ritual daraus gemacht, sich jedes Mal auf einen der hohen Hocker direkt an die Theke, oder wie man dieses Konstrukt sonst noch bezeichnen mochte, zu setzen. Die Theke war sehr klein und eingeschlossen. Sie bot gerade mal Platz für eine Person.

Ferhat zog eine kleine Schüssel zu sich heran. Es waren Sonnenblumenkerne darin. Er griff mit der rechten Hand hinein und ließ die Kerne in seine linke Hand niederprasseln. Er tauchte seine Finger in sie und pickte sich eine heraus. Die öffnete er mit seinen Schneidezähnen. Der Sonnenblumenkern platzte auf. Die Geräusche vom Klackern der Brettspiele, der Männerstimmen, des Fernsehsummens und des pfeifenden Teekessels auf der Herdplatte erweckten den Eindruck einer regen Betriebsamkeit.

Wenn man es nicht besser wüsste, könnte man meinen, die Gäste arbeiteten unter Tage und seien kurz zum stickigen Pausenraum hochgekommen, um später wieder Kohle im schwarzen Schlund abzubauen, dachte Ferhat amüsiert.

»Cevo, warum trinkst du dieses Teufelszeug?«, fragte Ferhat.

»Weil ich Berlin nicht nüchtern ertrage«, antwortete der Wirt sarkastisch.

»Ich meine, jeden Abend nerve ich dich mit derselben Frage. Hat das Leben nicht noch so viel mehr zu bieten?«, hakte Ferhat nach.

Cevo grinste. »Als?«

»Na ja, als sich hier dem Suff zu ergeben?«

»Du bist doch auch hier.«

»Schon, aber du weißt, dass ich nicht ewig hier sein werde.«

»Schön für dich«, meinte Cevo gleichmütig.

»Warum ist Onkel Hasan noch nicht da?«, versuchte Ferhat das Thema zu wechseln.

»Er kommt sicher bald. Weit kann er ja nicht sein. Er treibt sich eh nur in diesem Viertel rum. Ich habe ihn noch nie außerhalb dieses Viertels gesehen. Immer treibt der sich irgendwo hier rum.«

»Sagte der, der hinten im Lager übernachtet.« Jetzt war es an Ferhat, breit zu grinsen. »Was ist eigentlich mit deinen Kindern, du hast doch letztens ...«

Sofort unterbrach Cevo ihn. Er wirkte sichtbar ungehalten. »Lass gut sein. Ich will nicht darüber reden.«

Nachdem Cevo noch einen kräftigen Schluck Raki zu sich genommen hatte, verließ Ferhat die selbstgebaute Theke, die aussah, als würde sie aus Resten von Spanplatten zusammengesetzt sein. Mit dem Rücken zur Wand ging er in die Knie und schaute zum Fernseher hinüber. Dort lief gerade Werbung. Die Werbung im türkischen Fernsehen konnte sich sehr in die Länge ziehen. Für jedes noch so alltägliche Produkt wurde dramatisch geworben, als wäre die Menschheit ohne es aufgeschmissen.

Ferhat kam nach Berlin, um Deutsch zu lernen, und landete in dieser Enklave, die Berlin-Kreuzberg heißt. Türkische Tageszeitungen und Zeitschriften. Türkische Lebensmittelläden und türkische Gastronomie. Türkische Nachbarn und türkische Hochzeiten. Türkische Namen und türkische Schilder. Türkische Parteien und türkische Moscheen. Türkisches Mobilfunknetz und türkisches Satellitenfernsehen. Manchmal löste diese Erkenntnis einen Würgereiz in ihm aus.

Und doch war hier alles so anders als in der Türkei. Es war so fremd und beklemmend. Wahrscheinlich lag das an der unterschiedlichen Sozialisation, versuchte er sich einzureden. Seine Verwandten in der Türkei hatten nicht die leiseste Ahnung, dass sie ihn in ein türkisches Ghetto geschickt hatten. Ferhat hatte die ersten beiden Jahre hier Deutsch gelernt.

Dann entschloss er sich, ihm zumindest tagsüber zu entkommen. Also entschied er, das Gymnasium im grünen, reichen und wohlriechenden Charlottenburg zu besuchen. Eine Oase mitten in der Stadt, fern vom lärmenden und chaotischen Kreuzberg.

Viele der Leute, mit denen er zu tun hatte, fanden Charlottenburg spießig und zogen nach Kreuzberg, Mitte und Umgebung. Wenn er geahnt hätte, dass er nach Ablauf eines halben Jahres stets erneut auf ein anderes Monument des Selbstmordes blicken würde, so hätte er die Stadt gleich nach seiner Ankunft schnell wieder verlassen. Doch jetzt kam er hier nicht mehr raus.

Er redete sich ein, dass er hier genauso gefangen war wie die Küchenmaus, die er fiepen hörte und die gerade unter der Theke ihren letzten Kampf ums Überleben ausfocht.

Er durfte eigentlich nicht hier sein.

Sein Vater hatte immer gesagt, dass er sich von Parteien, Teestuben und Demos fernhalten solle.

Egal, dachte Ferhat. In der Türkei musste er sich jeden Tag rasieren. Hier nahm man das nicht so genau. Er hatte immer einen dichten Dreitagebart und locker sitzende Jeans.

In diesem Moment betrat Onkel Hasan die Teestube. Ferhat wandte sofort seinen Blick zu ihm. Alle standen kurz auf und grüßten ihn. Dann setzten sie sich wieder hin. Er war der Einzige, dessen Gruß hier erwidert wurde. Der einzige Grund, weswegen Onkel Hasan in diese Teestube kam, war Ferhat. Das wusste er.

Onkel Hasans Welt war vom Dreigespann Wohnung, Moschee und Teestube geprägt. Woanders hatte er ihn nie angetroffen. Es kam schon einer Sensation gleich, dass er im letzten Jahr tatsächlich im Krankenhaus aufgetaucht war, als Cemal halbtot dort eingeliefert wurde. Wie schwer musste es ihm erst gefallen sein, Ferhat damals vom Flughafen abzuholen.

Das wird ihn richtig Überwindung gekostet haben, dachte Ferhat und konnte sich nicht erklären, wieso Onkel Hasan seinen Kiez nur mit größter Überwindung verließ.

Ferhat schob schnell einen runden Tisch zurecht und holte aus dem Lager zwei Holzstühle, die er an den Tisch stellte.

Was Onkel Hasan von den anderen hier unterschied, war, dass er im Gegensatz zu den anderen

Gästen hier in der Türkei studiert hatte. Dann war er für eine kurze Weile im Gefängnis.

Mehr wusste Ferhat nicht über Onkel Hasan. Dieser redete nie über seine Vergangenheit. Auch nicht mit Ferhat.

Ferhat erinnerte sich, als wäre es gestern, wie er sich auf dem Flughafen Istanbul von seiner Familie verabschiedete. Sein Onkel Bilal, der jüngste Bruder von Ferhats Vater, steckte ihm einen Zettel in die Jackentasche und flüsterte ihm in das Ohr, dass das die Telefonnummer von Onkel Hasan sei. Dieser sei der Vater eines sehr guten Freundes, und er werde Ferhat am Flughafen Tegel in Berlin empfangen.

Als Ferhat dann den letzten Kuss seiner Mutter und ihre warmen Tränen an seiner Wange spürte, hatte er das Gefühl, als würde er daran zerbrechen. Er redete sich ständig ein, dass getrennt wurde, was zusammengehört. Wer empfände keinen Schmerz, wenn man ihm den Nagel vom Finger risse, redete er sich ein.

Kaum war er in Berlin gelandet und aus der großen Masse an Menschen getreten, die auf ihre Familie und Freunde warteten, erahnte er Onkel Hasan und dieser Ferhat ebenso. Ohne, dass beide je Bilder von sich zuvor gesehen, miteinander telefoniert oder in irgendeiner Weise etwas miteinander zu tun hatten, fühlte Ferhat unendliche Erleichterung, als er seine Koffer fallen ließ, auf den Onkel zurannte und mit einer kräftigen Umarmung Tränen an seiner Schulter vergoss.

Bis heute konnte er es sich nicht erklären, wie ein Mann, dessen Nummer sein Onkel Bilal ihm vier Stunden vor seiner Landung in die Jackentasche gesteckt hatte, ein Gefühl in ihm auslöste, als würden sie sich seit Ewigkeiten kennen.

Ferhat erzählte seinem Vater viel von Onkel Hasan, und sein Vater versprach ihm, dass er eines Tages nach Berlin kommen und diesen großartigen Menschen kennenlernen würde. Seit vier Jahren bot sich ihm dafür aber keine Gelegenheit.

Onkel Hasan zog es vor, nicht am Telefon mit Ferhats Vater zu reden, da er sich nicht wohl dabei fühlte, von anderen gelobt zu werden. Für Ferhat war er eine Wissensoase in dieser intellektuell ausgetrockneten Landschaft.

»Wie geht es dir, mein Sohn?«, fragte Onkel Hasan. Das war bei ihm zu keiner Floskel verkommen. Das spürte Ferhat stark im Inneren. Jedes Mal fragte er das mit größter Aufrichtigkeit. Ferhat wusste das und antwortete entsprechend.

»Na ja, nicht so gut. Heute war der erste Schultag. Die haben uns schon vor den Ferien einen Infozettel gegeben, in dem stand, dass wir um acht Uhr morgens zum ersten Unterricht antreten sollten«, sagte Ferhat.

»Aber?«, fragte Onkel Hasan.

»Ich blieb bis neun Uhr und keiner kam. Einzelne Schüler kamen noch, aber die waren auch schnell weg. Da waren drei Mädchen auf unserer Oberstufenetage. Die haben diese riesige Glasvitrine verziert. Sie haben Rosenblätter reingelegt, Fotos von ihr draufgeklebt und Kerzen aufgestellt. Da hat sich wohl eine aus der 12. Klasse das Leben genommen«, sagte Ferhat.

Onkel Hasan hatte einen gequälten Gesichtsausdruck. Graumeliertes Haar bedeckte sein Haupt, und der kräftige Oberlippenbart stach über seine Oberlippe hervor. Seine warmen braunen Augen waren voller Tränen und Vergangenheit.

Ferhat entging nicht, wie die letzten Jahre Onkel Hasan sichtlich körperlich mitgenommen hatten, auch wenn er sich sicher war, dass es dafür keinen Grund gab.

»Was will man machen, mein Sohn«, sagte Onkel Hasan teils ratlos, teils resigniert.

»Ich weiß doch auch nicht. Der Unterricht beginnt aber erst am Mittwoch. Wir haben morgen noch frei«, sagte Ferhat.

»Was ist mit Cemal und Kerem?«

»Keine Ahnung. Cemal war heute weder in der Schule, noch habe ich ihn die letzten beiden Tage zu Hause gesehen. Ich versuche ihn die ganze Zeit schon zu erreichen, aber sein Handy ist aus. Und Kerem ist bestimmt irgendwo draußen. Du weißt doch, er treibt sich immer auf den Straßen rum«, sagte Ferhat.

Onkel Hasan nickte. »Versuch, auf sie aufzupassen, mein Sohn. Ich weiß, dass du viel arbeitest und auch sonst viel um die Ohren hast, aber achte etwas auf sie. Ihr seid zwar alle fast im selben Alter, doch du bist so was wie ein großer Bruder für sie.«

»Cevo! Bring uns doch mal zwei Tee. Jedes Mal muss ich dir das extra sagen. Du weißt doch inzwischen, dass wir immer Tee trinken«, rief Ferhat in Richtung Theke, hinter der Cevo eingepfercht mit kleinen Teegläsern und Untertassen hantierte.

»Ja, ist ja gut. Kommt sofort.«

»Du weißt, wir trinken ihn stark und ohne Zucker«, fügte Ferhat in unverminderter Lautstärke hinzu. Dann wandte er sich erneut seinem Gesprächspartner zu. »Ich weiß schon, was du meinst, Onkel Hasan, aber man muss sich auch helfen lassen wollen.«

Onkel Hasan holte eine Zigarettenschachtel aus seiner Hemdtasche und schob sich eine Zigarette in den Mund. Er fing an zu rauchen.

»Außerdem renne ich denen sowieso den ganzen Tag hinterher, als hätte ich nichts Besseres zu tun«, erklärte Ferhat ein wenig unwillig. Onkel Hasan lächelte nur müde. Die Falten in seinem Gesicht ließen ihn kraftlos wirken.

Cevo stellte zwei kleine Teegläser auf den Tisch genau vor die beiden Männer.

»Wie geht es deinen Eltern?«, fragte Onkel Hasan.

»Ganz gut. Ich rufe sie alle paar Tage an.«

»Wurde dein Vater wieder in eine andere Stadt versetzt?«

»Nein. Er will jetzt endgültig in Elazığ bleiben. Als er mit dem Lehrerberuf anfing, wurde er alle paar Jahre in eine andere Stadt versetzt. Die Lehrer in Deutschland haben es gut, sie können es sich selbst aussuchen, wo sie lehren möchten. Ich habe zumeist nur die Ferien als Kind in Elazığ verbracht. Dann waren wir in Erzurum, in Izmir und Samsun. Das kennen die Jugendlichen alle hier nicht. Nur Kreuzberg. Dann kommen die Touristen von außerhalb und schauen sich dieses Türkenviertel an, als seien sie im Zoo und würden besonders gefährliche Raubtiere vor sich haben.«

»Du musst mal wieder in die Heimat, mein Sohn«, sagte Onkel Hasan.

»Ich wollte auch eigentlich in den Sommerferien dorthin fliegen, aber dann habe ich mir gesagt, es ist dein letztes Jahr auf der Oberstufe, bleibe hier. Außerdem habe ich die ganzen Ferien lang gearbeitet. Ach ja, und morgen muss ich auch wieder arbeiten«, regte sich Ferhat auf.

»Du arbeitest zu viel. Du hast gesagt, dass du Medizin studieren willst. Dann musst du dich mehr auf die Schule konzentrieren«, sagte Onkel Hasan und nahm einen Schluck vom Tee.

»Schon, aber ich brauche das Geld. Wohnungsmiete, Stromkosten, Krankenversicherung und dann die Ausgaben für das tägliche Leben.«

Plötzlich schämte sich Ferhat, das gerade vor Onkel Hasan gesagt zu haben. Dieser gab ihm alle paar Wochen Geld. Ferhat wollte es nie annehmen, doch Onkel Hasan akzeptierte keine Widerworte.

Es war ihm peinlich, weil Onkel Hasan schon in Rente war, und großzügig fiel seine Rente auch nicht gerade aus.

»Na ja«, versuchte Ferhat einzulenken, »dafür sammele ich jede Menge Erfahrung, und das kann man für kein Geld der Welt kaufen.«

»Wann musst du morgen arbeiten?«, fragte Onkel Hasan.

»Abends. Wochentags bin ich jetzt im Internetcafé, und am Wochenende arbeite ich halt im Hochzeitssaal«, sagte Ferhat.

Onkel Hasan schüttelte den Kopf. »Versuch, dir einen anderen Job zu suchen. Dieses Internetcafé ist nicht gut für dich.«

»Es geht eigentlich. Man lernt verschiedene Menschen kennen. Seit einigen Tagen kommt so ein junges Mädchen immer um dieselbe Uhrzeit in das Internetcafé, bleibt exakt eine Stunde vor einem Rechner sitzen, raucht eine und geht weg«, sagte Ferhat, ohne zu wissen, weswegen er dieses Thema angesprochen hatte.

»Und?«, versuchte Onkel Hasan zu verstehen.

»Ich will sie eigentlich ansprechen. Sie kommt immer spätabends und ist sehr jung. Zudem noch ein sehr hübsches Mädchen und ...«, wollte Ferhat weiter erklären, doch Onkel Hasan lachte plötzlich laut auf. »Ach, dahin läuft der Hase«, rief er amüsiert.

»Nein, nein. Absolut nicht. Es geht ums Prinzip«, wies Ferhat brüsk von sich.

»Moment. Du weißt doch gar nicht, was ich sagen wollte«, erwiderte Onkel Hasan.

»Ähm ... Wie dem auch sei. Ich werde sie ansprechen und dem Ganzen mal etwas nachfühlen«, verteidigte sich Ferhat.

Onkel Hasan zog an seiner Zigarette und sog den Rauch tief ein. Während er Ferhat anblickte, schienen sich seine Pupillen zu verengen. »Du weißt, dass ich sozusagen dein Vater in der Fremde bin«, sagte er ernst. »Und daher bürge ich auch für dich. Wenn du jemanden suchst, der für dich bei der Familie des Mädchens um ihre Hand anhält, dann bin ich da. Du bist 22. Du brauchst dich dafür nicht zu schämen.«

Ferhat wurde verlegen.

»Sei aufrichtig und spiele kein falsches Spiel mit dem Mädchen, aber das brauche ich dir ja nicht zu erklären«, führte Onkel Hasan seine Gedanken zu Ende. Dann klopfte er kurz die Asche von seiner Zigarette.

Im gleichen Moment stand Ferhat auf, um sich zu verabschieden. Er küsste die Hand von Onkel Hasan und umarmte ihn.

»Ich danke dir, Onkel Hasan.«

Onkel Hasan küsste Ferhat an der Stirn. »Gute Nacht, mein Junge.«

KAPITEL NEUN

»Die größte Waffe eines Feindes ist es, Freundschaft vorzutäuschen.«
Ihsan (18) aus Neukölln

Onkel Hasans Worte, gingen ihm nicht aus dem Kopf. Hatte er sich wirklich nur Sorgen um das hübsche Mädchen aus dem Internetcafé gemacht, weil sie jung und hübsch war? Was wäre gewesen, wenn sie dick und hässlich gewesen wäre? Hätte er dieselbe Sorge für sie dann nicht mehr empfunden? Innerlich hatte er ihr schon einen Namen gegeben, auch wenn er ihren wirklichen Namen nicht kannte. Er nannte sie für sich »Die Schöne mit den feurigen Haaren.«

Die Schöne, weile sie eine zierliche Nase und große grüne Augen hatte. Ein heller Hauttyp mit leichten Sommersprossen in der Nasengegend. Die Feurige, weil sie lange, gelockte, dunkelrote Haare hatte, die Ferhat mit Feuer assoziierte. Außerdem würde er sie, obwohl er bisher kein Gespräch mit ihr geführt hatte, als temperamentvoll bezeichnen. Sie hatte einen aufrechten, leichten, stolzen Gang, was ihr etwas Erhabenes verlieh.

Da sie bereits seit mehreren Wochen regelmäßig auf seinem Arbeitsplatz erschien, verspürte Ferhat keine Eile, sie anzusprechen. Wenn der richtige Zeitpunkt da war, würde er es schon machen. Zudem hatte er bereits sehr viele innere Dialoge mit ihr geführt. Wenn sie tatsächlich so sein sollte, wie er es sich im Innersten ausmalte, dann könnte er sich durchaus etwas Ernstes mir ihr vorstellen.Begleitet von diesen Gedanken trat Ferhat unter dem Schimmer der Straßenlampen den Heimweg an.

Er bog von der Hauptstraße in eine kleine Seitenstraße, die immer noch breit angelegt war. Die Autos parkten alle quer zur Straße, sie standen sehr dicht zueinander. Warmes gelbes Licht glimmte aus den Fenstern der halbzerfallenen Häuserfassaden.

Es waren zumeist einsame Hausfrauen, vermutete Ferhat, die aus den Fenstern auf die karge Straße blickten. Jeden Abend sah er beim Vorbeilaufen in ihre trostlosen Gesichter, die etwas, das sie verloren hatten, in der Straße zu suchen schienen. In dieser kleinen Seitenstraße ragten Satellitenschüsseln in Richtung Nahost, und Ramschläden bauten sich an den Seiten auf, die die meiste Zeit des Tages geschlossen blieben.

Die Wände waren teils mit Graffiti beschmiert, teils mit Plakaten verkleistert. Volle Briefkästen und Infoblätter, die man vorbeilaufenden Passanten in die Hand drückte. In der Manier eines Guerilla-Marketings versuchte man, die Menschen hier für sich zu gewinnen. Man hätte hier nicht politisch ambitionierte Einwohner anwerben können. Die Plakate waren in türkischer, arabischer und kurdischer Sprache verfasst, da die Organisationen sich keine Illusionen darüber machten, dass die ältere Generation Deutsch sprach. Überhaupt sprachen viele Einwohner kaum Deutsch. Das war eine der Sachen, die Ferhat als Erstes in Kreuzberg auffiel. Die meisten hier waren Migranten. Die meisten hier waren arm. Hier, wo die türkische und deutsche Sprache Fremdsprachen waren.

Die Kinder der dritten Generation waren oftmals überdurchschnittlich schlecht in der Schule. Ferhat war es immer noch ein Rätsel, wie sie Türkisch und Deutsch sprechen konnten, ohne dass er wirklich viel davon verstand. Könnten sie doch zumindest das Türkische flüssig lesen und sprechen, dann würde er das sogar verstehen, regte sich Ferhat bei reißerischen Titeln in den Tageszeitungen auf, wenn er dort in regelmäßigen Abständen lesen musste, dass die deutsche Sprache in seinem Bezirk eine Fremdsprache war. Das Türkische war es auch. Zumindest unter der dritten Generation.

Dennoch warben zivilgesellschaftliche und politische Organisationen so, als ob es um jede Straße ginge, die man für sich vereinnahmen musste. Wie der Sturm nach Berlin in den letzten Kriegstagen. Es wurde unerbittlich um jede Straße gekämpft.

Die Einwohner machten diesen Menschen einen Strich durch die Rechnung, denn sie interessierten sich wenig für Politik und das System, in dem sie lebten.

Sie sind keine Minderheit, schoss es Ferhat durch den Kopf, als er in das Meer von Satellitenschüsseln blickte, sondern eine schon längst ständig wachsende bittere Realität, die es zu unterbinden galt, so wie man es mit der ersten Generation der Gastarbeiter damals zu tun pflegte.

Ferhat griff in seine linke Hosentasche und holte seinen Schlüsselbund raus. Dann tastete er das Schlüsselloch in der Tür vor sich ab. Die Tür öffnete sich nicht. Es war der falsche Schlüssel.

Er konnte kaum etwas sehen, die Beleuchtung der Haustür war wieder einmal kaputt. Da nahm er sein Handy und bestrahlte mit dem Licht des Displays das Schlüsselloch. Klack. Die Tür öffnete sich, und die rostigen Türbänder quietschten so hell auf, als würde ein kleines Baby sich die Seele aus dem Leib schreien.

Er trat in den Hausflur. Der Gang stank nach feuchtem Schimmel. Er war mit Sand verschmutzt, und der Durchgang war durch herumstehende Kinderwagen verstellt.

Er öffnete seinen Briefkasten, der neben den anderen an der Wand des Hausflures hing. Kein Brief. Nur Werbung, obwohl dort ganz groß geschrieben stand »Bitte keine Werbung und Zeitungen!«.

Die Flurlampe strahlte Lichtfetzen in den Hausflur. Die Atmosphäre im Haus empfand Ferhat als beklemmend. Aus dem Hinterhof drang das lautstarke Gespräch zweier Männer zu ihm vor.

Ferhat wohnte im dritten Stock, doch die Treppenstufen zogen sich sehr hoch. Das Haus war ein Berliner Altbau. Die Decken waren höher als in anderen Häusern, daher kamen ihm die drei Etagen jedes Mal so vor, als würde er im zehnten Stock wohnen. Die morschen Treppenstufen knarzten entsetzlich, als er hochstieg, und das, obwohl Ferhat superschlank war.

Schutt rieselte aus den baufälligen, schäbigen Decken herunter. Das Treppenhaus hatte über Jahrzehnte den Duft verschiedener kulinarischer Köstlichkeiten in sich aufgesogen, und an den Wänden klebte der gleichbleibende Duft von gebratener Leber. Die Einwohner dieses Hauses stellten ihren Müll vor die Haustür.

Im zweiten Stock funktionierte die Etagenlampe mal wieder nicht. An jeder Ecke dieses Hauses hatten sich die Spuren von Vandalismus und Resignation niedergelegt. Flurlampen, die neu eingesetzt wurden, waren schon am nächsten Tag wieder kaputt. Holzspäne, dreckspeiende Müllsäcke und undefinierbare Gegenstände standen im Flur herum, obwohl im Hinterhof Mülltonnen aufgestellt waren. Der Saft des Mülls suppte aus kleinen Löchern in den Müllsäcken und verklebte den Boden.

Der Hinterhof war eine einzige Mülldeponie. Manche Einwohner schmissen sogar ihren Fernseher vom vierten Stock geradewegs hinunter. Dort unten stand eine vor sich hin gammelnde Sitzbank neben einem Müllberg, der von Tag zu Tag größer wurde, und die Wände hatte man mit brutalen Parolen beschmiert. »All Cops are Bastards«, »Nur ein toter Bulle ist ein guter Bulle« und weitere Schmierereien.

»Cemal?«, rief Ferhat in die leere Wohnung, nachdem er die Tür geöffnet hatte. Die Wohnung sah leer aus. Leise zog er die Tür hinter sich zu. Die Straßenlaterne schien direkt durch das große Fenster in sein Zimmer hinein, obwohl sich die Bogenlampen weit unter ihnen befanden. Am Anfang empfand er es als nervig. Es war, als wenn ein Auto mit Fernlicht am Fenster vorbeifahren und der helle Schein durch den gesamten Raum fliegen würde.

Ferhat öffnete Cemals Zimmer. Seit zwei Tagen war er nicht mehr da, und doch sah sein Zimmer so aus, als wäre er kurz zum Bäcker gegangen, um gleich wieder zurückzukommen. Seine Bettdecke hing herunter, das Kissen war auf den Boden gefallen. Zwei Paar Hosen und unzählige Socken lagen auf dem Boden zerstreut. Sie lagen bedeutungslos herum, als seien sie aus der Psychiatrie geflohen, und blickten Ferhat an wie ausgehungerte Ratten, die es darauf abgesehen hatten, an seiner Seele zu nagen. Auf seinem Schreibtisch war noch der rußgeschwärzte Aschenbecher, in dem glimmende Zigarettenstummel in der Asche ertränkt worden waren. Daneben stand ein klebriges Glas mit einem Rest kaltem Tee.

Ferhat stellte sich in die Mitte von Cemals Zimmer und warf die Arme hoch. Auch sein Blick war gegen die Zimmerdecke gerichtet, als würde er dem Bewohner im Stockwerk über ihm klagend zurufen wollen: »Was macht dieser Junge nur für Sachen?«

Dann ging Ferhat in sein eigenes Zimmer. Es sah dort ziemlich kahl aus. Ein kleiner orientalischer Diwan schmiegte sich an eine der Wände.

Ferhat setzte sich in eine Zimmerecke auf den Boden. In seiner Heimat saß man überwiegend auf dem Fußboden, auch die Mahlzeiten wurden sitzend auf dem Boden eingenommen.

Ferhat betrachtete die kleine schwarze Ledercouch, auf der er nicht saß, und den niedrigen Tisch davor, von dem er nicht aß. Beide Möbel waren nur für seine Gäste und Freunde bestimmt, die oftmals Probleme hatten, auf dem Boden zu sitzen, geschweige denn von einem großen Tablett gemeinsam zu essen. Die meisten, die von ihm zum Essen eingeladen worden waren, hatten seine traditionellen Essensgewohnheiten sowohl als unbequem als auch als unhygienisch empfunden.

Nachdem Cemal gerade in die gemeinsame Wohnung eingezogen war, hatte er das Ganze sogar für einen Scherz gehalten, erinnerte sich Ferhat. »Sag mal, wieso essen wir nicht gleich im Görlitzer Park zwischen Drogenspritzen und Taubenkot?«, hatte Cemal grinsend gerufen, nachdem Ferhat mit einem großen Tablett aus der Küche gekommen war.

Als Ferhat das Tablett, auf dem Reis und Rindfleisch angerichtet waren, in der Mitte des Raumes abgestellt hatte, hatte Cemal nach einem eigenen Teller gefragt. Doch Ferhat hatte ihm nur einen Löffel gegeben und gemeint, dass man alles teilen solle, auch seinen Teller. Schließlich sei das ja keine Suppe, aus der zehn mit AIDS infizierte Menschen essen würden, hatte er noch hinzugefügt.

Cemal, der offensichtlich nicht damit einverstanden war, wollte aufstehen, doch Ferhat hatte ihn daran gehindert. Dann hatte Ferhat ein Stück Fleisch vom Tablett genommen und es auf eine Reisplatte gelegt. Das Fleisch hatte Ferhat zuvor gekocht und in würziger Soße ziehen lassen. Nachdem er weitere Fleischstücke auf den Reis gelegt hatte, hatte er noch etwas Soße vom Teller genommen und sie über die Platte gekippt.

»Boah, ich kotze gleich!«, hatte Cemal gerufen und war aus dem Zimmer verschwunden.

Seitdem hatte Ferhat eine Couch angeschafft und es nie wieder gewagt, mit Deutschtürken von einem Tablett zu essen. Denn das, was für ihn ein Zeichen von Geselligkeit und brüderlichem Teilen war, stieß die meisten seiner hier in Berlin geborenen Altersgenossen ab.

Ein schmaler, rotgemusterter Teppich war über die Rückenlehnen gebreitet. Die Wandfarbe war weiß. Neben dem Tisch stand eine Stehlampe, doch an der Zimmerdecke hing lediglich eine nackte Glühbirne, deren kaltes Licht den Raum unbarmherzig erhellte. Diese benutzte er selten, denn sie hing an einem Kabel, das in das Zimmer ragte und oben in das Deckenloch verschwand, an dessen Seiten rote, blaue, gelbe und schwarze Kabelfedern entlangliefen.

Ferhat trat an das große Fenster, stützte sich auf dem Fensterbrett ab und starrte auf die Straße hinunter. Weit nach Mitternacht trieben sich dort noch Minderjährige herum.

KAPITEL ZEHN

»Deine Freude kannst du mit jedem teilen, doch deinen Schmerz nur mit besonderen Menschen.«

Nevin (29) aus Neukölln

Ferhats Handydisplay zeigte an, dass es vier Uhr am Morgen war. Draußen vor der Wohnungstür hörte er das lautstarke Lachen angetrunkener Jugendlicher. Ihre Unterhaltung bestand darin, dass sie sich einzelne Wortsilben zuwarfen, um gleich darauf wieder in schallendes Gelächter auszubrechen.

»Ey, du, komm mal her.«

»Nee, voll bescheuert, wa?«

»Mach nich uff dicke Lippe, Kumpel, gib mal lieba Feuer.«

»Haste 'ne Fluppe, ey?«

»Nee, Alta, hab' isch nich, vergiss es.«

Ferhat zog die Decke über sich weg und richtete sich auf. Er hörte, wie draußen mit einem Schlüsselbund geklirrt wurde. Dann schien jemand mit einem Schlüssel über das Holz der Tür zu kratzen. Ferhat hatte den Eindruck, dass gerade mit grober Gewalt versucht wurde, die Wohnungstür zu öffnen. Den Geräuschen nach zu urteilen, war jedoch ein Schlüssel auf den Fußboden gefallen.

»Cemal?«, flüsterte Ferhat, während ihm kalter Schweiß den Rücken hinunterlief.

In seinen Gedanken setzten sich schreckliche Bilder frei, die er nicht mehr verdrängen konnte. Blut, Schmerz, Koma, Intensivstation, ein halbtoter Freund vor der Wohnungstür.

Noch so eine Aktion würde Cemal nicht überleben, dachte Ferhat, zog schnell seine Pantoffel an, rannte zur Tür und riss sie sperrangelweit auf. Cemal stand vor ihm. Er hatte ein Mädchen neben sich, um dessen Hals er seinen linken Arm gelegt hatte. Er torkelte leicht hin und her. Neben ihnen standen noch zwei weitere Mädchen und ein Junge.

»Ferhat, mein Bruder!«, grölte Cemal, als wäre es der Sommerhit dieses Jahres gewesen, und spreizte seine Arme weit nach oben. Danach brachen sie wieder in Gelächter aus, das durch das ganze Treppenhaus hallte.

Der Junge hatte eine Wodka-Flasche in seiner linken Hand und eine Faschingshornbrille an. Die drei Mädchen hatten je einen Alcopop, an dem sie nippten. Sie waren allesamt leicht bekleidet. Mehrreihige Perlenketten und durchsichtige Strumpfhosen. Eine von ihnen hatte die Stöckelschuhe ausgezogen und hielt sie in der Hand.

Ein roter Striemen umarmte ihre Knöchelchen. Sie hatte schmale Schultern und einen dämlichen Gesichtsausdruck.

Bei diesem dreckigen Etagenboden müsste sie sich jetzt HIV eingefangen haben, dachte sich Ferhat.

Während die ungebetenen Gäste ein ums andere Mal in ekstatisches Gelächter ausbrachen, stand Ferhat fassungslos vor der Haustür, wie ein alter Mann, dem Jugendliche aus Spaß einen Eimer Wasser über den Kopf gekippt und das Ganze gefilmt hatten. Er versuchte noch immer zu begreifen, was er von diesem Auftritt zu halten hatte.

Plötzlich zog Ferhat seine beiden Pantoffeln aus und nahm sie in die Hand. Augenblicklich verschränkte Cemal beide Arme vor seinem Gesicht. Mit wütender Miene warf Ferhat dem barfüßigen Mädchen seine Pantoffeln vor die Füße und rief: »Nimm das und hau jetzt ab!«

Cemal nahm das Mädchen bei der Hand und wollte sie hinter sich in die Wohnung führen, doch Ferhat hinderte ihn daran.

»Worauf hoffst du hier eigentlich?«, fragte Ferhat.

Der Junge, der sich im Hintergrund hielt, mischte sich jetzt auch in die Diskussion ein: »Ey, Mann, ist doch voll scheiße, was du hier abziehst, Alta! Wir waren gerade voll geil am Feiern, ey! Doch du musst hier jetzt rumpissen, wie krass is' das denn, das geht doch gar nich, ey!«

»Pass bloß auf, dass ich dich nicht echt anpisse, du Vogel!«, rief Ferhat, der immer wütender wurde. »Und jetzt nimm diese anderen Witzfiguren, und dann haut alle ab!« Um seinen Worten Nachdruck zu verleihen, schob Ferhat den Jungen kraftvoll in Richtung Treppe.

»Ey, Mann ... Egal, Mann, pfeif auf ihn … Ey, Mädels … Lass mal woanders weiterfeiern«, sagte der Junge, und sie schrien wieder wild im Etagenflur herum und streuten sich ungestüm auf.

Ferhat packte Cemal am Arm und zog ihn in die Wohnung. Dann knallte er die Tür hinter sich zu.

»Katrin!«, schrie Cemal.

»Katrin ist draußen geblieben«, sagte Ferhat.

»Sie soll aber reinkommen!«, schrie Cemal aufgeregt.

»Nein. Katrin geht jetzt schlafen, und du, mein Freund, mit dir hab' ich einiges zu besprechen. Ich fasse es einfach nicht, dass du dir die Nächte dermaßen um die Ohren schlägst!«

»Katrin!«, schrie Cemal weiter, als wäre er nicht bei Verstand.

»Sei ruhig, du Idiot«, knurrte Ferhat, während er seinem gestrauchelten Freund wieder vollständig auf die Beine half.

Eigentlich hätte er gern noch hinzugefügt, was denn die Nachbarn von dem Lärm halten sollten, doch er ließ die Bemerkung dann doch sein. Die Nachbarn schmissen ihre Fernseher in den Hinterhof, manche auch ihren Kühlschrank. Er bekam jeden Abend Ehestreitigkeiten mit, und die meisten waren sowieso arbeitslos, deswegen musste er sich keine Sorgen machen, dass er jemandem in seinem Schlaf stören würde, der dann verschlafen und zu spät zur Arbeit kommen könnte.

Stattdessen wandte er sich erneut an seinen Freund. »Du weißt doch, dass ich es gut mit dir meine«, murmelte er. »Deshalb sollten wir uns jetzt auch mal ernsthaft unterhalten!«

Doch Cemal war nicht ansprechbar.

Ferhat führte Cemal in die Küche. Auf der Eckbank, vor der ein großer Tisch stand, nahmen beide Platz.

»Okay, pass auf, Cemal. Ich will mal so anfangen ...«, sagte Ferhat und nahm die beiden kleinen Metallkännchen aus dem Küchenschrank, um türkischen Tee zuzubereiten. »Dir geht es doch gut, oder?«, erkundigte er sich, während er den schwarzen Tee, der aus Rize, einer Schwarzmeerregion kam, in die kleinere der beiden Kannen gab.

Doch Cemal hatte ihm gar nicht richtig zugehört. Immer wieder hatte er sich zum Fenster umgedreht, das sich im Rücken der Eckbank befand. Von dort hatte man einen guten Überblick über die Straße.

»Katrin!«, schrie Cemal plötzlich auf. Er hatte das Mädchen entdeckt, wie sie die Straße hinunterlief.

In Begleitung ihrer Freunde rannte sie zur Hauptstraße. Ihr Ziel war es offensichtlich, einen heranfahrenden Bus zu erreichen, der gerade um die Ecke bog.

»Okay, ich merke, so geht das nicht«, sagte Ferhat, stoppte für einen Augenblick die Vorbereitungen für den Tee und wandte sich Cemal zu. Er legte beide Hände auf seine Schultern und sagte: »Gib mir Bescheid, wenn du wieder nüchtern bist.« Dann trat er vor die Herdplatte, um das Wasser in der größeren Kanne zu erhitzen.

Cemal schaute dem Freund gleichgültig zu. »Warum hast du Katrin nicht reingelassen?«, hakte er in weinerlichem Tonfall nach.

»Warum stellst du mir so eine dumme Frage?«, erwiderte Ferhat entrüstet. »In dieser Wohnung sind Frauen und Alkohol verboten, das weißt du doch!«

»Aber ich wollte mich nur mit ihr unterhalten«, sagte Cemal.

»Nein, wolltest du nicht.«

»Wollte ich doch! Oder, Ferhat? Ich wollte mich doch nur unterhalten?«

Unwillkürlich musste Ferhat lächeln.

»Wenn ich dir jetzt recht gebe, dann liegen wir beide falsch.«

»Ja ..., aber ..., ach, egal. Ich bin froh, dass es dich gibt, Ferhat. Du ..., du bist schwer in Ordnung.« Cemal lächelte jetzt auch, allerdings fiel sein Lächeln etwas gequält aus.

»Cemal. Hör mal, Bruder. Die letzten beiden Tage warst du weg. Du hast niemandem Bescheid gegeben. Onkel Hasan wusste nichts, Kerem wusste nichts. Dein Handy ist seit zwei Tagen aus. Du verstehst doch meine Sorge, oder?« Ferhat ließ nun das kochende Wasser langsam in das kleinere Teekännchen fließen, in der das Teekraut lag. Kleine Dampfschwaden stiegen hoch.

Mit einer schnellen Handbewegung wischte er sich den feuchten Film vom Gesicht, den der heiße Dampf dort hinterlassen hatte. Jedes Mal, wenn der erste Dampfschwaden aus der Kanne entwich, versuchte Ferhat, mit einem tiefen Atemzug das Teearoma in sich aufzunehmen. Es roch ein wenig nach Schwarzmeer in der Küche.

»Ich war halt ein bisschen feiern. Feiern ..., so'n bisschen feiern ..., du weißt doch, feiern ..., Feier, fayan, fei ... Eier ...«, stammelte Cemal. Er wirkte müde und erschöpft.

»Ja, schon klar. Eine endlose Aneinanderreihung von Partys. Was soll ich denn dazu noch sagen?« Ferhat schüttelte leicht verärgert den Kopf.

»Sag was Ulkiges«, brach es aus Cemal heraus, während er plötzlich begann, laut zu lachen.

Nachdem Ferhat den aufgebrühten Tee hatte ziehen lassen, goss er zuerst zwei kleine Teegläser bis zu einem Drittel mit dem starken schwarzen Tee voll. Dann goss er unter Plätschern des kochenden Wassers aus der großen Kanne die beiden Teegläser bis knapp unter dem Rand voll. Er nahm sie und brachte sie zu Cemal an den Tisch.

»Hier, trink. Das wird dir gut tun«, sagte er.

Cemal ließ zwei Zuckerwürfel in das Glas gleiten. Sie lösten sich schnell auf, und der Zucker setzte sich am Boden des Teeglases ab.

»Vor drei Jahren fand ich dich ganz nervig, Ferhat. Du warst so ... so ... ähh ... irgendwie verbittert.«

Cemal warf seinem Freund einen nachdenklichen Blick zu. Langsam hob er das Glas an die Lippen und schlürfte unüberhörbar von dem Tee.

Ferhat schmunzelte. »Und wie siehst du das Ganze jetzt?«, wollte er wissen.

»Na ja, wie soll ich das sagen?«

»Sag es so, wie du es meinst.«

»Inzwischen hab' ich mich dran gewöhnt.«

»Oh, mein Freund, was für ein Kompliment!«

»Kein Problem, Bruder«, sagte Cemal völlig ernst.

»Hör mal, Cemal. Denk bloß nicht, dass das hiermit gegessen ist. Ich halte mich nur zurück, weil du momentan eh schwer von Verstand bist. Wenn du morgen früh mit einem Kater aufwachst, dann denk an diese Worte«, nahm Ferhat den Faden wieder auf.

Auf einmal zog Cemal sein Handy aus der Tasche seiner Jeans und wählte eine Nummer.

»Wen rufst du um diese Uhrzeit noch an?«, fragte Ferhat.

»Pscht!«, machte Cemal. Und noch einmal mit Nachdruck in der Stimme: »Pscht!« Im gleichen Augenblick schaltete Cemal den Lautsprecher seines Handys an.

»Die von Ihnen gewählte Rufnummer ist zurzeit nicht vergeben. The number you have dialed …«, sprach eine irgendwie metallisch klingende Frauenstimme aus dem Lautsprecher.

Cemal legte völlig entsetzt auf. Jeden Abend versuchte er für gewöhnlich Cansu anzurufen, obwohl er wusste, dass sie seit einigen Wochen unter dieser Nummer nicht mehr zu erreichen war.

»Ferhat! Sie geht nicht ran!«, regte er sich auf.

»Cemal. Mein Bruder. Meine Leber. Mein Auge,« leitete Ferhat sanft ein.

»Du und Cansu, das ist vorbei. Du hast diesen Zug verpasst. Und ich weiß nicht, wie oft du noch jeden Abend völlig utopisch sie erreichen willst unter einer Nummer, die sie schon seit einigen Wochen gewechselt hat, aber kapier das endlich. Das Leben geht weiter.«

Dieses Thema schien Cemals Lebensgeister geweckt zu haben, er wirkte plötzlich geistesgegenwärtig. »Mann! Sie hätte nur noch ein bisschen warten müssen, dann hätte ich sie geheiratet. Geheiratet, verstehst du? Geheiratet!«, rief er.

»Man ist nicht jahrelang einfach so mit einem Mädchen zusammen, wenn man ernste Absichten hat. Das gehört sich nicht. Cansu ist doch keine Hure, keine Frau, mit der du spielen durftest. Ich werde nie verstehen, warum sie sich so von dir hat hinhalten lassen. Du solltest Gott fürchten, Cemal! Du hast Cansu diese Jahre gestohlen! Doch dann war sie plötzlich weg. Sie hat ihre Drohung wahrgemacht. Kurze Verlobungszeit, und weg war sie. Ach, schau dich bloß an, wie elendig du bist!«

In der Zwischenzeit hatte Cemal sich eine Zigarette angezündet. Er war müde, seine Bewegungen wirkten fahrig, doch irgendwie war es ihm dann doch geglückt, das Feuerzug zu bedienen. Hektisch zog er nun an seiner Zigarette.

Ferhat warf ihm einen wütenden Blick zu. »Du schreist hier um vier Uhr früh nach irgendeiner Katrin! Und dann rufst du auf einmal Cansu an! Du bist stinkbesoffen! Keiner weiß, wo du dich in den letzten beiden Tagen rumgetrieben hast.« Ferhat schüttelte unwillig den Kopf. Auf seiner Stirn war eine steile Falte erschienen. »Hast du Drogen genommen? Hast du jemanden ermordet? Hast du nur gesoffen? Keine Ahnung, was du für einen Mist gebaut hast.« Ferhat deutete mit seinem Zeigefinger in die Richtung, in der Cemals Zimmer lag. »Hast du schon mal gesehen, wie dein Zimmer aussieht?« Cemal wirkte, als würde er tatsächlich eine Antwort erwarten. Ferhat fuhr entsprechend fort. »Als hätte sich ein Selbstmordattentäter in deinem Zimmer in die Luft gesprengt. Der erste Schritt, den du machen müsstest, wäre, Eigenverantwortung zu übernehmen. Gestern war der erste Schultag, du fragst nicht danach und interessierst dich auch nicht dafür. Bruder, das ist unser letztes Schuljahr. Wenn du das verhaust, was dann?«

Cemal schwieg hartnäckig. Mit jedem Wort Ferhats schien er kleiner zu werden. Obwohl er ja schon in der Ecke der Küchenbank saß, versuchte er, sich noch enger in sie hineinzupressen.

»Ich wollte das nicht jetzt ansprechen, aber du lässt mir keine andere Wahl, Cemal. Ich finde, es ist einfach schade um dich. Ich will nicht, dass du alles verlierst. Du lebst schon seit einem Jahr bei mir, wir sind wie Brüder. Wir teilen uns das Essen, die Küche, die Toilette. Wir teilen uns alles. Wenn es nach dir ginge, teilten wir uns sogar Katrin. Du hast schon deine Familie verloren. Du hast ihnen wegen diesem Mädchen den Rücken gekehrt. Das Mädchen ist weg. Und jetzt? War es das alles wert? Wohin verläuft dein Leben? Wo willst du in fünf Jahren sein?« Ferhat blickte seinen Freund gleichermaßen verärgert wie beunruhigt an.

Cemal hatte seit einem Jahr, seit jener Nacht, als er dem Tod ins Auge geblickt hatte, keinen Kontakt mehr zu seiner Familie. Ferhat hatte etliche Versuche unternommen, ihn umzustimmen, aber Cemals Entscheidung stand fest.

Cemal war nach seinem Krankenhausaufenthalt zu Ferhat gekommen. Er hielt einen gepackten Koffer in der Hand und hatte ihm erzählt, dass er sich mit seinen Eltern, besonders mit seinem Vater, im Streit überworfen hatte. Es ging um die Verletzung, die Cemal seinem Vater in jener Nacht zugefügt hatte. Cemal bestand darauf, dass es Notwehr gewesen war, nachdem sein Vater ihn angegriffen hatte.

Cansu hatte Ferhat etwas anderes erzählt. Nach dem Streit hatte sie sich mit ihm getroffen und Ferhat versichert, dass Cemal ohne Verletzungen die Haustür eingetreten hatte, um einige Minuten später schwer verletzt vom Hausgang herausgetragen zu werden.

Ferhat empfand es als schwierig, mit dieser Situation umzugehen, es stand Aussage gegen Aussage. Konnte Cemal sich die Verletzungen selbst zugefügt haben? Konnte sein Vater ihn wirklich in diesen Zustand gebracht haben? Wenn ja, wie konnte Cemal sich in diesem verletzten Zustand noch mit Cansu treffen? Vielleicht der hohe Alkoholgehalt und die

Drogenrückstände, die in seinem Blut gefunden wurden. Er hatte womöglich nichts mitbekommen. Ferhat hatte ihm angeboten, bei ihm zu bleiben, bis er sich mit seinen Eltern ausgesöhnt hätte.

Ferhat fragte sich damals Folgendes: Konnte er davon ausgehen, dass Cemal sich mit seinen Eltern schnell aussöhnen würde? Könnte es vielleicht sein, dass diese Aussöhnung sehr spät oder auch nie stattfinden würde? Wie er Cemal einschätzte, würde der nicht viel Entscheidendes dazu beitragen. Oder sollte er sich irren?

Seit diesem Tag war mehr als ein Jahr vergangen, ohne dass es zu einer Aussöhnung gekommen war,

Cemal sah aus, als hätte man ihm Schlafmittel verabreicht. Seine Augen zuckten nervös. Mittlerweile hatte er sein T-Shirt ausgezogen, er schwitzte stark. Wie ein Häufchen Elend kauerte er in der Ecke der Küchenbank. Mit jedem Atemzug wurde er schläfriger und hatte Schwierigkeiten, Ferhat noch zu folgen.

Er fing an, mitten im Gespräch einzuschlafen, und Ferhat stand vor einer Alkoholleiche um kurz vor fünf. Der Tag brach an, und er trug Cemal in sein Zimmer, legte ihn in sein Bett und deckte ihn zu.

KAPITEL ELF

»Verliere dich nicht selbst dabei, während du versuchst, andere Menschen zu gewinnen.«
Serhat (29) aus Spandau

Ferhat war schon früh aufgestanden. Heute sollte der erste Unterricht beginnen.

Sein Zimmer war lichtdurchflutet, da die Sonne auf seiner Zimmerseite aufging und die ersten Strahlen des Tages in sein Zimmer warf. Er hatte das Frühstück vorbereitet. Vor seinem Diwan war die Tageszeitung vom Vortag ausgebreitet, auf der er aß und die er gleich danach in den Müll schmiss.

Danach klopfte er kurz zwei Mal kräftig an Cemals Tür und trat ein, ohne ein »Herein!« abzuwarten.

»Cemal«, rief Ferhat in dessen Richtung.

Cemal streckte sich und versuchte unter krümmenden Bewegungen seine Augen zu öffnen, wie ein Narkosepatient nach der OP. Cemal sah seinem Freund erstaunt entgegen. »Ist es etwas schon acht Uhr?«, fragte er stirnrunzelnd.

»Ja, genau, 8 Uhr. Und du darfst jetzt aufstehen. Ich habe Frühstück vorbereitet«, sagte er und ging wieder hinaus.

Mit einem Glas Tee in der Hand ging Ferhat in sein Zimmer zurück und stellte sich vor sein Bücherregal. Er war unendlich stolz auf seine Bibliothek, wie er die vielen Buchreihen in Gedanken oft bezeichnete. Sie war bis zum Bersten voll mit Büchern. Türkische, englische und deutsche Romane, Fachliteratur der Medizin, Geschichtsbücher, das deutsche Grundgesetz, Wörterbücher in verschiedenen Sprachen, ein paar religiöse Bücher, ideologische Bücher, politische Bücher und Weltliteratur.

Er hatte noch viele Bücher über dem Regal aufgestapelt, und einige lagen auf dem Parkettboden, neben dem Schreibtisch, auf dem Schreibtisch, unter dem Schreibtisch und vor dem Fenster.

Sein Blick fiel auf einen Stapel alter türkischer Tageszeitungen. Auf ihnen breitete er immer das Essen aus, wenn er nicht in der Küche aß. Vor seinem Fenster stand eine Campingkochplatte. Sie war eines der Gegenstände, die er als Erstes angeschafft hatte.

Als Ferhat die Teekanne anfasste, die neben dem Campingkocher stand, meinte er, noch etwas Wärme darin zu fühlen.

Den Tee hatte er erst vor einigen Stunden aufgegossen, doch als er ihn trank, spürte er, dass dieser kalt geworden war. Ferhat fand es praktisch, direkt vor dem Schreibtisch den Campingherd zu haben, denn so musste er nicht immer wieder zur Küche gehen und seine Konzentration stören, wenn er mal am Schreibtisch arbeitete. Türkischer Schwarztee war für ihn unverzichtbar, so wie die Tageszeitungen, die er las und auf denen er am nächsten Morgen sein Frühstück ausbreiten würde.

»Was haben wir heute in der ersten Stunde?«, rief Cemal von der Toilette aus, deren Tür er immer offen ließ.

»Wir haben Politikwissenschaften zusammen, mehr auch nicht für heute. Außer zwei Kursen sind wir in diesem Schuljahr in verschiedene Klassen aufgeteilt. PW und Deutsch. Ich hab' dir deinen Stundenplan schon zusammengestellt. Der liegt auf meinem Schreibtisch.«

Cemal kam mit der Zahnbürste im Mund in das Zimmer und schaute sich seinen Stundenplan zum ersten Mal an. »Was?!«, rief er entsetzt. »Wir haben ja gar nichts zusammen!« und schaute zu Ferhat hinüber in der Erwartung, dass dieser sich genauso aufregen würde über dieses Armutszeugnis der Bürokratie. Aber Ferhat ging nicht weiter darauf ein.

»Komm, putz schnell deine Zähne, zieh dich an und lass uns dann frühstücken. Kerem holt uns gleich ab. Er fährt uns heute zur Schule.«

»Wie? Seit wann steht der denn freiwillig um diese Uhrzeit auf?«

»Keine Ahnung. Wir werden's ja noch erfahren.«

Ferhat hatte Schafskäse, schwarze Oliven, Wabenhonig, geschnittene Tomaten, Gurken und frisches Brot über das alte Zeitungspapier ausgebreitet. Er streute ein wenig Salz auf die Tomate. Endlich kam Cemal ins Zimmer und setzte sich im Schneidersitz vor das ausgebreitete Frühstück. Er hatte eine dunkelblaue Jeans angezogen, darüber ein Sweatshirt und in starker Konzentration Aftershave aufgetragen. Ferhat fasste sich an die Nase.

»Puh! Dicker, findest du nicht, dass du zu dick aufträgst?«

»Haters gonna hate«, grinste Cemal amüsiert.

Ferhat krempelte sein Hemd bis zum Ellenbogen hoch, riss ein großzügiges Stück Fladenbrot ab und reichte es Cemal.

»Warum hast du dich so schick gemacht?«, fragte er.

»Heute ist unser erster Schultag. Mal sehen, welche Bekanntschaften wir machen werden«, antwortete Cemal, rieb beide Handflächen und tunkte ein Brotstückchen in den Honig.

»Schmier noch ein wenig Kaymak auf das Brot. Das geht mit Honig sehr gut weg«, sagte Ferhat und nahm das Brot vom Vortag, tauchte es in seinen Tee, weichte es ein und aß dann davon.

»Wieso isst du nicht frisches Brot?«, fragte Cemal.

»Sollen wir das Brot vom Vortag in den Müll schmeißen?«

»Nein, aber warum hast du frisches Brot geholt, wenn du es nicht isst?«

»Für dich. Ich weiß doch, dass du kein Fladenbrot vom Vortag isst. Ich habe das von der Kindheit an so gelernt. Wir tunken das alte, poröse Brot in den warmen Tee und weichen es ein, und dann kann man es essen. Oder das Brot wird in Suppe getunkt. Das würde auch gehen.« Ferhat steckte sich ein Stückchen Brot in den Mund.

»Okay, ich versteh schon, aber so ein Fladenbrot ist eh nicht teuer. Wieso sich die Mühe machen?«

»Es geht doch nicht ums Geld. Ich habe einige Sache hierhin von der Heimat mitgenommen, die ich nicht aufgeben will.« Ferhat blickte seinen Freund ein wenig unwillig an.

»Schau her. Ich könnte auch auf der Ledercouch da drüben essen, auf dem Tisch davor. Aber ich will, auch wenn dir das eigenartig erscheinen mag, diese Tradition fortführen. Es gibt andere Sachen, über die du dir mal ernsthafte Gedanken machen solltest.«

Cemal winkte ab. »Ich habe absolut keine Lust, schon am frühen Morgen mit dir zu diskutieren. Wir werden eh nicht übereinkommen, also lass uns diesen sonnigen Tag einfach nur genießen. Und igitt, wieso tunkst du die Helva in das Nutella?«

»Ich nehme das Beste aus beiden Kulturen«, sagte Ferhat und zwinkerte Cemal zu.

»Streckt der einfach mal Nutella mit Helva«, regte sich Cemal auf.

»Bist du bescheuert oder so, das ist doch kein Koks, hörst du dich überhaupt reden? Wir reden über Essen! Das ist eine Gnade Allahs.«

Cemal stand auf und öffnete das Fenster. Er nahm eine Zigarette und fing an zu rauchen. Er breitete seine Arme aus und streckte sich wieder, als wäre er erst gerade eben vom Schlaf erwacht. Dann beugte er sich weit aus dem Fenster hinaus, lehnte beide Ellenbogen auf die Fensterkante und rauchte weiter.

»Herrlich, diese Gegend«, sagte er und blickte auf die Straße, als würde er von seinem Anwesen aus Aufsicht über noch zu erledigende Bauarbeiten führen. »Sogar den Fernsehturm kann man von hier aus sehen.«

Ferhat packte derweil das Frühstück in den Kühlschrank und faltete die Tageszeitung mit den Brotkrümeln darauf zusammen.

»Cemal, pack deine Sachen ein. Kerem hat gesagt, dass er in fünf Minuten kommt.«

»Fünf Minuten? Du weißt doch, was fünf Minuten bei Kerem bedeuten, oder? Also ganz ruhig«, sagte er und ging noch einmal in die Toilette.

Danach gingen sie hinunter vor die Haustür und warteten auf Kerem. Inzwischen waren knapp zwanzig Minuten vergangen, und Kerem war immer noch nicht da.

Cemal lief schnelle Schritte auf und ab. Dann bog ein Auto in die Straße, und er stand sofort still, um zu sehen, ob es Kerem war, der gerade kam. Das kleine Auto fuhr aber weiter.

Ferhat hielt ein kleines gelbes Reclamheft in der Hand.

Cemal schaute kurz auf das Heftchen. »Was hast du denn da?«, fragte er beiläufig.

»Ich lese Emilia Galotti«, antwortete Ferhat, als sei es normal, dass in dieser Gegend Bücher gelesen wurden.

»Bist du verrückt oder so? Das hatten wir doch schon mal in der 11. Klasse gelesen, beziehungsweise du hattest es gelesen. Ich hatte mir die Zusammenfassung im Internet runtergeladen. Wie kann man so was freiwillig lesen?«

Es war nicht zu übersehen, dass Cemal sich wunderte.

»In der 11. Klasse habe ich nicht so viel davon verstanden, aber jetzt verstehe ich es besser«, erklärte Ferhat.

Ein BMW 5er bog von der Hauptstraße in ihre Straße ein und beschleunigte, sodass die Reifen auf die Pflastersteine stampften. Dazu konnte man einen durchdringenden Basston spüren, der durch Ferhats Magen schoss. Mit einer Vollbremsung kam der Sportwagen zum Stoppen. Unter den Rädern verflüchtigte sich etwas Qualm, der nach geschmolzenem Hartgummi stank.

Jetzt erst konnte Ferhat erkennen, dass es tatsächlich Kerem war, der in dem BMW saß. Kerem hob seine schwarze Sonnenbrille kurz an und rief zu den beiden hinüber: »Kommt Jungs, steigt ein, ich muss noch zum Arbeitsamt!« Ferhat bemerkte, dass sein Kumpel währenddessen unaufhörlich an der Klimaanlage herumfummelte.

Nachdem sie sich ins Auto gesetzt hatten, knallten sie die Türen zu, und Kerem schob seine Sonnenbrille von der Stirn auf die Augen und fuhr mit laut quietschenden Reifen los.

»Mir geht's auch gut, und wie geht's dir, Kerem?«, fragte Ferhat.

»Sorry, Jungs, ich bin voll in Eile. Wie geht's euch, alles klar?«

»Bei uns schon«, sagte Cemal, »aber anscheinend bei dir nicht.«

»Die Spasten vom Arbeitsamt haben mich gerufen. Wollen mich bestimmt wieder in so 'ne Maßnahme stecken oder so. Ach, keine Ahnung«, sagte er gereizt und nahm die Kurven auffallend schnell, wie Ferhat fand. Wenn er von Weitem eine rote Ampel sah, raste er bis zu ihr vor und machte kurz davor eine Vollbremsung. Dann fuhr er bei Grün wieder mit Vollgas an.

»Beruhige dich doch mal! Und mach mal diese scheußliche Musik leiser«, schrie Ferhat in seine Richtung. »Du sagst, dass du zum Arbeitsamt musst, aber fährst so, als würdest du in deinem Keller selbst Öl produzieren. Mit diesem Fahrstil will ich nicht wissen, was der verbraucht. Woher kommst du überhaupt?«

»Von der Polizeidirektion«, antwortete Kerem und bog wieder scharf in eine Seitenstraße ein. Cemal, der hinten saß und nicht angeschnallt war, wurde von der rechten Seite zur linken hinübergeschleudert.

»Fahr doch mal langsam!«, schrie Ferhat. »Wieso Polizei, was hast du gemacht?«, erkundigte er sich dann.

»Ach nichts Schlimmes. Ich musste nur meinen Führerschein abgeben.«

»Das erklärt ja einiges«, sagte Cemal leise, sodass es nur Ferhat hören konnte.

»Moment mal!«, rief Ferhat. »Soll das heißen, dass du jetzt gerade ohne Führerschein fährst? Dein Lappen liegt bei der Polizei, und du trudelst ohne durch Berlin? Wie bescheuert ist das denn?«

»Die kontrollieren hier sowieso fast nie«, antwortete Kerem nur und grinste.

Ferhat versuchte ihn einfach zu ignorieren und schlug das kleine Reclamheft wieder auf. »Aaahhh ja«, meinte er gedehnt, während er versuchte, sich wie ein Fahrgast zu verhalten, der jegliche Kommunikation mit dem verrückten Taxifahrer vermeiden möchte.

Es dauerte nicht lange, da erreichten sie das Schulgebäude. Kerem hielt an, ohne den Motor auszuschalten. Ferhat wusste, dass Kerem sich in anderen Bezirken unwohl fühlte. Dieser hatte ihm mal erzählt, dass alles westlich und östlich von Kreuzberg nicht mehr zu Berlin zählen sollte. Das sei, als würde man Berlin verlassen, hatte er versucht, Ferhat zu erklären. Ferhat und Cemal stiegen aus. Doch während Ferhat sofort Kurs auf das Schulhaus nehmen wollte, setzte sich Cemal auf den vorderen Beifahrersitz. Die Tür ließ er geöffnet, seine Beine blieben draußen. Dann klappte er die Sonnenblende herunter, blickte in den Spiegel an der Rückseite und fuhr sich durch die Haare.

»Oh, mein Gott! Was ist das denn?« Er wirkte überrascht.

»Das bist du vor dem Spiegel«, antwortete Ferhat grinsend. »Und jetzt weißt du, wie sich deine Mitmenschen fühlen, wenn sie dich sehen.«

»Sehr witzig«, sagte Cemal. »Ich meine dieses Mädchen da. Schau doch mal. Die hat ja gar keine Schuhe an!«

Kerem warf dem Mädchen nur einen kurzen Blick zu. »So, Jungs, ich muss dann wirklich los.«

»Warum bist du so nervös, Kerem? Schau doch, wie sauber und ruhig es hier ist, im Gegensatz zu

Kreuzberg, wo du wieder schnell hinflitzen willst«, sagte Ferhat.

»Stille Wässer sind tief und dreckig. Lass dich nicht von dieser Fassade täuschen. Dieser Bezirk ist bestimmt eine Pädophilenhochburg«, sagte Kerem.

Ferhat hatte das Mädchen ohne Schuhe jetzt auch entdeckt. »Kennst du die nicht?«, wandte er sich an Cemal. »Das ist Vera. Die läuft schon seit der 11. Klasse immer barfuß rum.«

»Normalerweise achte ich auf keine …«

»Stimmt. Wie denn auch«, sprang Ferhat dazwischen. »Du bist ein Monat vor und nach den Sommerferien normalerweise auch nicht in der Schule.«

»Warte mal«, sagte Cemal und stand nun vom Beifahrersitz auf. »Du weiß doch gar nicht, was ich ...«, wollte er wieder ausführen, doch da knallte die Tür hinter ihm zu. Kerem fuhr unter Vollgas an und hätte fast eine Horde Schüler angefahren, die die Straße überqueren wollten. Dann hupte er sie auch noch an, obwohl ein Zebrastreifen den Fußgängern den Vorrang gab.

»Der hat sich ja gar nicht verabschiedet«, sagte Ferhat unbekümmert.

Cemal glotzte in Ferhats Augen.

»Der hat sich nicht verabschiedet? Das ist alles, was dir dazu einfällt? Der hat fast junge Menschen umgefahren!«

»Keine Sorge. Den sehen wir nach der Schule schon wieder. Lass uns mal in die Klasse gehen«, sagte Ferhat.

»Geh du schon mal vor. Ich hol mir einen Kaffee. Soll ich dir auch was mitbringen?«, fragte Cemal.

»Nein, danke. Wir haben ganz oben Unterricht. Da, wo wir letztes Jahr Deutsch hatten.«

»Alles klar«, sagte Cemal und ging.

KAPITEL ZWÖLF

»Lebe jeden Tag, als sei es dein letzter. Eines Tages wirst du recht behalten.«
Ismail (36) aus Rudow

Die Klasse war leer. Nur eine Schülerin hatte sich in die Ecke mit dem Rücken zum Fenster gesetzt.

Der Klassenraum wirkte steril. Obwohl die Sonne heute mit einem großen Lächeln ganz Berlin erhellte, war in dieser Klasse alles so abgedämmt, so still. Eine Schülerin konnte er jedoch sehen. Sie saß in den hinteren Tischreihen.

Nachdem Ferhat sich der Schülerin genähert hatte, wurde ihm klar, dass er sie nicht kannte. Sie hatten bisher noch nie gemeinsam an irgendeinem Unterricht teilgenommen.

»Hallooo«, grüßte er sie freundlich.

Sie grüßte nicht zurück.

Ferhat dachte, dass sie ihn nicht verstanden hatte. »Hallo?«, sah er sie auffordernd an.

Sie warf ihm einen genervten Blick zu. »Jaaahaaa, was ist denn?«, meinte sie gedehnt. Ferhat verkniff sich eine Erwiderung und setzte sich an einen der Tische, die in U-Form aufgestellt waren.

Ferhat nahm ein Heft aus seinem Rucksack und legte es auf den Tisch. Dabei warf er dem Mädchen einen unauffälligen Blick zu. Sie kaute Kaugummi und lächelte ihr Smartphone an. Zu dem Ding lächelst du freundlich und mir zeigst du die kalte Schulter, dachte sich Ferhat.

Er schlug das gelbe Reclamheft auf und las in seinem Buch weiter. Nach einer kurzen Zeit kam Cemal mit einem Kaffee im Pappbecher in der Hand.

»Hey. Freust du dich, mich zu sehen?«, lächelte er Ferhat an.

Dann schien er zu überlegen. »Nee, kaum«, fügte er grinsend hinzu.

Als Cemal sich dem Mädchen zuwenden wollte, um sie begrüßen zu können, gab ihm Ferhat mit einer Handbewegung zu verstehen, dass er das lieber ausfallen lassen sollte.

Es war Viertel vor zehn. Langsam füllte sich der Klassenraum. Cemal spielte gelangweilt mit seinem mittlerweile leeren Pappbecher herum, indem er ihn als Handtrommel zweckentfremdete.

Dann wandte er sich seiner Tischnachbarin zu. »Na, wo warst du denn in den Ferien?«, erkundigte er sich, obwohl ihm deutlich anzumerken war, dass ihn die Antwort überhaupt nicht interessierte.

»In Gevelsberg«, sagte das Mädchen.

»Wie? Diesen Ort gibt es wirklich?« Cemal drehte sich zu Ferhat hin. »Das hört sich ja an wie eine Fabelwelt, in der Orks, Elfen und Einhörner leben«, versuchte er krampfhaft, witzig zu sein.

Ferhat antwortete nicht. Er las Emilia Galotti.

Die Tischnachbarin hob die Augenbrauen. »Gevelsberg ist ein kleiner Ort in Westdeutschland«, sagte sie mit leicht genervter Stimme.

»Also was mich betrifft, hört sich dieser Ort immer noch an wie die letzte Runde in Super Mario«, erklärte Cemal. Dann fuhr er mit verstellter Stimme fort. »Die Prinzessin ist auf der Burg Gevelsberg gefangen!«, rief er in der Art eines mittelalterlichen Ausrufers. »Oder, Ferhat? Was meinst du?«, wandte er sich gleich darauf mit seiner eigenen Stimme an den Freund.

Der neigte sich leicht zu Cemal hinüber und flüsterte ihm zu: »Wenigstens weiß man von der Prinzessin, wo genau sie sich gerade aufhält. Wenn du Super Mario wärst, würdest du wahrscheinlich vor der letzten Spielrunde einige Tage untertauchen und dann plötzlich dir nichts mir nichts in Gevelsberg wieder auftauchen.«

»Komm, Mann. Du bist doch nicht immer noch sauer wegen der letzten Nacht? Ja, ich bin vielleicht in den letzten Wochen oder Monaten öfters mal feiern gewesen. Vielleicht auch mal für einige Tage weggewesen, ohne dir Bescheid zugeben. Ist das ein Grund, so nachtragend zu sein?«

»Meine Blase drückt«, sagte Ferhat statt einer Antwort und verließ das Klassenzimmer.

Nachdem ungefähr zehn Minuten vergangen waren, kam Ferhat in Begleitung eines Mädchens zurück. Sie hieß Lea, er kannte sie bereits seit der elften Klasse.

Sie setzte sich neben ihn. Leas schwarze geglätteten Haare, die an der Spitze gewellt waren, hingen über ihre rechte Gesichtshälfte hinunter. Ferhat hatte schon mehrmals versucht, ihr klarzumachen, dass sie viel zu viel Parfüm benutzte.

Als sich beide hingesetzt hatten, legte Lea eine große Papiertüte mit englischer Aufschrift vor Ferhat auf den Tisch. Er bemerkte sofort ihre perfekt manikürten Fingernägel, die sie heute knallrot lackiert hatte. Der Farbton passte genau zu ihrem Lippenstift, dessen leuchtendes Rot ihre strahlend weißen Zähne deutlich betonte.

Es gab kaum jemanden in dieser Schule, der so viel Wert auf äußere Pflege und Erscheinungsbild gab wie Lea. Dadurch verlieh dieses Mädchen der Schule etwas Glanz, und Ferhat fand, dass dies in Anbetracht der ständigen Selbstmordstimmung in allen Ecken des Gemäuers dem Ganzen auch bitter nötig tat.

»Was ist das?«, fragte Ferhat und zeigte auf die Tüte.

»Wie versprochen: ein T-Shirt aus New York.«

»Ach, du warst tatsächlich da? Ich dachte, dass das nur ein Spaß war, als du gesagt hast, dass du nach New York, Rio de Janeiro, Tokio und Istanbul fliegen würdest in den Sommerferien.«

»Ich musste auf die Bar Mizwa von meinem blöden Cousin in Brooklyn. Musste der unbedingt in den Sommerferien in die Pubertät eintreten und sich den religiösen Vorschriften verpflichten?« Lea verdrehte die Augen. »Dann musste ich auf die bescheuerte Hochzeit meiner Cousine. Das war das Pflichtprogramm. Erst danach haben meine wirklichen Ferien angefangen. Und in dieser Zeit war ich tatsächlich in genau diesen Städten«, erzählte Lea lächelnd.

Auch wenn sie so tat, als sei der Besuch in New York nur beiläufig gewesen, so wusste Ferhat doch, dass sie zu ihrer jüdischen Identität stand. Sie trug immer an ihrer silbernen Halskette einen Davidsstern, obwohl sie wenig von der Lehre des Judentums hielt, geschweige denn vom Alten Testament. Sie bezeichnete sich selbst immer als liberale und aufgeklärte Jüdin. »So wie Moses Mendelssohn«, sagte sie immer.

Zufälligerweise wohnte sie auch am Mendelssohn-Bartholdy-Platz, ganz in der Nähe des Potsdamer Platzes. Wahrscheinlich hatte sie schon vor einiger Zeit völlig den Bezug zum Alltagsleben der normalen Berliner verloren, dachte sich Ferhat, als sie einen Tag nach ihrem 18. Geburtstag mit einem Porsche Cayenne angedüst kam, mit dem sie selbst kürzeste Strecken zurücklegte. Aber auch davor war sie nie mit der Bahn gefahren. Ihre Mutter hatte sie immer mit dem Auto zur Schule gebracht und nach dem Unterricht wieder abgeholt.

Während Lea noch im Gespräch mit Ferhat vertieft war, hatte Herr Dr. Fehn, der PW-Lehrer, den Klassenraum betreten. Er war ein großer Mann mit einem doppelt so großen Ego.

»Ich war schon in New York, Jerusalem, Istanbul, Kapstadt, Hongkong…«

»Wisst ihr, wo ich schon überall war?«, unterbrach sie Dr. Fehn. Lea und Ferhat blickten den Mann ein wenig verlegen an.

»Dort, wo der Pfeffer wächst«, gab sich Dr. Fehn selbst die Antwort, während er damit begann, seine Unterlagen aus der Tasche zu nehmen und auf den Tisch zu legen. Eine tiefe Falte entzweite seine Stirn und schob sich tief bis in den oberen Nasenknochen hinein. Im Gesicht tiefe Gesichtshauteinbuchtungen und ein verfaulter Gesichtsausdruck, als wären sie von dunkelblauen Blessuren übersät. Die knochigen Finger seiner riesigen Hände ähnelten alten Baumästen. Das schütte Haar kräuselte sich seinen Nacken entlang.

Wenn er einen Witz erzählte, brachte er es fertig, laut zu lachen, ohne dass sich nichts außer seinen Mund bewegte. Wenn er schimpfte, merkte man keine Gesichtsregung.

Ferhats Mitschüler bezeichneten ihn als einen Gefühlskrüppel, doch Ferhat fand, dass er für sein Alter, wahrscheinlich Anfang sechzig, etwas kantig, aber doch sportlich und fit wirkte. Zumindest war er körperlich kein Krüppel.

Ferhat meldete sich. »Herr Dr. Gähn, ... ähhh ..., ich meine, Dr. Fehn ...«

Dr. Fehns Miene wirkte wie versteinert. »Warum sprichst du nicht weiter, Ferhat? Wolltest du lediglich deinen Versprecher anbringen? Gut, du hast den ersten Freud'schen Versprecher des Tages gelandet, immerhin, Ferhat, nicht schlecht. Aber nun komm bitte zur Sache.«

»Ich wollte nur fragen, welchen Stoff wir dieses Semester haben?«

»Oh. Eine interessante Frage. Für dich, Ferhat«, sagte er und kratzte sich dabei am Kopf, »besorg' ich alles. Speed. Kokain. Heroin« und fing wieder an zu lachen. Sein Mund hatte sich vom Rest seines Gesichtes emanzipiert. Nur sein Mund bewegte sich beim Lachen. Man könnte meinen, er habe Botox in die Gesichtsfalten gespritzt, weil der Rest des Gesichts wie gelähmt war. Sein Gesicht hatte jedoch eine natürliche Starre und sah nicht künstlich aus.

Da wandte er sich wieder Ferhat zu.

»Entschuldige, Ferhat. Wo bleibt mein Betragen. Es ist nur so: Mein Therapeut attestierte, es bestehe bei mir Selbstmord- Schrägstrich Mordgefahr«, sagte er, als wollte er um Verständnis werben.

»Sandra. Kannst du mal bitte kurz aufstehen. Danke. Jetzt geh bitte vor die Tafel und schreib auf«, sagte er, und dabei kreiste sein rechter Fuß einen unsichtbaren Kreis entlang, während er das rechte Bein über das linke geschlagen hatte. Seine Gelenke wirkten sehr biegsam, als wäre statt der Knochen elastisches Kunststoffmaterial in den Beinen.

Sandra stand missmutig auf, was blieb ihr auch anderes übrig.

»Sooo. Und jetzt unsere Überschrift: Der Erste Weltkrieg.«

Sie nahm die weiße Kreide und schob die Tafel etwas weiter herunter. Dann schrieb sie »1. Weltkrieg« auf die Tafel und wartete auf weitere Instruktionen. Dr. Fehn platzte von seinem Stuhl und fing an, wild herumzuschreien.

»Was machst du da? Das ist doch keine Aufreihung! Das ist ein Eigenname! Eine eigene Epoche mit eigenen Leiden! Du schreibst das ja so, als würdest du mit brennenden Fingern auf den ›3. Weltkrieg‹ warten. Setze dich!«, sagte er, und Sandra schniefte und setzte sich auf ihren Platz. Ihre Tischnachbarin packte ein Taschentuch aus ihrer Handtasche und gab es ihr.

»Zweiter Weltkrieg. Merkt euch das! Künftig schreibt ihr ›Zweiter Weltkrieg‹. Und wenn es um den ›Ersten Weltkrieg‹ geht, dann Erster Weltkrieg großschreiben! Es ist ein Eigenname mit eigenen Dramen und eigenen Schicksalen! Kommt ja nicht auf die Idee, nochmals solchen Unsinn an meine Tafel zu schreiben.«

Cemal reichte Ferhat ein gefaltetes Stück Papierfetzen hinüber. Ferhat faltete es auf, und darin stand:

»Isch hau gleich ab, Mann!«

Ferhat schaute in Cemals Augen und fragte ihn sofort leise: »Moment mal. Hast du gerade das Wort ›Ich‹ mit s-c-h geschrieben?« und wusste nicht so recht, worüber er mehr verwundert sein sollte, über Dr. Fehn oder Cemals katastrophalen Rechtschreibfehler in der 13. Klasse. In gewissen Berliner Kreisen neigte man dazu, das Ich als Isch auszusprechen, was Ferhat nicht entgangen war. Mittlerweile schien das Wort auch in die Schriftsprache eingegangen zu sein.

KAPITEL DREIZEHN

»Komm, hör doch auf! Du mit deinem ständigen Liebeskummer! Die Welt dreht sich weiter. Und morgen wird die Sonne auch wieder aufgehen. Versprochen!«
Fatma (22) aus Wilmersdorf

Ferhat rannte die Schultreppe hinunter. Er war so schnell, dass Cemal Mühe hatte, hinterherzukommen. Er griff mit der rechten Hand in Ferhats Schulter und drehte ihn zur Seite.

»Wohin rennst du wie ein Wahnsinniger?«, fragte er und atmete hastig ein und aus. Die Folgen des exzessiven Zigarettenkonsums machten sich schon in solch alltäglichen Situationen bemerkbar.

»Ich will kurz in die zweite Etage. Die meinten, dass Frau Meyer, unsere Kunstlehrerin, heute nicht da sei.«

»Okay, ich komme mit, vielleicht fällt ja bei mir auch was aus. Außerdem weiß ich gar nicht, bei wem ich gleich habe.«

Sie öffneten die schwere Tür mit eisernem Griff, und Ferhat sah wieder von Weitem das Monument des Selbstmordes. Er trat sofort vor die Glasvitrine und schaute sich die Fotos von Arzu an. Inzwischen waren weitere Bilder hinzugekommen, die zeigten, wie sie mit Freundinnen auf einem Riesenrad Berlin unter sich vorbeiziehen ließ, einige Spontanbilder, geschossen in einem U-Bahn-Fotoautomaten, und Arzu als Kleinkind, wie sie schlief. Das große Schwarzweißbild sah verwaschen aus. Als sei ihr Selbstmord schon Ewigkeiten her. Als interessierte sich keiner mehr für sie.

Es war zwölf Uhr, und auf der zweiten Etage herrschte reger Betrieb. Die desorientierten Elftklässler versuchten, ihren Kursplan zu verstehen und zusammenzustellen. Sie liefen alle am Monument vorbei. Höchstens ein flüchtiger Blick, der sofort abgewendet wurde, als hätte man gerade einem suspekten Menschen in die Augen geblickt und sich sofort davon gestört gefühlt.

Cemal stand schon vor den Kursplänen und versuchte verzweifelt zu verstehen, weswegen er nur zwei Kurse mit Ferhat hatte. Auf der Tafel für die aktuellen Meldungen des Tages stand, dass Frau Meyers Kurse erst ab nächster Woche beginnen würden. Ferhat wusste, dass er nach Hause gehen konnte.

»Ferhat. Bei mir fällt nichts aus. Ich muss zum Unterricht«, sagte Cemal. Doch Ferhat stand weiterhin vor der Vitrine und las einige Beileidsbekundungen.

»Was machst du denn da?« Cemal wunderte sich.

»Komm her, Cemal. Komm her, Bruder. Komm her und lass den Schulalltag mal für eine Minute Schulalltag sein.« Ferhats Stimme klang bedrückt.

Doch Cemal schüttelte ablehnend den Kopf. »Nein, Digga, das interessiert mich nicht. Ich geh' jetzt zum Unterricht. Ich hab' kein' Bock auf das da.« Cemal deutete auf die Vitrine.

Ferhat schlängelte sich durch die vor der Oberstufenpinnwand stehende Schülermasse durch und griff Cemal am Arm.

Dann zog er ihn mit sich, bis beide vor der Vitrine standen.

»Das sind die leisen Geschichten, von denen niemand mitbekommt, die nicht medienwirksam inszeniert werden und die kein Gehör finden. Das sind die Geschichten, die mich wirklich bewegen. Wie mutlos und konventionell dahinerzählt doch ihre Geschichten sind!«, sagte Ferhat.

Cemal wurde unruhig. »Ich muss zum Unterricht, Ferhat!«

»Jetzt sei doch mal eine Minute still! Dieses Mädchen hat vor einem Monat noch geatmet. Ihr Herz hat noch geschlagen und das Blut durch ihre Venen gepumpt, und jetzt ist das Blut vertrocknet, die Erinnerungen sind verblichen, und sie lebt nicht mehr«, sagte Ferhat.

»Ohhh, jaaa!«, reagierte Cemal genervt. »Du hast Ahnung von Medizin! Wir haben schon verstanden. Sie lebt nicht mehr.«

»Findest du dich auch noch witzig dabei?«

»Ganz ehrlich, Ferhat, ich komm' jetzt mit dir. Ich hab' keine Lust, mir nach dem Unterricht von Chucky der Mörderpuppe noch mal so was reinzuziehen. Komm, lass uns gehen.« Doch Ferhat machte keine Anstalten zu gehen.

»Wann wird wohl dieses Bild gewechselt und durch ein anderes ersetzt werden? Wer wird der Nächste sein, dessen Bild diese Vitrine ziert?«, dachte er stattdessen laut vor sich hin.

Cemal ließ den Freund einfach stehen, holte sein Handy aus der Tasche und begann zu telefonieren. Während er sprach, entfernte er sich mit dem Handy am Ohr immer weiter von Ferhat und der Vitrine. Plötzlich winkte Cemal hektisch zu ihm hinüber. Ferhat winkte ihn ab und blickte weiter zur Vitrine. Er hing seinen Gedanken nach.

»He, Alta,«, schrie Cemal, »Kerem kommt uns abholen!«

Zögernd wandte Ferhat sich von der Vitrine ab, folgte dem Freund aber dann doch. Sie verließen die Schule und setzten sich auf die Bordsteinkante vor dem Schultor, Cemal fing an zu rauchen.

»Warum gehst du nicht zum Unterricht, Cemal?« Ferhat blickte ihn fragend an.

»Kein' Bock. Ich hab' heut' genug. Hast du dem Psychopathen nicht zugehört? Wie soll man denn bei dem was lernen?«, sagte Cemal und zog an der Zigarette, um anschließend den Rauch tief einzuatmen.

»Da müssen wir jetzt durch«, sagte Ferhat, ohne ihn weiter überzeugen zu wollen, doch zurück in den Unterricht zu gehen.

»Cemal. Wusstest du, dass auf unserer Schule jährlich 2,3 Schüler Selbstmord begehen?«

»Nein«, antwortete der sichtlich desinteressiert.

»Ich meine, was soll diese komische Kommazahl? Hätte man sich nicht die 0,3 sparen können? Will man damit die Brutalität der Selbstmorde begreifbar machen? Zwei begehen Selbstmord, und dem dritten misslingt es, und er bleibt querschnittsgelähmt, und nur 70 % Prozent seines Körpers bleiben funktionstüchtig, oder wie habe ich die 0,3 zu verstehen? Oder springt jemand vor einen Zug und verliert dabei den rechten Arm und das linke Bein und überlebt dabei? Ist das dann ein zu 30 % geglückter Selbstmord, oder wie?«

»Komm. Mach dich nicht darüber lustig, Ferhat. Du verstehst diese Statistik vollkommen falsch. Hieran sieht man, dass du von Mathe einfach keine Ahnung hast. Lass deine komischen Interpretationen.«

»Ich mach' mich keineswegs darüber lustig, mein Freund. Ich war noch nie ernster. Ich meine, wir reden hier über Menschen, die eine Vorgeschichte haben. Wir reden hier über menschliche Lebewesen, die geliebt, getrauert, gefühlt, gedacht haben. Wieso rundet man aus Respekt gegenüber diesen Menschen die Zahl nicht auf oder ab? Was soll diese pietistische Exaktheit? Wir sprechen doch über keine Arbeitslosenzahlen.« Dann verstellte Ferhat seine Stimme, als sei er ein Nachrichtensprecher: »Die Arbeitslosenquote ist vom Frühjahr dieses Jahres zum Winter gesunken auf 1,2 Prozentpunkte und ergibt damit 5,7 Mio. Arbeitslose«.

»Tzz. Ich bin Mathematiker«, wandte Cemal ein. »Diese Gefühlssachen müssen die Freunde und Angehörigen unter sich ausmachen. Ich halte mich da raus. Als Mathematiker geben wir nur die Fakten wieder, ohne eine poetische oder emotionale Beziehung dazu aufzubauen.«

»Ich hoffe, dass du nicht später mal der Finanzminister dieses Landes wirst«, sagte Ferhat.

»Geht ja auch nicht. Ich habe den türkischen Pass«, sagte Cemal.

»Da hat aber Deutschland noch einmal Glück gehabt. Wann kommt Kerem?«

»Der müsste gleich kommen. War früher vom Arbeitsamt draußen. Fünf Minuten, hat er gesagt. Also, wenn du Hunger hast, lass uns was essen gehen.«

»Nein. Ich geh' was zu trinken holen. Am Montag war es noch kalt, und heute schwitzen wir wie 'ne Sau. Willst du auch was haben?«

»Nein, geh du nur. Ich schau' mich ein bisschen um, wenn du verstehst, was ich meine.«

»Ja, schon verstanden. Du spannst die halbnackten Mädchen an«, sagte Ferhat und ging los.

Erst zwanzig Minuten später kam Kerem unter quietschendem Bremsgeräusch vor Ferhat und Cemal zu stehen.

»Kommt, Jungs, steigt schnell ein. Ich bring' euch weg von diesem Drecksloch hier«, sagte er.

»Du meinst, du bringst uns jetzt in unser Dreckloch wieder zurück. Das hier ist Charlottenburg«, sagte Ferhat.

»Und das interessiert mich so, als ob gerade in diesem Moment in China ein Sack Reis umfallen würde«, sagte Kerem.

»Wie war's im Arbeitsamt?«, fragte Cemal.

»Die haben mir kurzfristig ein Vorstellungsgespräch bei einer Leiharbeitsfirma besorgt«, sagte Kerem.

»Und? Wie war's?«, fragte Cemal.

»Schlimm. Die spinnen. Ich soll acht Stunden am Tag arbeiten und fünf Tage die Woche und 550 bis 650 Euro bekommen. Die können mich mal«, antwortete Kerem.

»Und nun?«, fragte Ferhat.

»Ich glaub', ich werde doch weiter zur Schule gehen. Ich kann meinen erweiterten machen.«

»Erweiterten was?«, fragte Ferhat.

»Erweiterten Hauptschulabschluss. Dann kann ich noch drauflegen und meinen Real machen. Dann kann ich mit einem guten Real Fachabi machen und studieren«, sagte Kerem.

»Und nach dem Studium an der Oxford-Universität wirst du Astronaut?« Cemal konnte sich ein Grinsen nicht verkneifen.

»Ja, mach dich nur über mich lustig«, sagte Kerem.

»Sorry, Digger, aber du formulierst Zielsetzungen, die sich im Bereich des Unmöglichen bewegen«, sagte Cemal.

»Egal. Ich hab' keine Lust, weiter darüber zu reden. Die haben mich sowieso schon totgeredet im Arbeitsamt. Ach so. Ich habe euch aus der Türkei ein paar Kleinigkeiten mitgebracht. Cemal, klapp mal die Hutablage hoch. Da sind zwei schwarze Tüten. Eine ist für dich und eine für Ferhat.«

Cemal zog die beiden Tüten heraus und reichte eine nach vorne zu Ferhat. Dann zog er ein T-Shirt aus der Tüte und faltete es auseinander. »Vielen Dank, Kerem, für das T-Shirt der Marke Hugo Ross«, sagte er.

»Boss, meinst du …«, sagte Ferhat.

»Nein, mein Freund, du hast schon richtig verstanden: Hugo Ross«, sagte Cemal.

Auch Ferhat faltete nun sein T-Shirt schnell auseinander, um sich zu vergewissern, dass Cemal falsch lag, doch er merkte auf den ersten Blick, dass sein T-Shirt ebenfalls ein billiges Imitat war.

»Na, ja. Immerhin besser als mein T-Shirt der Marke NAIK«, sagte Ferhat und drehte sich grinsend nach hinten zu Cemal.

»Einem geschenkten Gaul schaut man nicht ins Maul. Also, seid lieber froh, dass ich euch keinen MP3-Player der Marke PanaSony mitgebracht habe, die gab es nämlich auch«, sagte Kerem.

»PanaSony?«, fragte Cemal.

»Genau«, sagte Kerem. »Was mich betrifft, ich hab' richtig Kohldampf bekommen. Lass uns was essen gehen.«

»Okay. Fahr zu Haci Ahmed. Ich hab' Appetit auf Fleischspieße bekommen«, sagte Cemal.

»Nein«, sagte Ferhat, »ihr geht eindeutig zu oft außerhalb essen. Ich koche uns was zu Hause.«

»Was denn?«, fragte Kerem.

»Karnıyarık«, antwortete Ferhat. Ferhat wusste, dass er seinen Freunden mit dieser türkischen Spezialität immer eine Freude machen konnte. Doch auch für ihn zählten die Auberginen mit Hackfleischfüllung zu seinen Lieblingsgerichten. Und er liebte auch die Beilagen: Joghurt mit Reis.

»Okay, ich bin einverstanden«, sagte Kerem.

»Wisst ihr, wie man Karnıyarık ins Deutsche übersetzen könnte?«, fragte Cemal.

»Das ist ein Eigenname. Das kann man nicht übersetzen. Es würde lächerlich klingen«, sagte Ferhat.

»Aufgeschlitzter Bauch oder Bauch zerfetzt«, antwortete Kerem in die Runde und fing an, laut zu lachen.

»Echt?«, fragte Cemal.

»Ich sagte doch: Frag nicht nach der deutschen Bedeutung«, sagte Ferhat.

»Das hört sich für mich so an, als wäre einer erst einige Monate in Deutschland und stünde einem Rechtsradikalen gegenüber und bedrohte diesen mit einem Messer: ›Ich mache deinen Bauch zerfetzt!‹«, belustigte sich Cemal und klopfte beim Erzählen auf Kerems Rücken.

»Versuch doch mal, die Begriffe ›Eisbein‹ oder ›Zwetschgenknödel‹ in eine andere Sprache zu übersetzen, Kerem«, sagte Ferhat.

»Dann klingt das sicher so lächerlich wie ›Bauch zerfetzt‹!«, sagte Kerem und schmiss sich fast weg vor lauter Lachen.

Ferhat öffnete seinen Rucksack und holte das kleine Reclamheft heraus. Er las weiter in Emilia Galotti. Er wurde wieder zum Fahrgast, der nicht weiter von seinem penetranten Taxifahrer gestört werden wollte.

KAPITEL VIERZEHN

»Ich kann abends nur einschlafen, wenn ich mir zuvor den Mond angesehen habe. Er erinnert mich an meine Kindheit.«
Pinar (32) aus Wedding

Die drei verbrachten einige Zeit zusammen, Ferhat kochte, es schmeckte ihnen, und alle wurden auch satt, was fast das Wichtigste war.

Anschließend machte sich Ferhat auf den Weg zu seiner Arbeit im Internetcafé, während Kerem und Cemal beschlossen hatten, noch einige Zeit um die Häuser zu ziehen.

Als er an vielen seiner an Alkopop nippenden Landsleuten vorbeilief, die es sich an warmen Sommertagen nicht nehmen ließen, in den kleinen Bars und Eckkneipen in der ruhigen Seitenstraße ihren Gaumen zu benetzen, wurde ihm wieder einmal bewusst, wie sehr er sich verändert hatte.

Einmal spazierte er mit Cemal durch die Oranienburger Straße. Ihm war nicht das junge Mädchen entgangen, das in einem Straßencafé saß und an einer Zigarette zog. Auf dem Tisch stand ihr volles Bierglas, aus dem die Schaumkrone überlief.

»Mann, wozu hat die auf dem Tisch noch Sonnenblumenkerne stehen? In der einen Hand die Zigarette und in der anderen das Bier. Was wohl ihr Vater sagen würde, wenn er die hier so in der Öffentlichkeit sehen würde?«, hatte Ferhat ärgerlich festgestellt.

»Keine Ahnung«, hatte Cemal nur erwidert.

»Nein, im Ernst jetzt!« Ferhat hatte nicht locker gelassen. »Was würde er sagen?«

Ohne Cemals Antwort abzuwarten, war Ferhat zu dem Mädchen gegangen und hatte seine Frage auf Türkisch wiederholt.

»Das wüsste ich auch gerne, mein Lieber. Dieser Hund ist mit einer Polin durchgebrannt, als wir noch Kinder waren«, hatte sie mit einem ironischen Lächeln geantwortet. »Möchtest du auch einen Schluck?«, hatte sie Ferhat gefragt und ihn auffordernd angesehen. Ein unangenehmer Geruch war ihm entgegengeschlagen, sie roch aus dem Mund nach irgendetwas Vergorenem, was er sehr eklig gefunden hatte. Auch ihre dunklen Augenringe und ihre graue Gesichtshaut hatten ihn entsetzt und abgestoßen.

Doch Ferhat hatte sie nicht darauf angesprochen. »Und was sagt deine Mutter dazu?«, hatte er nachgehakt.

»Sie hat keine Meinung dazu. Sie war eine Importbraut, die mit einem Playboy verheiratet wurde. Sie hat sich nie dazu geäußert.«

Ferhat hatte verständnislos den Kopf geschüttelt. »Gibt es denn niemanden, keinen Onkel oder so, den es interessiert, was du so treibst?«

»Nö.« Das Mädchen hatte mit gelangweilter Miene die Schultern gehoben. »Selbst wenn es jemanden geben würde, ich würde trotzdem drauf pfeifen.«

»Unfassbar«, hatte Ferhat festgestellt und sich seufzend abgewandt.

»Ja, unfassbar, wie freimütig sie dir das einfach alles erzählt!«, hatte Cemal anschließend die Unterhaltung seines Freundes kommentiert.

»Ich finde es unfassbar, dass sie hier offen auf der Straße trinkt und ich offensichtlich der Einzige bin, der sich daran stört.«

»Daran gewöhnst du dich noch, Bruder.«

»Ich hoffe nicht.«

Der letzte Satz klang in Ferhat nach wie ein Echo aus guten alten Zeiten und wurde durch den aufdringlich hellen Klang der Türglocke verdrängt, als er die Tür zum Internetcafé öffnete.

Sein Chef, der noch übermüdeter aussah als ein Bereitschaftsarzt, der seine Schicht beendet hatte, und mit schwarzen Augenringen vor der Kasse stand, deutete ihm direkt an, dass er die Kasse übernehmen solle, da er im Lager noch einiges zu erledigen hätte.

Als die Glocke läutete, fiel Ferhats Blick sofort auf die Tür. Er staunte nicht schlecht, als er sah, dass Lisa mit einem breiten Lächeln im Gesicht auf ihn zukam. Sie ging sofort hinter die Theke und gab ihm eine Umarmung.

Ferhat versuchte zunächst, ihr die Hand zu reichen, aber dann landete er in ihren Armen. Ihm war das sichtlich unangenehm, und er drückte sie sofort weg mit einem zu breiten Lächeln im Gesicht.

»Hey, Lisa!«, schaute Ferhat Lisa aus großen Augen an. »Was machst du denn hier?«

Lisa nickte demonstrativ. »Ich weiß, ich weiß. Ich hätte dir Bescheid geben sollen, aber da ihr Jungs immer schwer beschäftigt seid und ich zufällig in der Nähe war, dachte ich, dass ich mal vorbeischaue.«

Ferhats hatte Schwierigkeiten, sein Lächeln nicht zu gequält wirken zu lassen. Er klopfte ihr auf die Schulter.

»Gut hast du das gemacht, Mensch, Lisa.« Ferhat hoffte aber inständig, dass sie gleich gehen würde, bevor eventuell die Schöne mit den feurigen Haaren hereinkommen könnte.

Aber Lisa war tatsächlich nur kurz auf den Sprung gekommen. Ihre Freundin wartete schon draußen auf sie, und Lisa hatte Ferhat gesagt, dass sie sich mal endlich alle mit Cemal zusammen treffen sollten. Dann ging sie auch gleich wieder, weil sie mit ihrer Freundin in ein Café gehen wollte.

Ferhat bedauerte es, ihr keinen Kaffee anbieten zu können, und vertröstete sie darauf, dass sie sich sicher bald mal wieder alle gemeinsam treffen würden.

Ein ganz liebes Mädchen, dachte Ferhat, als sie sich wieder mit einer festen Umarmung verabschiedet hatte. Ganz lieb, aber nichts für mich. Zu verschiedene Kulturen, das würde nie klappen, und zu selbstständig. Bei einem Streit würde die mir die Leviten lesen. Kaum hatte Ferhat sich vor die Kasse gestellt, läutete die Türglocke. Das ging bis zum späten Abend so.

Einige Zeit später, nachdem sein Chef den Feierabend angetreten und den Laden verlassen hatte, wollte Ferhat das Internetcafé schließen. Gerade rückte er die Stühle zurecht, als er wieder die Türglocke hörte. Er hoffte, dass es endlich die Schöne mit den feurigen Haaren war, doch Ferhat sah durch die Türscheibe, dass ein anderes junges Mädchen offensichtlich in den Laden wollte, aber Schwierigkeiten hatte, die Tür zu öffnen.

Er dachte zunächst, dass er die Tür schon abgeschlossen hatte, doch die Türglocke hatte geläutet, sie konnte also unmöglich abgeschlossen sein. Er wurde das Gefühl nicht los, dass die Tür klemmte.

Ferhat ging zur Tür und öffnete sie ohne Probleme. Anschließend öffnete und schloss er die Tür mehrere Male, es schien alles in Ordnung zu sein.

Das Mädchen trat ein, und als Ferhat sie begrüßte, erschrak er. Nie zuvor hatte er so ein abgemagertes Mädchen gesehen. Sie hatte stark hervorstehende Wangenknochen. Ihre braunen Haare bedeckten schmale Schultern. Das Mädchen war so dünn, dass es schien, als flatterten selbst die engen Jeans um ihre Beine. Sie wirkte krank und gekränkt zugleich. Unausgeschlafen. Unausgeglichen.

Ferhat fragte sich jedes Mal aufs Neue, wenn zu später Stunde eine junge Kundin kam, was sie um diese Uhrzeit draußen noch verloren hatte. Noch immer konnte er sich nicht daran gewöhnen, dass die Dinge hier anders liefen. In Elazığ würde sich um diese späte Stunde keine Frau mehr allein auf der Straße zeigen. Was würde man von so einer auch denken?

Ferhat wusste, dass Cemal solche Sachen völlig anders sah. Er erinnerte sich noch an eine aufgeregte Diskussion mit ihm, als Cemal ihm sagte, dass die Frauen nur in hinterwäldlerischen Dorfregionen noch zu Hause bleiben würden und dass in Großstädten wie Istanbul, Izmir und Ankara ein ganz anderes Stadtbild vorherrsche.

Und dann warf er Ferhat vor, dass auch die Frauen in seinem Heimatdorf gern ausgehen würden, das wegen der zurückgebliebenen Patriarchen aber nicht wagen könnten. Zu groß sei der familiäre und soziale Druck. Als Cemal dann noch hinzugefügt hatte, dass die Frauen auch noch mit Gewalt und Vergewaltigungen durch notgeile Männer rechnen müssten, war Ferhat der Kragen geplatzt. Wütend hatte er ein halbvolles Raki-Glas an die Wand geworfen und war dann gegangen.

Zwei geschlagene Stunden war er dann ziellos durch die Stadt gelaufen, um schließlich mit einem Blumenstrauß zu Cemal zurückzukehren. Nachdem sich Ferhat bei dem Freund entschuldigt hatte, war er allerdings von ihm ausgelacht worden.

»Wüsste ich nicht besser, wie du tickst, könnte man meinen, du seist schwul, Junge. Pass lieber auf, dass du nicht zu vielen Jungs hier Blumensträuße schenkst, man könnte das falsch verstehen.«

Ferhat schrak zusammen. Das Mädchen hatte irgendetwas gesagt, doch er war gerade in seinen Gedanken versunken gewesen. Er betrachtete ihr kleines mageres Gesicht für einen Augenblick. Und er musste sich eingestehen, dass er gern gewusst hätte, warum sie so aussah. Was konnte ihr zugestoßen sein?

KAPITEL FÜNFZEHN

»Wenn alle dich lieb haben und um dich weinen, handelt es sich womöglich um dein Begräbnis.«
Leyla (45) aus Spandau

Mein Name ist Mechule. Ich bin 22 Jahre alt. Ich weiß, mit 22 Jahren sollte ich nicht so düster ausschauen. Ich sollte an diesem sonnigen Tag auf einer sattgrünen Wiese sitzen und einen leicht bekömmlichen Roman lesen. Nichts Politisches. Nichts Ideologisches. Nichts Moralisches. Statt aus der Zigarettenschachtel eine Kippe herauszuklopfen, sollte ich lieber einen Notizzettel aus der Hosentasche nehmen und etwas zeichnen. Die Umgebung zeichnen, die Gebäude zeichnen. Vielleicht vorbeilaufende glückliche Menschen zeichnen.

Ich sollte mit meinen Freundinnen auf dem Balkon einen leichten Tee genießen und mich von den Sonnenstrahlen umschmeicheln lassen.

Stattdessen umgebe ich mich mit einem verdreckten Betonwall, der mir die Sicht ins Freie raubt. Am Rande eines Stadtparks, der von großen Häusern umgeben ist, deren Außenfassaden rissig sind und sich aus kaputten Ziegeln zusammensetzen. Mein Gesicht ist leicht verdreckt vom getrockneten Schweiß, der sich fest in mein Gesicht eingebrannt hat.

Ich bin mit 22 schon geschieden und habe erlebt, was man vor seinem 40. Lebensjahr nicht erlebt haben sollte. Ich habe mehr durchgemacht als manch eine 45-Jährige. Noch immer bin ich 22. Ein Alter, in dem das Leben erst richtig beginnt, sollte man meinen. Für mich ist ab hier Schluss.

Mit 22 habe ich meinen Lebensmut verloren. Seit einem Jahr nehme ich Antidepressiva. In der Vergangenheit musste ich immer wieder mit unbeschreiblichen Kopfschmerzen ins Krankenhaus. Man vermutete einen Tumor oder dergleichen. Nichts. Physisch war ich kerngesund. Mir fehlte nichts.

Doch mir schmerzten alle Glieder, und ich fühlte mich so träge, als würde sich mein Fleisch ganz langsam von meinen Knochen lösen. Meine Haut ist porös geworden. Die Augenlider hängen. Meine Wangen sind eingefallen, und die Wangenknochen treten jetzt entsetzlich hervor, wie man es von sehr alten knochigen Menschen kennt.

Mein Blick hat jeden Glanz verloren, ist kaputt, gleich zwei schwarzen Löchern, die träge im Himmel vor sich hin schweben. Die Haare, die einst meine Zierde waren, hängen lose und ungebunden in alle Richtungen. Ich bin blass geworden. Das war nicht immer so. Die Tränen, die ständig über meine Wangen flossen, haben Spuren in meinem Gesicht und Herzen hinterlassen.

All das sind Spuren meiner gescheiterten Ehe. Man kann es nicht wirklich Ehe nennen, es war eher ein Martyrium.

Mit 15 Jahren verstarb mein Vater. Als Halbwaise wurde ich mit 18 Jahren mit einem jungen Mann verheiratet, der mir seine jahrelange Geliebte als eine gute Freundin der Familie vorstellte.

Ich kam aus der Türkei ins fremde Deutschland. Ich wollte ihn nie heiraten, doch meine Mutter drängte mich immer, bis ich schließlich einwilligte.

Meine Mutter, die ihre Tochter, eine Halbwaise, in die Obhut fremder Menschen gab, wollte unbedingt, dass diese Ehe zustande kam. Ich war gerade dabei, mein Abitur in der Türkei zu beenden, und wurde nach Berlin geschickt.

Seit dem ersten Tag meiner Ehe war ich todunglücklich. Mein Martyrium hielt zwei Jahre an. Es gab keinen Tag, an dem ich nicht weinte, und keine Woche verging, in der ich nicht von meiner Schwiegermutter aufs Erbärmlichste gedemütigt wurde. Es gab keinen Abend in dieser Ehe, an dem ich mich mit trockenen Augen ins Bett legte. Ich stand morgens mit blutrot unterlaufenen Augen und pochenden Kopfschmerzen auf.

Über 700 Tage habe ich täglich mehrmals geweint. Jede Woche rief ich meine Mutter an und bat sie, mir die Erlaubnis zu geben, mich scheiden zu lassen. Nein, sagte sie immer, und dass sie mein Glück erzwingen wollte.

Woche um Woche ein Ferngespräch in die Türkei. Nach Kayseri. Ein Hilfeschrei in die Heimat. Ein Hilfeschrei in die Berge und Täler. Vielleicht würde mir der Berg Erciyes zuhören. Vielleicht der Gletscherschmelz, der als sauberes Trinkwasser in das Tal floss.

Und eines Morgens stand ich wieder mit blutunterlaufenen Augen, stechenden Kopf- und Gliederschmerzen auf, machte mich auf den Weg ins Internetcafé und rief meine Mutter an. »Mutter, ich weiß, du wirst mich dafür hassen, aber ich werde mich scheiden lassen, auch wenn du damit nicht einverstanden bist«, sagte ich zu ihr. Dann legte ich auf.

Das waren meine letzten Worte an meine Mutter. Nach zwei Jahren Peinigung, Demütigung und Drangsal hatte ich mich in der Fremde entschieden, mich von meinem Ehemann, der mir nie einer war, scheiden zu lassen.

Meine Schwiegermutter, die meiner Mutter hoch und heilig versprochen hatte, dass sie mich stets wie ihre eigene Tochter behandeln und wie ihren Augapfel hüten würde, hat mich nur gequält. Es passierte nicht nur einmal, dass sie glühende Zigarettenstummel auf meinen Armen ausdrückte. Und dabei machte sie den Eindruck, als wenn sie das lustig fände.

Nach der Trennung blieb ich in Berlin. Denn meine Freundinnen sagten mir, dass man mich in der Türkei mit Fragen förmlich durchlöchern würde. Eine konservative Provinz wie Kayseri wäre für eine junge geschiedene Frau wie mich kein guter Ort zum Leben. Das sollte ich mir nicht antun, lieber sollte ich erst mal ruhig in Berlin bleiben, mir etwas Zeit nehmen und mich ausruhen.

Seitdem sind zwei Jahre vergangen.

Meine Freundinnen von damals sind nicht mehr da. Ich dachte, ich sollte mich ausruhen. Meine Freundinnen gingen feiern, schlugen sich die Nacht um die Ohren und lernten Jungs kennen. Das wollte ich nicht. Ich wollte keine Jungs kennenlernen. Ich wollte nicht bis in die Morgenstunden feiern. Ich wollte nicht, nur weil ich jetzt geschieden war, meine Ideale aufgeben. Ich wollte immer ein unaufgeregtes und unauffälliges Leben führen. Nie im Mittelpunkt stehen und erst recht nicht im Mittelpunkt einer Tanzfläche.

Das Motto meiner Freundinnen war immer, wenn dein Mann die ganze Zeit Spaß hatte, dann wäre ich jetzt an der Reihe, Spaß zu haben und mich auszutoben. Schnell stellte sich heraus, dass unser Verständnis von Spaß wie Tag und Nacht auseinanderging.

Die Nächte Berlins sind trügerisch. Wenn sie dich aus dem Rhythmus werfen, blickt man gegen Abend auf die untergehende Sonne und denkt, ein neuer Tag würde anbrechen, jetzt wird es Morgen werden.

Bis die Sonne tief hinter dem Horizont verschwindet und die Nacht unerwartet hereinbricht. In meiner melancholischen Phase direkt nach der Scheidung ist es mir mehrmals passiert, dass ich nicht mal mehr wusste, ob es Tag oder Nacht war.

Jetzt bin ich 22 und gehe immer wieder mal nach der Arbeit, wo ich Büroräume reinige, in ein Internetcafé, wo ich meine Mutter anrufe, aber nicht, um mit ihr zu reden. Wir reden nicht mehr miteinander. Ich klingele an, um am anderen Ende der Leitung ein »Hallo« zu hören und dann sofort wieder aufzulegen. Länger kann ich es nicht ertragen.

Vor zwei Wochen war es wieder so, aber dieses Mal habe ich nach dem »Hallo!« meiner Mutter nicht gleich wieder aufgelegt, stattdessen habe ich einen Moment gewartet.

Da hörte ich die Stimme meiner Mutter: »Meine Tochter, ich vermisse dich. Ich weiß, dass du es bist. Das, was ich dir angetan habe, würde dir dein schlimmster Feind nicht antun. Meine geliebte Tochter, wenn ich nur gewusst hätte, in wessen Obhut ich dich damals gab. Meine Mutterseele brennt. Ich halte es nicht aus ohne meine schöne Tochter.« In diesem Augenblick legte ich auf.

Ihre schöne Tochter wurde ihrer Schönheit beraubt und stellt sich allen Menschen als Mechule vor, anstatt ihren richtigen Namen, Gülbahar, zu nennen. Mechule bedeutet im Türkischen »Unbekannte«, und eine solche will ich auch bleiben. Anonym und unsichtbar in einer großen Stadt, in der sich die meisten Menschen meiden und selten jemand nach dem Leid des anderen fragt.

Seit mittlerweile mehr als zwei Jahren gehe ich jeden Abend einsam zu Bett in meiner spartanisch eingerichteten 1-Zimmer-Wohnung. Der Wind fegt an meinem Fenster vorbei, und der prasselnde Regen klopft abends gegen den Fenstersims, um sich zu vergewissern, dass es mir gut geht.

Nur Gott allein weiß, wie viel Schmerz in eine Menschenbrust passt, und nur Er weiß, diese Enge zu lösen und Seinem Geschöpf Hoffnung einzuhauchen, die sich langsam um die Brustgegend ausweitet und die starren Muskeln löst, wie ein warm inhalierter Kräutertee, der den Schleim löst und ein Gefühl des Wohlbefindens bereitet. Der die Atemwege frei macht und Luft zum Atmen gibt. Der den Druck um die Stirngegend lockert. Der die Venen ausweitet und den Blutdruck mindert, das Herz schont. Die Lunge löst und Raum zum Atmen gibt. Andernfalls hätten meine Sorgen mich innerlich derart aufgezehrt, dass ich der Enge um die Brustgegend mit einem spitzen Gegenstand Luft verschafft hätte.

Das Einzige, was mich noch von einem Selbstmord abhält, ist mein Glaube. Meine Hoffnung und mein Glaube an Gott.

Aber auch meine Angst. Angst davor, das kostbare, durch Gott mir anvertraute Gut abzuweisen. Nur Er hat das Recht, dieses Leben zu nehmen, weil Er derjenige ist, der es mir gegeben hat.

Ich hätte zu große Angst davor, Mord an mir selbst zu begehen. Auch wenn ich Schreckliches durchgemacht habe, ist mir mein Leben nicht gleichgültig. Vielleicht ist es gerade das, was mich am Leben hält.

Ich werde Gerechtigkeit erfahren. Ich werde eines natürlichen Todes sterben oder eben dann, wann Gott es für mich vorgesehen hat. Ich werde die Last dieser Welt bis ins Grabe mit mir tragen. Doch ich werde am Ende Gerechtigkeit erfahren. Was sonst bleibt mir noch übrig? Ich klammere mich mit aller Kraft an die Vorstellung eines gerechten Gerichts nach dem Tode. Welche gottlose Seele vermag diesen Funken Hoffnung aus meinem Herzen zu wischen? Nein! So weit lasse ich es nicht kommen! Ich werde eines natürlichen Todes sterben.

Ein milder Frieden wird im letzten Lebensmoment durch mich wehen, und ich werde aufhören zu atmen. Ich werde keine Familie hinter mir haben, keine Kinder und niemanden, dem ich wichtig wäre. Meine Leiche wird einsam gewaschen werden. Das lauwarme Wasser wird über mich gegossen werden.

Einige Narben am rechten Unterarm werden der Nachwelt zuflüstern, welch Pein ich erlitt, während das Wasser über meinen Körper rieselt, vorbei an meinen bereits jetzt schon ausgemergelten Händen, um an meinen knochigen Fingern abzuperlen. Nur noch einige Schnittwunden auf dem linken Oberarm werden auf Gewalt hindeuten, und auch sie werden vom lauwarmen Wasser gestreichelt werden.

Ein letztes Bad. Eine letzte Reinigung, bevor mein Leib der kalten Erde übergeben wird. Ein weißes Leichentuch aus zwei Teilen wird meinen Körper bedecken. Er wird mich bedecken und umarmen.

An meiner Bestattung werden sicher nicht mehr als fünf ältere Herren der Moscheegemeinde teilnehmen, die gerade zufällig vor Ort sind und vom Imam erfahren haben, dass sie »unserer Schwester« die letzte Ehre erweisen sollten. Der Imam wird sich wahrscheinlich denken, wie erbärmlich das Ganze doch ist, aber ich hoffe, er wird Profi genug sein, um sich das nicht anmerken zu lassen.

Das ist echt traurig. An der Beerdigung meiner Großmutter haben über 200 Leute teilgenommen und für sie gebetet. Wie sehr hatte ich mir immer gewünscht, von meinen Lieben, von meiner Familie, auf meinem letzten Weg begleitet zu werden. Doch es wird anders kommen. Man wird mich schnell an meine Grabstelle tragen. Man wird ein kurzes Bittgebet sprechen. Man wird es sehr formell halten. Keiner wird mir eine Träne nachweinen. Man wird meinen Sarg in die Tiefe lassen.

Und wenn er unten auftrifft, wird er einen stumpfen Ton von sich geben, weil der aufgewirbelte Staub Vorbote des Jenseits sein wird. Dann wird man Sand über mich schütten, und diese einsame Seele wird Gott und sich selbst überlassen sein. Auf meinem Grabstein wird stehen: »Für die Seele eine Fatiha.« Doch es wird niemand da sein, der für mich dieses Bittgebet sprechen wird.

KAPITEL SECHSZEHN

»Der größte Kampf, den ich in meinem Leben ausgefochten habe, war der gegen meine inneren Dämonen.«
Seyid (63) aus Kreuzberg

»Ein Ferngespräch in die Türkei«, sagte das junge magere Mädchen. Ihre Stimme klang heiser.

Ferhat zeigte auf eine Telefonzelle. »Die Nummer acht, bitte!«

Ferhat war schon einige Male in anderen deutschen Städten gewesen. Da fiel ihm jedes Mal auf, dass es dort wenige bis gar keine Internetcafés gab. Er kam zu dem Schluss, dass sie vor allem in Stadtteilen mit einem großen Migrationsanteil vorhanden waren. Die Gäste nahmen Ferngespräche über Computerprogramme oder klassisch über das Telefon vor.

Die Stadtteilbibliotheken hingegen waren währenddessen leider verwaist, weil viele der Eltern in ihren eigenen Sorgen erstickten, um überhaupt noch die Kraft aufwenden zu können, den Kindern die Bibliothek schmackhaft zu machen.

Dann waren die Kinder schließlich bis in die späten Nachtstunden hier bei ihm, wo sie stundenlang Ballerspiele konsumierten, bis sie irgendwann selber ballaballa wurden.

Ferhat blickte auf das junge Mädchen, das in die Telefonzelle ging. Kaum hatte sie die Zelle betreten und den Hörer abgenommen, kam sie auch schon wieder heraus. Ferhat konnte deutlich sehen, dass ein paar Tränen über ihre Wangen rollten.

»Wieviel?«, fragte sie mit erstickter Stimme.

»Ist schon okay. Du hast nur zwei Sekunden telefoniert. Du brauchst nicht zu zahlen.«

Er wusste nicht, ob er das gesagt hatte, um sich großzügig zeigen zu können, aus Mitleid oder weil er einfach nur zu faul war, die Kasse noch einmal zu öffnen.

Das Mädchen wischte sich mit beiden Zeigefingern die Tränen vom Gesicht weg und verließ das Internetcafé. Noch ein letztes Mal klingelte die Türglocke, dann wurde es still im Laden.

Ferhat schaute auf den Bildschirm und sah, dass das dünne Mädchen in die Türkei angerufen hatte, für nur zwei Sekunden. Dann bemerkte Ferhat, dass das Mädchen noch immer vor der Tür stand. Sie hatte das Gesicht in den Händen vergraben und zitterte am ganzen Körper.

Ferhat wusste nicht, was er machen sollte. Er ging zur Tür, um die Rollläden herunterzulassen. In dem Moment, in dem er auf den Knopf drücken wollte, entschloss er sich, stattdessen lieber den Kaffeeautomaten in Gang zu setzen. Und dann wollte er dem Mädchen einen Kaffee anbieten.

Er meinte, dass es warm war, aber vielleicht täuschte er sich auch nur, weil er von laut summenden Rechnern umgeben war. Jetzt, wo der Kaffeeautomat mit gurgelnden Pressgeräuschen langsam den Kaffee in den Plastikbecher tröpfelte, hatte er zudem eine Erklärung dafür, warum sie so zitterte, nämlich weil sie wohl so spindeldürr war. So blass und knochig wie sie war, gab es sicher kaum Blut in ihren Venen und Adern, das ihren Körper hätte warm halten können. Schließlich öffnete er die Tür und klopfte ihr auf die Schulter.

»Hier ist warmer Kaffee.«

Als sie zu ihm blickte, merkte er, wie dumm seine Annahme war. Sie hatte weder gefroren noch gefröstelt. Sie hatte schluchzend geweint. Aus tränenden Augen nahm sie dankbar den Kaffee an und ging, ohne ein Wort zu verlieren. Ferhat ging zurück in das Internetcafé und ließ schnell die Rollläden herunter.

»Mann, Mann, Mann. Ich sage es doch. Entweder hat Berlin einen Dachschaden oder ich. Oder soll ich mich einfach dem Strom hingeben und mich treiben lassen? Soll ich einer von ihnen werden? Einer meiner gestörten Landsleute? Soll ich tagsüber laut schreiend durch die Straßen laufen und abends weinend einsame Ferngespräche in die Türkei führen? So weit kommt's noch«, tröstete er sich, indem er nachdenklich in einen Schokoriegel biss und den quengelnden Automaten anstarrte, vor dem ein leerer Hocker wartete.

KAPITEL SIEBZEHN

»Die Ankunft der Liebe bedeutet den Abschied des Verstandes.«
Hatice (21) aus Neukölln

Kurz nach Mitternacht betrat Ferhat die Teestube und tauchte in den dichten Nebel aus Zigarettenqualm ein, der sich träge in der Luft hielt.

»Selamun Aleykum«, grüßte Ferhat in den Raum, wo eine Gruppe Jugendlicher türkische Musikvideos anschaute und ein paar Männer schweigend Karten spielten.

Plötzlich bemerkte er einen dicken Batzen Geldscheine in der Mitte des Tisches. Normalerweise war es hier verboten, um Geld zu spielen, doch wenn sich nach Mitternacht die Teestube allmählich leerte, spielten einige manchmal sogar um ihre nackte Existenz.

Ferhat erinnerte sich, dass er von einem Fall gehört hatte, der sich in einer anderen Teestube zugetragen hatte. Ein junger Familienvater war durch die Aufnahme eines Bankkredits hoch verschuldet gewesen. Und so hatte er mit hohen Einsätzen gespielt. Hatte gewonnen und verloren. Gewonnen und verloren. Um letztendlich alles zu verspielen.

Als er sich so weit verschuldet hatte, dass er seinen Gegenspieler anflehte, die Schulden zu mindern, schlug dieser ihm vor, eine Nacht mit seiner Frau verbringen zu dürfen. Anschließend würde man sehen, was sich machen ließe.

Der Abend endete mit dem Tod beider Spieler. Der verschuldete junge Mann griff sofort zu seinem Messer und stach so lange auf seinen Gegenspieler ein, bis dieser aus neununddreißig Stichwunden verblutete. Kurze Zeit später warf sich der junge Mann vor eine U-Bahn. Er war sofort tot.

Aber zum Glück war es in der Teestube, die Ferhat hin und wieder besuchte, noch nicht zu solchen Vorfällen gekommen. Doch wenn Alkohol im Spiel war, wusste man nie so recht, welchen Verlauf die Nacht noch nehmen würde.

Ferhat wollte nur kurz vorbeischauen, ob Onkel Hasan hier war, doch außer den wenigen Jugendlichen, den vier Männern und Cevo war niemand hier. Ferhat sah, dass der Wirt eine Gebetskette durch die Finger seiner rechten Hand kreisen lies. In der anderen Hand hielt er eine Raki-Flasche.

»Ohhh. Ferhat. Was für eine Überraschung zu dieser späten Stunde«, sagte der Wirt hinter seiner rot aufgequollenen Nase, die den ganzen Raum zu füllen schien. Er hatte nichts zu verstecken. Er trat hinter dem Tresen hervor wie ein Pfarrer von der Kanzel und hielt demonstrativ die Raki-Flasche und die Gebetskette in der Hand, als hielte er einen Rosenkranz und Weihwassergefäß, als eilte er zur herumstehenden Gemeinde, um sie vor ihren Sünden zu retten, die sie in dieser Teestube begangen hatten. Nachdem er die Gebetskette um sein Handgelenk gewickelt hatte, fasste er Ferhat an der Schulter und bat ihn, sich zu setzen.

»Ich wollte nur mal schauen, ob Onkel Hasan da ist. Es ist auch schon spät geworden, ich geh' lieber.«

»Okaaayyy«, sagte Cevo gedehnt. »Kein Problem. Aber bevor du gehst, kannst du bitte deine Hightech-Mausefallen mitnehmen, die du mir letztens gebracht hast? Die bringen nämlich gar nichts!«, schnauzte er Ferhat beleidigt an.

»Wie kann das sein? Die Teile haben einen Infrarotschalter, die bemerken jede leiseste Bewegung?«

»Die Mäuse tanzen mir auf der Nase herum. Der Käse ist weg, und die Mäuse sind noch da. Ich werde wieder die herkömmlichen Mausefallen benutzen, du, duuu ... denn die Teile von dir taugen nämlich zu gar nichts!«, schrie Cevo, während er Ferhats Gesicht mit Speichel besprühte, der nach Raki roch.

Ferhat ging in Richtung Tür. »Okay, ich hab' schon verstanden, aber im Internet hatte der Verkäufer diese neue Technik sehr gepriesen und gesagt, sie sei sehr sicher.« Er nahm noch von einem leerstehenden Tisch eine türkische Tageszeitung mit, die er zusammenfaltete. »Außerdem wollte ich dich schonen, das ist sicherer als die herkömmlichen Mausefallen, bei denen du dir immer deine Finger verletzt«, sagte er noch und verschwand so schnell, wie er gekommen war.

»Halt!«, schrie Cevo.

Ferhat hielt die Tür einen Spalt breit offen, bereit zum schnellen Abgang.

Cevo blickte aus geröteten Augen zur Tür und schrie Ferhat noch hinterher: »Gepfiffen auf meine Hände, denn die taugen rein zu gar nichts!« Dann verschwand er singend hinter der Theke und ließ einen fahren.

KAPITEL ACHTZEHN

»Hier bin ich jetzt, und ich gedenke auch nicht von hier zu gehen. Arrangiert euch damit.«
Erkan (26) aus Schöneberg

Als Ferhat in die Seitenstraße einbog, in der seine Wohnung lag, sah er einen Mann, der neben seinem Fahrrad auf dem Boden lag und am Kopf blutete. Er nahm an, dass der Mann große Schmerzen hatte, weil er sich auf dem Boden wälzte und dabei stöhnte. Er eilte sofort hin, um ihm zu helfen. Der Mann blickte zu Ferhat hinüber und stand hastig auf. Als Ferhat ihn fast erreicht hatte, rannte der Mann angsterfüllt weg.

Ferhat blieb neben dem Fahrrad des Mannes stehen und konnte nicht fassen, was gerade geschah. Der Mann blickte beim Rennen immer wieder voller Angst hinter sich. Dann verschwand er mit seinem noch immer blutenden Kopf in einer verwinkelten Gasse.

Da stand Ferhat nun allein neben einem umgestürzten Fahrrad und einer leeren Bierdose, obwohl er nur helfen wollte. So sollte es doch sein, oder?, dachte er. Wenn Menschen auf dem Boden liegen, so eilt man ihnen zur Hilfe.

So etwas war Ferhat zum ersten Mal passiert, seit er in Berlin lebte. Wenn er diesen Vorfall bei seiner nächsten Reise in die Heimat erzählen würde, würde man ihm sicher nicht glauben.

Als Cemal hörte, dass die Wohnungstür geöffnet wurde, kam er aus seinem Zimmer und begrüßte Ferhat.

»Hey, mein Bester. Wie geht's dir?«

»Gut. Und seit wann darf ich das Vergnügen haben, nach dir die Wohnung zu betreten?«

»Ach komm, als ob ich immer spät abends nach Hause kommen würde.«

»Nein, tust du nicht, das ist ja eben das Problem. Du kommst entweder früh morgens oder gar nicht.«

Cemal war etwas aufgedreht und fuchtelte wild mit der Zigarette in seiner Hand herum, als wollte er Aufmerksamkeit erhaschen.

Ferhat war schon sehr müde vom anstrengenden Tag, der sich in die Länge gezogen hatte. Er spürte jede Minute und Sekunde auf seinem Körper lasten und sackte vor seinem Diwan zusammen.

»Cemal. Du weißt nicht, was eben passiert ist …«

»Was denn?«, rief Cemal aus der Küche, denn er wollte sich gerade einen Apfel holen.

»Da war grad so ein Penner unten …«, wollte er erzählen, da flitzte Cemal von der Küche in sein Zimmer und kniete sich vor ihm gespannt hin, als würde ihm gleich weisgesagt werden, wie seine kommenden zehn Jahre aussehen würden.

»Erzähl!«, forderte Cemal.

»Ja ...ein Penner ...«, wiederholte Ferhat zögernd, denn er war etwas verunsichert, weil er mit dem Wort »Penner« offenbar Cemals Aufmerksamkeit stark erregt hatte.

»Jedenfalls lag der auf dem Boden, und als ich ihm auf die Füße helfen wollte, ist der einfach weggerannt und hat sein Fahrrad liegen lassen«, nahm Ferhat den Faden wieder auf.

»Ja, und?«, fragte Cemal.

»Findest du das normal?«

»Was heißt normal? Ist jetzt nicht unbedingt etwas, was auf der Titelseite einer Zeitung stehen müsste, aber recht hast du schon. Sagen wir mal es ist eigenartig?«

»Eigenartig?« Ferhat nahm die türkische Tageszeitung und schleuderte sie gegen Cemals Kopf. »Ich mach dich gleich eigenartig!«, regte er sich auf.

»Was ist dein Problem?« Cemal war jetzt auch empört.

»Das wüsste ich auch gerne. Wie kann ein am Kopf verletzter Mann, der stöhnend am Boden liegt, die Kraft finden, aufzustehen und wie ein wild Gewordener wegzurennen? Hatte er Angst, dass ich ihn ausrauben könnte? Dass ich ihn noch mehr verletzten könnte? Ihn womöglich ausziehen und mit meiner Handykamera filmen könnte? Welcher Idiot macht denn sowas?«

Cemal biss geräuschvoll in seinen Apfel.

»Vielleicht interpretierst du auch einfach nur viel zu viel rein. Weißt du, das hier ist eine Gegend, wo es nun mal viele Penner gibt. Der hatte wahrscheinlich einen über den Durst getrunken, und dann passiert so was nun mal«, sagte Cemal.

»Was ist das für eine Großstadt, in der jeder für

sich ist? Ist das zu fassen? Berlin hat über 3,5 Millionen Einwohner, und trotzdem hat man das Gefühl, das hier die einsamsten Menschen der Welt leben. Da ist es um dich in einer Großfamilie, in einem türkischen Dorf viel besser bestellt. Es ist ein geselligeres Leben und kein Nebeneinander und aktives einander Ignorieren.«

»Du kannst nicht Berlin und auch keine andere Stadt der Welt ständig mit deinem Dorf vergleichen. Berlin hat eben einen anderen Stadtrhythmus, und du musst dich diesem Rhythmus anpassen.«

»Stadtrhythmus?«

»Ja Mann. Stadtrhythmus.«

Ferhat schüttelte den Kopf. »Weißt du wirklich, was du da gerade redest?«

Cemal antwortete nicht. Er hatte stattdessen begonnen, sich mit seinem Handy zu beschäftigen. Doch schon nach wenigen Augenblicken schleuderte er das Handy auf den Diwan. »Ist denn das zu fassen? Cansu geht immer noch nicht an ihr Handy ran«, rief er aufgebracht.

KAPITEL NEUNZEHN

»Ich kann mich weder an ihre Stimme noch an ihr Gesicht erinnern. Doch ihre Worte gehen mir nicht mehr aus dem Kopf.«
Selim (24) aus Zehlendorf

Ein grauer Septembertag mitten im Frühherbst. Eine Nacht wie überall in Europa. Junge Menschen schlenderten betrunken durch Straßen und grölten unerträgliche Hitparaden vor sich hin. Die Hälfte des Fernsehturms war vom dichten Nebel bedeckt.

Ferhat blickte auf den Platz unter dem Fernsehturm. Zahlreiche Menschen spazierten durch die Grünanlagen oder saßen auf den Bänken, um sich die Wasserspiele anzuschauen.

Nach zwanzig Uhr, wenn die Sonne ihre letzten Strahlen des Tages warf, und der Himmel in einem Wechselspiel vom zarten Safrangelb und dem dämmernden Licht des Mondes gestreichelt wurde, änderte sich die gesamte Stadt zu einem riesigen Laufsteg und das Nahverkehrssystem zu einer fahrenden Kneipe. Die U-Bahn war eng, laut und die Atmosphäre alkoholgeschwängert.

Ferhat verließ die U-Bahn und machte sich auf den Weg zu seinem zweiten Job im Hochzeitssaal. Er war spät dran. Als er ankam, saß Dilan schon auf dem Podium. Das Brautpaar warf sich verliebte Blicke zu, Kinder schrien und rannten zwischen den zahlreich erschienenen Hochzeitsgästen herum, die sich darüber aufregten, dass die Eltern ihre Kinder unbeaufsichtigt ließen. Große Teile der Familie, Freunde und Verwandtschaft waren eingetroffen. Zu diesem Zeitpunkt waren sicherlich um die 800 Gäste im Saal. Es wurde der neueste Tratsch und Klatsch ausgetauscht.

Viele Mütter hielten Ausschau nach potenziellen Bräuten für ihre Söhne. Die jungen Mädchen hatten sich in Schale geworfen, um von den Müttern ihrer Schwärme entdeckt zu werden. Noch spielte keine Musik, doch die lauten Unterhaltungen führten schon jetzt dazu, dass kaum jemand sein eigenes Wort verstand. Zumal alle Gäste dicht beieinander saßen, um in diesem Saal überhaupt Platz zu finden.

Dilan war tief über ihre Saz gebeugt, die in ihren Händen lag. Die Langhalslaute begleitete sie schon seit ihrem sechsten Lebensjahr durch all ihre Lebensphasen. Für sie war dies weitaus mehr als nur ein Instrument.

Genau so, wie die versklavten Afroamerikaner in den dunkelsten Zeiten ihrer Unterdrückung Worksongs und Negro-Spirituals entwickelten, um die Gemeinde zusammenzuhalten, war die Saz für Dilan ein Werkzeug, um ihre Botschaften in Volksliedern von Generation zu Generation weitergeben zu können. Dies war für sie besonders wichtig, da sie als Alevitin zu einer seit Jahrhunderten verfolgten Minderheit im Nahen Osten gehörte. Heute stand sie wieder auf dem Podium und spielte die Saz mit einer

Hingabe, sodass kein Zweifel darin bestehen konnte, dass sie eine große Künstlerin war.

Die Augäpfel schmiegten sich sanft in die Augenhöhlen. Jeder Blick strahlte hundertprozentige Selbstsicherheit aus, und die Iris war scharf vom Weiß des Augapfels getrennt, als hätte sich eine lodernde Glut nach dem Ablöschen schwarz in weißen Sand eingelagert. Die Hautfarbe milchweiß.

Sie roch nach Dersim. Ihre Heimatstadt, die offiziell Tunceli hieß, doch niemand in ihrer Heimat sagte, dass er aus Tunceli kam. Man kam aus Dersim. Sie roch nach den Tälern von Munzur und dem gleichnamigen Fluss.

Ein schwarzes Mal zierte ihre rechte Gesichtshälfte am Nasenflügel. Klein, aber deutlich wahrnehmbar. Ihre vollen, natürlich gelockten, pechschwarzen Haare kräuselten sich den schmalen Rücken entlang. Sie holte tief Luft. Sie schloss ihre Augen und öffnete ihr Herz. Dann atmete sie Musik.

Sie streichelte ganz leicht über die einzelnen Saiten ihrer Saz. Ein leichter Windhauch durchzog ihr Haar. Ein Gruß aus dem fernen Dersim. Ein Gruß der Berge und des Munzurflusses. Ein Gruß aus dem fernen Tunceli. Sie aber nahm diesen Namen nie in den Mund. Niemals würde sie das tun. Sie sagte immer nur Dersim und niemals Tunceli. Sie wollte nicht einsehen, dass Dersim, das »silberne Tor«, durch Tunceli, die »eiserne Faust«, ersetzt werden sollte. Zu sehr erinnerte sie dieses Wort an jene Ereignisse im Jahre 1938. Jedes Mal, wenn sie auf dem

Istanbuler Flughafen Sabiha Gökçen landete, spürte sie mächtigen Zorn in sich.

Es war tragikomisch, dass dieser Flughafen nach der Ziehtochter von Atatürk benannt wurde, die die erste Kampfpilotin der Türkei war. Die aber auch an vorderster Front war, als es darum ging, die Stadt Dersim aus der Luft in Schutt und Asche zu bombardieren.

Der Volksaufstand in Dersim kostete knapp 14.000 Menschen das Leben. Obwohl nicht mal ihre Eltern zu jener Zeit geboren waren, erzählte Dilan von diesen Ereignissen, als wäre sie selbst eine Betroffene. Eine Überlebende. Eine Augenzeugin der Untaten, die berichtet werden mussten. Zu jener Zeit waren Kamera- und Fotoaufnahmen selten. Vor allem in solch technologisch rückständigen Gebieten. Sie musste das alles durch ihre Erzählungen ausgleichen. Den Menschen ein möglichst authentisches Bild der Ereignisse skizzieren.

Sie klammerte sich an ihre Saz. Spätestens seit den 80ern war die Saz kein bloßes Musikinstrument mehr. Sie wurde sowohl von rechten als auch linken Gruppen gleichermaßen in unzähligen politischen Liedern genutzt, als Reaktion auf die von oben verordnete Zwangsverwestlichung. Sie war längst zu einem Symbol für den nationalen Widerstand der Türken, Kurden und Zazas gleichermaßen gegen jede Art von Assimilation geworden.

Auf einmal wurde es ganz still im Saal. Die Kinder saßen artig vor dem Podium. Ihre Gesichter in beide Hände gelegt, die Ellenbogen auf den Knien abgestützt.

Der Kellner legte die Flasche zur Seite. Die Braut und der Bräutigam hörten auf versteckt unter dem Tisch zu füßeln. Die Jugendlichen hörten auf, Kurznachrichten zu schreiben und zu telefonieren.

Zart zupfte Dilan die Saiten ihrer Saz. Sie sang ein altes türkisches Lied, ein trauriges, in dem es um die Heimat ging.

Ferhat schob sich einen Stuhl zurecht und setzte sich darauf. Er hatte sich Leblebi vom kalten Büfett genommen und schob sie jetzt stückweise in den Mund. Er liebte diese türkische Spezialität, die eine Spezialität der türkischen Provinz Çorum war. Sie sahen aus wie kleine Erbsen im gelblichen Ockerton mit schwarzen Röstpunkten.

Die Töne der Saz schallten aus den Verstärkern, brachen sich an den Wänden und streuten in die Ohren ihrer Zuhörer. Wenn Dilan anfing, Lieder über die Sehnsucht nach der Heimat zu singen, hielt Ferhat es nicht lange aus. Sein Heimweh wurde zu stark.

Er beschloss, den Saal kurz zu verlassen. Draußen war es kalt und dunkel geworden. Der Schein der Straßenlampen wirkte abgedämmt und legte sich matt auf den feuchten Asphalt. Ferhat blickte zum Himmel. In dieser mondlosen Nacht war der Himmel klar, auch wenn einige zerfetzte Wolkenschlieren am Himmelsgewölbe vorbeizogen. Kalter Nieselregen schwängerte die Luft.

Regenpartikel streuten leise von oben herab und wurden bei ihrem Fall kurz von den Straßenlaternen angelächelt, ehe sie sich klaglos dem Fluss des Lebens ergaben und sich auflösten, als sei der weite Fall von den Wolken grundlos gewesen. Aber das war er nicht, denn die Regentropfen erzählten den Menschen eine Geschichte, wie es möglich war, dass die Menschen in einer Gesellschaft ihren Weg finden konnten, ohne den anderen zu verletzen, so wie auch die Regentropfen bei ihrem Fall sich nicht gegenseitig berührten oder in die Quere kamen.

Warum können wir Menschen aus dem Regen keine Lehren ziehen, dachte Ferhat. Im Saal war es sehr schwül gewesen, doch hier draußen fröstelte Ferhat leicht vor Kälte. Er konnte von hier aus den Gesang Dilans hören, und beim Anblick des leichten Nieselregens dachte er, dass es so aussehen müsste, wenn eine Stadt weint. Ja, Berlin weinte in diesem Augenblick. Je lauter die Musik im Saal wurde, desto stiller wurde es in ihm.

KAPITEL ZWANZIG

»Eines Tages wirst du all das, was du an mir so kritisiert hast, schrecklich vermissen.«
Gül (28) aus Steglitz

Cansu betrat die Küche mit schmutzigen Tellern und stellte sie neben die Spüle, wo sich bereits anderes benutztes Geschirr türmte.

»Ich bin gleich bei dir«, sagte sie zu Ferhat, der zwischen Küche und Vorraum stand, wo das Essen auf rollende Tabletts gelegt und zum Servieren bereit gemacht wurde. Hinten in der Küche, wo viele Studenten, Abiturienten und Hartz-IV-Empfänger schwarz und ohne eine Unfallschutzversicherung arbeiteten.

Ferhat wusste, dass viele das machten, weil es noch am selben Abend das Geld gab. 50 € für zehn und manchmal auch vierzehn Stunden Arbeit. Schnell und unkompliziert. Unversteuert und illegal. Einige Hilfskräfte zogen ihre Schuhe aus und massierten unter gequältem Gesichtsausdruck ihre Füße. Fast jedem hing währenddessen eine Zigarette im Mundwinkel.

Ferhat erinnerte sich, wie ein deutscher Schulfreund zu verstehen versuchte, welcher Arbeit er nachging.

»Was? Allein in Berlin gibt es mehr als zwanzig türkische und arabische Hochzeitssäle?«, hatte Fabian erstaunt gefragt.

Ferhat war verblüfft gewesen über so viel Neugier und Verwunderung zugleich in einer einzigen Frage und hatte diese nur knapp mit einem Ja beantwortet.

»Ja, sag mal, wo sind die alle denn? Sind das unterirdische Säle, oder wie, ich hab' noch keinen von denen gesehen!« Fabian hatte Schwierigkeiten, den Worten Ferhats Glauben zu schenken, als dieser ihm erklärte, dass diese Hochzeitssäle in den Bezirken existieren, in denen es den höchsten Migrantenanteil gab. Als Fabian das Wort »Saal« hörte, schien er an einen barocken Festsaal zu denken, doch die Wahrheit war, dass verwilderte Grundstücke auf Industriegeländen und alte, ungenutzte Gebäudeteile in Hinterhöfen modernisiert und zu Hochzeitsälen umfunktioniert wurden.

»Wie habe ich mir das vorzustellen? Da gibt es doch maximal zwei Hochzeiten die Woche oder nicht? Lohnt sich das für die Betreiber überhaupt?«, hatte Fabian interessiert nachgehakt.

»Wenn du wüsstest«, hatte Ferhat bemerkt und dem Mitschüler erklärt, dass nicht nur an den Wochenenden, sondern auch werktags dort gearbeitet wurde. Eine Riesenbranche war entstanden, in der Fotografen, Eventmanager, Stylisten, Sänger und viele andere mehr beschäftigt waren. Das alles war jedoch nichts im Gegensatz zu dem, was die Betreiber der Hochzeitssäle verdienten. In einen Saal passten um die 1.000 Gäste, nicht selten kamen bis zu 1.200 Personen, die dort zusammengepfercht feiern wollten.

»Das gibt es doch nicht!«, hatte Fabian erstaunt ausgerufen. »Und was passiert, wenn mal ein Brand ausbricht? Oder wenn der Boden unter der Last der vielen Menschen zusammenbricht?«

Ferhat hatte nur abgewinkt. »Meinst du, das interessiert jemanden? Die Betreiber bringen höchstens zwei oder drei obligatorische Notausgangsschilder an. Und das war's dann.

»Oh je, oh je«, sagte Fabian, dem es die Sprache verschlagen hatte.

Ferhat hatte davon Abstand genommen, ihm von der einen palästinensischen Hochzeit zu erzählen, bei der er, wenn er an sie dachte, Herzrasen bekam. Das Brautpaar wurde von Folkloretänzern begleitet, die in prächtige arabische Trachten gekleideten waren.

Im Rahmen einer Feuershow spuckte einer dieser Tänzer Flammen gegen die Saaldecke. Da die Decke ziemlich niedrig war, verfärbte sie sich an dieser Stelle schwarz, worüber sich der Betreiber des Hochzeitssaales anschließend unbeschreiblich aufregte. Er drohte sogar damit, die gesamte Hochzeit sofort zu beenden.

Die übrigen Tänzer schwangen bei ihren Tanzeinlagen große Schwerter. Als einer der Tänzer dem Brautpaar die Schwerter am Schluss übergab, hatte Ferhat richtige Angst, dass der Bräutigam seiner Braut den Kopf abschlagen könnte, denn dieser stellte sich im Umgang mit den Schwertern furchtbar ungeschickt an. Doch das verschwieg er Fabian besser. Der könnte sonst womöglich noch einen

Herzinfarkt bekommen, so geschockt, wie der jetzt schon aussah.

»Doch das Risiko scheint sich für die Betreiber trotzdem zu lohnen«, erzählte Ferhat seinem Mitschüler weiter. »Eine Hochzeit kostet pro Nacht selten weniger als 10.000 €, das ist Standard. Nach oben gibt es keine Grenze. Im Standardangebot sind meist das Essen und die Getränke für ungefähr tausend Gäste enthalten. Außerdem sind acht bis zwölf Servicekräfte Bestandteil des Angebotes sowie ein Orchester mit Live-Musik, mehrere Fotografen und nicht zuletzt der Henna-Abend.

»Henna Abend?«, fragte Fabian.

Einige Tage vor der Hochzeit findet der Henna-Abend statt, der seinen Namen daher hat, weil der Braut Henna auf die Finger und Handflächen aufgetragen wird. Mit diesem Ritual verabschiedet sie sich traditionell von ihrer Familie. Die rote Farbe des Henna steht dafür, dass sie ihren künftigen Ehemann lieben wird sowie für den Wunsch, viele Kinder mit ihm zu haben und dass die Familie zu Wohlstand kommen wird.

»Verabschiedet? Wohin verabschiedet?«, fragte Fabian.

»In unserer Heimat ist es meist so, dass eine Braut nach ihrer Hochzeit zur Familie des Ehemannes zieht. Wenn der neue Wohnort weiter von ihrer bisherigen Heimat entfernt liegt, so wird sie die Familie, aus der sie kommt, wahrscheinlich länger und auch nicht mehr so häufig sehen. Denk bloß mal an die vielen Bräute, die aus der Türkei nach Deutschland kommen. Die sehen ihre Verwandten nur in den Sommerferien. Oder sie ziehen von der Türkei nach Deutschland und sehen ihre Familie nur in den Sommerferien. Die Tradition des Henna-Abends hat sich gehalten, auch wenn die Tochter nur einige Kilometer von ihrer Mutter entfernt wohnt und sie sich auch nach der Hochzeit mehrmals am Tag sehen werden. Trotzdem liegen sich beide am Henna-Abend schluchzend in den Armen. Verstehe das mal einer. Manchmal verstehe ich meine eigenen Landsleute nicht. Im Übrigen würde ich niemals 10.000 € ausgeben, nur um in einem stickigen Saal heiraten zu können«, hatte Ferhat entschieden verkündet.

»Sondern?«

»Bei uns beginnt die Hochzeitssaison in der Türkei meistens im Sommer. Man heiratet im Freien. In unserem Dorf geht die Feier sogar über mehrere Tage. Aber, na ja. Hier sind wir halt in Berlin.«

Cansu riss Ferhat aus seinen Gedanken, indem sie ihm kurz an die Schulter fasste und sich zu ihm setzte. Ferhat hatte den Eindruck, dass sie immer die Sonne im Herzen trug. Auch eine Zwölf-Stunden-Schicht konnte ihrer guten Laune offensichtlich nichts anhaben.

»Na, los. Sag schon, Cansu. Du scheinst gute Nachrichten zu haben«, sagte Ferhat.

Da gab sie sich einen Ruck und kramte aus ihrer Handtasche, die unter dem maroden Waschbecken lag, einen verzierten Briefumschlag heraus.

»Ich werde demnächst heiraten. Ich weiß, du und … du und Cemal … ihr seid wie Brüder. Du bist so etwas wie sein großer Bruder.«

Der Kurzschlaf gegen Arbeitsende war auch dahin. Ferhats Körper straffte sich unwillkürlich, dann schaute Ferhat Cansu aufmerksam an.

»Aber, du bist auch so etwas wie ein großer Bruder für mich. Wir arbeiten schon seit Jahren zusammen. An unzähligen Wochenenden auf unzähligen Hochzeiten. Du warst immer für mich da. Auch wenn du mit Cemal zusammenlebst, hast du mich wie deine eigene kleine Schwester gehütet und mich nie vor irgendjemanden bloßgestellt.« Eine Träne entwich ihrem Auge. »Ich habe lange überlegt, ob ich es dir sagen soll, ob ich dich einladen soll. Ich tue doch nichts Verbotenes, wenn ich heirate, oder, Ferhat? Ich bin doch eine junge Frau, die ihre eigene Familie und ihre eigene Zukunft aufbauen will. Das kann ich aber nicht mit einer ungewissen Beziehung, die kein Ziel hat. Du weißt, was ich damit meine, ja? Es kann dir nicht entgangen sein, dass vieles zwischen Cemal und mir nicht gut für mich war. Und deshalb musste ich ja auch gehen.« Sie sah Ferhat ein wenig traurig an. Dann streckte sie ihm den Briefumschlag entgegen.

»Hier nimm das, Ferhat. Du hast immer einen Platz in meinem Herzen, und so soll es auch auf meiner Hochzeit sein. Ich will dich unter meinen engsten Angehörigen sehen«, sagte Cansu und übergab Ferhat den glitzernden Umschlag, der nach kitschigem

Blumenduft roch. Dann stand sie auf und ging zu den anderen Mädchen, die in der Küche arbeiteten oder gerade eine Pause einlegten.

Ferhat saß völlig überrascht auf seinem umgedrehten Cola-Kasten. Im ersten Augenblick wusste er nicht so genau, ob er sich über die eigentlich gute Nachricht freuen sollte. Er spürte in dem Augenblick Mitleid mit Cemal, der immer noch dachte, es handele sich um eine Auszeit der Beziehung.

Noch ehe Ferhat seine Gedankengänge hatte beenden können, war sein Chef in die Küche gekommen. Er mochte diesen neureichen Typen überhaupt nicht: 29 Jahre alt, Bierbauch, aber lässig geöffneter Kragen, spitze Schuhe, aber ein arrogantes, selbstherrliches Grinsen.

»Hier, Ferhat, das sind 50 € bar und unversteuert für dich. Du hast heute wieder gut gearbeitet«, sagte der Mann, indem er Ferhat den Schein hinhielt.

Seine Mimik und seine Körperhaltung hatten dabei etwas unbeschreiblich Gönnerhaftes. Es schien gerade so, als hätte er nicht Ferhat, sondern einem notleidenden Kind einen Scheck mit mehreren Millionen Euro übergeben. Als wäre diese Küche in diesem Moment eine Suppenküche, über die er Aufsicht führte, um sich zu vergewissern, dass es seinen Schützlingen gut ging. Aber sie waren gekrümmt vor Schmerzen. Sie hatten den ganzen Tag an die tausend Gäste bedient. Sich durch enge Durchgänge gequetscht, in denen sie auf schreiende und rennende Kinder stießen. Auf pöbelnde Gäste, die sofort und auf der Stelle Mineralwasser und Knabbereien haben wollten. Auf Menschen, die dreimal nachfragten, wo das Essen bliebe. Auf gierige Gäste, die drei vollgefüllte Teller verschlangen. Auf Jugendliche, die sich aus Spaß gegenseitig mit Nüssen bewarfen und damit den Boden verdreckten. Die ihre Getränke verschütteten und den Tisch bekleckerten.

Und nun saßen die Schützlinge des neureichen Gönners in der Küche und waren einfach nur noch erledigt, müde, schlapp und ausgelaugt. Und als Lohn des Tages gab es für zwölf Stunden Sklavenarbeit 50 € bar und unversteuert auf die Hand. Ferhat steckte den Schein ein, zog sein Sweatshirt über und machte sich mit einer Hochzeitseinladung und einem dumpfen Gefühl in der Magengegend auf den Heimweg.

KAPITEL EINUNDZWANZIG

»Der beste Geruch, der von einem Menschen ausgehen kann, ist Vertrautheit.«
Yasin (46) aus Tempelhof

»Das kann nicht stimmen, was du da sagst. Du musst übermüdet sein und faselst irgendeinen Quatsch zusammen«, sagte Cemal.

»Was gibt es daran zu zweifeln? Meinst du, ich hab' diese Einladung mit irgendeiner Software hergestellt, um …« Ferhat blickte auf seine Armbanduhr, »… dich um 2:30 Uhr anzulügen?«

Cemal hörte ihm mal wieder nicht richtig zu, wie so oft, wenn etwas nicht so lief, wie er es sich vorstellte.

»Die von Ihnen gewählte Rufnummer ist zurzeit nicht vergeben«, ertönte eine Frauenstimme aus Cemals Handy. Es war mittlerweile sein siebter Versuch, Cansu telefonisch zu erreichen.

»Okay. Pass mal auf«, sagte Ferhat und richtete sich noch mit letzter Kraft auf, um ihn an der Schulter zu packen. »Wie lange versuchst du nun schon, Cansu unter dieser Nummer zu erreichen?«

»Keine Ahnung«, sagte Cemal und startete einen neuen Versuch.

»Seit mindestens einigen Wochen, und das ist der Zeitpunkt, den ich kenne. Weiß Gott, wie lange du davor schon damit angefangen hast. Was ich aber zu sagen versuche, ist, dass diese Nummer gar nicht vergeben ist. Nachdem sie Schluss gemacht hat, hat sie nicht etwa die Nummer einer Freundin weitergegeben oder die Karte verkauft, nein. Ich denke … ja, und ich bin mir dabei ziemlich sicher … sie hat Benzin auf die Karte gegossen, sie abbrennen lassen, die Asche entweder in einem Wald vergraben oder einem Seebestattungsunternehmen übergeben. Kurz: Du bist für sie gestorben, und sieh das endlich ein, damit ich auch mal meine Ruhe habe und wie ein normaler Mensch zu ihrer Hochzeit gehen kann, ohne dass du ihr um den Hals fällst!«

»Es gibt keine Hochzeit, und das weißt du«, sagte Cemal stur.

»Warum geht sie just in diesem Moment nicht an ihr Handy?«, fragte Ferhat.

»Just? Wo hast du dieses Wort denn aufgeschnappt? Aus Emilia Galotti oder was?«, machte sich Cemal lustig.

»Antworte«, sagte Ferhat mit ernster Miene.

»Ja, sie ist bestimmt gerade in der U-Bahn. Du weißt doch, wie schlecht die Verbindung in der U-Bahn ist.«

»U-Bahn? Wir haben gerade 2:30 Uhr.«

»Okay. Dann eben in einer Tiefgarage«, wurde Cemal lauter.

»Tiefgarage?«

»Vielleicht dann im Fahrstuhl!«, schrie Cemal.

»Nur zur Info. Deine Erklärung wird nicht dadurch plausibler, indem du versuchst, sie immer wieder und wieder zu erklären, sondern im Moment auch noch zunehmend lauter. Und jetzt geh' ich schlafen, ich hab' nur noch ein paar Stunden Zeit bis zur ersten Stunde. Falls du es vergessen hast, heute ist schon Montag, wir haben Schule. Wochenende«, sagte Ferhat und drehte seinen Kopf langsam nach links und dann nach rechts, »nein. Wochenende. Nein. Vorbei.«

»Ist ja gut, krieg' dich ein. Du hast keinen Neandertaler vor dir, du Dorftrottel. Mach doch, was du willst«, sagte Cemal und ging in sein Zimmer, wobei er pausenlos versuchte, Cansu per Handy zu erreichen.

Ferhat öffnete das Fenster und blickte an der vorbeiziehenden U-Bahn zum Fernsehturm, dessen Spitze er von hier aus sehen konnte, und fragte sich, welche Überraschungen diese Nacht für die Einwohner seines Viertels bereithalten würde. Er nahm aus dem gegenüberliegenden Haus das laute Geschrei einer Frauenstimme wahr und schloss sofort wieder das Fenster.

KAPITEL ZWEIUNDZWANZIG

»Berlin ist zu teuflisch, mein Kind. Pack deine Sachen und hau da schnell ab. Zieh aufs Land und werde ein Freigeist. Diese Betonwüste wird dich noch um den Verstand bringen. Na los! Worauf wartest du noch?!«

Ahmet (53) aus Mitte

Eine weitere Nacht vergeht in Berlin. Eine unbedeutende Nacht in Kreuzberg, die eigentlich nicht besonders erwähnenswert scheint und in der mal wieder eine Ehe zugrunde geht.

In der ein Jugendlicher, der noch sein ganzes Leben hätte vor sich haben können, Selbstmord begeht.

In der ein mehrfacher Familienvater sein ganzes Hab und Gut verspielt hat und den Morgen nicht mehr erleben wird, weil er erst seine Frau und die Kinder und dann sich selbst voller Verzweiflung töten wird.

In der ein Arbeiter zufrieden in den Feierabend geht und danach zu seiner intakten Familie zurückkehrt. In der eine unglücklich verliebte Frau ihren Kummer in Alkohol ersäuft und herzzerreißende Lieder hört.

In der ein gläubiger Mensch viele Stunden mit Gebeten verbringt.

Eine Nacht, in der arbeitslose Jugendliche ihre Zeit in Wettbüros, Internetcafés und verdreckten Grünanlagen totschlagen.Eine Berliner Nacht, in der alte Menschen sterben, einsam und voller Angst.

In der eine verzweifelte Frau ihre drei Kinder nimmt und wortlos das Haus verlässt. Eine ganz normale Nacht, in der ein Mädchen beschließt, sein Kind doch auszutragen und eine alleinerziehende Mutter zu sein. Eine Nacht, in der eine Mutter vergeblich auf ihren Sohn wartet und erst in den Morgenstunden erfahren wird, dass man seine Leiche gefunden hat.

Eine lange Berliner Nacht, in der Mädchen mit Flaschen in der Hand herumlaufen, aus denen sie trinken, obwohl sie keinen Durst, sondern einen Hunger auf Leben haben. In der ein Kind fest und traumlos in seinem Bett schläft.

In der ein Junge todmüde, aber schlaflos im Bett liegt, weil er mit der Betreuung seiner sechs jüngeren Geschwister hoffnungslos überfordert ist.

Eine Nacht, in der sich ein Fixer noch schnell einen Schuss setzt, bevor er den geplanten Mord verübt.

In der ein Mann auf seinem Balkon in der 15. Etage sitzt und bis zum Sonnenaufgang auf die Stadt blickt. In der ein frisch verheiratetes Paar verliebt im neuen Ehebett liegt und von einer gemeinsamen Zukunft träumt. Eine Nacht, in der ein Taxifahrer seinen harten Job erledigt.

Dieses unbehagliche Gefühl, das aus allen Winkeln und Ecken strömte, hatte sich tief in das Bewusstsein einer verträumten und leidgeprüften Migrantengeneration eingebrannt, und der Seelenzustand einer verlorenen Generation brach in dieser langen Berliner Nacht aus Ferhat hervor, wie schon in vielen dieser endlos scheinenden Nächte zuvor. Als der Tag endlich anbrach und die Sonne über der Spreestadt aufging, machte er sich auf den Weg zur Schule. Es war alles wie immer ...

KAPITEL DREIUNDZWANZIG

»Du hast mich mit deiner Liebe in eine Einbahnstraße geführt und mir zum Abschied eine gute Reise gewünscht.«
Can (38) aus Mitte

Es war halb sieben in der Frühe. Die Stadt erwachte und mit ihr die Bitterkeit einer Hauptstadt, der die Nachkriegszeit noch in den Knochen lag.

In der U-Bahn begegnete Ferhat wie üblich den unterschiedlichsten Menschen. Da war der Arbeiter mit dem speckigen Rucksack, aus dem die Thermosflasche herausragte, der bärtige Student, der Thomas Bernhard las, die Schülerin oder Auszubildende, die sich im Handy spiegelnd noch rasch die Lippen nachzog, bevor sie das Abteil verließ.

Da war der junge Mann, der Ferhat gegenübersaß, in lila Jeans und Seidenblouson. War er ein Künstler, ein schwuler Designer oder einfach nur ein Modefreak? Aber Ferhat glaubte, noch mehr zu entdecken.

Er sah junge Menschen, die Kopfhörer aufgesetzt hatten, aber nicht der Musik aus Genuss lauschten, sondern um dem Sog Berlins zu entfliehen. Menschen, die Zeitungen, Zeitschriften und Bücher lasen, aber nicht, um sich weiterzubilden, sich unterhalten zu lassen oder sich zu informieren, sondern um eine Rechtfertigung dafür zu haben, ihr Buch besonders tief halten und somit ihren Blick senken zu können, damit sie nicht in die trostlosen Gesichter der anderen Fahrgäste blicken mussten.

In Wahrheit hatte der Stress im Leben, die Unausgeglichenheit, die Unmoral, die zu den schlechten Charaktereigenschaften der Menschen geführt hatten, eindeutige Spuren in ihnen hinterlassen. Eine matte Haut, die vergilbt wirkte und kein Licht ausstrahlte, sondern einen üblen Anblick bot, Augenringe, die nicht von zu wenig Schlaf herrührten, sondern vom Exzess im Leben, der sie gezeichnet hatte. Sie waren von allem gezeichnet, von Drogen, vom Lügen, vom Betrügen.

Ferhat sah jeden Morgen in diese unglücklichen Gesichter.

In der U-Bahn waren Straßenmusiker, die sehr laut Musik spielten, aber nicht deshalb, um ihren Lebensunterhalt damit zu bestreiten, sondern um die schizophrene Stimmung und das Quietschen der Bahnräder auf den Gleisen zu übertönen.

Am stärksten abgestoßen fühlte Ferhat sich von einem Mädchen, das sich nun schon fünf U-Bahn-Stationen lang unaufhörlich schminkte. Es hatte ein dickes, grobporiges Gesicht mit kleinen Augen und einer klobigen Nase, das sie pausenlos mit Make-up und Puder bearbeitete, um es anscheinend vollkommen abzudecken und damit verschwinden zu lassen.

Dunkle Schwärze und abgedunkelte vorbeiziehende Betonwände.

Die U-Bahn hatte eine Innenbeleuchtung, die fades Licht spendete.

Kurz bevor Ferhat aussteigen musste, schaute er sich noch mal im Abteil um und fragte sich, warum es jeden Morgen so voll war. Wohin fuhren nur all die Menschen früh um sieben Uhr?

Jemand hatte in eine Fensterscheibe geritzt, dass Sebastian der Sohn einer Hure sei. Etwas weiter unten stand Hakan + Sevda = Herz. Daneben »Jana, du Schlampe!« Und auf dem Fenster gegenüber stand ein Zitat von Franz von Suppé: »Du bist verrückt, mein Kind, du musst nach Berlin.«

KAPITEL VIERUNDZWANZIG

»Berlin ist so deprimierend. Die eine Hälfte ist arbeitslos und die andere hoffnungslos.«
Esra (33) aus Moabit

Zum Leidwesen Jacquelines war das heutige Thema Rousseau, der denselben Familiennamen trug wie sie.

»Dein Opa war ein Pseudo-Aufklärer.« Dr. Fehn zeigte auf Jaqueline und setzte eine vorwurfsvolle Miene auf.

»Wie? Was? Häh…?«, fragte Jacqueline irritiert in die Klasse.

»Ja, ganz genau, Frau Rousseau! Dein Opa ist der Grund, weshalb ich mir heute diesen Mist hier antun muss.«

Die Schüler schwiegen, sie schienen überfordert zu sein. Was sollen wir bloß mit so einem Lehrer machen?, fragte sich Ferhat nicht zum ersten Mal.

»Ich gehe jetzt raus und rufe meinen Papagei an, mit dem ich wenigstens eine halbwegs vernünftige Konversation führen kann, was man von euch egoistischen Pappnasen ja nicht behaupten kann«, erklärte Dr. Fehn und blickte in die Runde. »Wisst ihr was?«, nahm er unmittelbar darauf den Faden wieder auf. »Ich habe neulich bei einem Privatsender, na, sagen wir mal, eine Art Reisebericht angesehen. Das Land der Goldminen. Sibirien. Ihr wisst doch, wie kalt es dort ist, oder? Aber sicherlich habt ihr in der Oberstufe davon nichts mitbekommen. Ihr seid ja mit anderen Dingen beschäftigt, wie zum Beispiel, dumm aus der Wäsche zu gucken. Mein Papagei plappert mir alles nach, was ich sehr schön finde. Man müsste euch Jugendlichen mit eurer Mir-ist–alles-scheißegal-Einstellung mal nach Sibirien schicken. Und dort sollte man euch drei Jahre arbeiten lassen, in einem Bootcamp bei eiskaltem Wetter, das selbst Eskimos den Hintern erfrieren lässt. Und man sollte euch mit Grizzlybären in den Ring schicken. Aber nicht etwa mit solchen, denen schon die Zähne und Krallen gestutzt wurden, sondern solchen, die euch ernsthaft verletzen könnten.« Dr. Fehn hatte sich förmlich in Rage geredet. Seine Stimme war immer lauter geworden, aber seine Miene war wie versteinert, und auch seine Körperhaltung erinnerte an eine Statue aus Beton. Ein Mann, an dem alles abprallte, ein Lehrer, der offenbar noch immer der Schwarzen Pädagogik anhing.

Jacquelines Augen hatten sich während Dr. Fehns Ansprache leicht verengt. Ferhat konnte hören, dass ihr Atem schwer ging, sie schien sehr aufgeregt zu sein. Plötzlich sprang sie auf und starrte den Lehrer wütend an.

»Hab' ich gerade richtig gehört? Oder bin ich im falschen Film?«, rief sie. »Sind wir hier bei der Stasi? Oder im Knast? Oder in der Erziehungsanstalt? Sie wollen uns nach Sibirien schicken? Geht's noch? Sie wollen, dass wir uns den Arsch abfrieren? Was sind

Sie bloß für ein Mensch! Es ist scheißegal, ob wir uns manchmal daneben benehmen oder nicht, so darf uns keiner behandeln! Nicht im 21. Jahrhundert in Berlin!«

Dr. Fehn lächelte müde und ging nicht darauf ein. »Wisst ihr«, fuhr er fort, »wenn ich meinen Papagei stoße, dann wehrt der sich und beißt mir in den Finger.« Dr. Fehn hob seinen vernarbten linken Zeigefinger in die Luft. »Aber euch ist alles egal. Einfach nur egal.«

»Das müssen wir uns jetzt nicht gefallen lassen«, sagte Markus und stand auf. Er war sonst ein recht besonnener Zeitgenosse, doch nun war sein Gesicht rot angelaufen vor Ärger, und er schien vor Aufregung sogar leicht zu schwitzen. »Lasst uns zum Rektor gehen, Leute«, wandte sich Markus an seine Mitschüler. Gerade wollten sich Ferhat und Jaqueline auch erheben, als Dr. Fehn die Hand hob und ein Stück Kreide in Markus' Richtung warf. Es verfehlte ihn knapp.

»Raus!«, schrie der Lehrer Markus an.

»Ja, ich gehe!«, erwiderte Markus ebenso laut. »Und ich werde zum Rektor gehen und ihm erzählen, was sich hier abspielt!«

Nachdem Markus das Klassenzimmer verlassen hatte, blickte Dr. Fehn jeden Einzelnen herausfordernd an. »Falls hier jemand sein sollte, der in diesem Jahr unbedingt sein Abitur nicht bestehen möchte, der kann jetzt gern dem Markus hinterhergehen«, sagte er mit nachdrücklicher Stimme.

Niemand stand auf. Niemand sagte etwas. Die Stille war so unbeschreiblich, dass man es hätte hören können, wenn ein Haar auf den Boden gefallen wäre. Dr. Fehn schaute eine kurze Weile aus dem Fenster, wandte sich dann wieder den Schülern zu und schrie: »Wieso sind diese Tische in U-Form ausgerichtet? Wollt ihr euch etwa selbst dabei zusehen, welch dumme Kommentare ihr von euch gebt?« Keiner antwortete. Der Lehrer fuhr fort.

»Ich werde mir jetzt einen Kaffee holen, schwarz, versteht sich, und wenn ich nach fünf Minuten wieder zurück bin, möchte ich, dass die Tische zur Tafel entlang ausgerichtet sind, denn ich dulde keine in U-Form ausgerichtete von der 68er-Bewegung initiierte unpolitisch-pazifistische Universalharmonie. Die Aufmerksamkeit darf nur mir gelten, was interessiert mich eure Meinung?« Dr. Fehn wandte sich zur Tür. Bevor er den Raum verließ, drehte er sich noch mal um. »Ach, ja«, sagte er betont heiter. »Und ich möchte, dass die Mädchen links sitzen und die Jungen rechts. Ich war ohnehin nie ein Freund der Koedukation.«

Dann schlug er die Tür hinter sich zu.

Alle schauten wütend und ratlos auf den Tisch und schwiegen. Nach einer Minute stand Jacqueline auf und begann damit, ihren Tisch so zurechtzuschieben, wie es der Lehrer angeordnet hatte. Keiner protestierte oder hinderte sie daran.

Als Zweite stand Lea auf und tat das Gleiche. Einer nach dem anderen standen sie auf und taten genau das, was Dr. Fehn kurz zuvor von ihnen verlangt hatte. Ferhat verfolgte sprachlos das Handeln seiner Mitschüler. Ein Blick zu seinem Freund verriet ihm, dass auch Cemal gerade die Worte fehlten. Als Letzte standen die beiden missmutig auf und traten gegen ihren Tisch, der alsbald nach vorne kippte. Doch noch während der Tisch sich neigte, hielt Ferhat ihn fest und stellte ihn wieder ordnungsgemäß hin.

»Du siehst doch, was mit Markus passiert ist. Ich möchte nicht durchfallen«, sagte er leise zu Cemal.

Cemal runzelte die Stirn. »Alles klar, Alta, aber halt jetzt lieber mal die Fresse. Mir reicht's. Mann, das Scheiß-Abitur geht mir so was von auf den Sack, das glaubst du gar nicht!«

Inzwischen waren zehn Minuten vergangen, und der Lehrer war immer noch nicht in Sichtweite. Ob er wohl gerade seinen, wie er angekündigt hatte, »schwarzen Kaffee« trank und dabei mit seinem wagemutigen Papagei sprach?

Nach beinahe zwanzig Minuten trat Dr. Fehn ruhig und gelassen in die Klasse und warf einen Haufen leerer Blätter auf den Tisch. Dann kramte er in seiner Tasche herum, fing an, etwas auf die Tafel zu schreiben, und sprach dabei zur Klasse. »Wir schreiben jetzt eine Zwischenklausur, die ist wichtig, um sehen zu können, wie weit ihr stoffmäßig seid.«

Ferhat las das zu bearbeitende Thema auf der Tafel: »1933: Die Machtergreifung Hitlers.«

»Wie ich sehe, sind die Tische nun gegen die Tafel ausgerichtet. Die Jungs sitzen rechts und die Mädchen links«, stellte Dr. Fehn zufrieden fest. »Bearbeitet das Thema bitte auch im Hinblick auf euer unterwürfiges Verhalten, und überlegt euch bitte zweimal, ob ihr nicht doch eure selbstgerechten Kommentare im Aufsatz überprüfen wollt. Ihr seid schon bei mir eingeknickt, da kann man nur froh sein, dass ihr alle nicht zur Zeit des Nationalsozialismus geboren wurdet, denn eine Weiße Rose oder eine Sophie Scholl habe ich unter euch invasiven Neophyten nicht gesehen!«

Eine Schülerin in den hinteren Reihen meldete sich. Herr Fehn winkte sie ab.

»Lenin hatte recht mit seiner Beurteilung der Deutschen. Er sagte: ›Revolution in Deutschland? Das wird nie was. Wenn die Deutschen einen Bahnhof stürmen wollen, kaufen sie sich vorher eine Bahnsteigkarte.‹«

Am Ende stand die verwirrende Erkenntnis, dass sie als Kollektiv versagt hatten.

KAPITEL FÜNFUNDZWANZIG

»Welch ein dreckiger Satz sich doch hinter den Worten ›Ich habe aber ein reines Herz‹ verbirgt.«
Seda (22) aus Reinickendorf

Ferhat hatte mehr schlecht als recht den Aufsatz beendet.

Schnell verließ der den Klassenraum, lief die Treppe hinunter und öffnete die Toilettentür. Nachdem er sich das Gesicht mit kaltem Wasser gewaschen hatte, betrachtete er sich nachdenklich in dem schmutzigen Spiegel, der über dem Waschbecken hing.

»Schon wieder sehe ich um Jahre gealtert aus«, sprach er zu sich, als ihm seine dunklen Augenringe und drei kleine graue Härchen an der Schläfengegend auffielen. Er fasste sich an die Schläfe und trat verwundert näher zum Spiegel.

»Die waren doch gestern noch gar nicht da. Woher kommen die auf einmal?«

Er zuckte mit den Schultern und schleuderte das angefeuchtete Taschentuch in den Mülleimer. Dann beschloss er, sich noch schnell den aktuellen Kursplan anzusehen.

Ferhat lief die Treppen hoch zur zweiten Etage und öffnete die schwere Glastür mit eisernem Griff. Doch nachdem er die Tür halb geöffnet hatte, stoppte er und schaute verwundert zur Andachtsvitrine hinüber. Er konnte erkennen, dass Arzus Foto nicht mehr da war. Stattdessen stand dort ein anderes Bild. Ferhat erschrak.

Täuschte er sich, oder war das Selin? Rasch ging er zur Vitrine. Leider hatte er sich nicht geirrt, es war Selin.

»Zum Andenken an Selin. Du trugst dein Herz auf dem rechten Fleck«, las Ferhat halblaut. Nein, es bestand kein Zweifel, es war Selin, und er hatte sie gut gekannt. Er erinnerte sich an ihre naive, aber liebe Art. Selin war schon seit drei Jahren auf derselben Oberstufe wie Ferhat. Ein zierliches junges Mädchen mit aufreizendem Gang und einer unbeschreiblich starken körperlichen Präsenz. Sie war solariumgebräunt und manchmal auch etwas hirnverbrannt, wie Cemal zu sagen pflegte.

Ferhat erinnerte sich, dass Selin einmal allein in der großen Sitzecke gesessen hatte, die im Forum der Schule stand. Er war auf sie zugegangen und hatte seine Tasche wortlos auf einen der Sitze geschleudert.

»Warum ziehst du so ein Gesicht?«, hatte Selin gefragt.

Er hatte ihr nicht geantwortet, sondern sich einfach nur neben sie gesetzt. Dann schwiegen sie eine Weile einträchtig miteinander, was sich gut und richtig anfühlte. Ferhat fühlte Dankbarkeit in sich, als er an diese Begegnung zurückdachte. Ferhat hatte seine Tasche gegen die Bank geschleudert und sich hingesetzt, ohne etwas zu sagen. Doch irgendwann machte er doch den Mund auf. »Dieser Michael

Meyers hat wieder so einen Unterricht abgehalten, da hat man echt keine Lust mehr, hinzugehen. Lea ist weinend nach Hause gefahren, Jaqueline hat weinend das Klassenzimmer verlassen«, berichtete er.

»Was habt ihr denn für Heulsusen in eurem Kurs«, reagierte Selin kopfschüttelnd.

»So kannst du das nicht sehen. Sie sind keine Heulsusen! Manche weinen vor Wut, manche, weil sie gekränkt sind, und manche, weil sie seinen Psychoterror nicht aushalten.«

»Und, hast du geweint?« Selin lachte ihm ins Gesicht.

»Sehr witzig.«

»Aber weißt du was, ich bin auch voll traurig«, erklärte Selin plötzlich.

»Warum denn, hat der Wind deine Frisur zerstört, oder bist du diesmal unzufrieden mit deiner Schminke?«

»Das ist nicht witzig. Jemand, der mir lieb ist, ist gestern gestorben.«

»Das tut mir sehr leid. Mein Beileid. Von Gott kommen wir und zu Ihm werden wir zurückkehren. Stand diese Person dir sehr nahe?«, beeilte Ferhat sich, auf Selins Bemerkung einzugehen.

»Danke. Mein Goldfisch Zunama ist gestern gestorben«, antwortete Selin mit trauriger Stimme. Es war ganz offensichtlich, dass es ihr sehr ernst war mit ihrer Trauer.

»Dein Goldfisch?« Ferhat wusste nicht so recht, wie er sich verhalten sollte. »Wie hast du ihn noch mal genannt?«

Selin seufzte. »Zunama. Noch nie gehört?«

Ferhat schüttelte nur stumm den Kopf.

»Ist klar. Man merkt, dass du aus der Türkei kommst. Du weißt ja gar nichts.«

Ferhat kratzte sich am Kopf. »Okay«, murmelte er, »ich bin derjenige, der nichts weiß.« Er kam sich ziemlich dämlich vor.

»Mann, Zunama ist ein dicker Wels. Ganz süß! Eine Figur aus Dragon Ball«, erklärte Selin einlenkend.

»Und du bist dir sicher, Selin, dass dein Fisch keinen Selbstmord begangen hat?«

»Erstens war es kein Fisch, sondern ein Goldfisch, und zweitens, du bist voll gemein, ey.«

»Hallo! Auch Fische haben eine Würde. Wer will schon so genannt werden? Stell dir mal vor, deine Eltern hätten dich so genannt, wärst du damit einverstanden?«

Selin ging auf seine Frage nicht ein. »Ich hatte neun Goldfische. Sieben sind in der letzten Woche gestorben«, sagte sie stattdessen.

»Sieben Stück?«

»Jaaa!« Selin schien von seinen Fragen genervt zu sein.

»Und dir erscheint jetzt der Zusammenhang zwischen dem Tod deiner Goldfische und ihrer Namensgebung immer noch unschlüssig?«

»Ich red' nicht mehr mit dir. Du bist voll gemein, ey.«

»Sorry, ich wusste nicht, dass dir das so ernst ist mit deinen Goldfischen.«

»Ich habe gestern eine Stunde geweint.«

»Was passiert eigentlich mit den Goldfischen? Beerdigt man sie oder wie?«

»Nein, ich musste sie im Klo runterspülen. Der Tierarzt hatte gesagt, dass das die einfachste Lösung ist. Ich hab' trotzdem symbolisch für jeden Goldfisch im Garten einen Stein unter die Erde vergraben. Außerdem habe ich mich getröstet, dass ich ihn jetzt zu seinem Vater geschickt habe. Sein Vater war nämlich einen Tag zuvor schon gestorben, und ihn musste ich auch in der Toilette runterspülen.«

»Aber dir ist schon klar, dass die Toilette sie nicht in das Fischparadies spült, sondern, dass sie in einer Berliner Kanalisation landen, wo wahrscheinlich Ratten auf sie lauern?«

»Ihhh!«, rief Selin entsetzt. »Du bist voll eklig, ey! Hör bloß auf damit!«

Nach einer kleinen Atempause fügte sie hinzu: »Was hätte ich denn sonst machen sollen? Die toten Fische braten und essen?«

»Schlechte Idee, dann würden sie am Ende des Tages wieder in der Kanalisation landen«, stellte Ferhat fest, während er »Nathan der Weise« aus seiner Tasche herausgekramt hatte.

Nach einer langen Pause fing Selin plötzlich an, laut zu lachen. Ferhat, der gerade mit der Lektüre hatte beginnen wollen, schaute sie erstaunt an. »Was denn? Hast du den Witz erst jetzt verstanden?«

Vor Lachen konnte sie nicht antworten, Ferhat sah zu, wie sie kreischend auf ihrem Sitzplatz hin und her schaukelte und sich auf die Schenkel klopfte. Nachdem sie sich wieder beruhigt hatte, sagte sie nur: »Du spinnst, ey!«

»Sagte die, die ihren Goldfischen Namen von Drachen gibt.«

Selin protestierte: »Dragon Ball! Nicht Drachen!«

Sie hatte auf ihrem Handy ein Lied laufen lassen und die Lautstärke aufgedreht. Danach hatte sie angefangen, mit schräger Stimme mitzusingen.

Ferhat war das Ganze peinlich geworden, und er forderte sie auf, die Lautstärke herunterzudrehen. Die vorbeilaufenden Schüler schauten auf Selin und zeigten mit dem Finger auf sie.

»Bu akşam ölürüm beni kimse tutamaz«, sang Selin lautstark (»Heute Nacht werde ich sterben, und niemand kann mich daran hindern«) und wandte sich Ferhat zu. »Das habe ich immer morgens laufen lassen, und meine Goldfische haben dazu getanzt.«

Okay, dachte sich Ferhat und verdrehte seine Augen. Noch ein Puzzleteil hatte sich in das Gesamtbild eingefügt, weswegen die Goldfische gestorben sind.

»Boah, ich freue mich voll auf morgen.«

»Wieso, was ist denn morgen? Kaufst du dir einen neuen Goldfisch?«

»Nein. Der Donnerstagabend gehört der Familie. Da schauen wir immer die Serie ›Aşk-ı Memnu‹. Schaust du die auch?«

»Nein, aber die Serie soll sehr erfolgreich sein«,

sagte Ferhat und stellte verärgert fest, dass man inzwischen solche Serien zusammen mit der Familie anschaute, in denen es darum ging, dass irgendwie jeder jeden betrog. Der Schwiegersohn seine Frau mit der Schwiegermutter und wer nicht noch alles mit wem. Daher hieß die Serie »Verbotene Liebe«.

»Wieso schaust du sie nicht?«, verlangte Selin nach einer Antwort.

»Na ja, ich habe das Buch gelesen. Es hat etwas mehr als vierhundert Seiten. Schon irre, wie die eine Serie daraus gemacht haben, die seit Jahren läuft.«

Selin packte ein großes Thunfischbaguette aus und bot es Ferhat an.

»Nein, danke. Ich faste. Außerdem, findest du es nicht etwas geschmacklos, Thunfischbaguette zu essen?«

»Warum? Weil wir schon im Fastenmonat sind? Ist da etwa Thunfisch verboten?«

»Eigentlich das Essen insgesamt bis Sonnenuntergang, aber ich meinte eher, dass du ausgerechnet Thunfisch isst.«

»Bei uns ist Thunfisch erlaubt, nur Schweinefleisch dürfen wir nicht essen«, sagte sie irritiert.

»Okay, ich geb's auf. Guten Appetit. Wir sehen uns morgen.«

»Ja, ja, du Schlaumeier. Immer einen auf Besserwisser machen und nicht mal wissen, dass Thunfisch erlaubt ist.«

Sie winkte ihm mit einem triumphierenden Lächeln hinterher.

Und genau dieses triumphierende Lächeln war es, dass Ferhat jetzt vor seinem inneren Auge sah, als er vor der Vitrine stand und Selins Foto betrachtete. Er hatte ein unangenehmes Gefühl in der Magengegend. Ihm war es, als hätte ihm jemand einen kräftigen Schlag dorthin versetzt. Das Gefühl verstärkte sich, als Ferhat plötzlich zwei Mädchen in der Nähe der Vitrine entdeckte. Obwohl sie leise miteinander sprachen, war es nicht zu überhören: Selin war schwanger gewesen.

KAPITEL SECHSUNDZWANZIG

»Manche Menschen fühlen den Regen. Andere wiederum werden nur nass.«
Sevim (25) aus Charlottenburg

Draußen hatte es zu regnen begonnen. Nach dem leichten Schauer in der Abenddämmerung roch die Stadt frisch. Sie wirkte jetzt sauber. Und wenn sich der Regen zu Rinnsalen ausweitete, die durch die Straßen flossen und das frisch gefallene Herbstlaub durchnässten, dann atmete Ferhat diesen typischen Geruch tief ein und dankte dem allmächtigen Gott, der all dies zu tun vermochte.

Ein Passant hielt sich eine Zeitung über den Kopf. Mit den Worten »So ein Sauwetter!« huschte er an Ferhat vorbei.

Für die meisten Menschen war der Regen nicht das, was er Ferhat bedeutete. Der »scheiß Regen« hatte ihre perfekt sitzende Frisur zerstört. Es war, als spülte der Regen den ganzen Dreck von der Straße. Die Menschen eilten in Cafés, Restaurants, Minibars und Lounges, um dem Regen zu entfliehen.

Ferhat blieb draußen, denn Berlin war sauber. Andere hingegen verkrochen sich von der Straße. Ferhat blieb. Er hatte den Regen vergessen und war in Gedanken vertieft. Der härter werdende Regen prasselte auf sein Gesicht. Als er klitschnass auf seiner Arbeitsstelle ankam, hielt er den Regenschirm in seiner Hand, ohne ihn geöffnet zu haben.

KAPITEL SIEBENUNDZWANZIG

»Ich konnte mit der ständigen Lügerei nicht mehr leben. Also habe ich ihm den Laufpass gegeben.«

Gönül (23) aus Prenzlauer Berg

Es war einer der Tage, mit denen Ferhat nichts anfangen konnte.

Der Himmel war gräulich getrübt und schlug sich auf den nasskalten Asphaltboden nieder, auf dem zertrampelte Laubblätter lagen.

Im Internetcafé war nicht viel los, es waren nur ein paar Jugendliche da, die an den PCs Ego-Shooter spielten und sich gegenseitig anschrien, während sie sich auf den Bildschirmen abknallten. Ferhat hatte unter der Theke ein medizinisches Fachbuch versteckt, in dem er las, wenn er hier arbeitete.

Inzwischen hatte er sich auch ein Skelettmodell angeschafft. Abends wirkte es gespenstig in seinem kahlen Zimmer, wenn die Straßenlaterne den Raum beleuchtete und das Gerippe einen großen Schatten an die Wand warf.

Ferhat wollte Chirurg werden. Das war sein Traumberuf.

»Cerrah«, hatte er immer geantwortet, wenn seine Mutter in der Türkei fragte, was er denn mal werden wolle (»Cerrah« ist die türkische Bezeichnung für »Chirurg«).

Eine junge Kundin füllte an einem Stehtisch einen Lottoschein aus. Sie ging nun zur Kasse und legte den Schein vor.

Er schaute sich das junge Mädchen an und fragte sie nach ihrem Alter. Seinem Chef war es egal, ob Minderjährige sich mit Glücksspielen beschäftigten oder am Automaten daddelten, ob sie Zigaretten oder alkoholische Getränke kauften. Ferhat aber kontrollierte jedes Mal, wenn er einen Minderjährigen vor sich vermutete.

»Ich bin neunzehn«, sagte das Mädchen.

Ferhat musste das überprüfen.

»Wirklich? Neunzehn Jahre?«

Das Mädchen hob genervt die Brauen. »Nein, neunzehn Grad Celsius«, sagte sie. Dann schaute sie ihm direkt ins Gesicht. »Nerv mich nicht und druck den Schein einfach aus«, fügte sie rasch hinzu.

Ferhat musste sich eingestehen, dass ihn das selbstbewusste Auftreten des Mädchens etwas verunsicherte. »Dann zeigen Sie mir bitte Ihren Ausweis«, sagte er. Sie gab ihm ohne große Umschweife ihren deutschen Pass. Ferhat konnte sich davon überzeugen, dass sie neunzehn Jahre alt war.

»Tatsächlich!« Ferhat versuchte ein entschuldigendes Lächeln. »Sie sind schon über achtzehn.«

Das Mädchen dachte nicht daran, sein Lächeln zu erwidern. »Gib mir jetzt endlich den Lottoschein, du Honk«, knurrte sie.

»Bitte werden Sie nicht persönlich. Ich habe auch Anweisungen, an die ich mich halten muss«, sagte er, druckte ihr den Lottoschein aus und übergab ihn ihr.

Draußen fing es an zu dämmern, und eine junge Kundin betrat das Internetcafé. Als die Türglocke schellte, hob Ferhat kurz den Kopf hoch. Es war die Schöne mit den feurigen Haaren, von dem er Onkel Hasan erzählt hatte.

Er legte das Medizinbuch zur Seite und nahm seine Lesebrille ab. Da war sie also wieder. Ihre feurigen Haare glänzten im grellen Ladenlicht hell auf, wie loderndes Feuer.

Er konnte kaum seine Freude verbergen. Er musste jetzt aber versuchen, sein Freudenlächeln zu kontrollieren, denn er befürchtete, dass es sie abschrecken könnte.

Er vermochte nicht zu sagen, wie alt sie war. Er schätzte sie auf Mitte zwanzig. Das würde später Probleme geben, wenn sich daraus mal etwas entwickeln sollte, denn in seinem Kulturkreis sah man es überhaupt nicht gerne, dass eine Frau einen jüngeren Mann heiratete.

Er konnte sich nicht erklären, warum sie eine so starke Anziehung auf ihn ausübte.

Sie war reizend gekleidet, was ihn an einer Frau eigentlich eher abstieß, aber dennoch wirkte sie auf ihre eigene Art elegant. Ihr selbstbewusster Gang und ihre Schweigsamkeit. Vielleicht war es der Kontrast zwischen äußerem Erscheinungsbild und ihrem Auftreten. Er hätte sie forscher, lauter und ungehaltener eingeschätzt. Wahrscheinlich waren das nur seine Vorurteile, die er überdenken musste, redete Ferhat sich ein.

Was würde sie von ihm halten? Körperlich konnte er locker mit ihr mithalten. Er sah, dass er mindestens einen Kopf größer als sie war, und das, obwohl sie Schuhe mit hohen Absätzen trug. Aber all diese Sachen würde er sich für den richtigen Augenblick sparen. Er würde sie ansprechen und vielleicht mit ihr eine nette Unterhaltung führen. Dann würde man schon weitersehen, auch wenn er insgeheim bei der Vorstellung, dass das seine künftige Ehefrau sein könnte, innere Freudensprünge machte.

Die Schöne ging auf Ferhat zu. Sie grüßte nicht, sah ihn kaum an. »Internet«, murmelte sie.

»Such dir einen PC aus.« Ferhat zeigte auf die nicht besetzten Rechner. Mittlerweile waren nur noch drei Jugendliche im Internetcafé anwesend. Sie ging zum Rechner, der in der äußersten Ecke lag. Von der Theke aus konnte Ferhat sie gerade noch so sehen.

Bevor er seine Gedanken sammeln konnte, tönte der Gebetsruf aus seinem Rechner auf der Theke. Draußen war es dunkel geworden. Die Zeit zum Fastenbrechen war da. Ferhat beschloss, ins benachbarte türkische Restaurant zu gehen, um sich etwas zu essen zu kaufen.

Kurz nachdem er zurück war, verabschiedeten sich die meisten Gäste, das Internetcafé war inzwischen leer. Nur er war noch da. Und die Schöne.

Nach zwei Stunden saß sie immer noch da. Allein und aufrecht. Ohne etwas getrunken oder gegessen zu haben. Ein ums andere Mal zündete sie eine Zigarette an. Sie rauchte unaufhörlich, als sei es die Belohnung für einen anstrengenden Tag. Ferhat nahm eine Flasche Wasser aus dem Getränkekühlschrank und brachte sie zu ihr. Als er sich ihr näherte, merkte er, dass Tränen ihre Wange herunterliefen. Hinter den blauen Augen verbarg sich das Leid einer ganzen Generation, der sich in dieser zierlichen Statur angesammelt hatte. Er drehte sich schnell um, bevor sie ihn bemerken konnte, öffnete die Wasserflasche und trank selbst aus ihr.

KAPITEL ACHTUNDZWANZIG

»Warum ich ständig lächele? Das ist das schönste Geschenk an meine Liebsten und der härteste Schlag gegen meine Feinde.«
Adem (45) aus Steglitz

Als Ferhat von draußen die Tür der Teestube öffnete, sah er Onkel Hasan alleine an einem Tisch sitzen. Ferhat setzte sich zu ihm.

Es war gut, mit ihm zu reden oder zu schweigen bei einem Tee.

Onkel Hasan las in einer türkische Tageszeitung, während Ferhat sein leeres Teeglas nahm und ihm ein neues brachte. Er setzte sich ihm gegenüber und wartete ab.

Auf einmal bemerkte Ferhat, dass Kerem die Teestube betreten hatte und auf ihren Tisch zukam. Kerem wirkte nervös. Sein Blick wanderte zwischen den Gästen hin und her, und das Hemd, das er in der Hose trug, hing über dem rechten Hosenbund.

»Wie siehst du denn aus, sag mal? Ist deine Schwiegermutter gestorben oder was?«, fragte Ferhat.

»Wieso, was ist denn?«, fragte Kerem nervös.

»Komm, sag schon. Was hast du jetzt schon wieder ausgefressen?«

»Nichts.«

»Du hast deine Schule abgebrochen richtig?«

»Woher weißt du das?«

»Ich bin doch nicht doof. Du meldest dich seit Tagen nicht und beantwortest meine Nachrichten nicht. Wäre auch nicht das erste Mal, dass du deine eifrigen Ziele mit einem Schlag über Bord geworfen hättest. Jetzt kommst du urplötzlich in die Teestube und setzt dich neben mich und schaust aus, als wärst du …«

Ehe Kerem darauf reagieren konnte, fing Onkel Hasan an zu lachen, warf die Zeitung auf den Tisch und wandte sich den Jungs zu.

Ferhat beugte sich zu Kerem hinüber und flüsterte ihm zu: »Wir werden das nachher klären.« Dann schaute er Onkel Hasan erwartungsvoll an.

»Worüber hast du so gelacht, Onkel Hasan?«

»Schlag die Seite fünf auf, mein Sohn«, antwortete Onkel Hasan und zeigte auf die Zeitung. Ferhat las laut vor: »Eine Kuh ist auf dem Dach eines Dorfes im Nordosten der Türkei steckengeblieben.« Er grinste und sah erst Kerem und dann Onkel Hasan an. »Und was sagt uns das jetzt?«, meinte er noch immer breit grinsend.

Onkel Hasan räusperte sich und tippte mehrmals mit dem Zeigefinger auf die Zeitung. »Diese türkische Tageszeitung hier gehört zu den meistgelesenen Zeitungen der Türkei. Auch ich lese dieses Blatt seit Jahren. Abgesehen davon, dass das Niveau der Artikel und Reportagen ständig sinkt, gibt es ein paar andere Sachen, die mich beunruhigen. Zum Beispiel muss ich in dieser Zeitung lesen, dass ein Mädchen von ihrem Onkel mütterlicherseits mit der Pistole des Nachbarn erschossen wurde.« Der Onkel blickte seine beiden Gesprächspartner vielsagend an und lehnte sich dann seufzend zurück.

»Erschossen? Tatsächlich?« Kerem war sichtbar entrüstet.

Onkel Hasan nickte. »Und das ist nur ein Beispiel von vielen.« Der alte Mann nahm einen Schluck aus seinem Teeglas und räusperte sich erneut. Da Ferhat ihn gut kannte, war für ihn deutlich spürbar, dass der Onkel jetzt zu einer längeren Erklärung ansetzen wollte.

»Der Mensch geht mit diesen Zeitungen einen teuflischen Pakt ein«, sagte Onkel Hasan ernst. »Erzähl mir jeden Tag, wie der Schwiegersohn seine Schwiegermutter ermordet hat, und ich werde dich jeden Tag dafür kaufen. Das gleiche Problem haben wir schon lange mit den Fernsehsendungen. Sag mir jeden Tag, wessen Mann auf welche Frau gesprungen ist, dann schalte ich dich täglich montags bis freitags um 15 Uhr ein.« Mit jedem Wort war seine Stimme lauter geworden, und den letzten Satz hatte der Onkel zusätzlich mit deutlichen Faustschlägen auf den Tisch unterstrichen. Ferhat nickte ihm begeistert zu. Er war sehr beeindruckt von den klaren Worten des Mannes.

Nachdem Onkel Hasan erneut aus seinem Teeglas getrunken hatte, zündete er sich eine Zigarette an. Er wusste, seine beiden jungen Zuhörer würden geduldig warten, bis er weiterreden würde. »Heute sind in Palästina siebzehn Zivilisten umgekommen«, nahm er den Faden erneut auf. »Doch kein Fernsehsender berichtet darüber. Und warum nicht? Weil auf Tarkans Konzert die Fans außer sich waren. Weil eine Bergkuh im Hinterland in einen Gullyschacht fiel.«

Der Mann schüttelte mit angewidertem Gesichtsausdruck den Kopf. »Ich bin ein kultivierter und gebildeter Mensch. Wie viele meiner Landsleute auch. Und wie viele andere Seelen dürste auch ich nach ehrlicher Information und Aufklärung. Und wie viele Seelen möchte auch ich als Mensch erkannt und wahrgenommen werden. Ich bin doch kein leerer Sack, den man mit geistigem Müll vollstopfen kann.«

Onkel Hasans Miene hatte sich erheblich verfinstert. Seine dunklen Augen hatte er weit aufgerissen, die buschigen schwarzen Brauen verliehen seinem Gesichtsausdruck zusätzlich etwas Finsteres. »Diese arroganten Feuilletonschreiber!«, schrie er plötzlich. »Diese unverständliche Wortwahl! Diese gestörte Ausdrucksweise! Unerträglich ist das alles! Und weil keiner der Leser dumm dastehen will, hinterfragen sie das alles auch nicht. Im Gegenteil: Man versucht, seine Ahnungslosigkeit mit einem ›Das war aber wieder mal ein interessanter Artikel‹ unter den Teppich zu kehren.«

Ferhat hatte unwillkürlich die Schultern ein wenig hochgezogen, als wollte er innerlich abducken. Er konnte sich nicht daran erinnern, den Onkel jemals so aufgebracht gesehen zu haben.

»Und so erhält sich diese Verdummungsmaschinerie selbst am Laufen«, ergänzte Onkel Hasan seufzend. »Was soll bloß aus dieser Welt werden?« Die beiden jungen Männer rauchten schweigend. Es schien, dass auch der Onkel eine Redepause einlegen wollte.

Doch plötzlich zeigte er zu dem Flachbildschirm hinüber, der über der Theke hing. Im türkischen Fernsehen lief gerade eine Kochsendung, in der jedoch nicht nur gekocht, sondern auch getanzt wurde. »Der Mensch wird zum Narren gehalten, und er gefällt sich in dieser Rolle. Heute lesen wir ständig über den Scharia-Laizismus-Streit in den Zeitungen. Die Menschen haben genug davon. Sie können diese beiden Begriffe nicht mehr hören. Die Menschen sind ihrer überdrüssig geworden und schauen sich lieber Fernsehsendungen an, in denen eine verzweifelte Hausfrau mit ihren drei Kindern heimlich das Haus verlässt und anschließend ihre Lebensgeschichte erzählt. Warum? Weil sie diese politischen Streitigkeiten in der Türkei satt haben.«

Onkel Hasan drückte den Rest seiner glimmenden Zigarette mit temperamentvollen Bewegungen im Aschenbecher aus. Dass dabei etwas Asche auf die Tischplatte fiel, schien ihm nicht aufzufallen. »Mal droht man mit der Gefahr, dass die Türkei, wenn es so weitergehe, wie der Iran in die Scharia abgleiten könnte«, erklärte er lebhaft. »Damals, in den 70ern und 80ern, sagte man, dass die Türkei, wenn es so weitergehe, wie die Sowjetunion werde. Oder das Militär droht mit einem neuen Putsch. Die Herrschenden haben Angst vor dem aufkommenden Sozialismus in der Türkei!«, rief er noch, um dann mit etwas gedämpfterer Stimme hinzuzufügen: »Es gibt ein Sprichwort: Wenn eine Katze ihr eigenes Junges fressen will, dann stellt sie sich einfach vor, dass sie eine Maus wäre. Und genau das hat man gemacht in den 70ern und 80ern in der Türkei.«

»Ich verstehe nicht so recht«, sagte Ferhat.

»Sie haben gesagt, das sind Linksextremisten, sie haben sie verteufelt, gejagt, eingesperrt, gefoltert und getötet. Sie haben gesagt, das sind Rechtsextremisten, und dann geschah das Gleiche. Du bist Alevit, er ist Sunnit und so weiter.«

Onkel Hasan wurde jetzt leiser, aber seine Stimme klang umso eindringlicher.

»Wisst ihr, wer ich bin?«, sagte er auf einmal und schlug wieder mit der Faust auf den Tisch.

Ferhat und Kerem schwiegen. Sie wirkten ein wenig ratlos.

»Ich bin der schwarze Tee von Rize, die Leblebi von Çorum, das Manti von Kayseri und die Haftanstalt von Ankara. Ich bin das Massaker von Maraş, die Flüsse Euphrat und Tigris und der Berg von Ağrı. Ich bin das bettelnde Kind in Istanbul, der Giftgasangriff auf Halabdscha und das Gefangenenlager von Hums. Ich bin ein Mensch, und ich habe mich versündigt. Ich habe Pharao gespielt, und seht nur, was aus der Welt geworden ist«, sagte Onkel Hasan und starrte resigniert vor sich hin.

»Ja, Mann!« Kerem schlug jetzt ebenfalls mit der Faust auf den Tisch. »Wir haben es so richtig verkackt. Richtig peinlich, was wir mit der Erde angestellt haben. Beschimpft mich von nun an nicht mehr als Hund, sondern als Mensch!«, rief Kerem so laut, dass sich einige ältere Männer mit missbilligenden Blicken zu ihm umdrehten.

»Krieg dich mal jetzt ein«, sagte Ferhat.

Dann wandte er sich Onkel Hasan zu. »Bist du eigentlich damals nach Deutschland geflohen?«, fragte er ein wenig unsicher, denn er hoffte, keine allzu persönliche Frage gestellt zu haben.

Der Onkel zündete sich die nächste Zigarette an. »Schau, mein Sohn«, begann er. »Wir alle sind doch irgendwie und irgendwann und unter irgendwelchen Umständen hierhergekommen, richtig?«

»Richtig«, sagten Ferhat und Kerem gleichzeitig, doch Ferhat wunderte sich, da er den Eindruck hatte, dass Onkel Hasan seiner Frage auszuweichen schien.

»Deutschland hätte für uns eine neue Chance sein können«, fuhr Onkel Hasan fort. »Früher, als die ersten türkischen Arbeiter nach Deutschland kamen, haben sie sich gegenseitig zum Tee eingeladen, unabhängig davon, ob sie Türke, Kurde, Sunnit oder Alevit waren. Man empfing den fremden Gast wie den eigenen Bruder. Heute hat jeder seine Teestube, seinen Fußballverein, liest sein Magazin und seine Zeitschrift«, stellte er fest, indem er auf den beachtlichen Stapel farbiger Lifestyle-Magazine zeigte, die auf einem kleinen Tisch neben der Theke lagen. »Wir sind einander fremd geworden«, sagte er. Ferhat fand, dass er auf einmal sehr bedrückt wirkte. »Das Exil hätte für uns eine neue Chance sein können, die lange blutige Geschichte hinter sich zu lassen. Wir haben alle Probleme, die wir untereinander hatten, mit nach Deutschland genommen. Zunächst sagte man, du bist rechts und du bist links, dann hieß es, du bist Türke und du bist Kurde. Später hieß es sogar, du bist Sunnit, und du bist Schiit oder Alevit. Dann wieder war man entweder von der europäischen Seite Istanbuls oder von der asiatischen, dann hieß es, du bist aus der Osttürkei und du aus der Westtürkei, letztendlich war man Deutschtürke oder Türkei-Türke. Und nun setzt sich dieses Spiel mit einigen hiesigen Eigenheiten fort. Nun haben wir auch noch den Lokalpatriotismus. Du bist Berliner, und er ist Hamburger. Er kommt aus Duisburg-Marxloh und er aus Duisburg-Hochfeld. Ich bin Kreuzberger und du bist Spandauer.«

»Was ist daran so schlimm, stolz darauf zu sein, dass man ein Berliner ist?«, fragte Kerem mit vollem Mund, da er gerade Sonnenblumenkerne knabberte.

»Was ist daran so schlimm, ein Fußballfan zu sein?«, fragte Onkel Hasan.

»Hä? Was soll die Frage. Was hat das mit Fußball zu tun?« Kerem schüttelte verständnislos den Kopf.

»Weil wir in vielen Dingen fanatisch sind. Egal, ob die Hooligans sich in der Türkei gegenseitig nach einem Spiel erschlagen oder ob jemand aus dem Wedding einen Kreuzberger schief angeguckt hat. Das nimmt bei unseren Leuten oftmals verschiedene

Dimensionen an. Der Verfassungsschutzbericht der Bundesrepublik unterscheidet sich nicht vom Verfassungsschutzbericht der Türkei. Dieselben rechten, linken und islamistischen Parteien und Gruppierungen haben sich hier eingenistet, eins zu eins«, erklärte Onkel Hasan.

Doch Kerem widersprach: »Das sehe ich nicht so, Onkel Hasan. Ich denke, dass du gerade aus der Ausnahme eine Regel gemacht hast!«

Anschließend sagte keiner mehr etwas. Die drei Männer rauchten schweigend, schlürften Tee und vermieden es, sich anzublicken. Kerem schaute sich scheinbar interessiert die Kochsendung im TV an, während Ferhat schon überlegte, ob er Onkel Hasan in ein Gespräch über die Schöne mit den feurigen Haaren aus dem Internetcafé verwickeln sollte. Aber da stand der Onkel plötzlich auf und legte etwas Kleingeld auf den Tisch. Schweigend zog er seine Jacke an, nachdem er sie von der Stuhllehne genommen hatte. »Verzeiht mir, meine Söhne«, sagte er mit unergründlicher Miene, »ich merke gerade, dass ich nun doch schon ziemlich müde bin. Ich werde also jetzt nach Hause gehen. Ihr aber seid noch jung, seid wach und nutzt eure Zeit sinnvoll. Vor allem: Geht raus aus dieser Teestube!«, fügte der alte Mann in bedeutungsvollem Tonfall hinzu.

Während Ferhat sich von Onkel Hasan verabschiedete, konnte er beobachten, wie dessen Blicke immer wieder durch die Teestube wanderten. Auch Ferhat sah das alles: die arbeitslosen Jugendlichen, die an den Tischen saßen, rauchten, tranken und sich lauthals mit Kartenspielen beschäftigten. Er sah junge Männer, die ein ums andere Mal in der Teestube hin und her liefen und mit wichtigem Gesichtsausdruck telefonierten, als ginge es um Verhandlungen, die von Bedeutung seien. Ferhat hatte sich schon oft die Frage gestellt, mit wem wohl ein arbeitsloser Jugendlicher so ausdauernd telefonieren kann, wo sich doch seine Kumpels gerade im gleichen Raum mit ihm befinden?

KAPITEL NEUNUNDZWANZIG

»Auf dieser Erde zu leben, ist eines der seltensten Dinge, die ich gesehen habe. Die meisten Menschen vegetieren nur vor sich hin.«
Ceyda (39) aus Spandau

Cemal saß in der Küche und aß eine Instantsuppe mit Nudeln. Er hatte den Teller schon fast leer gelöffelt, als er hörte, dass Ferhat und Kerem die Wohnung betreten hatten. Es war nicht zu überhören, dass sie sich heftig stritten. Ferhat ließ Kerem im Flur einfach stehen und ging in sein Zimmer. Er sehnte sich nach Ruhe, erst jetzt spürte er, wie anstrengend dieser Tag doch gewesen war.

Als er hörte, dass Cemal aus der Küche nach ihm rief, trottete er widerwillig zu ihm.

Cemal sprang sofort auf, nachdem Ferhat die Küche betreten hatte. Er trat auf den Freund zu und stellte sich so hin, dass dieser ihn von der Seite betrachten konnte.

»Sei mal ehrlich, Alta, hab' ich zugenommen?«, fragte Cemal, während Ferhat meinte, genau gesehen zu haben, dass der Freund sich bemüht habe, den Bauch einzuziehen. Ferhat schüttelte lustlos den Kopf. Ihn interessierte die Wampe des Freundes gerade nicht, er war nur müde.

»Wie kommst denn da darauf?«, meinte Ferhat lahm.

Sofort lief Cemal zum Mülleimer, holte die leere Packung der Instantsuppe heraus und hielt sie demonstrativ in die Luft. »Hier! Das Zeug habe ich soeben gegessen. Da steht drauf, dass es für vier Personen ist. Ich habe alles restlos weggeputzt, aber ich bin noch nicht mal ansatzweise satt geworden.«

Ferhat nickte matt. »Verstehe. Aber mach dir keinen Kopf über solche Sachen. Es gibt Schlimmeres.«

Nun mischte sich auch Kerem in das Gespräch. »Und ich?«, fragte er. »Bin ich zu dick?«

»Nein. Du bist nur ein wenig zu klein für dein Gewicht«, antwortete Ferhat.

»Danke«, freute sich Kerem.

Ferhat verdrehte die Augen, weil sein Freund die Ironie seiner Worte nicht begriffen hatte.

»Ich muss auch in Form bleiben, ich will mich ja schließlich bei der Polizei bewerben«, sagte Kerem.

»Okay, stopp«, unterbrach ihn Ferhat, der plötzlich sehr ernst geworden war.

»Lass mich raten: Du hast deinen alten Job im Büro für eine ungewisse Zukunft eingetauscht?«

»Na, wieso? Ich jobbe jetzt nebenbei als Möbelpacker, bis ich bei der Polizei anfangen kann.«

Cemal lachte. »Bist du sicher, Kerem? Du kriegst dich doch gerade mal selbst in den 3. Stock transportiert! Wie soll das aussehen, wenn du auch noch Möbel hochschleppen musst? Machst du alle zwanzig Minuten eine Pause von zwanzig Minuten?« Cemal sprach mit vollem Mund, denn er war damit beschäftigt, unaufhörlich Brot in sich hineinzustopfen

Ferhat runzelte die Stirn. »Nur, das wir uns nicht falsch verstehen, Kerem. Du hast die Schulausbildung abgebrochen und dir einen angeblich lohnenderen Zeitvertreib in der Gastronomie gesucht. Dort gefiel es dir aber nicht, weil du gemobbt wurdest.« Er hob die Arme und setzte mit den Fingern imaginäre Anführungszeichen in die Luft. »Zumindest behauptest du das. Und dann wolltest du ein Starkoch werden.«

Er warf Cemal einen bedeutungsvollen Blick zu. »Auf die Frage, was du gelernt hast, sagtest du einfach nur ›KFZ‹. KFZ-Mechaniker, meintest du sicherlich. Warum bist du nicht dabeigeblieben? Weil du zu grobmotorisch bist.« Ferhat zeigte mit dem Finger auf Kerem und nickte bekräftigend: »Mit rostendem Stahl nicht umgehen können, aber den Anspruch haben, ein Starkoch zu werden. Du würdest einen Storchenei in Kaviar panieren und es in Olivenöl frittieren, wo du noch ein paar Safranfäden reinwerfen würdest, einfach nur so, weil Starköche so was Verrücktes nun mal machen. Dann würdest du das Ganze in ein Dönerbrot quetschen und für 2,50 € anbieten.« Ferhat tippte sich an die Stirn. Er blickte zu Cemal hinüber. Der grinste. »Später wolltest du ins Modegewerbe einsteigen«, fuhr Ferhat fort. »Weil du ja die internationalen Laufstege von Hasköy, Hınıs und Artvin studiert hast. Doch dann hast du plötzlich in einer Lebenskrise gesteckt und konntest gar nichts mehr machen. Zum Glück bist du irgendwann auf die Idee gekommen, selbstgemachte Videos ins Internet zu stellen. Und nun wartest du darauf, dass du entdeckt und berühmt wirst«, schloss Ferhat kopfschüttelnd seine Rede.

Ferhat warf Cemal einen Blick zu, denn eigentlich erhoffte er sich etwas Unterstützung von ihm. Doch der war mit seinem Handy beschäftigt. Plötzlich warf Cemal das Telefon auf den Tisch. »Die ignoriert mich, als ob ich totes Fleisch wäre«, zischte er wütend zwischen den Zähnen. Dann machte er sich auf einmal doch über das Essen her, das Ferhat vorbereitet hatte, weil Ferhat ursprünglich das Fastenbrechen zu Hause hatte zelebrieren wollen.

Ferhat seufzte. Er verspürte keine Lust, nun auch noch auf Cemal einreden zu müssen. Stattdessen wandte er sich noch einmal Kerem zu. »Willst du wirklich Polizist werden?«, fragte er.

»Ja, warum denn nicht?«

»Glaubst du wirklich, dass du als stinknormaler Polizist die Welt retten kannst?«

Kerem schwieg.

»Du wirst Anrufe bekommen, weil ein Penner gegen einen Baum gekackt hat, und dann darfst du mit Blaulicht hinfahren und dem Ganzen mal nachgehen. Von den großen, den richtigen Fällen wirst du nichts mitbekommen. Du darfst lediglich die Drecksarbeit machen, Digger.«

Kerem erwiderte nichts, doch Cemal, der endlich mit dem Essen fertig war, wandte sich Ferhat zu: »Ganz ehrlich, Bruder, wenn du eine Frau wärst, hätte ich schon längst um deine Hand angehalten!«

Er grinste breit. »Nein, ehrlich, Ferhat, dein Köfte ist super, und diese Käsehaube da drauf, die ist einfach der Wahnsinn!«

»Das war Kartoffelpüree und kein Käse«, sagte Ferhat.

»Aber ich hab' da mal 'ne Frage«, fügte er noch hinzu, während er von einem zum anderen blickte. »Heute hat mich ein Mädchen im Internetcafé als ›Honk‹ bezeichnet. Was ist das denn?«

Cemal und Kerem tauschten kurz einen Blick, dann brachen sie in schallendes Gelächter aus.

»Das bedeutet ›Hauptschüler ohne nennenswerte Kenntnisse‹«, sagte Cemal. Er hatte Mühe, den Satz beenden zu können, da er unaufhörlich lachen musste.

»Echt? Das bedeutet das?«

Kerems Lachanfall beruhigte sich allmählich.

Cemal nickte, auch er musste sich bemühen, halbwegs ernst zu bleiben. »Ja, klar. Was dachtest du denn?«

Während Cemal und Kerem noch damit zu tun hatten, ihr Lachen zu unterdrücken, ging Ferhat schweigend aus der Küche. Während er durch den Flur zu seinem Zimmer ging, konnte er noch hören, wie Cemal seinen Kumpel Kerem aufforderte, mit ihm auf die schöne Herbstnacht zu trinken. Ferhat war sich sicher, dass die beiden genau das in den nächsten Stunden ausgiebig machen würden: Alkohol trinken. Und er hoffte, dass sie dabei wenigstens halbwegs leise blieben.

KAPITEL DREISSIG

»Das Leben kann hart sein wie ein Vater, der täglich 6 € für Zigaretten ausgibt, aber gleichzeitig seinen Sohn, der einmal im Monat 10 € Taschengeld möchte, mit den Worten abweist: ›Das ist zu viel! Das können wir uns nicht leisten!‹«

Ismail (49) aus Moabit

Ich bin Kenan. Ich bin 35 Jahre alt, geschieden. Ich kam als Jugendlicher nach Deutschland und hatte meine ganzen Hoffnungen in diese Reise gelegt. Ich wollte studieren und etwas aus meinem öden Dasein machen. »Studieren und ein Mann werden«, sagten die alten Männer in meinem Heimatdorf immer mit erwartungsvollen Blicken.

Kenan ist gescheitert. Meine Schule ist gescheitert. Meine Ehe ist gescheitert. Mein letzter Selbstmordversuch ist gescheitert.

Übrig geblieben sind zahlreiche Narben, die meinen ganzen Körper bedecken, und eine zerrissene Seele, die das Leben nicht nüchtern erträgt und sich mit Gelegenheitsjobs über Wasser hält. Meine Jobs bringen mich dorthin, wo der Mensch aufgehört hat, Mensch zu sein.

Diese Umstände haben sich auf mein Gesicht abgefärbt. Ich bin die fleischgewordene Resignation, hinter der sich eine Person verbirgt, die dem Leben keinen Spaß mehr abgewinnen kann. Nur in dunklen Hinterhöfen und leeren Spielplätzen fühle ich mich wohl.

Ich setze mich auf eine alte Parkbank und blicke gegen den wolkenlosen Nachthimmel. Ich möchte mich, wie jeden Abend, mit Alkohol in den Schlaf trinken, in der Hoffnung, nie wieder zu erwachen. Ich bin dermaßen resigniert, dass ich nicht mal mehr die Kraft aufwenden kann, meinem Leben ein Ende zu setzen.

Ich sitze gerade auf einer Bank in einem Kreuzberger Hinterhof. Der Hinterhof ist von großen Altbauwohnungen umgeben, die noch Spuren des 2. Weltkriegs tragen. Hier waren die Trümmerfrauen definitiv nicht tätig gewesen. Es stinkt nach Rost und Gammelfleisch. Immer wieder höre ich, wie Ratten in schnellen, zackigen Bewegungen den Hof überqueren.

In einer Ecke des Hofes liegt eine alte Matratze, auf der sich Müllsäcke türmen. Ich kann genau spüren, dass mich zwei Augen aus dem 5. Stock beobachten. Ich kann das Gesicht aber nicht erkennen. Nur zwei stechende Blicke.

Eine Taube hat sich jetzt vor mir niedergelassen. Sie hat sich hierher geflüchtet, weil sie sich vor den Ratten in Sicherheit bringen wollte, die gerade an einer toten Katze nagen. Ich hoffe, dass der Tod mich bald ereilen wird und ich davon nichts mitbekommen werde. Schaut euch die Katze an, an der gerade die Ratten nagen. Die Glückliche. Eines Tages werde ich auch einfach nur daliegen, mich nicht mehr rühren und zu den Vergessenen gehören. Aber jetzt erst mal ein Schluck vom Hochprozentigem. Ach, ja.

Ich habe ein einziges Gedicht auswendig gelernt, und das werde ich die ganze Nacht rauf- und runterbeten, bis meine Sinne betäubt sind und ich in den Schlaf falle.

»Ich bin an der Reihe,
werde jäh ins Leere springen,
nichts spüren von meinem verwesenden Fleisch,
den Würmern, die sich tummeln in meinen Augenhöhlen.
Ohne Rast denke ich an den Tod,
also bin ich bald an der Reihe.«

KAPITEL EINUNDDREISSIG

»Die glücklichsten Menschen sind nicht diejenigen, die alles besitzen, sondern jene, die mit dem, was sie haben, zufrieden sind.«
Abdullah (49) aus Reinickendorf

Die Nachtruhe in der Siedlung wurde durch die lauten Schreie eines Mannes unterbrochen. Ferhat öffnete nur kurz seine Augen, schlief aber sofort wieder weiter.

Als er am nächsten Morgen zur Schule ging, bemerkte er im Treppenhaus, dass die Polizei den Hinterhof abgesperrt hatte.

»Was ist hier passiert?«, fragte er eine Nachbarin.

»Ein Mann ist wohl durch Alkoholvergiftung ums Leben gekommen.«

»War das ein Selbstmord?«

»Wer weiß das schon«, sagte sie und knallte die Tür hinter sich zu.

Es war Freitag. Ferhat drückte sich wie jeden Freitag etwas früher vor der Schule und ging in die Moschee, um dort das Freitagsgebet zu verrichten.

Als er dort ankam, ging er wie jedes Mal gleich auf das Plumpsklo. Er musste eine Treppe hinuntersteigen, bis er einen fensterlosen Raum erreichte. Hier war es im Sommer brütend heiß und im Winter bitterkalt. Aber auf eines war immer Verlass, und das war der stechende Gestank menschlicher Ausscheidungen. Weil die Toilette dieser Hinterhof-Moschee sich im Untergeschoss befand und die Pumpen nicht immer richtig arbeiteten, um den Dreck sachgemäß in die Kanalisation zu spülen, hatte sich über die Jahre ein Gestank festgesetzt, der durch kein Putzmittel abgewaschen werden konnte.

Aber auch dieses einfache Plumpsklo war für Ferhat ein Stück Heimat. Diese Hochtoiletten waren in der ganzen Türkei vorzufinden. Man verrichtete die Notdurft in der Hocke, so hatte er es seit Kindertagen gelernt. Er hatte sogar in Erwägung gezogen, die Toilette in seiner Wohnung gegen ein Plumpsklo auszutauschen, aber der Vermieter hatte ihm einen Vogel gezeigt und erklärt, dass er nicht zurück ins Mittelalter wolle.

Ferhat versuchte ihm zu erklären, dass die Notdurft in der Hocke viel gesünder und förderlicher für die Verdauung sei, aber der Vermieter ließ sich nicht überzeugen. Den Pflanzengießer zog er dem Toilettenpapier vor. Er war der Meinung, dass nichts auf dieser Welt eine reinigendere Wirkung hatte als sauberes Wasser. In der Schule nahm er stets eine leere Plastikflasche mit und füllte sie mit Wasser.

Einmal hatte er seine Plastikflasche mit Wasser in der Toilette vergessen. Als er zurückkam, sah er, wie jemand am Waschbecken einen Schluck davon nahm und zu seinem Freund sprach, dass jemand eine Flasche mit sauberem Wasser vergessen habe.

Hier in der Moscheetoilette regte er sich jedes Mal darüber auf, dass so eine stinkende Toilette einer

Moschee nicht würdig war. Er hatte schon mehrmals das Gespräch mit dem Moscheevorstand gesucht.

Doch man hatte ihm jedes Mal zu verstehen gegeben, dass an allen Ecken und Enden das Geld fehlen würde, und dass die Erneuerung der Teppiche in der Moschee Vorrang hätte. Ferhat trat in den Waschraum vor das Waschbecken und vollzog die rituelle Waschung. Das Ritual war ihm in Fleisch und Blut übergangen, so oft, wie er es schon vollzogen hatte.

Zunächst seifte Ferhat seine Hände gründlich ein und spülte sie dann ebenso sorgfältig ab. Anschließend wusch er, wie gewöhnlich, drei Mal den Mund, drei Mal die Nase, drei Mal das Gesicht und drei Mal die rechte und die linke Hand bis zum Ellenbogenknochen. Dann benetzte er seinen Kopf mit Wasser und wusch zuletzt drei Mal den linken und den rechten Fuß bis zu den Knöcheln.

Im Waschraum war es bitterkalt, und das, obwohl draußen die Sonne schien. Es gab hier nur eiskaltes Wasser, das, wenn immer es auf seine Haut traf, eine Wirkung erzeugte, als ob ihn tausend Nadeln stechen würden.

Jedes Mal, wenn jemand den Raum betrat, um die rituelle Gebetswaschung zu vollziehen, pfiff ein kalter Windzug durch den Waschraum, der Ferhat immer wieder an die frostigen Nächte in Erzurum erinnerte. Als er dort das Dorf seiner Tante besucht hatte, war es nachts immer so bitterkalt gewesen, dass er mit einem Rollkragenpulli, Leggings und einem Paar dicker Socken geschlafen hatte. Außerdem hatte er eine mit Ziegenfell gestopfte Bettdecke zur Verfügung gehabt. Ferhat hatte stets auf dem harten Boden gelegen, unter ihm war nur eine dünne Decke. Neben ihm hatte sein Cousin gelegen.

Im Sommer hatten die beiden auf dem Dach des Lehmhauses geschlafen, von wo sie in die dunkelblaue, glasklare und sternendurchflutete Nacht schauen konnten.

Eine dieser typischen Nächte seiner Heimat, die sich wie ein jungfräuliches Mädchen nur den Blicken der Bewohner dieses Dorfes offenbarte. Eine Nacht wie ein nicht erzähltes Märchen.

Ferhat erinnerte sich, dass die Berge in der Morgendämmerung wie Riesen gewirkt hatten, die vom Schlaf erwacht waren und so, wie Gott es ihnen befohlen hatte, nun darauf achteten, dass ihre tief in die Erde gehauenen Pflöcke das Erdgleichgewicht wahrten. Steinige Berge, mit tiefen Kratern, die jeden Menschen vor Ehrfurcht erzittern ließen.

Ferhat und sein Cousin hatten die Abende ohne Internet und ohne Fernsehen verbracht. Ein Blick in den Nachthimmel hatte ihnen stets ausgereicht.

Zu dieser Zeit hatte sich Ferhat seinem Gott sehr nah gefühlt. Einige Leidgeprüfte hatten sich in die Berge verkrochen. Von Weitem waren ihre Klagelieder zu hören gewesen. Vor Sonnenaufgang hatte Ferhat den Gebetsruf gehört, während eine leichte Bergbrise sein Gesicht gestreichelt hatte. Plötzlich wurde Ferhat aus seinen Erinnerungen gerissen, weil ein alter Mann neben ihm ein Bittgebet aussprach: »Oh, Allah, mach uns zu den Reumütigen und zu den Reinigenden!« Ferhat betrat die Moschee und hörte sich die Freitagspredigt in türkischer Sprache an, wo es um die Wichtigkeit der Familie ging. Nachdem Ferhat mit der Gemeinde zwei Gebetseinheiten verrichtet hatte, ging er nach Hause. Als er die Wohnungstür öffnen wollte, riss Cemal die Tür von innen auf und bat ihn herein. Ferhat grüßte ihn, doch Cemal zeigte auf sein Handy. »Lisa hat mir vorhin geschrieben. Sie fragt, ob wir heute Abend schon was vorhaben?«

Ferhat fasste sich an die Stirn, als hätten Kopfschmerzen eingesetzt. »Ah ja. Sie war auch letztens kurz bei mir im Internetcafé zu Besuch«, erinnerte er sich.

»Und?«, fragte Cemal und trat näher dran.

»Du weißt doch, dass ich heute Abend arbeite. Ich kann nicht«, sagte Ferhat, der noch immer seine Schläfe massierte.

»Das mein ich nicht, Dicka.«

Ferhat blickte kurz auf und hörte auf, seinen Kopf zu massieren. »Was dann?«

Jetzt trat Cemal noch näher an ihn heran. »Wär die Olle nichts für dich?«

Ferhat verzog das Gesicht und machte einen angewiderten Eindruck. »Olle? Sie heißt noch immer Lisa und hat sich vor einem Jahr geduldig um dich gekümmert, als du im Krankenhaus lagst, falls du das vergessen haben solltest.«

Cemal winkte mit der Hand ab. Ferhat sprach weiter.

»Lisa ist sehr nett, aber es gibt ein anderes Mädchen, das ich im Visier habe. Die Feurige mit den schönen Haaren.« Ohne es zu merken, lächelte Ferhat dabei.

Auch Cemal schien erleichtert zu sein, was Ferhat an seinem breiten Grinsen sah. »Cool, Bruder. Dann treffe ich mich heute Abend alleine mit Lisa und geh mit ihr feiern. Anschließend lass ich mich von ihr verarzten, wenn du verstehst, Habibi?« Cemal zwinkerte ihm zu, doch Ferhat packte ihn fest am Kragen und zog ihn ganz nah zu sich heran. »Hör gut zu, Cemal! Lisa ist ein fürsorgliches und anständiges Mädchen. Ihre Gutmütigkeit wirst du nicht ausnutzen. Du wirst sie in Ruhe lassen, haben wir uns da verstanden?«

Ferhat blickte jetzt eindringlich in Cemals Augen.

»Aber Bruder ...«, stotterte Cemal.

»Kein Aber!«, unterbrach ihn Ferhat.

»Erklär du mir lieber, wieso du heute weder in der Schule noch beim Freitagsgebet warst«, sagte Ferhat und stieß Cemal von sich.

»Sorry, Digger, aber ich kann nicht zum Freitagsgebet. Immer wenn ich als Kind da war, musste ich mich kranklachen.«

»Wieso denn, hast du immer hinter Peter Lustig gebetet, oder was? Erzähl mal, was gibt's denn da ständig zu lachen?«

»Es gibt keinen besonderen Grund. Sobald das Gebet anfing und es still wurde um mich herum, musste ich einfach lachen.« Cemal zuckte mit den Schultern. »Außerdem, ich komm' doch nie mit. Wie kommst du darauf, mir gerade heute so eine Frage zu stellen? Ich weiß noch nicht einmal, ob ich gläubig bin. Ich meine, Ferhat, jetzt mal ganz im Ernst: Wie kann Gott den Teufel aus Feuer erschaffen und ihn in der Hölle mit Feuer bestrafen? Kannst du mir das mal bitte erklären? Wie soll das gehen?«

Ferhat kniff mit seiner sehnigen Hand Cemal in die Brust.

»Ahhh!«, schrie Cemal und rieb mit der Hand seine Brust. »Bist du verrückt geworden?«

»Nein. Das war die Antwort auf deine Frage.«

»Na, sag mal!« Es war Cemal anzusehen, dass er Ferhats Verhalten als Dreistigkeit empfand. »Hör mal, Junge. Ich weiß nicht, wie ihr die Dinge in eurem Dorf regelt, aber hier in Deutschland gibt es Glaubensfreiheit. Du darfst hier nicht einfach einen anderen aufgrund seines Glaubens oder Nichtglaubens drangsalieren.«

»Du begreifst einfach gar nichts!«, rief Ferhat ärgerlich.

»Was gibt's denn da zu verstehen, du raubeiniger Rinderwirt!« Cemal schüttelte den Kopf.

Doch Ferhat gab nicht auf. »Wir bestehen beide aus Fleisch und Knochen«, begann er zu erklären. »Wie kann dir also mein Kneifen Schmerzen bereiten, wenn wir beide aus Fleisch und Knochen bestehen?«

»Unfassbar. Du kannst es einfach nicht lassen, oder?«

»Was kann ich nicht lassen?«

»Immer das letzte Wort zu haben. Leuten, wie dir kann man bestimmt nicht mal die Frage stellen, ob Gott ungerecht ist. Diese Frage würde euren Horizont sprengen, was?!«

»Wenn Gott ungerecht wäre, dann würde diese Stadt schon längst aufgehört haben, zu atmen!«, rief Ferhat. »Das ist die Hauptstadt der Atheisten! Es tut mir leid, dass ich dir wehgetan habe. Ich wollte dir nur etwas vor Augen führen.«

»Ja, ja. Komm, ist gut. Lass mich in Ruhe«, sagte Cemal genervt. Dann stand er auf und verzog sich in sein Zimmer.

KAPITEL ZWEIUNDDREISSIG

»Ein Freund ist nicht derjenige, der neben dir ist, wenn du fällst, sondern der, der dir danach die Hand reicht, damit du wieder aufstehen kannst.«
Arda (32) aus Zehlendorf

Der Landwehrkanal. Er floss mit der Beharrlichkeit einer Wassermasse, die es sich vor Millionen von Jahren in ihrem Flussbett eingerichtet hatte und deren Ufer vor Christi Geburt besiedelt wurden. In Wirklichkeit war er kein Fluss, sondern ein Kanal, der keine zweihundert Jahre alt war und der seiner Aufgabe, die Spree zu entlasten und den Lastschiffen den Weg für den Transport zu bereiten, nie nachgekommen war. Er war viel zu eng und das Wasser viel zu flach. Er war eben künstlich. So künstlich wie die Konversation der jungen Menschen, die an der Uferpromenade saßen, dachte Ferhat, während er am Kanal saß und seine Füße im Wasser baumeln ließ. Wenn Ferhat sich gestresst fühlte, kam er hierher, setzte sich in Blickweite der Admiralbrücke hin und ließ die Boote und die Welt an sich vorbeiziehen.

Auch heute war er wieder hier. Nach dem Streit mit Cemal hatte er sich mit Dilan verabredet und wartete auf sie, während der sommerlich warme Abend mitten im Herbst immer mehr junge Menschen an die Admiralbrücke lockte, wo sie lautstark sangen und sich unterhielten. Die Admiralbrücke verzierte die Straße mit Blätter- und Rankenornamenten, die in den schmiedeeisernen Zaun eingearbeitet waren. Einfache Eisenlaternen, die über einem Kandelaber vor der Brücke standen, spendeten Licht. Dahinter ragten Brückenpoller aus dem Straßenboden und machten die Brücke zu einer verkehrsberuhigten Zone, was die umliegenden Einwohner eher weniger freuen durfte. Denn der Verkehr hätte sicherlich nicht so viel Lärm und Dreck hinterlassen wie junge Berliner, die ihrem Stress in diesen Abendstunden Luft machten.

Ferhat hatte Emilia Galotti beendet und war bestürzt über den offenkundigen Ehrenmord des Vaters an seiner Tochter. Im Unterricht sprachen sie aber von einem Beziehungsdrama. Das Wort Ehrenmord taucht vor allem dann auf, wenn der Täter einen muslimischen Hintergrund hat, dachte er. Wieso eigentlich?

Ferhat packte Emilia Galotti weg und begann damit, »Die Leiden des jungen Werthers« zu lesen.

Dann sah er, dass Dilan herankam. Aus der Ferne wirkte sie wie eine Guerilla-Kämpferin. Denn sie hatte ihre Saz am Oberkörper befestigt, sodass es aussah, als trüge sie eine Kalaschnikow. Sie lief mit dem Mut einer Dame, die die halbe Welt umreist hatte, und mit der Unbefangenheit, als wäre sie ein Nachgruß der 68er Jahre. Für die meisten Kommunalpolitiker dieser Gegend war sie ein politischer Exorzist, den man therapieren und zur Vernunft bringen musste.

Sie war zu einer Hassfigur unter konservativen Politikern verkommen. Sie war ein notorischer Provokateur. Man sagte ihr einen Hang zum Exzessiven nach. Sie aber machte gerade ihr 2. Staatsexamen.

»Soll ich sagen, was der Unterschied zwischen einem Mann und einer Frau ist?«, fragte Dilan.

»Danke, mir geht's auch gut, und wie geht's dir?«, sagte Ferhat.

»Die Frau läuft mit ihrem Mann an einer Einkaufspassage vorbei, sieht etwas Schönes im Schaufenster und sagt: ›Schatz, schau doch mal, wie schön das ist.‹ Der Mann registriert beiläufig, was seine Frau gesagt hat, und fügt hinzu ›Ja.‹ Das Thema ist für ihn gegessen. Es würde ihm aber nicht in den Sinn kommen, daran zu denken, dass seine Frau versucht, auf eine subtile Art und Weise ihn darauf aufmerksam zu machen, dass sie das gerne hätte. Er kommt nicht von selbst darauf, die Frau muss unbedingt sagen, dass sie es will, bevor er es ihr von sich aus kauft«, erklärte Dilan eifrig.

»Und was sagt uns das jetzt?« Ferhat blickte das Mädchen leicht genervt an.

»Für den, der es verstehen will, jede Menge«, antwortete sie etwas von oben herab. »Wenn zwei Menschen vorhaben, sich zu treffen, fragt der Dritte meistens, was man gemeinsam unternimmt. Und wenn man darauf antwortet, dass man nur eine gute Unterhaltung führen möchte, wird das mit Argwohn zur Kenntnis genommen. Können wir uns nicht einmal mehr treffen, ohne etwas unternehmen zu müssen? Verbergen wir uns vor uns selbst? Vor unserer inneren Leere? Was sagt das über unsere Gesellschaft aus?«

Dilan blickte auf den Kanal, doch sie schien nicht wirklich wahrzunehmen, was sie dort sah. Am Ufer lagen mehrere Schiffe vor Anker, und unmittelbar vor den beiden ruhte ein alter Lastkahn. Ferhat und Dilan setzten sich ins Gras und schwiegen ein paar Sekunden. Dann holte Ferhat einen Brief aus der Jackentasche, faltete ihn auseinander und gab ihn dem Mädchen.

»Hier«, murmelte er. »Schon wieder eine Mieterhöhung. Wenn das so weitergeht, muss ich ausziehen. Cemal hat ja keine Arbeit, ich muss für alle Kosten alleine aufkommen«, fügte er seufzend hinzu.

»Du bist also der Alleinverdiener in eurer Beziehung«, sagte Dilan und konnte sich ein Lächeln nicht verkneifen. »Ich werde mir das ansehen«, sagte sie und packte den Brief weg.

»Ich liebe den Landwehrkanal. Er erinnert mich ein wenig an den Munzurfluss, auch wenn der Munzurfluss kein künstlicher Kanal ist, sondern eine Lebensquelle«, sagte Dilan, während sie die Saz auspackte. Dabei suchte sie den Augenkontakt zu Ferhat.

»Wusstest du, dass die Leiche Rosa Luxemburgs, nachdem sie erschossen wurde, in den Landwehrkanal geworfen wurde? Genau deswegen liebe ich ihn, denn die Seele Rosa Luxemburgs geht hier um und hört auf die Hilferufe der Menschen, so wie Hızır.«

»Das ist bei euch so, wir wenden uns nur an Gott, wenn wir Hilfe brauchen, und an keine Heiligen.«

»Nennst du etwa Hızır, den Weggefährten von Moses, einen Heiligen?«

Ferhat zuckte mit den Schultern. »Nein, ich mein' ja nur.«

»Hast du schon was gegessen?«, fragte Dilan.

»Nein. Wie du sehen kannst, brennt die Sonne noch lichterloh.«

»Wir fasten erst im ersten Monat des islamischen Kalenders, Muharrem.«

»Ich weiß. Da fasten wir übrigens auch am Tag von Aschura. Wie läuft dein Referendariat?«, erkundigte sich Ferhat.

»Ich bin froh, dass ich meine Referendariatszeit bald hinter mir habe. Momentan arbeite ich im Kriminalgericht in Moabit«, antwortete Dilan und begann, die Saz zu stimmen.

»Und? Wie ist es da so?«

»Erbärmlich. Im Flur werden viele türkische und arabische Namen ausgerufen. Der stolze Türke, der nicht in der Türkei geboren wurde, gebrochenes Türkisch spricht, nach sechs Wochen am Meer in der Türkei wieder schnell nach Deutschland will und Urlaub vom Urlaub braucht, Faschismus in Deutschland betreibt, sackt wie ein kleines Kind vor der Richterin zusammen. Das tun sie alle, gleich ob Türke, Araber, Kurde oder Zaza.«

»Wieso betonst du Zaza?«

»Na, weil ich Zaza bin.«

»Und? Ich spreche auch Zaza.«

»Nein, nein. Wir sind das Volk Zaza. Ich komme aus Dersim. Du hingegen kommst aus Elazığ. Ihr seid Sunniten, und wir sind Aleviten. Wir sind keine Kurden und lassen uns weder von Türken noch von Kurden assimilieren.«

»Ist ja gut, so detailliert wollte ich das auch nicht wissen. Für den deutschen Otto Normalverbraucher macht das doch keinen Unterschied. Außerdem haben Araber, Türken, Kurden und Zaza mit den gleichen Problemen zu kämpfen.«

»Als ich im Familiengericht in Kreuzberg begonnen hatte, war ich über die Scheidungsraten der hier lebenden Migrantenkinder schockiert. In Berlin wird früh geheiratet und früh geschieden. Die jungen Menschen wollen so früh wie möglich weg aus ihrem Elternhaus, und als einzige Möglichkeit sehen sie die Ehe. Kriterien für die Partnerwahl erscheinen sekundär. Die Folge: hohe Scheidungsraten unter Migrantenkindern und sinkende Geburtsraten. Das ist Berlins Tribut an die Moderne.«

»Warum gerade die Muslime?«

»Was meinst du damit?«

»Wenn ich mir die Polen oder Russen ansehe oder Migranten aus anderen europäischen Ländern, dann sieht man doch eindeutig, dass sie nicht so abgewiesen werden wie wir.«

»Das stimmt nur bedingt. Als die ersten Polen vor dem Ersten Weltkrieg nach Deutschland kamen, waren sie auch unter sich. Selbst sie wurden als fremdartig wahrgenommen, auch aufgrund ihres ausgeprägten katholischen Glaubens. So entstanden die ersten Zechensiedlungen im Ruhrgebiet, und die Polen hatten ihre eigenen Zeitungen in polnischer Sprache. Wusstest du, dass Schalke 04 ohne die Ruhrpolen nicht das wäre, was es heute ist? In der Stadt Bottrop lebten damals mehr als 40 Prozent Ruhrpolen.«

»Was ist passiert, dass sie nicht mehr so als Fremde wahrgenommen werden?«

»Die polnischen Bergarbeiter im Ruhrgebiet verließen Deutschland in Massen.«

»Warum?«

»Weil es nach dem Ersten Weltkrieg wieder einen polnischen Staat gab. Diejenigen, die blieben, wurden assimiliert, sodass sie nicht mehr ins Gewicht fielen. Da wurde schon mal aus dem Namen Stanislawski Stahl oder aus Boinitski Krieger und so weiter. Nachdem der Zweite Weltkrieg ausgebrochen war, holte Hitler die ersten Fremdarbeiter aus dem faschistischen Italien, und diese erbauten die Volkswagenwerke in Wolfsburg.«

»Und wann kamen die Türken nach Deutschland?«, fragte Ferhat, doch gleichzeitig holte er sein Handy aus der Tasche. »Moment mal«, meinte er noch. »Cemal hat geschrieben.«

Doch Dilan setzte ihren Monolog fort, und dazu begleitete sie sich auf der Saz, sodass es schien, als ob sie eine traurige Geschichte erzählen würde. »1961 war das Stichjahr für die Explosion der Ausländerzahl in Deutschland. Ein Jahr später haben alle türkischen Tageszeitungen annonciert, dass Deutschland Gastarbeiter sucht. Der erste Kontakt der Türken war ein deutscher Amtsarzt. Das Arbeitsamt hatte eine Außenstelle in Istanbul eingerichtet und überprüfte die künftigen Arbeiter auf ihre Belastbarkeit. Der Begriff ›Fremdarbeiter‹ wurde bald durch die Bezeichnung ›Gastarbeiter‹ ersetzt. Infolge des Ölschocks galt ab 1973 der Aufnahmestopp, und dann passierte etwas, was beiderseits nicht kalkuliert war. Die Gastarbeiter hatten die Wahl zwischen auswandern, was viele auch anfänglich beabsichtigten, um dann später in ihren Heimatländer ein besseres Leben führen zu können, oder, und das ist, was größtenteils geschah, auf Dauer bleiben und die Familie, die in den Heimatländern wartete, nachholen. Eine Kettenwanderung war eingetreten. Die ausländischen Arbeiter übernahmen Arbeiten, die die Deutschen größtenteils nicht mehr übernehmen wollten. Das waren dreckige Arbeiten, belastende Arbeiten, Baustellenarbeiten, Ruhrpott, Zechen. Unter welch elenden Bedingungen die türkischen Gastarbeiter arbeiteten, war kaum bekannt, bis dann ein selbsternannter Enthüllungsjournalist in die Abgründe der Industrie ging und schließlich ganz unten landete. Der deutsche Arbeiter, der auf der letzten Stufe der Hierarchie am tiefsten stand, hatte immer noch einen türkischen Arbeiter unter sich, den er dann herumkommandierte. Weißt du, wie der millionste Gastarbeiter hieß, der nach Deutschland kam?«

»Er sagt, es sei dringend. Was will der jetzt?«, fragte Ferhat. »Wie hieß er?«, wiederholte Dilan hartnäckig.

»Woher soll ich denn das wissen?« Ferhats Stimme klang genervt. Dilan lachte leise. »Woher sollst du das auch wissen, wenn du den ganzen Tag in deinen Medizinbüchern herumkramst, die Anatomie des Menschen studierst, aber nicht den Menschen. Er kam 1964 aus Portugal nach Deutschland und hieß Armando Rodrigues de Sá. Er wurde fürstlich am Bahnhof in Köln empfangen. Es war ein Medienspektakel. Später starb er an den Folgen eines Arbeitsunfalls, ohne dass davon in den Medien Notiz genommen wurde. Die Türken wurden zur Inkarnation des Fremden schlechthin, als sie in Deutschland ›Türken‹ genannt wurden und in der Türkei anfänglich ›Fremdländer‹ und später dann etwas abfälliger ›Deutschländer‹. Sie waren in einer Diaspora ohne Rückticket gelandet. Sie waren in Marxloh, Kreuzberg und Altona gelandet. Almanya'da Yabancı Türkiye'de Almancı.«

Ferhat atmete tief ein und gleich wieder aus. »Ich hab' mich mit Cemal gestritten, bin hierhergekommen, um mich abzuregen, und du erzählst mir das hier. Was sollen die auch alle machen, wenn die in einer Gesellschaft leben, wo sie nicht akzeptiert werden?«

»Schau. Berlin ist nicht mal wie das New York der 70er. Welch eine niederschmetternde Feststellung für eine Stadt, wie Berlin, die sich betont weltoffen geben will. In New York gibt es in China Town eine Statue des chinesischen Gelehrten und hohen Beamten der damaligen Qing-Regierung, Lin Zexu. Wer hat sie errichten lassen? Der Bürgermeister von New York. Da steht sogar eine Konfuzius-Statue. In Los Angeles steht eine Statue des ersten Präsidenten der Republik China, Sun Yat-Sen. Kannst du dir vorstellen, dass der Berliner Bürgermeister eine Statue des türkischen Staatsgründers am Kotti aufstellen lässt? Aber wenn du die Chinesen in China Town fragst, sagen sie alle, dass sie Amerikaner sind. Was haben die richtig gemacht? Man hat begriffen, dass es nicht darum geht, friedlich miteinander zu leben, sondern es reicht, friedlich nebeneinander zu leben. Wen stört es, dass die Japaner ihre Kolonie in Düsseldorf haben. Ist das schlimm? Ich sehe es als Bereicherung an. Sie haben das Stadtbild Düsseldorfs wesentlich mitgeprägt. Unsere Eltern haben Kreuzberg geprägt, jetzt finden es alle hip, dort zu wohnen. Die Neureichen kommen in unseren Bezirk und treiben die Mietpreise dermaßen hoch, dass viele der ursprünglichen Bewohner, die das Stadtbild Kreuzbergs entscheidend mitgeprägt haben, Kreuzberg nun verlassen müssen.«

»Und ich bin der Nächste, der bald seine Wohnung verlassen muss, wenn das so weitergeht«, sagte Ferhat übellaunig.

Plötzlich holte Dilan ein paar Familienbilder aus ihrer Tasche. »Das sind private Familienbilder von den Einwohnern hier, die ihre Mieten nicht mehr zahlen konnten und wegziehen mussten. Weißt du, die Migranten haben Kreuzberg zu dem gemacht, was es heute ist, ein Szenebezirk. Aber jetzt, wo es inzwischen ein Szenebezirk geworden ist«, sagte Dilan, kramte ein Taschentuch aus ihrer Hosentasche und putzte sich die Nase. »Werden sie lästig. Lasst die ganzen Neureichen einziehen. Ich werde die Innen- und Außenfassaden der aufwendig sanierten Altbauten mit diesen Bildern bekleben und ihre Haustüren ebenso, damit sie sehen, was sie angerichtet haben. Ich dachte, das ist persönlicher als so eine dumpfe Anklage und ein Aktenzeichen im Gericht.« Sie packte das Taschentuch weg und fuhr fort. »Diese Familien müssen alle den Ort ihrer Kindheit verlassen! Früher hatten diese ganzen Neureichen Angst, sich in Kreuzberg blicken zu lassen. Jetzt gehen sie in Bioläden einkaufen, essen ihren Veggie-Burger und gehen ganz spießig hier am frühen Morgen joggen oder mit ihrem Hund Gassi«, sagte sie.

Ferhat zupfte einige Gräser aus dem Rasen und roch an ihnen. »Na, jedenfalls finde ich, dass dies nicht das einzige und vor allem nicht das größte Problem ist. Schau dir den Rest Deutschlands an. Ich war mal für ein Wochenende in Magdeburg, um bei einem Event Essen zu verkaufen. Die Kinder auf der Straße haben mich angeguckt, als wäre ich von einem anderen Planeten. Sie haben mich in aller Öffentlichkeit beleidigt und verlangten von mir, Deutschland zu verlassen. Was läuft bloß schief in diesem Land? Die Muslime sind so eine Art neue

Juden in Deutschland geworden, hinter denen ein wütender Mob wartet, um sie zu vernichten«, sagte Ferhat und schrieb Cemal an, was denn so eilig wäre.

»Es ist ein großer Irrtum zu meinen, dass die Muslime die neuen Juden seien. Ein noch größerer Fehler ist es, alle Deutschen in eine Schublade zu packen. Für die erste Migrantengruppe war die Heimkehr so drängend wie für die Juden in der Diaspora die Heimkehr nach Jerusalem. ›Die‹ Deutschen haben keine Juden getötet. Na ja, wenn wir einige ausnehmen, wie die Koryphäe meines Herzens, Sophie Scholl und die Weiße Rose, die in Blut getränkt wurden, dann haben ›die‹ Deutschen doch im großen Stile gemordet. Sie haben Deutsche getötet. Sie haben Leute getötet, die der deutschen Sprache ohne weitere Probleme mächtig waren, die äußerlich nicht sonderlich auffielen und beruflich weitaus besser integriert waren. Leute, die Deutschland nie als ein fremdes Land ansahen. Leute, die zum Christentum übergetreten waren, zeitweise sogar einen Hass auf ihre eigene Religion empfanden, die jüdischen Apostaten. Sie wurden nicht brüderlich aufgenommen, sondern es wurde der Sieg des Neuen Testaments über das Alte Testament gefeiert.«

Auf einmal stand ein alter Mann vor ihnen. »Habt ihr mal 'ne Kippe für mich?«, fragte er. Dilan und Ferhat verneinten höflich, dann fuhr Dilan fort.

»Auch haben die Juden nicht durch ihre Kriminalität auf sich aufmerksam gemacht. Aber dennoch haben die Deutschen ihre deutschen Mitbürger getötet. In Massen. Auf die erbärmlichste und menschenverachtendste Art und Weise. Die schlimmste Diktatur der modernen Geschichte. Die Türken sind meilenweit davon entfernt, die neuen Juden zu sein. Das Unrechtsempfinden und die Identifikation der vielen Migranten mit ihnen scheinen nicht weit weg, angesichts der angespannten Lage. Das ist nicht unbedingt ein Grund zur Beruhigung, denn wenn die Deutschen fähig waren, Deutsche zu töten, was machen sie wohl mit einem Ahmet, Mehmet, Muhammed, wenn ein wild gewordener geistiger Brandstifter gegen sie hetzt? Wir Aleviten wissen sehr gut, wohin Hetze führen kann, wir haben das bitter 78 in Maraş und 93 in Sivas erleben dürfen. Solche Pogrome können sich wie ein Lauffeuer verbreiten. Wir sollen die neuen die Juden in Kreuzberg sein? Sicher nicht.«

Ferhat blickte auf seinen Handydisplay. »KOMM SOFORT HER!«, stand da geschrieben, gesendet von Cemal.

»Sorry, ich muss mal dringend mit Cemal telefonieren«, sagte Ferhat, stand auf und wählte hektisch Cemals Nummer.

»Cemal. Was ist? Alles in Ordnung bei dir?«

»Nichts ist in Ordnung«, rief Cemal am anderen Ende der Leitung. »Es gibt nichts zu essen. Du musst mir wieder eines deiner leckeren Gerichte kochen. Diesmal möchte ich ...«

Noch bevor er aussprechen konnte, legte Ferhat auf und schleuderte sein Handy auf die Wiese. Ferhat spürte, wie verwirrt er war. All das, was er eben erlebt hatte, Cemals Nachrichten, Dilans Monologe, sie hatten ihn ziemlich durcheinandergebracht.

Aber: Dilan lächelte Ferhat aufmunternd an, dann begann sie, die Saz zu spielen. Dazu sang sie ein altes Lied in ihrer Muttersprache.

KAPITEL DREIUNDDREISSIG

»Alles, das einmal in die Welt geboren wird, wächst mit der Zeit, mit Ausnahme der Liebe.«
Asiye (36) aus Schöneberg

Berlin-Spandau, 8.30 Uhr.

Ferhat hatte sich heute mit Cemal früh aus dem Haus gemacht. Die Luft war noch kühl. Der Blick zum Himmel verhieß nichts Gutes. Obwohl der Winter noch nicht eingebrochen war, wirkten die meisten Menschen nicht besonders fröhlich. Es war einer jener Morgen, die Ferhat verabscheute. An dem einem alle Glieder schmerzten. Einer jener Morgen an einem kalten Herbsttag, an dem die ungefilterte Hässlichkeit Berlins zum Vorschein kam. An dem man sich nicht emotionsgeladen und betäubt Berlin schönredete.

Wenn Jugendliche besonders schöne Fotos auf Instagram posteten und darunter anmerkten, dass das Bild ohne Filter, also unbearbeitet sei, dann war Berlin in diesem Augenblick auch ungefiltert, aber ungefiltert hässlich. Das waren die hässlichen Tage Berlins. So hässlich konnte nur Berlin sein. So hässlich konnte nur eine Stadt sein, in der die Bildung niedrig und die Arbeitslosigkeit und Perspektivlosigkeit hoch waren. Wo viele resigniert und sich mit ihrem Schicksal abgefunden hatten und keine Kraft mehr fanden, dagegen anzukämpfen. Am Bahnhof ihren Kaffee kauften, ihn brühend heiß hinuntergossen, um in dieser Kälte irgendetwas Warmes zu fühlen. Damit sie wussten, dass es kein unheilvoller Traum war. Sie waren Berliner. Es war eine von Fassungslosigkeit begleitete Klage, der man in Berlin oft begegnete.

Spandau lag einsam im Westen, wie eine vorgelagerte Insel, die Vorbote einer Hauptstadt war, die in ihrer Geschichte immer wieder zerteilt, erobert und hofiert worden war.

»Rathaus Spandau. Dieser Zug endet hier. Übergang zum DB-Fernverkehr und Regionalverkehr und zur S-Bahn. Ausstieg rechts«, tönte eine verzerrte Frauenstimme aus den U-Bahn Sprechern.

»Warum willst du deinen Antrag für den Führerschein in Spandau abgeben?«, fragte Ferhat, der sich von der seltsam klingenden Frauenstimme aus dem Lautsprecher ziemlich genervt fühlte.

»Dieses Bezirksamt in Spandau ist ein Geheimtipp. Wir können ohne Termin einen Antrag stellen«, antwortete Cemal.

Nachdem Ferhat und Cemal eine Weile im Wartebereich des Bürgeramtes wortlos mit anderen schweigenden Bürgern gesessen hatten, wurde ihre Wartenummer auf der Matrix angezeigt.

Eine Beamtin mittleren Alters begrüßte Cemal im hinteren Bereich des großen Arbeitszimmers von ihrem Schreibtisch aus.

»Nehmen Sie doch bitte Platz«, forderte sie Cemal freundlich auf.

Cemal war im Gedanken vertieft und betrachtete das große Amtszimmer, in denen mehrere Sachbearbeiter ihrer Arbeit nachgingen, in einem Gebäude, das sehr alt schien.

»Junger Mann! Hallo!« Die Beamtin versuchte, Cemal erneut auf sich aufmerksam zu machen. »So setzen Sie sich doch bitte endlich! Platz nehmen! Stuhl. Sitz machen«, fügte sie mit immer lauter werdender Stimme hinzu, indem sie jede Silbe besonders betonte. Cemal ärgerte sich, dass die Frau ihn behandelte, als sei er gerade aus einem der rückständigsten Dörfer Südostanatoliens gekommen.

Demonstrativ schaute er hinter sich. »Ich sehe hier keinen Hund, der Sitz machen könnte«, knurrte er.

Die Beamtin sah ihn erleichtert an. »Oh, mein Gott!«, rief sie. »Sie sprechen ja hervorragend Deutsch!«

»Danke, Sie aber auch«, antwortete er.

Sie räusperte sich kurz, sagte aber nichts. Dann zeigte sie auf den Stuhl vor ihrem Schreibtisch, »So, nun nehmen Sie aber endlich Platz, Herr ...?« Sie schaute Cemal fragend an.

»Aydogan«, sagte der.

»Wie bitte?«

»Ay-do-gan«, sagte Cemal ganz langsam und deutlich. Er sprach jede Silbe mit besonderer Betonung aus.

»Herr Aydogan, alles klar. Das war verständlich genug. Wie kann ich Ihnen behilflich sein?«

»Wir möchten unseren Führerschein beantragen. Besser gesagt, ich auf jeden Fall, mein Freund hier ist sich noch nicht so sicher.«

»Na, das ist ja wunderbar. Ihren Personalausweis bitte«, sagte die Beamtin. Nachdem ihr Cemal den Ausweis gegeben hatte, schaute sie sich ihn sehr lange an. Cemal wurde nervös, schließlich stand er ja nicht an einer Grenzkontrolle, an der er nach einer Odyssee aus dem Nahen Osten überprüft wurde.

»Stimmt irgendwas nicht?«, fragte er ungeduldig.

»Nein, es ist alles in Ordnung. Sie haben einen interessanten Namen, woher kommen denn ihre Eltern ursprünglich?«, fragte die Frau.

»Ich bin Deutscher mit Stigmationshintergrund, und meine Eltern kommen aus Kreuzberg«, sagte Cemal schnell.

Die Beamtin lächelte kaum merklich. »Ja, ist okay«, sagte sie. »Aber ich wollte gern wissen, woher Ihre Familie ursprünglich kommt.«

»Man sagt, die Türken seien aus Zentralasien über trockene Steppen und unheilvolle Gebirgslandschaften irgendwann in der Türkei gelandet. Mal durch Massenwanderung, mal durch Krieg und mal durch Eroberung. Suchen Sie sich doch einfach ein Land aus.« Cemal blickte die Frau herausfordernd an.

In diesem Moment stieß Ferhat seinem Freund den Ellenbogen in die Seite.

»Warum bist du denn so gereizt?«, flüsterte er. »Die Frau macht doch bloß ihre Arbeit. Sei mal etwas respektvoller.«

»Was hast du gesagt?« Cemal wandte sich leicht grinsend an seinen Freund. »Du willst auch deinen Führerschein beantragen? Super, dass du dir das endlich überlegt hast.«

»Sagte Ihr Freund etwa, er habe auch vor, einen Führerschein der Klasse B zu beantragen?«

Die Beamtin schaute Cemal fragend an. Doch der winkte ab. »Mein Freund ist sich noch nicht ganz sicher, machen Sie vorsichtshalber nur meine Unterlagen fertig.«

Die Beamtin stand auf und ging zum Kopierer in den hinteren Bereich des Zimmers.

»Hat sie etwa gerade den Konjunktiv I benutzt?«, fragte Ferhat überrascht.

»Wir wissen, dass du im Goethe-Institut Deutsch gelernt hast, damit brauchst du nicht anzugeben, denn du betonst die Wörter beim Sprechen ja trotzdem wie der erste Gastarbeiter vor fünfzig Jahren.«

»Nein, ich will doch nicht damit angeben, der Konjunktiv I wird nur selten benutzt, deswegen.«

»Keine Ahnung, was du mir zu sagen versuchst, jedenfalls klang es wie eine Sprache aus einer Zeit, die schon weit, weit hinter uns liegt. Das klingt wie dieses eine Buch, das wir neulich im Deutschunterricht gelesen hatten. Nibelungen oder so. Du weißt schon, das mit Siegfried und Roy als den beiden Hauptakteuren«, erklärte Cemal.

»Du meinst wohl das Nibelungenlied. Und es heißt nicht Siegfried und Roy, sondern Siegfried und Kriemhild«, verbesserte ihn Ferhat.

»Na, passt ja hervorragend, diese verworrene Sprache und diese Umgebung. Siegfried war mit Sicherheit ein Spandauer.«

Ferhat schüttelte missmutig den Kopf. »Hoffnungsloser Fall, dieser Junge«, knurrte er, während er der Beamtin einen entschuldigenden Blick zuwarf.

Nachdem sie die Formalitäten erledigt hatten, gingen die beiden zurück zum Bahnhof und stiegen in die nächste U-Bahn ein.

»Entschuldig'n Se bitte die Störung. Mein Name ist Uwe, ick bin 38 Jahre alt, obdachlos und verkaufe die Motz. Die Zeitung kostet zwei Euro. Davon jeht eins fuffzisch an mich als Soforthilfe und fuffzisch Cent an die Zeitung, damit die die nächste Ausgabe produzieren kann. Heute mit den Themen ›Ick will raus aus de Scheiße‹ und ähhm … Ne kleene Spende wär' nett. Danke.«

Ferhat beobachtete, wie dieser Uwe durch das Abteil schlenderte. Die meisten Fahrgäste schauten beschämt zu Boden oder vertieften sich in ihre Tageszeitung, wenn er an ihnen vorbeiging.

Aus den Lausprechern ertönten zwei Glockentöne, die Ferhat völlig überflüssig fand.

»Altstadt Spandau. Ausstieg in Fahrtrichtung links«, sagte eine Stimme. Uwe stieg aus. Ferhat hatte nicht sehen können, ob er von irgendjemandem Geld bekommen hatte.

Als die U-Bahn wieder anfuhr, gingen plötzlich zwei Männer durch den Gang des Abteils. »Guten Tag, die Fahrausweise bitte!«

An der nächsten Station stiegen zwei Musikanten ein. Der eine spielte Gitarre, der andere begleitete ihn auf der Mundharmonika. Ferhat wippte mit dem Fuß im Takt, ihm gefiel die Musik. Cemal dagegen tippte sich mit dem Zeigefinger an die Stirn und knurrte: »Lärmbelästigung!«. Er sah müde aus.

Die Kontrolleure der BVG waren eingestiegen. An der nächsten Station stiegen weitere Menschen mit Musikinstrumenten ein und spielten Musik, die niemand hören wollte.

Am Ende des Abteils entdeckte Ferhat einen weiteren Motzverkäufer, der offenbar vergeblich versuchte, sich Gehör zu verschaffen. Und das trotz des Geräuschpegels, der durch die Musikanten verursacht wurde. In der Zwischenzeit war auch noch ein Geiger dazugekommen. Weil es dem Zeitungsverkäufer wohl zu laut wurde, pöbelte er den Geigenspieler an. »Darf doch nicht wahr sein, Mensch! Wat geigst'n hier so rum, du Pfeife?«

Doch der Geiger kümmerte sich nicht darum. Unbeirrt ging er seiner Profession nach.

Eine Gruppe Jugendlicher hörte im hinteren Teil des Abteils lautstark Musik, die aus ihren Handys kam.

»Wat issen dit?«, erkundigte sich ein Fahrgast und streckte seinen Kopf.

»Warst du auch so, Cemal?«, fragte Ferhat.

Cemal schüttelte entschieden den Kopf.

»Jetzt mal ehrlich, du hast viel Mist gebaut, oder?«

»Zu viel.«

»Aber niemals warst du so peinlich wie die Jungs da?«, erkundigte sich Ferhat.

»Niemals! Früher war alles besser. Ich meine, schau mich doch an. Ich bin 19 und rede etwas von ›Früher war es nicht so‹ oder ›Früher war es besser‹. Bin ich spießig geworden? Ich meine, ich hätte erwartet, dass, erst wenn ich älter bin und meine fünf Kinder großziehe, Sätze wie ›Früher war alles besser‹ von mir geben würde. Ging ja schneller, als ich dachte«, verzweifelte Cemal.

»Wieso fünf Kinder?«, fragte Ferhat.

»Na ja, fünf eben … .«

»Fünf? Nicht einer weniger?«, fragte Ferhat.

»Einer?«, fragte Cemal.

»Wie?«

»Willst du mal fünf Söhne haben, oder warum spielst du darauf an?«, fragte Cemal.

»Hast du etwa auf den Genus geachtet? War nicht beabsichtigt von mir.«

»Rede doch mal wie'n Mensch.«

»Mann, warum achtest du darauf, ob ich ›einer‹ oder ›eine‹ sage? Du weißt doch, was ich meine. Du warst doch sonst nie so kleinlich. Diese Pseudo-Gleichberechtigungssätze von Frau Hösch im Deutschunterricht haben echt einen Schaden bei dir hinterlassen. Ob kleiner Junge oder kleines Mädchen ist doch egal, es kommt von Gott«, sagte Ferhat.

»Guck mal, worüber wir geredet haben und wo wir gelandet sind. Das passiert, wenn man mit einem Bauern aus der Türkei in der U7 in der Frühe unterwegs ist.«

Ehe Ferhat etwas dazu sagen konnte, stand Cemal auf und ging in Richtung Tür.

»Kommst du heute nicht zur Schule? Wir schreiben doch einen Aufsatz«, fragte Ferhat.

»Vielleicht. Muss zum Finanzamt, um was zu klären. Wir sehen uns später«, sagte Cemal und stieg aus.

Ferhat fuhr weiter. Sein Handy klingelte.

»Hast du meine Bewerbungsunterlagen fertig?«, fragte ihn Kerem.

»Klar. Warum muss ich deine Bewerbung schreiben, obwohl du hier geboren bist und ich keine fünf Jahre hier lebe?«

»Weil deine Aussprache beim Deutschreden unheimlich schlecht ist, aber dafür bist du schriftlich der Wahnsinn. Sag du mir lieber, wann du hier bist, ich muss bald zum Bewerbungsgespräch.«

»Auf welcher Station wolltest du nochmal auf mich warten?«, fragte Ferhat.

»Komm einfach zum Mehringdamm.«

»Ja, ich bin so in fünf Minuten da.«

»Adenauerplatz«, ertönte es in diesem Augenblick aus dem Lautsprecher.

»Was? Du bist erst am Adenauerplatz? Junge, das dauert mindestens noch 'ne Viertelstunde. Komm mir nie wieder mit 'ner Moralpredigt. Du predigst Wasser, aber kostest Wein!«, regte sich Kerem auf.

»Ich trink' keinen Wein. Hör auf, mir was zu unterstellen!«, regte sich jetzt Ferhat auf.

»Reg dich mal ab. Das ist nur ein deutsches Sprichwort. Hast so viel Grammatik und Rechtschreibung gelernt und kennst nach fünf Jahren noch nicht mal dieses Sprichwort. Misch dich mal unter Menschen, du Bauer«, sagte Kerem und legte auf. Ferhat nahm ihm die Bemerkung nicht krumm. Das war nun mal die Art und Weise, wie Kerem seine Emotionen zum Ausdruck brachte.

»Konstanzer Straße. Ausstieg in Fahrtrichtung links«, tönte es aus den Lautsprechern.

Zusammen mit dem Signalton piepte auch Ferhats Handy. Eine kurze Nachricht von Dilan mit großer Durchschlagskraft.

»Komm bitte nach der Schule direkt zur Kanzlei, wo ich arbeite. Der Vermieter hat dir die Wohnung gekündigt.«

KAPITEL VIERUNDDREISSIG

»Die Blätter trocknen, wenn sie von den Bäumen fallen, und die Liebe, wenn sie aus dem Herzen weicht.«
Nurcan (25) aus Neukölln

»Sooo. Das ist Philipp, er kommt aus Braunschweig, ist nach Berlin gezogen und wird uns dieses Jahr im Kurs Gesellschaft leisten«, sprach Dr. Fehn ungewohnt freundlich in die Klasse.

»Stell dich doch mal kurz deinen Klassenkameraden vor«, fügte er hinzu.

»Also, ich bin der Philipp, bin 18 Jahre alt, komme aus Braunschweig …«

»Und verkaufe die Motz!«, schrie Dr. Fehn dazwischen und brach in Gelächter aus. »Philipp, wir haben keine Zeit für deine Lebensgeschichte. Setz dich bitte auf deinen Platz. Wir werden jetzt einen Aufsatz schreiben. Packt eure Stifte aus, die Blätter bekommt ihr von mir.«

Dr. Fehn wartete, bis die Papierseiten verteilt waren und wieder Ruhe eingetreten war.

»Wir behandeln ja gerade den Zweiten Weltkrieg. Wir haben ja gelernt, dass das ein Eigenname ist, nicht wahr, Jacqueline? Also, die Überschrift für den Aufsatz lautet: ›Was ist Mut?‹ Ihr habt von nun an neunzig Minuten Zeit. Die Zeit läuft ab jetzt!«

Ferhat bekam Kopfschmerzen.

Er wollte schleunigst in die Cafeteria, um sich einen Kaffee zu holen. Er nahm den leeren Zettel, schrieb ganz groß »Das ist Mut« darauf, gab als Erster nach bereits einer Minute den »Aufsatz« ab und verließ das Klassenzimmer.

Ferhat hatte sein Gesicht in die Hände vergraben und dachte darüber nach, wohin er ziehen konnte, wenn es hart auf hart käme und er seine Wohnung wirklich verlassen musste.

Er sah sich online nach alternativen Mietwohnungen um und sah, dass die Mieten in Kreuzberg unbezahlbar geworden waren. Für seine gegenwärtige 70-qm-Wohnung zahlte er 700 € warm. Wenn er jetzt eine ähnliche Wohnung in derselben Umgebung beziehen wollte, müsste er inzwischen mit knapp 1.200 € Warmmiete rechnen. Eine Weile später schaute er auf seine Uhr. Er hatte über eine Stunde nach passenden Mietwohnungen gesucht und nichts gefunden.

Plötzlich spürte er eine Hand auf seiner Schulter.

»Hey. Wieso bist du so schnell gegangen?« Es war die Stimme von Lea.

Ferhat drehte sich um, und sein Gesicht sagte mehr als tausend Worte.

»Mensch, Ferhat, wie siehst du denn aus?«

Er zog es vor zu schweigen, doch die Tränen, die er mit aller Kraft zurückhielt, und seine angespannte Körperhaltung sagten ihr mehr, als es Worte beschreiben könnten.

»Komm, wir gehen was trinken«, sagte Lea.

Während Ferhat langsam neben Lea in Richtung Café schlenderte, begann er bereits damit, ihr zu erzählen, was ihn zurzeit verunsicherte und auch ärgerte. Davon, dass Cemal heute mal wieder nicht in der Schule aufgetaucht war, berichtete er. Davon, dass Kerem sich lediglich seine von ihm, Ferhat, angefertigten Bewerbungsschreiben hatte aushändigen lassen, sich aber ansonsten ihm gegenüber nicht sehr freundschaftlich verhalten hatte. Und nicht zuletzt sprudelte es aus Ferhat nur so heraus, dass er damit würde rechnen müssen, in absehbarer Zeit wohnungslos zu sein.

Es tat ihm gut, in der Mitschülerin eine so aufmerksame Zuhörerin gefunden zu haben. Plaudernd näherten sich die beiden der U-Bahn-Station.

Plötzlich wurden sie von einem Mann angesprochen, der wie aus dem Nichts vor ihnen aufgetaucht war. »Sagen Sie mal, sind Sie Jüdin?«, wandte er sich an Lea und glotzte auf ihre Halskette mit dem Anhänger. »Oder ist es unter den Jugendlichen jetzt angesagt, einen Davidstern um die Hals zu tragen?«

»Ja, ich bin Jüdin«, sagte Lea selbstbewusst.

»'Tschuldigung, aber Sie sehen gar nicht aus wie eine«, legte der Mann noch nach.

»Ach so! Sollen wir wieder einen gelben Stern tragen?«, antwortete sie empört.

»Nun machen Sie aber mal 'nen Punkt, junge Dame! Wollen Sie mir hier was unterstellen? Wie kommen Sie mir denn vor? Das muss ich mir von Ihnen nicht bieten lassen!« Der Mann regte sich dermaßen auf, dass sich sein Gesicht rötlich färbte.

»Wissen Sie was? Gehen Sie einfach weiter und lassen Sie mich in Ruhe!« Lea blickte den Mann wütend an. Ihre Stimme klang scharf und war laut. »Sie pöbeln ja bloß auf der Straße rum, weil sie zu Hause das Maul nicht aufmachen dürfen! An so einen Billig-Typen, wie Sie es sind, verschwende ich jedenfalls kein einziges Wort mehr! Und tschüss!«

Schon beim letzten Wort hatte Lea nach Ferhats Arm gegriffen und zog in die Straße hinunter. Die beiden hörten noch, wie der Mann hinter ihnen hermeckerte. Seine Stimme kam immer näher.

»Na, na, na, na! Jetzt nicht ausfallend werden«, rief der Mann und stellte sich ihnen plötzlich in den Weg.

Es konnte nicht sein, dass ein junges Mädchen in Begleitung am helllichten Tage von einem nüchternen, erwachsenen Mann auf diese Weise angemacht wurde. Deshalb stellte sich Ferhat jetzt schützend vor seine Mitschülerin. »Lassen Sie sie in Ruhe«, sagte er zu dem Mann.

»Wat willst'n du hier uff eenmal, du dämlichet Backfeifenjesicht!«

»Lass uns einfach gehen, Ferhat. Der Herr scheint verwirrt zu sein«, sagte Lea.

Der Mann grinste. »Ach, Ferhat? Biste Türke oder wat?«

»Genau genommen, Zaza, aber das nimmt sich nicht viel«, antwortete Ferhat, der sich sehr bemühen musste, höflich zu bleiben.

»Ach, wat! Zaza! Blabla!« Der Mann schien von Minute zu Minute aggressiver zu werden. »Kacka biste! Nüscht anderet!«

»Boah, so ein ekelhaftes Rassistenschwein.« Lea warf dem zunehmend aufgeregt wirkenden Passanten einen angewiderten Blick zu.

Ferhat hatte den Eindruck, dass es nicht mehr lange dauern würde, und dann würde der Mann Lea schubsen oder gar schlagen wollen. Dieser sah mittlerweile richtig wütend aus.

»Ick will dia mal wat sagen!«, rief er. »Ick jehe ooch beim Türken inkoofen, vastehste? Und ick mach mit meine Familje ooch Urlaub inne Türkei, in Antalya nämlich!« Triumphierend blickt er die beiden an.

»Wow«, machte Lea und drehte sich zu Ferhat. »Ein echter Vertrauensbeweis und die Verkörperung von Toleranz. Der kauft seine Knoblauchwurst beim Türken ein. Dass die Knoblauchwurst mal als Kronzeuge für eine scheinbar nicht rassistische Haltung herhalten muss, wer hätte das gedacht!« Dann applaudierte sie, während sie dem Mann ebenso demonstrativ auf den dicken Bauch starrte.

»Wahrscheinlich hat die gute Knoblauchwurst seine Wampe noch vergrößert. Und der Knoblauch hat bewirkt, dass der so stinkt, wie er nun mal stinkt, nämlich echt eklig!« Lea lachte.

Ferhat sah sie überrascht an. Ihr Lachen klang böse, und ihre Augen waren zu Schlitzen verengt.

»Mutig, mutig, Urlaub in Antalya zu machen«, nahm das Mädchen den Faden wieder auf. »Bestimmt in einem 5-Sterne-Hotel, wo er sich schön abkapseln kann und wo das Begleitprogramm natürlich auf Deutsch ist!«

Der Mann starrte Lea an. Ferhat fand, dass der Mann nicht nur zweifelsfrei wütend, sondern auch ein wenig verunsichert wirkte. Wahrscheinlich hatte ihm Leas selbstbewusstes Auftreten einen Dämpfer verpasst.

»Nu lass jetzte ma jut sein«, knurrte er. »Ick sprech mit Ferhat. Und der soll mir ooch antworten.«

»Wenn Sie unbedingt wollen, bitte sehr.« Ferhat blieb höflich.

»Also jut. Mit den Juden hat dit ja noch wunderbar jeklappt. Aber jetzt die janzen Türken und Araber, dit kommt doch nicht so jut. Aba ick hasse keene Türken. Der Ali, bei dem ick meinen Döner koof, der trinkt och mal 'n Bier mit mir. Und dit jeht bloß, wenn man sich integriert, dit sach ick dir. Aber, zum Beispiel, warum sind die muslimischen Frauen immer so vermummt und ungebildet«, wandte er sich an Ferhat.

»Ihnen ist schon klar, dass Sie gerade die Bild-Zeitung in der Hand halten?«, machte Ferhat ihn aufmerksam.

»Wie willst du denn beurteilen können, wat bildet und wat nich? Antworte mir ma lieba!«

»Nun gut, ich möchte mit einer Gegenfrage antworten«, sagte Ferhat.

»Nüscht is mit Gegenfrage! Hier wird jefälligst jeantwortet!«, brüllte der Mann.

Ferhat musste sich sehr zusammennehmen, aber er blieb ruhig. »Ich frage trotzdem«, sagte er mit fester Stimme. »Warum holt sich der deutsche Mann seine Frau aus Thailand? Und warum missbraucht er minderjährige Kinder im In- und Ausland?«

»Das verbitte ich mir!« Ferhat konnte genau sehen, dass der Mann seine Hände zu Fäusten geballt hatte.

»Gut, und ich verbitte mir solche pauschalen Fragen, wie Sie sie eben gestellt haben, ebenso. Schon ›die‹ Türken oder ›die‹ Deutschen zu sagen, ist rassistisch. Man geht dann davon aus, dass es verschiedene Rassen gibt. Dass Menschen andere Kulturen und Hautfarben haben, ist eine Bereicherung und keine Frage der Rasse. Gott hat sie erschaffen, damit sie einander kennenlernen und nicht einander kategorisieren und unterwerfen«, erklärte Ferhat.

Dann ergriff Lea das Wort. »Menschen wie Sie wollen die Juden als Kronzeugen für ihre Immunität gegen Rassismus missbrauchen, um ihn damit zu verbergen. Das verbitte ich mir«, sagte Lea unerschrocken.

Innerhalb einer Minute waren drei Aufforderungen gefallen, etwas sein zu lassen.

Anstatt Einsicht zu zeigen, setzte der Mann in keuchendem Atemrhythmus fort: »Aber die Tjüüürken in Deutschland müss'n sich integriiieen«, forderte er erneut auf und blickte in Ferhats Augen, als wolle er ihn auffressen. Er steigerte sich in eine Art Ekstase hinein, näherte sich Ferhat und flüsterte ihm ins Ohr, als suche er nun in ihm einen Verbündeten: »Es war ja nicht alles schlecht damals im Dritten Reich, zum Beispiel der Ausbau der Autobahnen, Arbeit für alle ...«, doch da unterbrach Ferhat seine Propaganda und entgegnete wutentbrannt: »Und natürlich auch nicht die Ausrottung 5 Mio. unschuldiger Juden und der Tod Millionen unschuldiger Menschen!?«

»Was?«, schrie Lea entsetzt.

»Nee det habik nisch jesacht. Neeee, duuuu«, und sah die beiden mit brennenden Augen an, als hause in ihm der Teufel.

»Komm, wir gehen jetzt«, sagte Ferhat zu Lea.

Lea wurde bleich im Gesicht. Sie blickte schockiert in die Augen des Mannes und wandte sich ab. Ferhat reagierte mit einem müden Lächeln, warf ihm einen abfälligen Blick zu und wandte sich wortlos von ihm ab.

Das war der Zeitpunkt, wo alle Stricke rissen. Der Mann verhielt sich nun wie ein kryptofaschistischer Brüllaffe.

»Weest ihr was deaa Untaschieed zwisch'n Juuuden und Tjürken ist?«, rief er den beiden hinterher.

Ferhat und Lea ignorierten ihn und gingen schnellen Schrittes Richtung U-Bahn.

»Die Juuuden haben's schon hinta sisch« schrie er ihnen nach und brach in prustendes Gelächter aus, als ob ihn der Teufel höchstpersönlich kitzeln würde.

Sie nahmen im Hintergrund nur noch das Lachen wahr, das den Lauten eines grunzenden Schweines ähnelte.

»Es stinkt nach Hugenberg! Nichts dazu gelernt seit dem letzten schlimmen Schnauzbartträger!«, sagte Lea auf dem Weg in die U-Bahn

Der Mann ließ aber nicht von ihnen ab, und sein grunzendes Lachen entwickelte sich zu einem wütenden keuchenden Atmen.

Auf der anderen Straßenseite stand Dr. Fehn vor seinem Wagen. Er öffnete die Tür und schmiss seine Tasche in den Beifahrersitz, ohne seinen Blick von dem Mann abzuwenden. Dann kam er herübergelaufen.

Als Ferhat ihn sah, dachte er, dass er ihn wegen seinem dreisten »Aufsatz« zurechtweisen würde.

»Tut mir leid, Dr. Fehn. Ich werde …«

Dr. Fehn hob seine Hand und unterbrach ihn.

»Alles gut, mein Junge. Alles in Ordnung hier?«, fragte er und schaute dem keuchenden Mann direkt ins Auge. Dann wandte er sich Lea und Ferhat zu.

»Ihr geht bitte nach Hause. Ich kläre das hier.«

Er bedeutete beiden mit ausgestreckter Hand, sie sollten in Richtung U-Bahn gehen. Sie blieben kurz stehen.

»Sicher?«, fragte Lea.

»Pah! Wäre doch gelacht, wenn ich mit dem Lackaffen hier nicht fertig werden würde. Ich bin doch kein Lehrer, der nur im Klassenraum gegen Rassismus kämpft und so tut, als wäre das alles Geschichte. Als liege das alles in weiter Vergangenheit und wäre längst überwunden. So, und jetzt geht!«, sprach er nun bestimmt und fing an, den Mann anzugehen, indem er ihn fragte, wie er es sich anmaßen könne, seine Schüler auf diese rabiate und rassistische Art und Weise anzugehen.

Der Mann stammelte noch einige Wörter vor sich hin und suchte schnell das Weite.

KAPITEL FÜNFUNDDREISSIG

»Manche behaupten, das Leben sei ungerecht. Gewisse Menschen werden anderen bevorzugt. Mag sein. Halte dir stets vor Augen: Nichts ist gerechter als der Tod, er wird uns alle erfassen, ohne den einen dem anderen vorzuziehen.«
Deniz (43) aus Schöneberg

Ein Taxifahrer mit zerzausten Haaren kam übermüdet von seiner Nachtschicht in die Teestube. Er setzte sich hin und ließ sich vom Fernsehen berieseln.

Warum ging er nicht zu seiner Familie? Zu seiner Frau und seinen Kindern? Warum musste er, obwohl er so todmüde war, noch stundenlang in der Teestube hocken, um anschließend nach Hause zu gehen, ohne dort mit den Kindern gespielt zu haben, ohne sich mit seiner Frau unterhalten zu haben und direkt schlafen zu gehen, um in der Nacht wieder eine anstrengende Schicht antreten zu können? Ferhat konnte keine Antworten auf seine Fragen finden.

»Komm deinen Tee abholen, Ferhat«, schrie Cevo hinter der Theke im Tonfall eines Marktschreiers.

Nachdem Ferhat sein Glas Tee geholt hatte, setzte er sich wieder und wartete weiter auf Cemal und Kerem. Er war sofort nach der Schule hierhergekommen.

Ferhat trank den starken Tee in großen Schlucken, dann bat er Cevo um ein weiteres Glas. Obwohl die

Uhr gerade mal kurz nach zwei zeigte, hatte er das Gefühl, bereits einen harten Tag hinter sich gebracht zu haben.

Da betrat Cemal die Teestube. Ferhat sah, dass er seine Fäuste geballt hielt. Auch seine Miene wirkte verärgert. »Die schlimmsten Foltermethoden seit der Hexenverbrennung kann man im Ausländeramt erleben!«, verkündete er mit lauter Stimme.

»Und im türkischen Konsulat«, ergänzte Kerem, der fast zeitgleich mit Cemal auf Ferhats Tisch zukam.

Vom Nachbartisch war ein lautstark geführtes Gespräch zu hören. »Damals hat auch Süleyman Demirel so einen Schwachsinn versprochen!«, entrüstete sich einer der Männer.

»Du kannst nicht ernsthaft den jetzigen türkischen Außenminister mit Demirel vergleichen, du spinnst doch!«, meinte sein Tischnachbar.

»Ernsthaft, Freunde, unsere Außenpolitik muss sich grundlegend ändern, da sind wir uns alle einig«, schaltete sich ein dritter Mann ein.

Ferhat schüttelte den Kopf. »Fragt mal einen von denen, wie der deutsche Außenminister heißt oder was von den explodierenden Mietpreisen vor ihrer Haustür am Kottbusser Tor zu halten ist. Wahrscheinlich haben sie dazu gar nichts zu sagen. Weil sie immer noch so tun, als würden sie in der Türkei leben. Und deshalb meinen sie, dass sie sich auch nicht für die sozialen Probleme hier interessieren müssten. Hauptsache, man kann sich über die Autobahnerweiterung in einer türkischen Provinzstadt aufregen, während die A 100 hier fröhlich ausgebaut wird.« Ferhat spürte deutlich, dass ihn das Ganze ziemlich aufregte und ärgerte. Aber gleichzeitig bemerkte er auch, dass sich seine beiden Freunde ganz offensichtlich überhaupt nicht dafür interessierten.

»Rate mal, ob ich heute in der Schule war, Kerem?«, fragte ihn Cemal demonstrativ vor Ferhat.

»Ich glaube, die Frage hat sich erübrigt«, antwortete Kerem.

Cemal grinste. »Sauber, Kerem. Du lernst schnell. Neue Frage. Morgen habe ich drei Unterrichtseinheiten in der Schule, und drei Mal darfst du raten, ob ich hingehen werde …«

»Ich rate mal und sage nein«, antwortete Kerem mit großen Augen.

Cemal nickte. »Richtig, Freundchen!«, verkündete er amüsiert. »Du lernst schnell!«

Ferhat hörte schweigend zu, während er sich die Hände an seinem Teeglas wärmte.

»Ich gehe sogar noch einen Schritt weiter!«, rief Cemal. »Ich werde in den kommenden beiden Tagen die Wohnung nicht verlassen!«

Kerem gähnte. »Du bist der Wahnsinn. Wow«, sagte er gelangweilt.

»Komm schon, spann mich nicht auf die Folter. Wie ist das Bewerbungsgespräch gelaufen?«, fragte Ferhat.

»Erst mal eine rauchen, mein Freund, dann gibt's Details«, erklärte Kerem und zog kräftig an seiner

Zigarette. »Wisst ihr, ich hatte es geschafft, drei Monate lang nicht zu rauchen, doch danach fing ich wieder an. Viel zu stressig das Leben«, sagte Kerem.

»Ich hatte auch mal aufgehört«, sagte Cemal.

»Und? Wie lange hast du gebraucht, um wieder anzufangen?«, fragte Kerem.

»Drei Stunden«, antwortete Cemal.

»Drei Stunden Nichtraucher? Machst du Witze? Dann hast du doch nie aufgehört!«, ärgerte sich Kerem über die Antwort.

»Was soll das denn heißen? Hallo. Ich habe mir wirklich fest vorgenommen, mit dem Rauchen für immer aufzuhören, aber nach drei Stunden habe ich es nicht mehr ausgehalten, und meine ganzen Vorsätze gingen in Rauch auf. Also war ich Nichtraucher, einfach aus dem Grund, weil ich es wirklich beabsichtigt hatte. Da spielt die Zeit keine Rolle«, argumentierte Cemal.

»Jungs, hört doch auf. Deswegen streitet ihr euch?« Ferhat blickte kopfschüttelnd in sein Teeglas.

»Also, meine Meinung ist, dass du nie Nichtraucher warst, Cemal!«, erklärte Kerem entschieden. »Hab' ich recht, Ferhat?«

Doch der schwieg dazu und bestellte sich stattdessen den dritten Tee. Dann fragte er Kerem: »Wie ist denn nun dein Bewerbungsgespräch gelaufen?«

Kerem wirkte ein wenig unsicher: »Mmh, na ja, also«, druckste er herum. »Es ist nicht gerade gut gelaufen, würde ich mal sagen.«

Ferhat runzelte die Stirn. »Wieso?«, fragte er ungläubig. »Es handelt sich doch nur um eine Ausbildung zum Bürokaufmann. Was kann man denn in so einem Bewerbungsgespräch schon falsch machen?«

»Naja. Der Typ hat mich gefragt, wie viele Anschläge ich pro Minute schaffe, wegen Büroarbeit und so, Tastenanschläge«, sagte Kerem verlegen.

»Und?«

»Ich hab' gesagt, ich weiß nicht, da hat er nur gesagt: ›Na gut, ich schätze mal, da Sie aus dem Nahen Osten kommen doch ganz schön viel‹ und fing an zu lachen«, sagte Kerem.

»Und was hast du gemacht?«, fragte Ferhat.

»Ich hab' ihm eine gescheuert, und dann war das Bewerbungsgespräch für mich gegessen«, antwortete Kerem.

»Braveheart«, sagte Cemal.

»Na, so mutig war die Klatsche nun auch nicht«, gab Kerem an und klopfte etwas von seiner rechten Schulter weg, obwohl da nichts war.

»Bruder, das mein' ich nicht. Ich hatte mir mal vorgenommen, jeden Monat ›Braveheart‹ anzusehen. Also hatte ich mir schon mal was fest vorgenommen«, sagte Cemal.

»Wie lange hast du es durchgehalten?«, fragte Ferhat.

»Zwei Monate. Danach wurde es langweilig«, antwortete Cemal, indem er aufstand und sich zur Toilette verkroch.

»Vielleicht solltest du dir das mal auch mit exzessiven Nächten vornehmen. Jedes Wochenende exzessiv durchfeiern, dann bestünde für mich die Hoffnung, dass du in absehbarer Zeit damit aufhörst«, schrie Ferhat hinterher.

»Holst du mir einen Tee?«, fragte Kerem.

»Naja, willst du nicht lieber selbst …«, wollte Ferhat antworten.

»Das war keine Bitte, sondern der türkische Imperativ. Holst du mir einen Tee!«

»Sehr witzig«, sagte Ferhat und versuchte dabei die Fassung nicht zu verlieren.

»Spaß. Holst du mir einen Tee?«

»Du wirst mir nicht dadurch sympathischer, dass du dich wiederholst. Und jetzt hältst du deinen Mund!«

Plötzlich waren laute Stimmen zu hören, die von draußen in die Teestube drangen. Ferhat konnte genau ausmachen, dass sich mehrere Männer stritten. Ihre rauen Stimmen hallten durch die Gasse.

»Geht jetzt bloß nicht raus!« Ferhat sah seine Freunde warnend an.

Man konnte nun ein Handgemenge vernehmen. Ferhat kippte das Fenster an, um nachzusehen, was da vor sich ging. Dann schaute er durch den Spalt, wobei er sorgfältig darauf achtete, sich nur im Schutz des seitlich angebrachten Vorhangs zu bewegen. Auf keinen Fall wollte er von außen gesehen werden.

Plötzlich entdeckte er einen bärtigen Mann. Dieser hielt eine Waffe auf einen Typen gerichtet, der ein Basecap trug. Der mit dem Basecap stand unmittelbar vor der Eingangstür zur Teestube. Ferhat konnte es nicht richtig sehen, aber dafür konnte er genau hören, dass der Typ laut und schnell mit den Fäusten gegen die Tür trommelte.

Doch dann bemerkte er, dass der Blick des Mannes mit der Waffe genau auf ihn gerichtet war. Es bestand kein Zweifel, der Bärtige schaute direkt zum Fenster. Ferhat war sich sicher, der musste ihn entdeckt haben.

Schnell schloss er das Fenster und lief hinter die Theke. »Verdammt, er hat mich bemerkt!«, rief er den anderen zu. »Da steht ein Kerl mit einer Waffe! Und er hat mich gesehen! Versteckt euch! Cevo, ruf die Polizei. Schnell, schnell!«

Cevo lief mit seinem Handy in den Abstellraum hinter der Teestube. Im gleichen Moment waren Schüsse zu hören. Erst einer, dann ein zweiter ... und noch einer ... Sie durchlöcherten die Tür, Holzsplitter flogen durch den Raum.

Dann war ein entsetzlicher Schrei zu hören. Die Männer in der Teestube rührten sich nicht. Sie schwiegen. Man hörte nur das überkochende Teewasser, wie es über den Rand der Kanne quoll und auf die heiße Herdplatte prasselte.

Doch dann drang das Klacken von Ledersohlen in die Teestube, Männerschuhe, deren Träger sich offenbar in großer Eile immer weiter entfernte, bis es ganz still wurde. Danach war nur der schwere Atem der Männer zu hören, die allmählich unter den Tischen und hinter der Theke hervorkamen. Es gab ein Winseln. Es kam von draußen. Hinter der Tür gab es dieses Winseln, ein fast tonloses Klagen und

Wimmern. Doch es verlosch nach weniger als einer Minute.

KAPITEL SECHSUNDDREISSIG

»Ich bin mit der Angst geboren. Ich werde immer Angst haben.«
Yilmaz (35) aus Neukölln

Der Tatort wurde weiträumig abgeriegelt. Mehrere Mannschaftswagen und SEK-Beamte hatten sich vor der Teestube aufgebaut. Sie vernahmen die Zeugen und analysierten eingehend den Tatort. Die Leiche wurde in die Autopsie geschickt. Nur noch eine geronnene Blutlache verriet den Todesort des jungen Mannes.

Cevo schrubbte mit aufgekrempelten Ärmeln das Blut vor dem Eingang weg. Man kannte das Mordopfer. Es war ein Ortsansässiger. Um den abgeriegelten Tatort hatten sich schon die Einwohner dieser Gegend versammelt und sinnierten über den Toten.

»Was der wohl ausgefressen hat?«, sagte ein dickbäuchiger Einwohner mit einem Plastikbecher in der Hand.

»In welche Geschäfte der sich wohl verwickelt hat«, meinte ein anderer.

Onkel Hasan lächelte und wartete auf Ferhat, der gerade aus dem Polizeiwagen kam, wo er seine Zeugenaussage abgegeben hatte.

»Weißt du, was der Unterschied zwischen den erschossenen Leichen in der Türkei der 70er und den Leichen hier ist?«, fragte Onkel Hasan.

»Was?«, fragte Ferhat.

»Wenn man eine erschossene Leiche sah, sagten die Leute um ihn herum: ›Wie bedauerlich. Was wird wohl aus seinen Kindern werden? Wehe, wehe, der ist doch noch so jung gewesen. Welche Sünde kann so groß sein, einem jungen Menschen auf offener Straße das anzutun?‹ Hier ist das alles anders.«

»Du bist hier im Exil, stimmt's?«

Onkel Hasan packte Ferhat an der Schulter und sah ihm mit einer Ernsthaftigkeit in die Augen, die Ferhat innerlich erschauern ließ. Onkel Hasan hatte immer einen ernsten, leicht melancholischen Blick, aber so hatte ihn Ferhat noch nicht erlebt.

»Komm, mein Sohn. Lass uns eine Runde spazieren gehen«, sagte Onkel Hasan. Und dann gingen die beiden Männer langsam die Straße hinunter.

KAPITEL SIEBENUNDDREISSIG

»Könnte ich doch die glücklichen Momente meiner Kindheit irgendwo aufbewahren. Ich hätte sie jetzt so dringend nötig.«
Aziz (53) aus Wilmersdorf

Ankara 1980: Ein kalter Wintertag in der Militärhaftanstalt Mamak

»Leg dich zu Boden!«, schrie einer der Wärter und drückte mit seinen dreckigen Stiefeln das Gesicht eines Gefangenen auf den kalten Steinboden.

»Ihr Hurensöhne! Seht ihr diese Etagenbetten? Ich gebe euch eine Minute, um sie aufzuräumen und wieder bei mir zu sein!«

Der Offizier war gerade mal zwanzig Jahre alt und schrie diesen Satz so amateurhaft, dass ihm das jemand anderes beigebracht haben musste. Sein kindliches Gesicht mit den geröteten Wangen blieb unbewegt. Er empfand keinen Groll gegenüber den Häftlingen. Er tat, was getan werden musste. Er bekam einen Befehl und führte ihn aus.

Nach diesem herzlichen Morgenempfang schaute sich der junge Hasan in seinem Trakt um. Er war nicht allein im Zimmer. Schimmel hatte sich auf den Wänden ausgebreitet. Unmengen von Schaben bewegten sich flink über den Fußboden und verkrochen sich in Löchern und Ritzen. Hasan und seine

Mitgefangenen durften am Tag drei Zigaretten rauchen. Hasan hatte die erste schon am Morgen gierig weggepafft. Die zweite wollte er nach dem Mittagessen rauchen. Ihn grauste schon jetzt vor der Mahlzeit, denn er hatte schon Maden darin entdeckt.

Als er die Todesschreie aus den unteren Korridoren hörte, war er dankbar für seinen Offizier, der durch die Gänge stolzierte und einen ausgeprägten Hang dazu entwickelt hatte, die Mütter der Inhaftierten zu beleidigen. Damit konnte er leben. Überleben.

In diesem Militärgefängnis waren in jedem Korridor und im Hof mehrere Lautsprecher angebracht. Die Offiziere lasen den ganzen Tag über aus Atatürks Reden »Nutuk« vor, die er zwischen dem 15. und 20. Oktober 1927 gehalten hatte. Aus den Lautsprechern hallten den ganzen Tag über nationalistische Pamphlete und Atatürks Ansprache an die Jugend …

O, du türkische Jugend!

Deine erste Pflicht ist es, auf immer die türkische Unabhängigkeit und die Republik Türkei zu beschützen und zu verteidigen! Sie ist die Grundlage deiner Existenz und deiner Zukunft. Diese Gründung ist dein wertvollster Schatz. In der Zukunft mögen böswillige Kräfte im Inneren des Landes und von außen auftreten, die versuchen werden, dir dein Geburtsrecht abzuerkennen …

Als einer der politischen Gefangenen sich weigerte, seinen Mithäftlingen daraus vorzulesen, wurde er im Hof so lange geschlagen und malträtiert, bis sein Herz aufgehört hatte zu schlagen. Seine Leiche ließ man über mehrere Tage im Hof liegen. Er wirkte auch nach Tagen noch so, als wäre er erst soeben gestorben. Der kalte Winter verlangsamte den Verwesungsprozess. Seiner Mutter würde man später erzählen, dass er in seinem Zimmer Selbstmord begangen habe.

Einen anderen Aktivisten tötete man während des Morgengebets, als er sich in der Niederwerfung befand.

Viele der Insassen wurden hier körperlich und psychisch so sehr an ihre Grenzen gebracht, dass sie ihrem Leben tatsächlich ein Ende setzten. Die Wärter gaben ihren Knüppeln eigene Namen wie »Der unheilvolle Haydar.«

Einmal rief der Offizier, der offensichtlich angetrunken war, einen Arzt zu sich. Dieser hielt sich in einem der oberen Stockwerke auf. Bis er sich einen sauberen Kittel angezogen hatte und die Treppen hinuntergegangen war, verging einige Zeit. Der Offizier wartete. Doch seine Stimmung verschlechterte sich.

Nachdem der Arzt eingetroffen war, streckte ihm der Offizier seine Hände entgegen. Die Handgelenke waren stark geschwollen. Sie waren geschwollen, weil er den ganzen Tag über Insassen gefoltert und gequält hatte.

Der Arzt sagte, dass der Offizier seine Hände schonen müsse.

Der Offizier erwiderte: »Heißt das etwa, dass ich keine Gefangenen mehr schlagen darf? Willst du sie etwa schützen?« Ohne eine Antwort abzuwarten, rief er den Wachhabenden zu: »Nehmt ihn fest!«

Und die Soldaten warfen den Arzt in eine Zelle, wo sie ihm sämtliche Finger und beide Handgelenke brachen.

Man hörte auch, dass Insassen sich in ihrer Zelle mit ein paar Streichhölzern in Brand gesteckt hatten. Andere, die keine Zigaretten und damit auch keine Streichhölzer bekamen, kratzten den Schimmel von den Wänden und schluckten ihn mit dem Wasser aus der Toilettenspülung, um den Tod auf irgendeine verzweifelte Art herbeizuzwingen.

Manche der Insassen hatten ein Einzelzimmer. Andere wurden in die Isolationshaft geschickt, wo sie kein Fenster, kein Licht hatten. Sie mussten auf dem kalten Steinboden ohne eine Decke schlafen und sich während der ganzen Nacht Atatürks Ansprache an die Jugend in ohrenbetäubender Lautstärke anhören. Die Lautsprecher waren direkt im Zimmer angebracht. Keiner der Insassen wusste, wann es Tag und wann es Nacht war. Nachdem man sie gezwungen hatte, tagelang zu hungern, gab man ihnen fettreiches Essen, um Durchfälle zu erzeugen. In manchen Zellen hausten bis zu vier Insassen auf einmal, die sich eine Mahlzeit, einen Teller, ein Glas, ein Bett und eine Toilette teilen mussten.

Manche Insassen schnitzten aus ihrem Stück Seife in ihren Zimmern Schachfiguren, da dies sinnvoller war, als sich damit zu waschen, weil man sich doch wieder auf den dreckigen, kalten Steinboden schlafen legen musste.

Die meisten hier waren gerade mal zwanzig Jahre alt. Manchmal führten sie heimlich verbotene türkische Volkstänze auf. Manchmal hungerten sie tagelang. Manchmal wachten sie aus ihrer Ohnmacht auf. Manchmal beteten sie leise. Dies war ihre eigene Art, auch im Gefängnis ihren Protest fortzusetzen.

Viele der Insassen waren politische Gefangene, Oppositionelle, Schriftsteller, und viele wiederum waren einfach nur zur falschen Zeit am falschen Ort gewesen.

Eine Mutter kam, um ihren Sohn zu besuchen. Dieser Besuch war ihr monatelang verweigert worden. Sie wusste nicht, ob er noch lebte und in welchem Zustand er sich befand. Sie hatte förmlich mit ihm gelitten. Sie war sichtlich abgemagert, hatte Falten im Gesicht bekommen, und der Kummer hatte ihre Seele zerfressen.

Als sie den Namen ihres Sohnes in das Gesicht eines der Soldaten schrie, der vor dem Tor Wache hielt, sagte einer von ihnen: »Tante, siehst du, in welche Lage dich deine Kinder gebracht haben? Hättest du doch lieber einen leblosen Stein auf die Welt gebracht als solche Bastarde!«

Sie richtete sich auf und sagte: »Hätten Mütter die Wahl, sich auszusuchen, wen sie auf die Welt bringen, hätte deine Mutter sicher keinen Faschisten wie dich geboren. Ein lebloser Stein hat einen größeren Stellenwert als ein Mensch, wie du einer bist!«

Dann las sie ihm etwas aus dem Koran vor: »Es gibt doch Steine, aus denen Bäche hervorsprudeln, und es gibt auch welche unter ihnen, die bersten und aus denen Wasser herausfließt. Und es gibt welche unter ihnen, die herniederstürzen aus Furcht vor Allah. Und Allah ist eures Tuns nicht achtlos.«

Hasan wollte sich noch vor dem Mittagsessen seine zweite Zigarette anzünden, da sein Magen entsetzlich knurrte. Einer der Wärter bemerkte das. Er nahm die Zigarette und zertrat sie auf dem Boden. Und dann nahm er Hasan auch die dritte Zigarette weg. Dann schrie der Soldat Hasan ins Gesicht: »Heute gibt's kein Essen für dich, du Bastard! Denkst wohl, dass du die Türkei retten kannst, wie? Ich werde dir schon noch zeigen, was es heißt, die Türkei zu retten.«

Hasan trat an sein Zellenfenster. Man sah von dort aus nur die Gefängnismauern und weit hinten einen Hügel, auf dem eine Inschrift angebracht war: »Wie glücklich doch derjenige, der sagt, ich bin Türke.« Der Berg wurde zum Politikum.

Beim Militär war ein Tag wie ein Monat. In Mamak war ein Tag wie ein Monat beim Militär. Viele der Insassen überlebten Mamak nicht. Die Überlebenden verloren ihre Jugend und verließen die Haftanstalt als menschliches Wrack.

KAPITEL ACHTUNDDREISSIG

»Die Menschen sind wie einzelne Buchstaben. Wenn gute Menschen zusammenkommen, lassen sich schöne Sätze bilden.«
Aynur (36) aus Spandau

Onkel Hasan erzählte: »1960 war der letzte Frühling, den ich als Kind verbrachte. In diesem Frühling gab es den ersten Militärputsch. Es sollte nicht der letzte sein. Eine kurze Zeit später erhängte man Adnan Menderes, der zur neuen Hoffnung in der Türkei geworden war. In den 70ern schloss ich mich in Ankara den rechten Studentenbewegungen an. Wir waren Studenten. Es waren Tage, an denen täglich junge Menschen ihr Leben auf der Straße ließen. Parteien, Gruppen, Aufmärsche, Geheimpolizei, Bomben, Attentate und Tote prägten die Landschaft. Die Menschen verkrochen sich vor Einbruch der Dunkelheit in ihre Häuser. Es gab Tage, an denen die Straßen leer blieben. Wir tauchten Reifen in Benzin, zündeten sie an und verwendeten sie als Straßenbarrikaden. Es herrschten bürgerkriegsähnliche Zustände auf den Straßen. Wir liefen auf dem Campus mit scharfen Pistolen herum. Es kam in den Korridoren täglich zu Schusswechseln. Manchmal verließen wir Ankara für ein Wochenende, gingen nach Istanbul oder in eine andere Stadt und verübten Anschläge auf Linksextreme. Wir machten ihre Zentralen ausfindig, drangen in ihre Wohnungen ein und richteten sie regelrecht hin.«

Ferhat holte tief Luft und traute sich nicht, in die Augen von Onkel Hasan zu blicken. »Ist dir nie etwas passiert?«, fragte er.

Onkel Hasan starrte auf das schadhafte Pflaster des Bürgersteiges, sein Gang war schleppend, und seine Stimme klang gepresst, als er weitersprach.

»Ich habe viele meiner Kameraden verloren. Sie wurden Opfer linksextremistischer Attentate. Ich habe viele Attentate überlebt und viele Schläge eingesteckt. Viele Tage mich vor Schmerzen nicht bewegen können, andere Tage mich vor Schmerzen gekrümmt, viele Blutergüsse gehabt, viele Schlagstöcke der Polizei eingesteckt und viele Steine der Linken abbekommen. Die 70er. Die Menschen waren wie lebendige Leichenzüge. Jeder hatte einen nahen Angehörigen, der bei diesen Auseinandersetzungen das Leben verlor. Aus unerklärlichen Gründen wurde jeden Tag eine Teestube niedergeschossen, und jeder wurde gezwungen, ideologisch Position zu beziehen. Ich habe schon alles gesehen und erlebt. Nichts ist mir fremd. In Ankara hat man uns Rechte eingepfercht und die Linken in Diyarbakir. Mamak hat schon viele Bekannte beherbergt: Muhsin Yazıcıoğlu, Deniz Gezmiş, Yılmaz Güney, Ahmet Kaya … Ahmet Kaya hat sogar ein Lied darüber veröffentlicht. Es waren nicht nur Mamak und Diyarbakir. Sie haben Hunderte dieser Guantanamos und Abu Ghuraibs im Land eingerichtet. In Istanbul in der Metres-Haftanstalt. In Erzurum, in Malatya. Aydın Demirkol, einer unserer rechten Weggefährten, ist 1981 zu Tode gefoltert worden, und dasselbe Schicksal teilten noch weitere hunderte Kameraden. Ich gehöre zu denen, die am wenigsten Folter erfahren haben, doch auch mir hat man Nägel durch die Hand gerammt und siedendes Wasser über den Oberkörper geschüttet.«

Ferhat nickte und räusperte sich. Sein Herz klopfte wie wild. Die Schießerei, die ein Opfer gefordert hatte und die er doch gerade erst miterlebt hatte, schien in weite Ferne gerückt zu sein. Auf einmal stand nicht mehr Onkel Hasan vor ihm, sondern ein gebrochener Mann, dem man das Leben zur Hölle gemacht hatte.

Onkel Hasan zündete sich eine Zigarette an, nahm einen Zug und fuhr fort. »Fünf Jahre lang bin ich jeden Tag in einer Gefängniszelle wach geworden. Jeden Morgen mit der Angst, den Abend nicht mehr zu erleben, und jeden Abend mit der Hoffnung, am nächsten Morgen nicht aufzuwachen.«

»Bist du danach nach Deutschland geflüchtet?«

»Nein. Ich habe meine Strafe abgesessen. Viele meiner Weggefährten überlebten Mamak nicht. Einige der Überlebenden haben sich einer politischen Partei angeschlossen und sich in die Politik gemischt, und andere haben es vorgezogen, der Politik für immer den Rücken zu kehren.«

Wieder räusperte sich Ferhat. »So wie du?«

Onkel Hasan lächelte müde. »Schau, mein Junge. Mamak hat mich vieles gelehrt. Ich war naiv und hatte immer gedacht, dass die Linken unsere Feinde sind. Wir waren Muslime und verteidigten den Staat vor dem Einfluss der Sowjetunion, und sie waren Ungläubige, gegen die wir den Dschihad ausriefen. Im Jahre 1969 haben ungefähr 30.000 Angehörige linker Gruppen gegen eine US-Flotte, die in der Türkei vor Anker lag, in einer Demo protestiert und die sogenannten Rechten gingen mit ›Allahu Akbar‹-Rufen auf sie zu, und alle schlugen sich auf dem Taksim-Platz einander die Köpfe ein. Dieser Sonntag ging als blutiger Sonntag unter den Linken in die Geschichte ein. Wieso haben wir sie gelyncht? Sie haben gegen eine US-Flotte protestiert. Hätten wir uns diesem Protest nicht anschließen müssen? Stattdessen haben wir gegen sie den Dschihad ausgerufen, weil die Medien Wochen im Voraus gegen sie gehetzt hatten. Wir sind darauf reingefallen. Wie verblendet waren wir! Die Parolen von einst sind verblichen. Mamak hat keinen verschont. Alle wurden gleichermaßen grausam behandelt. Was waren wir naiv! Wir dachten, wir könnten unser Land retten. Am 12. September 1980 hat die Militärjunta unter dem Generalstabschef Evren unsere Träume vernichtet. Das Militär, das unser Land verteidigen sollte, hat unter Anweisung Amerikas den Putsch von 1980 durchgeführt. Drei Militärputsche innerhalb von zwanzig Jahren, danach nahm ich Abstand von der Politik.«

Onkel Hasan drückte die Zigarette aus, ohne sie zu Ende geraucht zu haben.

Ferhat suchte jetzt den Blickkontakt zu ihm. »Aber so gesehen haben die das ja auch für die nationale Sicherheit gemacht. Das Land versank in Chaos. Das sagst du doch selber.«

»Und das kam einigen ganz gelegen, mein Sohn. Paul Henze, der damalige Berater des Nationalen Sicherheitsrates in den USA, ging nach dem Putsch zu Jimmy Carter und informierte ihn über den Militärputsch mit den Worten: ›Unsere Jungs in Ankara haben es gemacht.‹ Der Kalte Krieg wurde auch auf unseren Rücken ausgetragen, mein Sohn. Wie naiv doch der Mensch ist und dass er nichts aus der Geschichte lernt. Heute wiederholt sich die Geschichte vor den Augen der Weltöffentlichkeit. Was ist schon der 11. September? Das sagt euch noch was. Wenn ihr nur wüsstet, was wir durchlitten haben am 12. September. Guantanamo und Abu Ghuraib sind euch noch geläufige Namen. Sagt euch Mamak etwas? Nein. Heute werden in Guantanamo und Abu Ghuraib Menschen vor den Augen der Weltöffentlichkeit misshandelt. Wen interessiert's? Fromme Muslime und Menschen, die in ihrer Brust keinen kalten Stein, sondern ein lebendiges, warmes, pochendes Herz tragen, heulen sich die Augen rot. Aber wen interessiert's? Kleine Kinder im Süden Syriens spucken mit dem wenigen Speichel, der sich in der Mittagshitze in ihrem Mund angesammelt hat, in die Golanhöhen Richtung Israel und kehren siegessicher und mit einem breiten Grinsen im Gesicht zu ihren Häusern zurück. Wen interessiert's? Es interessiert keinen. Ich sehe die Bilder in den Nachrichten und fühle mich dreißig Jahre zurück in die Vergangenheit und in meine dunkle Zelle versetzt. Glaube mir, mein Sohn, ich habe die Prügel der Linken vermisst, ich habe ihre Steinwürfe vermisst, die uns am Kopf verletzten. Ich habe sie abgrundtief gehasst, aber sie haben für eine Sache gekämpft. Aus meiner Sicht zwar für eine falsche Sache, aber sie haben gekämpft, sie hatten Feuer in den Augen, in ihren Adern pochte hundertprozentige Gewissheit.«

Sie gelangten an einem verlassenen Park. Es waren keine Kinder mehr da. Onkel Hasan setzte sich auf eine Bank und begann, nach einer kurzen Pause weiterzuerzählen. »Hier ist es anders. Hier gedeiht nichts außer Tod und Zerstörung. Diese Stadt ist verflucht, wie Kerbela. Der Irak kommt, seitdem man den Prophetenenkel Hüseyin unbarmherzig getötet hat, nicht mehr zur Ruhe. Nachdem ich aus dem Gefängnis entlassen wurde, bin ich morgens aufgewacht, und mir wurde klar, ich bin immer noch gefangen. Diese Gedanken haben mich nie losgelassen, bis heute. Ich flüchtete vor der Politik, kam nach Deutschland. Und Berlin, mein Sohn – Berlin ist was ganz anderes. Ich habe seit zwanzig Jahren meine Heimat nicht gesehen, ich habe Kreuzberg die letzten fünfzehn Jahre nicht verlassen. Und weißt du, was das Allerschlimmste ist, mein Sohn? Wenn es keine Tür mehr gibt, an der du unangemeldet klopfen kannst, dann wisse, dass du einsam und fremd in dieser Stadt geworden bist. Früher wurde der Mensch geliebt und die materiellen Dinge benutzt. Heute wird der Mensch benutzt und das Materielle geehrt. Dafür bekommt der moderne Mensch die Quittung: Er lebt einsam, und er stirbt einsam. Ich werde meine Heimat nicht mehr als Lebender betreten. Ich habe einen allerletzten Wunsch: Man soll mich in meinem Heimatdorf begraben. Ich werde meine Heimat als Toter betreten. Ich habe sie lebend verlassen und werde tot dorthin zurückkehren«, sagte Onkel Hasan.

»Sag nicht so was«, sagte Ferhat.

»Aber so ist es«, protestierte Onkel Hasan.

»Ich verspreche dir, dich in die Türkei zu begleiten!«, erwiderte Ferhat.

»Ich bin krank, mein Sohn. Ich kann Kreuzberg nicht verlassen. Hast du dich nie gefragt, warum du mich immer an denselben Orten siehst und wir noch nie außerhalb dieser Orte zusammen waren?«

»Jetzt, wo du es sagst«, meinte Ferhat gedankenvoll.

»Ich muss täglich dieselbe Route ablaufen und kann von ihr keinen Meter abweichen. Es gibt nur bestimmte Straßen, die ich auf- und ablaufe. Eine Veränderung kann ich in meinem Leben nicht verkraften. Mein Alltag läuft immer nach demselben Schema ab. Ich stehe zur selben Uhrzeit auf, laufe meine gewöhnlichen Routen ab. Gehe in die Teestube, wo ich nie länger als eine Stunde bleibe. Danach geht es zurück nach Hause. Ich habe die letzten fünfzehn Jahre weder öffentliche Verkehrsmittel benutzt, noch bin ich in ein Auto gestiegen.«

»Was?« Ferhat sah Onkel Hasan ungläubig an.

Der Mann nickte seufzend. »Ja, so ist es. Zu groß ist meine Phobie. Zu groß ist meine Angst vor Veränderungen, vor allem Neuem.«

»Wir werden daran arbeiten, Onkel Hasan!«, rief Ferhat eifrig. »Ich kann dir helfen! Wir werden beide zusammen nach Elazığ fliegen! Versprochen!«

»Es ist zwecklos, mein Sohn.« Onkel Hasan lächelte Ferhat kurz an, dann senkte er den Blick wieder auf den Bürgersteig. Schweigend gingen sie ein paar Schritte. Plötzlich blieb der alte Mann ruckartig stehen, drehte sich zu Ferhat und packte ihn bei den Schultern. »Mein Sohn, versprich mir nur eines: Geh deinen Weg, weiche nicht davon ab, lass dich nicht unterkriegen. Du bist mein Lichtblick.«

Ferhat spürte, wie seine Augen feucht wurden. Unwillkürlich musste er schlucken, und auf einmal rollten Tränen über seine Wangen. »Wir werden das alles schon hinkriegen«, sagte er unter heftigem Schluchzen. »Wir schaffen das irgendwie, Onkel Hasan!«

Doch der Onkel schwieg.

Nach einer Weile holte Onkel Hasan seinen Koran aus der Tasche. »Weißt du, was es heißt, ein lebender Toter zu sein, ein Abu Lahab?«, wandte er sich mit ernster Miene an Ferhat. Und ohne eine Antwort abzuwarten, begann der Onkel, aus dem Koran vorzulesen: »Zugrunde gehen sollen die Hände Abu Lahabs! Und auch er selbst soll zugrunde gehen! Nichts soll ihm sein Vermögen nützen, noch das, was er erworben hat, er wird in einem flammenden Feuer brennen, und seine Frau wird das Brennholz tragen. Um ihren Hals ist ein Strick aus Palmfasern.«

»Du, ein Abu Lahab?«, fragte Ferhat.

»Weißt du, was es heißt, die letzten Jahre seines Lebens als lebendiger Toter zu verbringen? Diese Verse wurden in Mekka offenbart, zu einer Zeit, als Abu Lahab – der Onkel des Propheten Muhammad – und seine Frau noch lebten. Er war ein erbitterter Feind des Propheten, wie du weißt. Er hat ihn mit allen Mitteln bekämpft, damit er bloß nicht seine Botschaft verkündet. Sie hätten nur den Islam anzunehmen brauchen und hätten dann den Propheten ›bloßgestellt.‹ Sie hätten damit die Verse, die ihnen die Hölle vorhersagten ins Lächerliche gezogen, da sie als Muslime ja irgendwann das Paradies betreten würden. Sie haben aber den Islam niemals angenommen. Sie haben nach der Offenbarung dieser Verse noch mehrere Jahre gelebt und die letzten Jahre ihres Lebens mit der Präsenz dieser Verse verbracht. Sie haben die letzten Jahre ihres Lebens als lebendige Tote verbracht, denn ihnen ist die Hölle sicher.«

»Und? Was hat das alles mit dir zu tun?«

»Und ich – ich werde weiter beten und meine letzten Jahre als lebendiger Toter fristen, da ich diese Hölle nicht verlassen kann. Ich hoffe, durch den Tod zu neuem Leben zu erwachen und diese Hölle zu verlassen. Der einzige Unterschied zwischen mir und Abu Lahab ist, dass ich mir Hoffnungen auf das Paradies machen kann.«

KAPITEL NEUNUNDDREISSIG

»Du weiß ja nicht, welche Stürme in mir toben. So zu tun, als würde man nichts vermissen, ist eines der schwierigsten Dinge im Leben.«
Özcan (35) aus Wilmersdorf

Ferhat betrat das verrauchte Zimmer von Cemal. Auf seinem Schreibtisch stand eine Wodkaflasche.

»Was soll das?«, fragte Ferhat, indem er auf die Flasche zeigte.

Cemal grinste. »Ich verdünne mir den Wodka mit Leitungswasser.« Er hielt Ferhat ein leeres Glas hin. Als er den ungläubigen Gesichtsausdruck des Freundes bemerkte, schwenkte er das Glas

»Wie? Warum das?« Ferhat betrachtete die zur Hälfte geleerte Flasche kopfschüttelnd.

»Weil im Kühlschrank nichts mehr zu trinken da ist, antwortete Cemal gutgelaunt. Er trug einen weißen Kittel, und Ferhat erkannte sofort, dass es einer von den seinen war. Cemal musste also an seinem Schrank gewesen sein.

»Und warum läufst du hier in einem Kittel von mir rum?«, fragte er verwundert.

Cemals Grinsen wurde noch breiter. »Ich finde, dass mir so ein weißer Kittel super steht. Ich glaube, ich werde deshalb auch Medizin studieren!«, verkündete er munter.

Doch plötzlich wurde Cemal ernst. »Setz dich, Bruder!«, forderte er Ferhat auf und zeigte auf einen Stuhl.

»Ich hab' mich kopfüber verliebt«, sagte Cemal, ohne sich lange mit einer Einleitung aufzuhalten.

Ferhat betrachtete den Freund. Er spürte in diesem Augenblick ganz deutlich, dass ihn dessen blutunterlaufene Augen und alkoholgeschwängerter Mundgeruch unbeschreiblich abstießen. Aber er schwieg.

Cemal nahm einen Schluck von dem verdünnten Wodka. »Ich habe ein wirklich hübsches Mädchen getroffen«, erzählte er mit schwärmerischer Miene. »Sie hat blaue Augen und pechschwarze Haare. Die Haare waren garantiert nicht gefärbt, und sie trug auch keine Kontaktlinsen. An der war alles echt, isch schwör'!«

Ferhat zog Cemal, der sich nicht wehrte, den Kittel aus und rollte ihn zusammen. Cemal nahm noch einen Schluck. »Und?«, hakte er nach, weil der Freund keine Reaktion zeigte. »Warum sagst du nichts? Ist dir so etwas auch schon mal passiert? Dass du so eine Schönheit auf der Straße getroffen hast?«

Ferhat hob kurz die Schultern und ließ sie sofort wieder fallen. »Na und? Was soll denn schon groß passieren, wenn ich so einer auf der Straße begegne?«, erwiderte er ohne große Anteilnahme.

»Was passieren würde?« Cemal lachte eine Spur zu laut. »Das Gleiche wie mir, Bruder. Du würdest einfach nur einen Korb bekommen. Einfach nur einen Korb. Dann würde sie dich mit ihren eiskalten blauen Augen anblicken und sich abwenden. Das würde passieren.«

»Tja, so ist nun mal das Leben, mein Guter. Nicht jedes Mädchen, das du attraktiv findest, muss dich auch attraktiv finden.«

»Ich will dieses Mädchen heiraten«, sagte Cemal.

»Du willst sie heiraten?«, fragte Ferhat, der nicht wusste, ob er lachen, sich wundern oder sich ärgern sollte.

»Ja, das will ich. Sie würde die glücklichste Frau der Welt werden mit mir. Ich würde sterben für sie. Ich würde die Ozeane in Brand stecken für sie!«

»Okay, das war's jetzt. Es reicht! Ich ruf' dir einen Krankenwagen. Erst sterben wollen und dann die Ozeane in Brand stecken! Das hält ja keiner aus!« Dann wandte sich Ferhat zu Cemals Laptop, der aufgeklappt auf dem Tisch stand. »Was soll eigentlich diese komische Musik hier?«, fragte er genervt.

»Wie, komisch? Spinnst du, Alta? Das ist türkische Arabesk-Musik. Und die hilft, wenn man unglücklich verliebt ist. Sie heilt Herzschmerz, aber davon hast du ja keine Ahnung.« Cemal warf seinem Freund einen finsteren Blick zu.

Doch plötzlich schien seine Stimmung von einer Minute zur anderen umzuschlagen. »Ferhat, Bruder!«, rief er überschwänglich. »Ich bin ja so unglücklich! Und ich hab' dich so lieb!«

Ferhat schüttelte nur den Kopf. Dann stand er auf und lief durch Cemals Zimmer. Eilig versuchte er, ein wenig Ordnung zu schaffen. Er sammelte Socken und leere Zigarettenschachteln auf, die über das gesamte Zimmer verteilt waren. Die Pflanze, um die sich Cemal hatte kümmern wollen, war verwelkt. Nach einer Weile ging Ferhat in die Küche, holte einen Müllsack und stopfte Zigarettenschachteln, alte Zeitungen, Zigarettenkippen und Bierbüchsen hinein.

Cemal schaute stumm zu. Sein Gesichtsausdruck wirkte abwesend, ab und zu rülpste er. Plötzlich nahm Cemal sein Handy. Ferhat konnte genau sehen, dass er Cansu anrief. Das heißt, dass er mal wieder die Nummer anklickte, die es nicht mehr gab, um mit seiner Verlobten zu reden, die nicht mehr seine Verlobte war. Ferhat runzelte die Stirn und ließ ihn sein allabendliches Ritual durchführen.

Nach ein paar vergeblichen Versuchen, mit Cansu zu telefonieren, zündete Cemal sich mit grimmiger Miene eine Zigarette an. Dann schlug er wütend mit der Faust auf den Tisch, sodass sein Ring auf der Platte ein krachendes Geräusch verursachte. Ferhat seufzte. Cemal trug noch immer seinen weißgoldenen Verlobungsring.

Cemal rauchte hastig. Plötzlich schleuderte er sein Feuerzeug gegen die Wand. »Was bilden sich diese Tussis eigentlich ein?«, schrie er. »Weißt du, was ich machen werde? Ich werde eine besonders hässliche Frau heiraten!«-

»Wieso das denn?«, fragte Ferhat.

»Ich möchte keine Probleme in der Ehe haben. Weißt du, hübsche Frauen bereiten einem immer

Probleme. Sie meinen, sich wegen ihrer Schönheit Extrawürste erlauben zu können. Und weil sie wissen, dass sie hübsch sind, können sie ihrem Mann immer damit drohen, nach dem Motto ›Pass bloß auf, du Vogel, sonst bin ich schneller weg, als dir lieb ist.‹«

Ferhat schüttelt den Kopf, hörte aber nicht damit auf, Knüllpapier, Orangenschalen und leere Colabüchsen in den Müllsack zu werfen. »Was soll denn das?«, bemerkte er halbherzig. »Das hat doch nichts mit Schönheit zu tun.«

Doch Cemal war hartnäckig. »Doch! Glaub mir!«, sagte er mit Nachdruck. »So ist es!«

»Du darfst aber nicht jedem gleich deine schlimmsten Befürchtungen mitteilen«, sagte Ferhat. »Es mag sein, dass du eine hässliche Frau heiraten willst, aber du darfst ihr das weder sagen, noch darfst du sie das spüren lassen.«

»Wieso nicht?«

»Zum einen wäre das sehr unverschämt und eine große Demütigung, und zum anderen brächtest du dich dadurch in Gefahr.«

Cemal sah den Freund ungläubig an. »In Gefahr?«, wiederholte er kopfschüttelnd. »Wieso das denn?«

»Du kennst doch den Propheten Yusuf. Wie nennt ihr ihn auf Deutsch? Youssef?«

»Nein. Josef.«

»Dann eben Josef. Pass auf. Sein Vater Jakob hatte Angst, dass seine älteren Brüder ihm aus Eifersucht etwas antun könnten. Also sagte er zu Josefs Brüdern, als sie mit ihm auf die Weide gehen wollten, er befürchte, dass ihn ein Wolf fressen könnte, während sie unachtsam sind.«

»Ja, und? Was hat das mit mir jetzt zu tun?«

»Pass auf, die Geschichte ist noch nicht vorbei. Was lesen wir einige Verse weiter im Kapitel Josef? Die älteren Brüder Josefs werfen ihn in einen Brunnen, nehmen Fetzen von seinem Gewand und tunken es in das Blut eines Opfertiers. Dann kommen sie abends nach Hause zu ihrem Vater und beichten mit Krokodilstränen in den Augen: ›Vater, Vater! Während wir unachtsam waren, hat ein Wolf Josef gefressen!‹ Und als Beweisstück haben sie das blutgetränkte Gewand von Josef gezeigt.«

»Und nun?«

»Verstehst du nicht? Der Vater von Josef sagt zu seinen Brüdern, dass er sich um Josef fürchte, da ein Wolf kommen und ihn auffressen könnte, während sie unachtsam sind. Und exakt mit dieser Lüge sind sie zu ihrem Vater gekommen, weil sie sich dachten, dass der Vater ja sowieso damit gerechnet hat.«

»Junge, ich verstehe nicht, was das alles mit hübschen Frauen zu tun hat!« Cemal verdrehte die Augen zur Zimmerdecke.

»Versteh doch, wenn wir etwas aus diesen Versen lernen können, dann, dass wir unsere Befürchtungen nicht unserem Gegenüber mitteilen sollten, da es sie sonst irgendwann ausnutzen kann, weil es davon ausgeht, dass du ja sowieso damit gerechnet hast. Wenn du ständig sagst, dass du kein hübsches

Mädchen heiraten willst, weil sie ja fremdgehen oder sich, wie auch immer, eine Extrawurst wegen ihrer Schönheit erlauben könnte, dann wird sie das womöglich erst recht machen, weil sie ja davon ausgeht, dass du sowieso damit gerechnet hast, da du nichts Besseres zu tun hattest, als ihr ständig dein Misstrauen kundzutun.«

»Also soll ich doch eine hübsche Frau heiraten?«

»Es geht nicht um hübsch oder nicht hübsch. Sag jedenfalls nicht deiner zukünftigen Frau immer, was du befürchtest, sonst könnten deine Befürchtungen wahr werden. Jedes Mal, wenn du einem Menschen etwas anvertraust, legst du eine Kugel in den Lauf. Mit dieser Kugel in der Waffe kann er dich entweder verteidigen oder dich verraten und erschießen. Pass gut auf, wem du was erzählst, Cemal, denn diese Kugel könnten eines Tages zu dir zurückkehren. Es gibt nur noch ganz wenige Menschen, denen man heutzutage trauen kann.«

»Wie meinst du das?«

»Du kennst doch unsere Nachbarin Leyla. Was hat sie immer lauthals gesagt? Meine Tochter wird einen Türken heiraten, meine Tochter wird einen Türken heiraten. Und was ist passiert?«

»Sie hat einen Araber geheiratet.«

»Aha. Sind wir jetzt schlauer geworden?« Ferhat grinste.

»Dann ist ja alles klar.« Cemal griff nach seinem Handy, und Ferhat konnte genau erkennen, dass er wieder mal versuchte, Cansu zu erreichen. »Aber warum erzähl' ich dir das überhaupt?«, murmelte er missmutig.

»Keine Ahnung. Weil ich gut zuhören kann? Weil du vielleicht keine Freunde hast?« Cemal starrte auf das Display seines Handys. Die automatische Wahlwiederholung hatte gerade zum fünften Mal Cansus uralte Nummer angewählt.

»Hörst du mir jemals zu, wenn ich mit dir rede?« Ferhat blickte ebenfalls auf Cemals Handy und seufzte.

»Tust du es? Du bist echt nervig, kann ich dir sagen.« Das Handy landete auf Cemals Bett.

Ferhat stand auf, nahm das halbvolle Glas Wodka und ging damit zum Fenster. Mit undurchsichtiger Miene öffnete er einen Flügel und schüttete den Wodka auf die Straße. Dann nahm er die Wodkaflasche vom Tisch und blickte Cemal entschlossen an: »Ich nehme jetzt diesen Satan aus deinem Zimmer und will ihn auch nie wieder in der Nähe dieser Wohnung sehen. Verstanden?«

Cemal ergriff hektisch das Wort: »Wodka und Satan? Nein. Du bist wahrlich ein Satan. Ich habe letztens genau 666 Besucher auf meinem Facebook Profil gehabt, und rate mal, wer genau dieser 666. Besucher war? Halte ein wenig Abstand von mir, du Satan!«, sagte Cemal und sang anschließend in schräger Tonlage zu einem Lied von Müslüm Gürses, denn er hatte mittlerweile den Laptop mit der Arabesk-Musik wieder angeschaltet.»Weißt du, wie ich gelernt habe, diese tiefen Töne zu treffen?«, fragte er Ferhat.

»Du hast keinen einzigen Ton getroffen. Das Einzige, was tief ist, das ist dein Niveau«, sagte Ferhat.

Cemal winkte ab. »Sei still«, rief er. »Hör zu, Mann!« Er sah Ferhat derartig bedeutungsvoll an, als vertraute er ihm ein Geheimnis an. »Ich stehe eines Tages im Zimmer und fange an, Staub zu saugen. Auf einmal bekomme ich so komische Kopfschmerzen. Der Staubsauger war auf volle Pulle aufgedreht, das Teil war viel zu laut, verstehst du?«

Ferhat stellte die Wodkaflasche auf den Fußboden und setzte sich wieder. »Drei Mal darf man raten, woher du den Kater hattest«, knurrte er.

Doch Cemal ließ sich nicht stören. »Ich hab' dann den Staubsauger auf die niedrigste Stufe gedreht«, erklärte er mit wichtiger Stimme. »Auf einmal gab dieses Ding einen ganz tiefen und rauen Ton von sich. Ja, der Staubsauger hatte plötzlich eine tiefe Stimme, ich schwör'. Da hab' ich mir gedacht, das, was der Staubsauger kann, das kann ich schon lange. Und seit diesem Tag treffe ich diese tiefen Töne«, sagte Cemal und blies den Rauch von seiner Zigarette heftig und mit bedeutungsvollem Gesichtsausdruck gegen Ferhats Gesicht. Ferhat versuchte den Rauch von seinem Gesicht zu wedeln und schüttelte den Kopf.

»Was weißt du schon von Arabesk?«, fragte Cemal, aber es hatte sich nicht wie eine Frage angehört. »Wer beten möchte, braucht die Gebetswaschung, und wer Arabesk hören möchte, braucht Müslüm Baba. Sie nennen Ibrahim Tatlıses ›Imperator‹. Ferdi

Tayfur nennen sie ›König‹. Ich könnte dir noch so einige aufzählen, aber weißt du, wieso wir Müslüm den Beinamen ›Baba‹ gegeben haben?«

Ferhat wedelte den Qualm von seinem Gesicht und signalisierte mit müden Augen, dass er es ihm erklären solle.

»Weil ein Mensch sich seiner Mutter und seinem Vater am nächsten fühlt. Er ist mein Vater, Ferhat, und zwar nur er. Einen anderen hab' ich nicht«, sagte Cemal, während er aufstand und langsam zum Fenster ging. Plötzlich verstummt starrte er auf die Straße und die gegenüberliegende Häuserfront.

Ferhat sprang auf und holte schnell eine deutsche Übersetzung des Korans aus seinem Zimmer. Dann knallte er das Buch auf Cemals Schreibtisch. »Hier!«, rief er aufgeregt. »Schlag die Sura Yusuf auf und lies, wenn du wieder bei Sinnen bist. Vielleicht weißt du dann, was du zu tun hast, wenn du das nächste Mal alleine mit einer Frau im Zimmer bist. Sicher weißt du nichts davon, richtig? Er wurde von der Frau des Königs eingeladen, mit ihr den Beischlaf auszuüben, und weißt du, was er getan hat? Er hat sich geweigert!« Ferhat hatte begonnen, im Zimmer auf und ab zu gehen. Dabei stieß er gegen die Wodkaflasche, die mit lautem Krach umfiel. »Doch damit nicht genug!«, fügte Ferhat lebhaft hinzu. »Die Frau wurde natürlich von allen anderen Frauen geächtet, weil sie den hübschen Yusuf verführen wollte. Schließlich hat sie die Frauen zu einem festlichen Mahl eingeladen. Als sie beim Essen waren, bat sie Yusuf, das

Zimmer zu betreten, und kaum war er da, schnitten sich alle Frauen in die Finger.«

»Ja. Das macht man schon mal aus Liebeskummer«, murmelte Cemal ohne großes Interesse.

»Nichts da mit Liebeskummer«, protestierte Ferhat. »Weil sie von seiner Schönheit dermaßen beeindruckt und abgelenkt waren, schnitten sie nicht das Fleisch auf ihren Tellern, sondern sie schnitten sich in die eigenen Finger! Yusuf aber zog es vor, seine Schönheit nicht zu missbrauchen. Und du solltest diese Geschichte lesen, wenn du wieder nüchtern bist«, schloss Ferhat energisch.

Ferhat stoppte sein ständiges Auf und Ab in Cemals Zimmer und rannte erneut hinaus, um ein Reclamheft zu holen. Das gelbe Büchlein landete schwungvoll ebenfalls auf dem Schreibtisch direkt neben dem Koran. »Und das solltest du vielleicht auch mal lesen!«, forderte Ferhat. »Die Leiden des jungen Werthers!«

»Und du solltest jetzt vielleicht einfach mal ruhig sein!«, rief Cemal zurück, während er mit großen Schritten vom Fenster zur Zimmertür ging. Er schob Ferhat ohne große Umschweife auf den Flur hinaus und knallte die Tür hinter ihm zu.

KAPITEL VIERZIG

»Ich schrieb deinen Namen in mein Herz, doch die Tränen haben ihn nun weggewischt.«
Feyza (21) aus Kreuzberg

U-Bahnhof Zoologischer Garten. Toccata und Fuge d-Moll, Johann Sebastian Bach, gespielt von einem Weißrussen, barocke Töne in d-Moll zu später Nachtstunde. Keiner hier kannte Bach, keiner kannte den Barock.

Bevor Alexander auf der Straße landete, verdiente er sein Geld in Russland als Kirchenmusiker. Er hatte studiert und brachte zwanzig Jahre Erfahrung mit. Seine Handorgel kostete um die 5.000 €. Hatte er all das getan, um im Untergrund zu spielen? Er konnte weiter Orgel spielen oder aber auch nichts tun. Nichts tun hieße zu resignieren und sich einen Strick um den Hals zu legen. Um Geld ging es ihm schon lange nicht mehr. Es ging ihm ums Überleben. Um Selbstachtung. Diese Art der Beschäftigung war noch das einzig Sinnvolle, das ihn am Leben hielt.

Die meisten Passanten liefen an ihm vorbei und hörten ihre eigene Musik. Seine Musik wurde alle paar Minuten von einer vorbeirauschenden U-Bahn übertönt.

Alexander spielte sein letztes Stück für diese Nacht. Mittlerweile schliefen alle Menschen. Nachtruhe. Einzelne Geräusche huschten über die Straßen.

Von der Ferne ein Nachtgruß. Ein Hupen oder ein schmerzerfüllter Schrei. Ein zerbrechendes Glas oder eine vorbeiziehende leere U-Bahn.

Ferhat lag in seinem Bett und konnte nicht schlafen. Zu viel war am gestrigen Tag passiert. Zu viele Eindrücke, die noch nicht verarbeitet waren.

Der rassistische Vorfall, das Todesopfer vor der Teestube und die Beichte von Onkel Hasan.

Ferhat starrte an die Zimmerdecke und hörte sein Herz laut klopfen. Ein leiser Schatten der Verunsicherung lag über ihm. Würde er es schaffen, Cemal durch das Abitur zu bringen? Würde Cemal bereit sein, irgendwann wieder Kontakt zu seinen Eltern aufzunehmen? Akzeptieren, dass Cansu mit einem anderen Jungen verlobt war? Die Gedanken kreisten in seinem Kopf und ließen ihn nicht zur Ruhe kommen. Dann richtete er sich ein wenig auf und schaute auf seinen Diwan. Das Skelettmodell daneben warf einen bizarren Schatten an die Wand. Auf dem Campingherd neben dem Fenster stand die halbvolle Teekanne. Ferhat stand auf und trank den kalten Tee mit gierigen Schlucken aus. Er ging zum Fenster und schaute lange hinaus. Der Wind fegte leere Bierdosen durch die Gassen. Von irgendwoher hörte man ein paar Hunde bellen.

Ferhat ging zu seinem Schreibtisch. Von dort aus konnte man den Fernsehturm sehen. Er erhob sich in majestätischer Höhe hinter den Altbauten und den modernen Betriebsgebäuden und strahlte in die Nacht. Im zarten Mondlicht sah Berlin romantisch aus. Ferhat aber blickte am Fernsehturm vorbei, weit hinaus in die Ferne, in die Fremde. Die Dächer wurden von einem milchigen Hauch Melancholie überzogen. So musste es sich anfühlen, wenn eine ganze Stadt fest schlief.

Ferhat öffnete Cemals Zimmertür. Cemal schlief fest. Ferhat schlich durch das Zimmer, auf Zehenspitzen, wie eine Ballerina, um keinen Lärm zu machen. Er schaltete Cemals Laptop aus, aus dem noch leise arabeske Töne kamen. Dann klopfte er sich eine Zigarette aus der Schachtel, die danebenlag.

Leise, wie er gekommen war, verließ Ferhat Cemals Zimmer und ging in die Küche, um sich Tee zu machen. Dann nahm er den Tee, setzte sich vor seinen Schreibtisch und nahm einen Schluck. Er rauchte die Zigarette und genoss die schweigende Nacht, die sich wie eine dunkle, wärmende Decke über Berlin gelegt hatte.

KAPITEL EINUNDVIERZIG

»Würden wir wissen, dass wir morgen sterben werden, würden wir den Problemen und Feindschaften zwischen uns keine große Beachtung schenken, doch wir vergrößern die Probleme und Feindschaften so sehr, als würden wir ewig leben.«

Ömer (55) aus Kreuzberg

Ferhat klopfte seine besten Schuhe an der Hausmatte ab, rückte seine Krawatte zurecht und klingelte an der Tür. Sie wurde mit einem Ruck geöffnet.

»Oh, Ferhat, mein Sohn! Welch schöne Überraschung!« Der Mann blickte ihn freundlich an. Ferhat küsste seine Hand, dann umarmten sich die beiden Männer. Der Mann hatte einen gepflegten Schnauzbart, der graumeliert war. Beim Umarmen spürte Ferhat seine breiten Schultern und seinen kleinen Bauchansatz. Er trug ein schwarzes Jackett, ein weißes Hemd und eine schwarze Krawatte. Cemal hatte seine Augenfarbe eindeutig von seinem Vater. Als der Mann Ferhat mit seinen warmen, grünen Augen anblickte, dachte sich Ferhat, dass das Cemal in dreißig Jahren sein könnte.

Nachdem sie das Wohnzimmer betreten hatte, nahmen sie auf der großen Couch Platz. Ferhat saß kaum, als eine ältere Frau den Raum betrat. Sie begrüßte ihn überaus herzlich. »Ceylan!«, rief sie aus der Tür in die Richtung, in der Ferhat die Küche vermutete. »Bring deinem Bruder Ferhat Tee und Baklava!«

Ferhat freute sich, als er das hörte, denn er liebte diese Süßspeise mit Walnüssen sehr. Wie lange hatte er Baklava nicht mehr gegessen? Aus der Küche hörte man das Klirren von Gläsern, in die Wasser hineinplätscherte. Derweil klatschte Ferhat Kolonya, das türkische Kölnisch Wasser, auf seine Wangen und nahm ein Bonbon aus der Schüssel vor ihm, die bis zum Rand mit Süßigkeiten gefüllt war. Er verabscheute den aufdringlichen Duft vom Kolonya, aber was sein musste, musste sein. Beim Ramadanfest empfing man die Gäste für gewöhnlich mit Kolonya und Bonbons und servierte anschließend heißen Tee, türkische Teigtaschen, und das Wichtigste: Baklava und eine Reihe hausgemachter Süßspeisen. Wer im Fastenmonat Ramadan ein paar Kilo verloren hatte, fand spätestens nach den drei Festtagen zu seinem alten Gewicht zurück.

Ceylan brachte den Tee und stellte Baklava auf den Tisch.

»Was soll's. Nach einem Monat Fasten kann man sich das ja wohl noch gönnen«, sagte Ferhat.

Sie redeten über alltägliche Dinge. Wer hatte geheiratet, wer hatte ein Kind bekommen. Wie war die Außenpolitik der Türkei, wann würden die nächsten Wahlen anstehen.

Im Wohnzimmerschrank waren einige Bilder von Cemal zu sehen. Nachdem Cemal seine Familie verlassen hatte, hatte sein Vater zwar gesagt, dass er keinen Sohn mehr habe, aber die Bilder sprachen eine andere Sprache. Nachdem sich die beiden Männer eine Weile unterhalten hatten, nahm Ferhat einen kräftigen Schluck vom Tee und kam endlich auf das zu sprechen, weshalb er eigentlich gekommen war.

»Ihr wisst, dass Cemal bei mir wohnt«, begann Ferhat.

»Wer ist denn Cemal?« Der Vater blickte grimmig auf den Tisch. Doch Ferhat ließ sich nicht verunsichern.

»Heute ist der erste Tag des Ramadanfests. Ich bitte dich, Onkel, verzeihe Cemal. Er ist noch jung und unreif, das weiß ich inzwischen selber. Besitze doch bitte die Größe und Güte und verzeihe ihm seine Fehler. Geh auf ihn zu. Er wird es nicht aushalten können, wenn du vor ihm stehst. Er wird dich umarmen«, sagte er enthusiastisch.

Ceylan hatte sich in einer Ecke der Couch zusammengekauert. Plötzlich fing sie an zu weinen, sprang auf und lief in die Küche.

Der Vater beschäftigte sich pausenlos mit der TV-Fernbedienung. Es schien für ihn nichts Wichtigeres zu geben, als sich durch die Senderlandschaft zu zappen. Ansonsten wirkte er völlig emotionslos.

»Dieses Fest ist auch ein Anlass, um die Familienbande zu stärken. Unser Prophet sagte, dass man seinen Glaubensbruder nicht länger als drei Tage meiden darf. Wie sieht es dann wohl bei den Eltern aus?« Ferhat wollte sich so schnell nicht geschlagen geben.

Cemals Mutter hatte währenddessen schweigend dagesessen. Es war ihr anzusehen, dass sie mit sich haderte. Doch plötzlich meldete sie sich zu Wort. »Der Junge hat recht!«, rief sie. »Wollen wir ein Leben lang darauf warten, dass Cemal zu uns zurückkommt? Lass uns doch die Weisheit und Güte besitzen, unserem Sohn zu zeigen, dass er jederzeit bei uns willkommen ist. Vielleicht lernt er daraus«,

Der Vater knallte die Fernbedienung auf den Tisch und stand auf. »Nein!«, rief er laut. »Lasst ihn nur wie ein Hund herumstreunen! Eines Tages wird er gekrochen kommen, nur so lernt dieser Bengel seine Lektion. Wenn wir ihm jetzt die Hand reichen, dann denkt der noch, dass er das immer wieder machen kann!«

Spätestens in diesem Moment wurde Ferhat klar, woher Cemal seine Sturheit hatte. Und im selben Augenblick war ihm bewusst, dass er hier nichts mehr erreichen konnte. Es war alles gesagt. Er konnte gehen. Zumindest hatte er es versucht, wenn auch sein Besuch leider ohne Ergebnis geblieben war. Er verabschiedete sich von den Eltern und dankte ihnen für die Gastfreundschaft. Er nahm seine Schuhe, die auf der Hausmatte standen. Das ist das trostloseste Ramadanfest, das ich jemals erlebt habe, dachte er sich, als er seinen Schuh auf den Treppenabsatz stellte, um ihn zuzuschnüren.

Sein Handy meldete sich. Eine Nachricht von Kerem war eingetroffen. »Anlässlich des Ramadanfestes: Mögen deine Sorgen so niedrig wie der Hartz-

IV-Satz, deine Freude so groß wie die Schulden Griechenlands und deine Zukunft so schön wie die Stimme von Ibrahim Tatlıses sein. Ich wünsche dir und deiner Familie ein gesegnetes Ramadanfest! Kerem.«

KAPITEL ZWEIUNDVIERZIG

»Ich habe ihre Telefonnummer schon längst vergessen, aber ihren Duft nicht.«
Haydar (43) aus Wedding

»Sorry, dass ich dich so früh hierher bestellt habe. Wenn es nicht so eilig wäre, hätte ich dich nicht schon am frühen Morgen belästigt.« Dilan wirkte nervös, hektisch kramte sie in ihrer Aktentasche. Ihre Worte gingen in dem lauten Straßenverkehr fast unter.

Ferhat winkte ab. »Ist schon gut«, sagte er. »Ich muss ohnehin zur Schule.« Er warf Dilan einen besorgten Blick zu. Welche Nachrichten hatte sie für ihn? Gute? Schlechte? Beides? Dilan nickte.

»Okay«, sagte sie. »Ich muss auch gleich zum Amtsgericht in Moabit. Vertrete einen Rechtsstreit bei einem Asylverfahren.« Währenddessen hatte sie begonnen, in ihrer Aktentasche herumzukramen. Jedes lose Blatt Papier, das ihr dabei in die Hände geriet, hielt sie der Einfachheit halber zwischen den Lippen fest. Der Wind hatte aufgefrischt, die Blätter in Dilans Mund flatterten auf und ab.

Sie drückte ihm den beachtlichen Papierstapel in die Hand.

»Was soll ich damit?«, fragte Ferhat.

»Ich habe deinen Fall an einen Kollegen übergeben. Er wird sich künftig darum kümmern. Wenn du mit dem Abi fertig bist und einen Studienplatz bekommst, dann dürfte auch deine Aufenthaltsverlängerung kein Problem sein. Und mach dir keine Sorgen wegen dem Finanziellen. Wir sind in derselben NGO. Es wird weiterhin für dich kostenfrei bleiben. Meine Kollegen arbeiten ebenfalls ehrenamtlich«, sagte sie.

»Und mehr hast du mir nicht zu sagen?«, fragte Ferhat und blickte mürrisch auf einen pausenlos hupenden Wagen, der fast eine junge Radfahrerin überfahren hätte.

»Was soll ich sagen? Ich verlasse Deutschland. Ich werde nach Istanbul gehen und für eine Menschenrechtsorganisation arbeiten«, sagte sie.

»Ach so. Sag doch gleich, dass du ein Praktikum machst oder so. Wann bist du wieder zurück?« Ferhat entspannte sich.

»Nein. Kein Praktikum. Keine Rückkehr. Ich habe vor, mein Leben in der Türkei zu gestalten. Ich sehe hier keine Zukunft. Zumindest keine für mich.«

»Aber du bist doch hier geboren und aufgewachsen. Bist du dir denn sicher?«, fragte Ferhat etwas verwirrt.

»Deswegen gehe ich auch nach Istanbul. Ich kann die letzten dreißig Jahre meines Lebens hier nicht verleugnen, das will ich auch nicht. Ich kann mich mit Istanbul gut identifizieren. Ein Teil von mir ist europäisch und das andere asiatisch. Mein Herz ist zweigeteilt. Ich dachte, Berlin würde mein Problem verstehen, weil es weiß, was es bedeutet, zweigeteilt zu sein. Aber Berlin versteht rein gar nichts!«, sagte sie und blickte mit genervtem Blick eine Taube an, die von der Trasse aus auf der Umzäunung neben ihr landete.

»Tauben … Ratten der Lüfte, was?«, versuchte Ferhat, die Stimmung etwas zu lockern, obwohl er selbst bedrückt war.

Sie holte ein Buch aus ihrer Aktentasche hervor und gab es Ferhat.

»Der Besuch der alten Dame?« Ferhat sah Dilan ein wenig ratlos an.

»Ein Meisterstück von Dürrenmatt. Lies das und sieh, wie ein Volk die Demokratie und seine Werte für Geld, Ruhm und persönlichen Gewinn verkauft. Heute besucht der alte Onkel Sam den gesamten Nahen Osten und hinterlässt eine Spur der Verwüstung, aber da viele an ihren eigenen Profit denken, werden Volksaufstände im Keim erstickt. Hier in Berlin habe ich den Glauben an die Aufrichtigkeit der Linken verloren. Ich selber war noch vor Kurzem ein Teil dieser Pseudo-Bewegung und habe versucht, meine Auftritte auf den 1.-Mai-Veranstaltungen mit der internationalen Solidarität zu rechtfertigen. Rechtfertigungen in eigener Sache sind die ersten Vorboten des eigenen Niederganges. Jedes Mal, wenn ich am 1. Mai in der Oranienburger Straße musiziert hatte, merkte ich, dass den meisten die Bedeutung dieses Tages nicht bewusst war. Manchmal habe ich das Gefühl, dass selbst die Interpreten nicht wissen, warum sie da sind. Die Menschen kommen lediglich, um gute Musik zu hören und Halay zu tanzen. Dann gehen sie wieder. Bis vor Kurzem noch habe ich mich selbst auf Hochzeiten verkauft, um irgendwelche Paare zu belustigen. Wenn das Geld fließt, wenden sich die meisten Künstler von ihren Zielen ab. Aber in der Türkei habe ich noch Hoffnung, auf wahre Genossen zu treffen. Ich werde auf einigen Konzerten von politischen Gruppen vorspielen. Die Zeit der unpolitischen Musik ist vorbei! Ich werde nun meine Texte in die Tat umsetzen!«

»Was hast du vor?« Ferhat sah sie fragend an.

»Wenn es sein muss, Parteihäuser besetzen. Das Volk beschützen. Alles, was getan werden muss, um dieses kapitalistische System umzuwälzen. Soll ich weiter ausführen?«

»Bitte nicht. Das war schon deutlich genug. Warum versuchst du nicht, deine Ziele hier zu verwirklichen?«

»Der politische Betrieb in Berlin hat mich ermüdet. Der Politiker ist wie ein Chamäleon, der je nach Bedarf seine Farbe wechselt«, sagte sie schwermütig, als sei ihre Flucht in die Türkei eine Absage an eine Welt von gestern. »Ich bin nicht mehr bereit, diese ideologische Aufweichung und diesen geistigen Zerfall mitzumachen. In diesen Kreisen gehört der Islamhass zum guten Ton. Ich hatte einen Fall zu bearbeiten, in dem in der 11. Klasse im Musikunterricht das Horst-Wessel-Lied gesungen wurde. Die Lehrerin wollte die Schüler mit nazistischem Liedgut konfrontieren. Das Problem war, dass alle voller

Eifer mitgesungen haben. Der Vorfall kam erst nach einem halben Jahr ans Tageslicht. Wieso hat keiner der Schüler dagegen protestiert oder das dem Rektor gemeldet? Dieses Land hat seinen latenten Alltagsrassismus nie überwinden können. Der Fremdenhass ist die Sollbruchstelle dieser Gesellschaft. Ich werde dieses Land nicht auch noch mit meinen Steuergeldern unterstützen!«, rief sie lebhaft. Ferhat konnte sehen, dass sie die Hände zu Fäusten geballt hatte. Auch in ihren Augen entdeckte er jetzt etwas, das er noch nie zuvor in ihrem Gesicht bemerkt hatte: Es war der blanke Hass! Bisher hatte er nur die entspannte Musikerin gekannt, die auf Hochzeiten den Menschen Freude bereitete.

»Ich bin nicht so wie du hier geboren und aufgewachsen. Ich dachte, das wäre nur bei mir so, aufgrund meines starken Akzentes beim Deutschsprechen«, sagte Ferhat.

Dilan holte ein weiteres Buch aus ihrer Tasche und hielt es Ferhat demonstrativ unter die Nase.

»Was ist das jetzt schon wieder?«, fragte Ferhat verunsichert.

»Das ist Pippi Langstrumpf! Dieses Buch hat man uns damals im Kindergarten vorgelesen. Darin heißt es, und jetzt hör bitte gut zu: ›Sie glaubte, dass er auf einer Insel an Land geschwemmt worden war, wo viele Neger wohnten, und dass ihr Vater König über alle Neger geworden war und jeden Tag eine goldene Krone auf dem Kopf trug.‹ Meinst du, dass das harmlose Kindergeschichten sind oder die unterschwellige Botschaft eines kolonialistischen Geistesgutes?«

»Ich weiß nicht, was ich zu all den Sachen noch sagen soll, aber meinst du nicht, dass du jetzt ein Schwarz-Weiß-Bild malst, wie die Gruppen, die du selber kritisiert?« Er fühlte sich allmählich überfordert.

Die Frage schien Dilan gar nicht beeindruckt zu haben. Sie tippte mit ihrem scharfen Nagel am Zeigefinger an Ferhats Brust und fuhr fort.

»Man kann nicht von sich behaupten, ein Teil der modernen Welt zu sein, aber gleichzeitig so einen rassistischen Stuss von sich geben. Dazu zu schweigen, ist ein ganz falsches Signal. Versuch, zwischen den Zeilen zu lesen. Lass dich nicht unterkriegen, du hast eine harte Zeit vor dir. Noch ein letztes Zitat von einem deutschen Dichter, und du sagst, von wem das ist. Hör gut zu: ›Ich war ein Student, und ich studierte in Berlin – o großer Gott, was studierte ich alles! Es ist mir heute noch ein Mirakel, dass ich nicht mit einem Riss, einem Sprung im Hirnkasten herumlaufe: die Gehirnerweiterung war zu mächtig.‹«

»Keine Ahnung«, erwiderte Ferhat, der sich mittlerweile von Dilans Redeschwall sehr genervt fühlte. Dilan lachte.

»Wilhelm Raabe. 19. Jahrhundert. Obwohl ich in dieser Stadt geboren und aufgewachsen bin, kann ich mich mit dem Zitat sehr gut identifizieren.«

Ferhat wurde das ganze Gehabe und Gerede seiner Freundin von Minute zu Minute unangenehmer. Schnell versuchte er, das Thema zu wechseln, wozu ihm die Musik als am geeignetsten erschien. »Kannst du mir noch ein letztes Stück spielen, bevor du gehst? Anscheinend werden wir uns ja nicht mehr sehen. Spiel dich ein. Ich hol' uns Kaffee«, schlug er lächelnd vor, indem er auf einen Kiosk in unmittelbarer Nähe zeigte.

Als er zurückkam, hatte sie ihre Saz ausgepackt und war damit beschäftigt, sie zu stimmen. »C-A-F-F-E-E, trink nicht so viel Kaffee! Nicht für Kinder ist der Türkentrank, schwächt die Nerven, macht dich blass und krank, sei doch kein Muselmann, der ihn nicht lassen kann!« Dilan saß auf einem niedrigen Mäuerchen und sang sich ein. Ferhat kam mit Kaffee zurück und grinste. »Was hast du denn da eben gerade gesungen?«

Sie schaute ihre Saz an und hob dann den Kopf.

»Wie, wie? Ist es denn verboten um diese Uhrzeit den Kaffee-Kanon von Carl Gottlieb Hering einzuspielen, oder was?«, sagte sie und beugte ihren Kopf hinunter und sang den Kanon nochmals.

Ferhat stand weiterhin gehemmt vor ihr. Sie erhob sich, hob die linke Hand und setzte ihr politisches Pamphlet fort.

»Nein, Ferhat. So nicht. Diese Welt bedarf mehr Gerechtigkeit durch die Menschen. Wie soll das funktionieren, wenn jeder an seinen eigenen Profit denkt? Bei all den Feindschaften und Kriegen in den letzten Jahrzehnten? Bei dem latenten Rassismus in dieser Gesellschaft?«

Dann stellte sie die Saz auf die Seite und nahm den Kaffee von Ferhats Hand.

»Ich werde mich für die Wahrheit einsetzen. Sie ist das erste Opfer eines jeden Krieges. Das erste Opfer eines Krieges ist niemals die Zivilbevölkerung. Weit vor ihr wird die Wahrheit getötet. Natürlich. Die Macht des Wortes. Geistige Brandstifter treiben ihr Unwesen. Wie soll man sonst einen Krieg rechtfertigen können? Etwa mit der Wahrheit? Die Wahrheit steht doch nur im Weg, deswegen wird sie als Erstes getötet«, sagte sie.

»Okay, Dilan. Willst du jetzt die Welt retten?«, fragte Ferhat und schaute auf einen Mann mit wirrem Haar, silbernen Blick und einem schlaksigen Gang, der die umherstehenden Mülleimer nach Pfandflaschen durchwühlte.

»Der Mensch unterdrückt den Menschen. Meine Koffer sind gepackt. Meine Entscheidung steht. Ich fliege am Wochenende nach Istanbul. Wir werden uns schreiben. Du arbeitest sowieso im Internetcafé, also wird es dir sicher nicht schwerfallen mir das eine und andere Mal zu schreiben oder mich anzurufen«, sagte sie und packte ihre Saz wieder ein.

»Gut, nur noch eine letzte Frage. Was ist mit meiner Kündigung?«, fragte Ferhat.

»Ich habe das Kündigungsschreiben durchgelesen. Alles erledigt. Der kann höchstens die Miete anheben, dich aber nicht aus der Wohnung schmeißen«, sagte sie zufrieden.

Ein Mann ging mit seinem Hund an Ferhat vorüber. Der Hund machte Anstalten, an Ferhats Hose zu schnuppern, doch sprang er sofort auf das niedrige Mäuerchen.

»Hast du etwa Angst vor Hunden?« Dilan betrachtete ihn mit einer Mischung aus Zweifel und Belustigung.

»Wie kommen immer alle darauf, dass ich Angst vor Hunden hätte? Ich kann nur nicht mehr beten, wenn sein Speichel meine Kleidung berührt hat, denn Hundespeichel ist unrein«, erklärte Ferhat verärgert. Dilan beugte sich zu dem Hund hinunter und streichelte ihn.

KAPITEL DREIUNDVIERZIG

»Du liebst mich? Dann beweise es mir!«
Burcu (28) aus Moabit

Ferhat platzte in die Wohnung und knallte die Tür hinter sich zu. Cemal und Kerem saßen in der Küche.

»Was ist denn mit dir los? Warum so schlechte Laune?«, rief Cemal ihm entgegen.

»Was ist eigentlich mit euch los?« Ferhat baute sich mit ärgerlicher Miene vor den beiden auf. »Kerem, du bist arbeitslos, und Cemal, du lässt dich nicht mehr in der Schule blicken. Junge, das ist unser letztes Jahr, die Abiprüfungen stehen vor der Tür, du musst was für die Schule tun!«

»Ich soll was für die Schule tun? Was hat die Schule je für mich getan?« Cemal blickte seinen Freund aufgeregt an. Auch Kerem mischte sich jetzt ein. »Ich bin übrigens gar nicht mehr arbeitslos. Ich arbeite jetzt im Lager. Beim Supermarkt. Hier nebenan. Ich find das okay. Weil meine Chefin geschmeidig wie Butter ist. Wenn ich mal zu spät komme oder nicht alles auf Anhieb richtig mache, dann bleibt die locker. Ich werd' da bleiben.«

»Oh, Mann, Jungs, was macht ihr bloß? Cemal, Dicker, unsere Abiprüfungen stehen im kommenden Jahr an. Du arbeitest weder für die Prüfungen, noch bist du irgendwo beschäftigt. Ich finanziere uns die Wohnung, das Essen …«

»Jo, und das bleibt auch so«, unterbrach ihn Cemal mit einem breiten Grinsen. Ferhat spürte, wie sein Handy in der rechten Hosentasche vibrierte. Er holte es aus der Tasche und sah, dass Lisa ihn gerade anrief. Er unterdrückte den Anruf. Dann ging er in sein Zimmer und kam mit einem Buch zurück in die Küche.

»Ich lese gerade dieses sehr interessante Buch von Oscar Wilde. Naja, genau genommen ist das kein Buch, sondern es sind eher Briefe, die er an seinen Freund Lord Alfred Bruce Douglas schrieb. Da bin ich auf eine sehr interessante Stelle getroffen, und mal sehen, an welche Zweierbeziehung euch das Ganze erinnert. Aus ›De Profundis‹: ›Die ganze Zeit lebst DU natürlich auf MEINE Kosten, fährst aus, dinierst im Grand Hotel und erscheinst nur, wenn Du Geld brauchst. Am Samstagabend, nachdem Du mich den ganzen Tag hilflos und allein gelassen hattest, bat ich Dich, nach dem Dinner zurückzukommen und mir ein Weilchen Gesellschaft zu leisten. Ungehalten und in gereiztem Ton versprichst Du mir es. Ich warte bis elf, vergebens‹ … «, doch Cemal fiel Ferhat ins Wort.

»Was versucht du damit zu bezwecken?«

Ferhat ignorierte ihn und las weiter.

»›Daraufhin hinterließ ich ein paar Zeilen für Dich in Deinem Zimmer, nur um Dich an Dein Versprechen zu erinnern und daran, wie Du es ›gehalten‹

hattest. Um drei Uhr morgens schlief ich noch immer nicht, der Durst quälte mich, und ich tastete mich im Dunkeln und in der Kälte hinunter ins Wohnzimmer, wo ich Wasser zu finden erhoffte. Ich fand DICH. Du fielst mit allen Beschimpfungen über mich her, die unbeherrschte Laune und ein ungebärdiges und ungebändigtes Naturell sich ausdenken können.‹«

Kerem legte seine Stirn in Falten und schaute Cemal an.

»Geht es ihm gut?«

Cemal zuckte mit den Schultern. Kerem versuchte auf Ferhat einzureden.

»Hallo? Ferhat. Huhu. Hier bin ich«, winkte Kerem mit den Händen vor ihm. Ferhat gab keine Reaktion. Er las weiter.

»›Durch die schreckliche Alchimie des Egotismus verwandeltest Du Deine Gewissensbisse in Wut. Weil ich Dich in meiner Krankheit um mich haben wollte, warfst Du mir vor, ich sei selbstsüchtig, ich gönne Dir kein Vergnügen; ich wollte Dich hindern, Dein Leben zu genießen. Du sagtest, und ich weiß, dass es stimmte, Du seist um Mitternacht nur zurückgekommen, um Dich umzukleiden und erneut auszugehen, neuen Freuden entgegnen, doch der Brief, den Du vorfandst und worin ich Dich daran erinnert hatte, dass Du mich den ganzen Tag und den ganzen Abend vernachlässigt hattest, habe Dir jede Lust an weiteren Vergnügungen verdorben, ja Deine Aufnahmefähigkeit für neue Genüsse vermindert. Voller Ekel ging ich wieder hinauf, lag schlaflos bis zum Morgen, und erst lange nach Tagesanbruch konnte ich meinen Fieberdurst löschen. Um elf Uhr kamst Du in mein Zimmer. Während unseres Auftritts konnte ich mir nicht verkneifen, zu bemerken, dass mein Brief wenigstens den Ausschweifungen einer Nacht, die über das übliche Maß hinausgingen, ein Ende gesetzt hatte. Am Morgen warst Du unverändert!‹«[1]

»Halt die Fresse, Junge!«, wurde Cemal laut.

»Der scheint die Weisheit allein für sich gepachtet zu haben. Falls du auf mich anspielst: Ich fühle mich nicht angesprochen«, sagte Cemal und bat Kerem um eine Zigarette. Ferhat blickte beiden in die Augen und schwieg. Kerem nahm einen tiefen Zug und pustete den Qualm in Ferhats Gesicht. Cemal schien Ferhats Schweigen unangenehm zu sein, sodass er sich entschied, das Wort zu ergreifen.

»Dieser Oscar Wilde muss ja ziemlich frustriert gewesen sein. Warum lässt er seinem Freund nicht sein Vergnügen! Und diese ausgeleierte Sprache, die er verwendet, einfach ekelhaft! Der war bestimmt auch Spandauer.«

Ferhat schloss für einen kurzen Augenblick die Augen. Dann wandte er sich den beiden zu.

»Ihr versteht rein gar nichts, oder? Junge, Oscar Wilde ist ein Synonym für mich. In Wahrheit schrei-

---

1.) Oscar Wilde, »De Profundis« in: Oscar Wilde, Briefe. Herausgegeben von Rupert Hart-Davis. Copyright der deutschen Übersetzung von Hedda Soellner. 1966 by Rowohlt Verlag GmbH, Reinbek bei Hamburg.

be ich Ferhat diesen Brief, und zwar nicht an Lord Douglas, sondern an dich, Cemal! Wie konnte er nur meine Gedanken gegenüber dir so präzise treffen, und das, obwohl diese Briefe über 100 Jahre alt sind!«

Cemal zeigte mit dem Finger auf Ferhat.

»Du, ein Oscar Wilde? Das Einzige, was du von ihm hast, ist höchstens sein Nachname, und das ohne ein E am Ende, du wilder Dorftrottel!«

Ferhat spürte wieder eine Vibration in der rechten Hosentasche. Er fingerte sein Handy heraus und sah, dass eine Textnachricht von Lisa eingegangen war.

»Was machst du so?«, hatte Lisa geschrieben. Ferhat schrieb ihr gleich zurück. »Ach, nichts. Nur zusehen, wie das Leben meiner Freunde außer Kontrolle gerät, und du?«

Kerem zappte die Sportergebnisse im Videotext durch.

»Was mich betrifft, so überlege ich mir, ein Rad zuzulegen. Mein Wagen verbraucht einfach zu viel, und der Verkehr hier in Berlin, der kommt mir nicht gut. Wobei ich wieder sagen muss, dass der Winter jetzt auch nicht so weit weg ist. Mmh ... Trotzdem sind viele im Winter Rad gefahren, die haben ein Rad ab, verstehst du, Ferhat, ein Rad ab.«

»Ja, sehr witzig. Hör auf, Wettspiele zu spielen, Kerem«, sagte Ferhat und packte das Buch genervt weg.

»Du solltest es nicht abfällig als Wettspiel bezeichnen, denn ich benutze meinen Verstand und meine Weisheit, dann kann es kein Glücksspiel mehr sein«, richtete sich Kerem vor ihm auf.

»Wer hat dir denn diesen Schwachsinn eingeredet? Ist doch unlogisch«, sagte Ferhat und wandte sich von ihm ab.

»Dein Gesicht ist unlogisch!«

»So viel zu deinem Argumentationsniveau.«

Kerem schaltete den Videotext weg. Es lief gerade eine Puddingwerbung.

»Dr. Oetker. Seitdem ich ein Kind bin, ist der Typ Doktor. Hat der immer noch nicht seinen Professorentitel?«, fragte Cemal.

»Ufff, Jungs, was ist das für eine Unterhaltung hier?«, fragte Ferhat verzweifelt.

»Ich habe auch keine Lust mehr. Welchen Film soll ich gucken?«, sagte Cemal und stand auf.

»Schau doch ›Hababam Sınıfı‹. Vielleicht lässt du dich dann ja wieder in der Schule blicken, sei es auch nur, um Faxen zu machen«, sagte Ferhat. Noch eine weitere Textnachricht von Lisa ging bei ihm ein. »Willst du darüber reden?«, stand da geschrieben. Was will die denn jetzt von mir, dachte Ferhat und schrieb kurz und trocken ein »Nein, danke« als Antwort.

»Apropos Faxen. Was macht ein Clown im Büro?«, fragte Kerem.

Keiner reagierte drauf.

»Faxen. Versteht ihr, Faxen.« Kerem fing an heftig zu lachen, doch Ferhat und Cemal reagierten nicht. Das hatte Kerem sofort bemerkt. »Jungs, ihr habt keinen Sinn für Humor.«

»Sehr witzig, Kerem. Seid mal kreativ, Jungs, sonst schaue ich ›Braveheart‹«, sagte Cemal.

»Ist das eine Drohung?«, fragte Kerem.

»Wie ich sehe, werden William Wallace und ich heute Nacht viel Spaß miteinander haben. Gute Nacht, Jungs!«, sagte Cemal, drückte die Zigarette aus und verschwand in seinem Zimmer.

KAPITEL VIERUNDVIERZIG

»Wenn mein Herz zu sprechen beginnt,
schweigt mein Mund.«
Taylan (34) aus Spandau

Mitten in der Nacht stand Cemal auf. Er war schweißgebadet. Als er zum Kleiderschrank hinüberblickte, konnte er sich selbst im Spiegel der Tür erblicken. Er vernahm nichts außer dem eintönigen Ticken der Wanduhr. Sie tickte Sekunde um Sekunde, und doch kam ihm jede Sekunde in diesem Moment wie eine Ewigkeit vor.

Er richtete sich auf und wischte sich mit dem Handrücken den kalten Schweiß von der Stirn. Er wollte zu Ferhat.

In der Küche brannte noch Licht. Ferhat stand am Fenster und schaute hinaus. Der Nachthimmel wurde in kurzen Abständen durch einen Blitz erhellt. Dazwischen grollte und krachte der Donner.

Es war sehr warm in der Küche, und auch durch das leicht geöffnete Fenster drang nur schwüle Luft herein.

Cemal ging schnell in sein Zimmer zurück und schaltete das Licht an, um nachzusehen, wie spät es war: 3:44 Uhr. Das eintönige Ticken der Uhr ging weiter. Sekunde um Sekunde. Cemal wurde innerlich das Gefühl nicht los, dass der Countdown für ein herannahendes Unheil freigesetzt wurde. Er war nüchtern und stand zum ersten Mal um diese Uhrzeit auf. Er ging schnell zurück in die Küche und sah jetzt Ferhat, der am Küchenfenster stand.

»Ferhat, was machst du da?«

Ferhat drehte sich erschrocken um. »Du wach? Komm her, Bruder. Stell dich neben mich.«

Ferhat schob einen Stuhl weg und rückte selbst auch ein Stück zur Seite, damit beide nebeneinander stehen konnten.

»Du hast wohl gar nicht geschlafen?«, fragte Cemal.

Statt einer Antwort sagte Ferhat leise: »Stehst du auf Theateraufführungen?«

Cemal hob kurz die Schultern. »Keine Ahnung«, murmelte er. »Du weißt, dass ich mich mit sowas nicht auskenne.«

»Ja, ich weiß.« Ferhat nahm den Koran vom Fensterbrett und gab Cemal das Buch in die Hand.

»Hier, das ist das Drehbuch.«

»Der Koran?«

»Schlag die 13. Sura auf, ›Der Donner‹.«

Cemal schlug das 13. Kapitel des Korans auf. Anschließend gab er Ferhat das aufgeschlagene Buch zurück.

»Und nun sieh zum Himmel«, sagte Ferhat. »Der Spielort ist der Himmel über Berlin.«

Im selben Augenblick schlug irgendwo ganz in der Nähe der Blitz ein, ein unbeschreiblich lauter Donnerschlag folgte.

Ferhat blickte Cemal ernst und bedeutungsvoll an und begann zu lesen: »Er ist es, Der euch in Furcht und Hoffnung den Blitz sehen lässt und Der die schweren Wolken hervorbringt. Und der Donner lobpreist Ihn ebenso wie die Engel, in Ehrfurcht vor Ihm. Und Er sendet die donnernden Blitze und trifft mit ihnen, wen Er will.«

Cemal war sichtlich gerührt. »Das war sehr schön, Ferhat. Danke.«

Als Ferhat und Cemal aus dem Fenster schauten, konnten sie eine kleine Gruppe Jugendlicher beobachten. Sie führten eine Art Regentanz auf der Straße auf, lachten und alberten herum. Ein Mädchen hielt ihr Smartphone mit ausgestrecktem Arm in die Luft. Laute Musik war daraus zu hören. »Bob Marley«, sagte Cemal leise. »Die hören Bob Marley. Aber der Titel fällt mir gerade nicht ein.«

Ferhat zeigte auf den Himmel, der immer wieder hell erleuchtet wurde.

»Es gibt nichts, was den Menschen so faszinieren könnte, wie gewisse Naturschauspiele. Wenn es in Kübeln regnet und das Meer von einzelnen Tropfen gegen den Asphalt der Straße, gegen einen Ast oder ein Blatt prasselt und aus ihnen verschiedene Töne lockt. Wenn der aufschreiende Himmel von Blitzen enthüllt wird und das Donnergrollen sich wie ein Schlag in die Magengrube entlädt und sein Dunst sich über die Stadt ergießt. Wenn der Wind verrückt durch die Straßen fegt und durch die Gassen peitscht. Wenn der angesammelte Dreck aufgewirbelt und davongefegt wird. Welcher Regisseur vermag, solches zu vollbringen?«

Cemal nickte. »Echt krass, Bruder.« Dann schwiegen sie eine ganze Weile und genossen den Anblick, der sich ihnen bot. Plötzlich tippte Cemal auf Ferhats Schulter.

Cemal wandte jetzt seinen Blick vom Himmel und suchte Blickkontakt zu Ferhat. Er tastete an seine Schulter. Cemal blickte Ferhat direkt ins Gesicht. Dann legte er eine Hand auf Ferhats Schulter. Ferhat erwiderte den intensiven Blick des Freundes ein wenig ratlos. Da begann Cemal mit leiser Stimme zu erzählen: »Ich hatte heute einen Alptraum. Und seitdem weiß ich, dass ich meine Mutter wiedersehen muss. Dringend. Ich muss mich wieder um sie kümmern, das geht nicht so weiter. Ich habe schreckliche Sachen in diesem Traum gesehen. Und ich habe meine Mutter fürchterlich zum Weinen gebracht.« Cemal seufzte tief.

»Nicht nur im Traum, Cemal«, sagte Ferhat mit ernster Miene.

»Ich weiß! Ich meine es auch wirklich ernst. Ich war noch nie so nüchtern wie jetzt, und dieser Traum hat sich so real angefühlt. Ich möchte meine Mutter treffen.«

»Gleich morgen?« Ferhat wollte seine Überraschung und Freude über die plötzliche Wandlung des Freundes nicht länger verbergen.

»Nein. Ich muss mich gedanklich darauf vorbereiten. Sonntag wäre gut.«

»Komm her, Bruder«, sagte Ferhat. Cemal legte seine Arme um Ferhats Schultern. Und auch Ferhat umschlang seinen Freund. So standen sie eine Weile. Ihre Schultern zuckten. Durch das geöffnete Küchenfenster klang noch immer irgendwas von Bob Marley. Und als sich ihre Körper wieder voneinander trennten, sah Cemal, dass auch Ferhats Gesicht tränennass war.

KAPITEL FÜNFUNDVIERZIG

»Die schlimmste aller Lügen ist die, die in Tränen ertränkt wird.«
Emel (27) aus Moabit

Ferhat war mit Kerem in eine Herrenboutique gegangen. Die Hochzeit von Cansu stand kommende Woche an, und Kerem bat Ferhat darum, ihm bei der Auswahl eines geeigneten Anzuges behilflich zu sein. Seit einer halben Stunde hatte Kerem sich die schrillsten Anzüge im Laden anprobiert, was Ferhat sehr missfiel.

»Warum soll ich denn nicht diesen türkisen Smoking anziehen?«, fragte Kerem, obwohl er schon ahnte, dass er sich etwas entschieden zu Sonderbares für die anstehende Hochzeit ausgesucht hatte.

»Du sollst mich einfach nur zu Cansus Hochzeit begleiten und keine mexikanische Gameshow moderieren«, sagte Ferhat

In dem Moment klingelte sein Handy. Ein Blick auf das Display sagte ihm, dass es Cemals Mutter war. Ferhat war erleichtert, dass sie sich so schnell meldete, nachdem er ihr eine Nachricht geschrieben hatte.

Schnell lief er aus dem Laden und stellte sich vor das Schaufenster. »Tante, Tante, wie geht es dir?«, rief er aufgeregt und presste das Handy fest ans Ohr. »Super, dass du gleich zurückrufst. Doch nun halte dich fest!« Er konnte an der anderen Leitung die Spannung von Cemals Mutter förmlich spüren.

»Cemal hat mir gesagt, dass er dich unbedingt wiedersehen will, Tante! Ja, und erst mal will er nur dich alleine treffen!«

Ferhat schwieg ein paar Sekunden, das Handy noch immer fest am Ohr. Er lächelte pausenlos. Ab und zu nickte er. »Nein, nein«, rief er plötzlich. »Das ist kein Witz, Tante. Über sowas mach' ich doch keine Witze! Warte bis Sonntag, dann wirst du es selbst sehen. Und behalte das Ganze vorerst für dich. Gott sei mit euch!«

Zufrieden lächelnd ging Ferhat in die Herrenboutique zurück, wo Kerem noch immer vor dem Spiegel posierte. Er hatte eine Latzhose angezogen und bewegte sich wie ein Rapper. Als Ferhat hinter ihn trat, grinste Kerem. »Na, wie seh' ich aus? Wie Puff Daddy oder doch eher wie Will Smith?«

Ferhat grinste zurück. »Weder noch«, antwortete er. »Du siehst aus wie ein sizilianischer Schweinebauer!«

KAPITEL SECHSUNDVIERZIG

»Arme Wesen. Manche denken, dass Liebe nur körperliche Nähe bedeutet.«
Özgü (28) aus Wedding

Die letzten Wochen hatten Ferhat sichtlich mitgenommen. Das machte sich bemerkbar. Er war abgemagert, sein Gesicht wirkte eingefallen, und er lief mit großen Augenringen herum. Suizide auf der Schule. Rassistischer Vorfall vor der Schule. Leistungsdruck in der Schule. Ein Gewaltdelikt am helllichten Tag. Die schreckliche Vergangenheit Onkel Hasans und dessen psychische Störung.

Inmitten dieser Hiobsbotschaften hatte ihm die Nachricht, dass Cemal sich wieder mit seiner Familie versöhnen wollte, neuen Auftrieb gegeben. Cemal schien vernünftig zu werden. Und das könnte hoffentlich bedeuten, dass Cemals nächtliche Exzesse zukünftig der Vergangenheit angehören würden.

Ferhat hoffte stark, dass der Freund endlich bereit wäre, seine Zukunft selbstbestimmt anzugehen. Endlich erlebte Ferhat mal wieder einen Tag, an dem er mit sich und der Welt im Einklang war.

Entspannt saß er am Tresen im Internetcafé. Seine Spätschicht hatte gerade begonnen. Er ließ alte kurdische Lieder abspielen und sang mit. Ein Typ in einer dreckigen Rangerhose, der vor einem Computer in der Ecke saß, nahm die Kopfhörer ab und drehte sich zu Ferhat: »Sag mal, Ferhat abi. Wer singt dieses Stück?«

»Das singt ***Şakiro***.«

»Gut, dann lass' ihn auch weitersingen!«, sagte der Typ und setzte wieder seine Kopfhörer auf.

»Was versteht ihr schon von Musik. Das ist ein Dengbêj, verstehst du, ein Dengbêj, und keine gewöhnliche Schrottmusik, die ihr euch reinzieht. Das ist Kultur!«, rief Ferhat leicht verärgert. Doch weil der Junge ihn nicht weiter zu beachten schien, beruhigte er sich schnell wieder.

Den Dengbêj-Gesang liebte er deshalb so sehr, weil er von einem Sänger vorgetragen wurde, der oftmals über traurige Geschichten sang, ohne dass er von einem Musikinstrument begleitet wurde. Diese Lieder hörten sie mit der Familie immer auf den langen Reisen im Auto, aber in seinem Heimatdorf in Elazığ versammelten sich die Männer abends bei einem Tee im Haus eines der Verwandten und lauschten in tiefer Nacht den Gesängen des Dengbêj-Sängers, der halb erzählte und halb sang.

Als sie eines Tages wieder mal mit dem Auto in Izmir unterwegs gewesen waren, hatte Ferhat die Musik im Radio lauter gemacht. Sein Vater hatte die Musik sofort ausgestellt und ihn nervös angefahren: »Ferhat! Bist du verrückt geworden!?«

»Aber was ist denn?«, hatte Ferhat völlig ahnungslos gefragt.

Die Mutter hatte den Rücken ihres Mannes gestreichelt, damit er sich beruhigte.

»Tut mir ja leid«, hatte sein Vater gesagt und den Kopf kurz zur Seite in Ferhats Richtung gedreht. »Du musst wissen, dass es nicht immer so war wie jetzt.«

Ferhat hatte ihn ratlos angeschaut. Der Vater hatte mit ernster Stimme erklärt: »In den 80ern und 90ern war es sehr gefährlich, öffentlich kurdische Musik zu hören. Wir konnten uns mit deiner Mutter in der Öffentlichkeit nie auf Kurdisch unterhalten, aus Angst vor Lynchjustiz«, hatte sein Vater gesagt und nervös aus der Ablage nach einer Zigarette gekramt. »Wir haben schlimme Zeiten durchgemacht. Ich bin froh, dass du das alles nicht mehr miterleben musst. Wir verfallen leider immer wieder in unsere alten Reflexe und erwischen uns selbst dabei, dass wir noch nicht alles verarbeitet haben, was die Assimilationspolitik der 80er mit uns gemacht hat. Heute haben wir mittlerweile sogar einen staatlichen Sender in kurdischer Sprache, wer hätte das je gedacht.« Der Vater hatte erleichtert aufgelacht und sich eine Zigarette angezündet.

Ferhat lauschte jetzt dem Dengbêj-Gesang und ließ seine Gedanken schweifen. In der Türkei gibt es einen staatlichen Sender in kurdischer Sprache, wieso gab es hier keinen Sendungen zum Beispiel von der ARD oder dem ZDF in türkischer Sprache?, fragte er sich. Er nahm sich einen Schluck Kaffee und wollte in seine eigene Welt eintauchen.

»Nicht für Kinder ist der Türkentrank, Schwächt die Nerven, macht dich blass und krank«, sagte er und ließ den Kaffee halbvoll in den Mülleimer fallen. »Diese Dilan ist verrückt, aber manchmal hat sie auch recht. Das Ding macht blass und krank«, murmelte er vor sich hin, als er sich im Spiegel erblickte.

Ferhat lauschte eine Weile gedankenverloren dem Dengbêj-Gesang. Er hatte sogar das Gefühl, dass es nach Elazığ roch. Als flösse gerade nicht der Schall der Musik, sondern der Euphrat beharrlich durch sein Inneres. Er schloss die Augen und ließ sich gehen. Er wusste nicht, wie lange er in seine Welt versunken war, aber seiner Empfindung nach betrat ziemlich kurz danach die schweigsame Schöne mit den feurigen Haaren das Internetcafé.

Reflexartig drehte Ferhat die Musik leiser und verstummte vor Scham, als habe eine Königin seinen Arbeitsplatz betreten.

Sie setzte sich, wie immer, ohne ihn zu grüßen, mit undurchschaubarer Miene vor denselben PC und hüllte sich in Schweigen.

»Ferhat abiii!«, schrie einer der jungen Männer an den PCs. »Bis wann bist du hier?«

»Ihr habt morgen Schule, also seht zu, dass ihr zum Ende kommt.«

»Du doch auch«, mischte sich einer von ihnen ein.

»Ich habe mich daran gewöhnt. Ich wundere mich immer noch, dass ihr noch nicht blind seid, so lange, wie ihr vor diesen Geräten sitzt.«

»Komm, hör uff, du«, sagte einer belustigt und wandte sich wieder seinem PC zu.

Ferhat ging zum Kaffeeautomaten und vergewisserte sich, dass noch ausreichend Kaffee vorhanden war. Heute Nacht sollte es kalt werden, der Andrang am späten Abend war vorherzusehen.

Er ging kurz hinaus und fegte vor dem Türeingang Laub und Kiesel weg. Abends dominierten bunte Lichter von Billigläden das Straßenbild, während der triste Alltag weiterlief.

Dann ging er wieder schnell hinein und rieb sich fröstelnd die Oberarme mit den Händen. Er setzte sich vor seinen Laptop, zog sich seine Jacke über, bereitete sich einen Tee und beobachtete so unauffällig wie möglich die Schöne an ihrem PC. Inzwischen waren er und die Schöne mit den feurigen Haaren, von dem er Onkel Hasan erzählte hatte, die einzigen Menschen im Internetcafé. Hin und wieder huschten einzelne Nachtaktive herein, die nach einer Schachtel Zigarette oder Hochprozentigem fragten. Jedes Mal, wenn sich der Türspalt öffnete, strömte kalte Novemberluft hinein und ließ Ferhat kurz erschauern.

Die Schöne blieb weiterhin fast regungslos sitzen. Wenn die Kunden den Laden verließen, breitete sich unbehagliches Schweigen im Raum aus. Obwohl Ferhat durch die Anlage leise das Radio laufen ließ, schien das Surren der Rechner sie zu übertönen.

»Hooop, und die sind jetzt auch fertig«, rief Ferhat eine Spur zu laut, als er das Kühlregal mit neuen Getränken füllte, denn er wollte gern die Aufmerksamkeit des Mädchens auf sich lenken. Währenddessen warf er immer mal wieder einen Blick in ihre Richtung. Plötzlich schob die Schöne den vollen Aschenbecher zur Seite und begann, ihre Sachen zusammenzupacken. Ferhat blickte auf die Uhr. Es war kurz nach Mitternacht. Sie hatte fast zwei Stunden vor dem Rechner verbracht, ohne etwas getrunken oder gegessen zu haben. Dafür hatte sie fast eine ganze Schachtel leer geraucht.

Ferhat nahm seinen ganzen Mut zusammen, heute sollte es sein, heute wollte er die Schöne mit den feurigen Haaren endlich ansprechen. Obwohl sie eilig ihre Sachen zusammenraffte, schien dieser Moment für ihn nicht enden zu wollen. Nervös überlegte er, wie er die Sache angehen könnte. Wie spricht man ein Mädchen in Berlin an?

Oh Gott, dachte er, das habe ich noch nicht mal in Elazığ gemacht – und jetzt hier? Das kann nur schiefgehen.

Einen Rückzieher wollte er aber auch nicht machen. Was hatte er schon zu verlieren? Er würde Berlin irgendwann ohnehin den Rücken kehren. Die Stadt, die ihm den letzten Nerv raubte.

Er blickte mal auf den Bildschirm vor sich und mal zu ihr hinüber, als könne er sich dadurch besser auf die Situation vorbereiten.

Doch dann versank er immer wieder in innere Monologe. Was könnte der nächste Schritt sein? Was wäre, wenn sie ihm zustimmen würde? Man würde sicherlich beide Elternpaare informieren müssen. Und dann müsste man offiziell alles für die bevorstehende Hochzeit in die Wege leiten. Doch zuvor musste er sie natürlich noch besser kennenlernen. Sein Inneres sagte ihm ganz deutlich, dass sie die Richtige war. Ja, sie musste es sein, denn ...

»Wie viel?«, hörte Ferhat auf einmal die Schöne mit den feurigen Haaren sagen. Sie stand vor dem Tresen und blickte ihn kurz an.

»Was machst du eigentlich so?« Ferhat tippte scheinbar gleichgültig den von der Schönen zu bezahlenden Betrag ein und hoffte, dass sie nicht merken würde, wie laut sein Herz klopfte. Dann lächelte er sie an.

Die Schöne blickte ihn prüfend an. »Was ich mache?« Sie lächelte herausfordernd. »Ich arbeite dort drüben.« Sie zeigte über die Straße auf ein altes Eckhaus. »Da, die Hausnummer 45, das ist ein Puff, und da schaffe ich an«, sagte sie mit unbeteiligter Miene. »Wenn du mal Bedarf haben solltest, so kannst du dich gern an mich wenden. Bring einfach das nötige Kleingeld mit und frag nach Larissa.«

Sie legte zehn Euro auf den Tresen, sagte »Stimmt so!« und verließ das Internetcafé, begleitet vom Surren der Rechner.

»Was geschieht hier bloß? Bin ich jetzt etwa die Prostituierte oder was?«, rief Ferhat in alle Ecken des Ladens. Er fühlte sich gedemütigt. Als sei eine langjährige Ehe gerade zu Ende gegangen. Er vernahm im Moment nur das Plätschern der groben Regentropfen vor dem Eingang, als prasselte gerade Wasser auf dreckiges Geschirr.

Dann herrschte Stille. Niemand antwortete. Er war alleine im Laden. Das Surren der Rechner gewann wieder die Oberhand. Er ging vor ihren Rechner und ließ sich auf den Stuhl fallen. Er begann den Verlauf der Internetseiten anzuschauen, die sie besucht hatte.

Sie war nicht auf Flirtseiten, auf irgendwelche Communitys gegangen, sondern sie hatte die Lokalzeitungen gelesen, türkische Nachrichten, und als Letztes Gedichte eines türkischen Dichters. Heute hatte sie ein Gedicht von Oktay Rifat Horozlu gelesen, das Ferhat aufrief:

Mein Brot auf dem Knie,
Die Sterne fern, ganz fern.
Die Sterne betrachtend ess' ich mein Brot
Ich bin so versunken, dass ich wohl auch
Mich manchmal irre und statt des Brots
Sterne verzehre.

»Wer so einen ›Job‹ hat, der muss wohl ganz weit nach den Sternen greifen, um dieses Elend hier zu vergessen«, regte sich Ferhat mehr über seine eigene Fehleinschätzung auf als über ihren Beruf.

Ferhat öffnete einen Schokoriegel, verschlang ihn mit zwei Bissen und spülte ihn mit heißem Tee herunter. Er nahm einen zweiten Riegel, zerdrückte ihn kräftig in der Hand, als er sie zu einer Faust ballte, und schlang ihn wieder mit zwei Bissen herunter.

Er fing an, mit vollem Mund zu lachen, und sprach schmatzend zu sich: »Wie konnte ich mich nur so in ihr täuschen.« Dann schüttelte er lächelnd seinen

Kopf. »Ich werde noch verrückt«, sprach er, als er wieder ihren Verlauf durchsah und die Welt nicht mehr verstand.

Er ging zur Kasse und holte den Zehner raus, den sie ihm gegeben hatte.

»Wirft die mir das Geld vor die Nase und sagt noch ›Stimmt so‹, als wäre ich ein billiger One-Night-Stand.«

Er zerknüllte den Schein und warf ihn in den Mülleimer.

»Nicht mit mir, Fräulein«, sagte er und holte einen Zehner aus seiner Hosentasche heraus. »Dieses dreckige Geld kannst du für dich behalten, da zahle ich lieber aus meiner eigenen Tasche, als noch ein einziges Mal dein Geld anzunehmen.«

Er legte sein Geld in die Kasse und knallte sie hart zu. Als die erhoffte innere Erleichterung ausblieb und er nur noch inneren Schmerz fühlte, merkte er, wie warme Tränen über seine Wangen rollten. Er wählte eine Nummer in seinem Handydisplay und sprach leise: »Mutter, ich brauche dich jetzt so sehr.«

Dann legte er schnell auf, bevor es klingelte. Es war zu spät. Seine Eltern würden sicherlich einen Herzinfarkt bekommen, wenn Ferhat weit nach Mitternacht anrufen würde. Kurz überlegte er sogar, Lisa anzurufen. Er wusste nicht, warum, aber irgendetwas in seinem Inneren verriet ihm, dass sie, fürsorglich und hilfsbereit, wie sie war, sicher ein offenes Ohr für ihn hätte. Er schaute aber auf die Uhr, und sie zeigte weit nach Mitternacht. Zu dieser Zeit hatte sie bereits die Nachtschicht im Krankenhaus angetreten und hätte sicherlich Besseres zu tun gehabt, als einem sich selbst bemitleidenden Ferhat zuzuhören, dachte er und stellte sein Handy auf den Tresen.

Er ging zur Tür, verschloss sie, rutschte mit dem Rücken an der Tür entlang, bis er in der Hocke landete, und vergrub das Gesicht in den Händen. In dem Moment klopfte es an der Tür. Ferhat blickte sich um und sah, dass Cemal und Kerem verwundert in sein tränennasses Gesicht schauten.

KAPITEL SIEBENUNDVIERZIG

»Kaum hast du dich umgesehen, stehst du alleine da.«
Melek (39) aus Steglitz

Nachdem Cemal und Kerem die Tür hinter sich zugezogen hatten, verschloss Ferhat sie hinter ihnen und fiel ihnen wortlos weinend in die Arme. Er erklärte ihnen, dass er niemanden hier außer ihnen habe und erzählte dann, was sich soeben zugetragen hatte.

Kerem reichte Ferhat Taschentücher, und Cemal holte vom Automaten drei Tee.

»Ich möchte nicht, dass du wegen einer Hure weinst, Ferhat«, sagte Kerem und reichte ihm den Tee.

Ferhat putzte sich die Nase und blickte Kerem an. »Es ist nicht deswegen«, sagte er. »Aber ich frage mich, wie ich mich so zum Narren machen konnte. Vielleicht habe ich mir die letzten Wochen einfach zu sehr ausgemalt, wie ich meine Zukunft mit ihr verbringen würde. Zu sehr innerlich Hochzeitspläne mit ihr geschmiedet, ohne zuvor ein Wort mit ihr gewechselt zu haben. Ich habe sie im Stillen geliebt und war mir innerlich absolut sicher, dass sie es werden könnte. Wie konnte ich so blind sein?«

Cemal warf zwei Stück Zucker in sein Teeglas und rührte mit dem Löffel um. »Eine Hure erkennt man vom äußeren Auftreten. Viel Schminke. Aufwendige Frisuren. Hohe Absätze. Knappe Kleidung. Dieser Hurenblick«, erklärte er.

»Was ist schon wieder ein Hurenblick?«, regte sich Kerem auf.

»Dieser Blick, der sagt ›Nimm das nötige Kleingeld mit, und ich gehöre dir.‹ Das ist der Hurenblick.«

Kerem verdrehte die Augen. »Kein Kommentar.«

»Ich weiß ja auch nicht, Jungs«, meinte Ferhat. »Ja, sie hatte aufdringlich nach Parfum gerochen und viel Schminke aufgetragen, aber welches junge Mädchen hat das heutzutage denn nicht? Sie hatte auch keine hohen Absätze. Vielleicht war sie in ihrer Alltagskleidung, was ich mal vermute. Ich weiß es ja auch nicht.«

Kerem strich Ferhat währenddessen beruhigend über den Rücken. »Warum seid ihr eigentlich hier?«, erkundigte sich Ferhat plötzlich.

Kerem haderte ein wenig mit sich, aber dann gab er sich einen Ruck. »Ich weiß, es ist vielleicht nicht der optimale Zeitpunkt, um mit dir darüber zu sprechen, aber wir sind gekommen, um dir zu sagen, dass Cemal morgen auch auf die Hochzeit von Cansu gehen will«, erklärte er. »Ich halte das zwar für einen großen Fehler, aber er findet, dass das sein gutes Recht sei.«

Wie zur Bestätigung nickte Cemal bei jedem Satz.

»Auf keinen Fall!« Ferhat stellte sein Teeglas mit Nachdruck ab.

»Auf keinen Fall?«, wiederholte Cemal überrascht.

»Ja, auf keinen Fall. Versprich mir, dass du morgen dort nicht auftauchen wirst!« Ferhat blickte den Freund eindringlich an.

Cemal schluckte. »Und du?«, rief er. »Du kannst hingehen? Warum du? Und warum ich nicht?«

»Das habe ich dir schon mehrmals erklärt, mein Lieber«, antwortete Ferhat. »Ich werde mit Kerem hingehen. Ich arbeite schon jahrelang mit Cansu zusammen, sie ist in all den Jahren wie eine Schwester für mich geworden. Und du bist mein Bruder. Bitte erwarte nicht von mir, dass ich zwischen meinen Geschwistern eine Wahl treffe!« Ferhat ging auf Cemal zu und machte Anstalten, ihn zu umarmen.

Doch Cemal hob abwehrend die Hände. »Ich will nur, dass du eines weißt«, sagte er, während er sichtlich gegen die Tränen ankämpfte. »Wenn eine Frau, mit der du zuvor kaum ein Wort gewechselt hast, dich in diesen Zustand bringt, in dem wir dich heute erlebt haben, dann kannst du dir vielleicht vorstellen, welche Stürme in meinem Inneren toben.«

»Cemal, ich ...«, setzte Ferhat hilflos an, doch Cemal umarmte ihn einfach. »Ich verspreche, dass ich nicht zur Hochzeit kommen werde«, murmelte er in Ferhats Ohr. Dann nahm er sich eine Büchse Bier aus dem Kühlschrank, legte viel mehr als den Kaufpreis auf den Tresen und ging in die Nacht hinaus.

KAPITEL ACHTUNDVIERZIG

»Mein Sohn, es ist schwer, sich zu ändern. Aber manchmal ist es noch schwieriger, der zu bleiben, der man ist.«
Riza (65) aus Wedding

»Mir läuft es eiskalt den Rücken hinunter. Dieses Ambiente! Von Cansu hätte ich etwas mehr Stil erwartet«, sagte Ferhat, der auch nach vielen Jahren seine Abneigung gegen Hochzeitsfeiern in ehemaligen Industriehallen nicht unterdrücken konnte.

»Wieso, was hast du dir denn vorgestellt?«, fragte Kerem und drehte sich zu ihm.

Ferhat zuckte mit den Achseln. »Vielleicht etwas Barockes, etwas Kreatives? Am besten im Freien, aber darauf kann man ja bei dem Wetter hier nicht wirklich hoffen. Die Preise mag ich mir erst gar nicht ausmalen.«

»Barockes?« Kerem lachte. »Du meinst dicke ›Engel‹, die um dicke Frauen kreisen, denen noch dickere Männer dicke Trauben in den Mund schieben? So was ist dir lieber, ja?« Kerem schüttelte den Kopf.

»Ach, du verstehst mal wieder rein gar nichts«, sagte Ferhat, der das Thema am liebsten im Keim erstickt hätte.

»Du bist ziemlich gereizt für den Feierabend. Und wo außerdem noch eine Hochzeit stattfindet«, sagte Kerem und warf einen Sonnenblumenkern nach Ferhat.

Inmitten einer dichten Bebauung befand sich der Hochzeitssaal. Draußen regnete es unaufhörlich, drinnen war es schwül; viele Gäste waren bereits eingetroffen, es herrschte ein reges Hin und Her. Bei dem ohrenbetäubenden Lärm, den die Band machte, war es schwer, sein eigenes Wort zu verstehen.

Viele Gäste gingen hin und wieder nach draußen, um frische Luft zu schnappen und sich von dem Gedränge im Saal ein wenig zu erholen. Sie lauschten dem Regen, der auf ein Zeltdach prasselte, sich am Rand der Zeltplane sammelte, um anschließend als schmales Rinnsal in einen Gullyschacht zu fließen.

»Diese Band ist absolut zweiklassig!« Ferhat stopfte sich frustriert Leblebi in den Mund. »Und wo bleibt eigentlich Dilan?« Er wandte sich mit fragender Miene Kerem zu.

»Die ist abgehauen, nach Istanbul!« Kerem grinste. »Hast du doch selber erzählt.«

Ferhat drehte sich weg und schaute sich im Hochzeitssaal um. Alles war festlich hergerichtet für den Abend. Elegant gedeckte Tische und bequeme Stühle. Die großen ovalförmigen Tische waren mit symmetrisch zueinander gestelltem Besteck und Häkeldeckchen gesäumt.

Viele der Gäste griffen gierig in die Schüssel voller Pistazien und ließen wieder davon ab, wenn sich die Kamera auf sie richtete, deren Bild auf beiden Seiten des Saales auf eine große weiße Leinwand projiziert wurde. Der große rechteckige Saal teilte sich in zwei Hälften. In der Mitte wurde er durch eine Tanzfläche geteilt. Mit Blick auf die Tanzfläche befand sich der Sitz der beiden Ehepaare, deren Sitze einem Fauteuil glichen. Die kleinen Mädchen stiegen immer wieder auf das Podium, um sich daraufzusetzen und sich wie Prinzessinnen zu fühlen, doch sie wurden schnell von irgendwelchen laut schreienden Frauen mit Husch-husch-Bewegungen wieder fortgejagt.

Obwohl es draußen bitterkalt war, liefen viele junge Mädchen mit knapper Bekleidung herum. Das war auch Kerem nicht entgangen.

»Hier, schau mal, die wär' doch was für dich. Na? Sag schon«, deutete Kerem auf eine Gruppe von Mädchen und stupste dabei Ferhat die ganze Zeit an.

»Nee. Später stellt sich noch raus, dass sie eine Prostituierte ist«, konnte Ferhat seinen unverarbeiteten Frust von letzter Nacht im Internetcafé nicht verbergen.

»Wow, Bruder. Ich sag' doch, irgendwas stimmt mit dir nicht.«

»Ach, du verstehst das nicht. Nur so ein Gefühl. Was ist das alles für eine Selbstinszenierung hier?«

»Wieso? Was?«

»Jeder setzt sich hier in Szene, um bloß einen guten Eindruck in dieser feinen Gesellschaft zu hinterlassen. Ob dabei unsere Werte auf der Strecke bleiben, ist natürlich ganz egal.«

»Erwartest du grad 'ne Antwort von mir?«, fragte Kerem, blickte unschlüssig in Ferhats Augen und traute sich nicht, sich die Pistazie in den Mund zu schieben, ehe Ferhat irgendeine Reaktion von sich gab. Ferhat deutete auf die Tanzfläche, wo eine Gruppe junger Mädchen angefangen hatte, zu türkischer Popmusik zu tanzen.

»Sieh sie dir doch an, diese ohnmächtigen Frauenkörper, die sich den gefräßigen Blicken der Männer, ihren wollüstigen Augen nicht entziehen können. Schau sie dir an, Kerem! Lauter halbnackte Frauen! In der Öffentlichkeit!«, deutete Ferhat jetzt auf eine Gruppe junger Männer, die neben der Tanzfläche standen und sich kichernd Dinge in die Ohren flüsterten, indem sie auf die jungen Mädchen zeigten. »Doch wenn eine Frau verschleiert herumläuft, dann heißt es, sie ist diejenige, die sich auf Äußerlichkeiten reduziert! Was soll der Blödsinn? Der weibliche Körper wird durch die Verschleierung zum sakralen Raum, wenn man so will. Das wollen jedoch viele falsch verstehen.« Ferhat schüttelte den Kopf. »Hier laufen lauter junge Mädchen herum, die ihre Körper in ein Fetisch-Objekt verwandelt haben. Schau doch auf die engen Oberteile! Die dicke Schminke, der tiefe Ausschnitt, die kurzen Röcke und die nackten Beine. Und da, die hohen Absätze! Blutige Striemen haben sie an den Füßen hinterlassen! Das alles soll richtig sein?«, fragte Ferhat, ohne seinen Blick von der Tanzfläche zu wenden.

Kerem schob eine Schale mit Trockenfrüchten zu Ferhat hin.

»Bruder, ich weiß nicht, was du willst, aber hier, iss ein wenig Pistazien und reg dich ab.«

Doch Ferhat beachtete die Schüssel nicht.

»Und dieser Hochzeitssaal ist nichts anderes als ein Foltersaal. Wir haben die Hochzeiten in der Türkei immer im Freien gefeiert, und ihr seid in diesem Foltersaal gefangen und zahlt auch noch unmenschliche Summen dafür. Aber damit alle im Nachhinein sagen ›Das war aber eine tolle Hochzeit‹, nimmt man diese Unsummen in Kauf.«

»Dann sollen die das doch einfach nicht machen«, antwortete Kerem ungläubig.

»Schon mal was von gesellschaftlichem Druck gehört? Ach egal, Kerem, lassen wir das. Reden wir über dich. Was steht im kommenden Jahr bei dir an?«, fragte Ferhat und schob die Schale mit den Trockenfrüchten beiseite.

»Ich will dieses Soziale Jahr oder so machen. Zum Bund will ich nicht. Soziales Jahr, Zivi, oder wie nennt man das?«

»Ein Freiwilliges Asoziales Jahr würde ich es bei dir nennen.«

»Du bist nur noch gemein zu mir«, sagte Kerem, doch Ferhat hatte sich aus irgendeiner inneren Aggression, die sich gegen jeden und alles richtete, schon wieder abgewandt.

Die Lichter im Saal wurden gedimmt, und ein feiner Lichtstrahl war auf den riesigen Haupteingang des Saales gerichtet.

»Kannst du sie schon sehen?«, versuchte Kerem

über die Ansammlung, die sich um die Tanzfläche gebildet hatte, zu blicken.

»Oh Gott, ist sie schon da?«, geriet Ferhat leicht in Hektik und hielt seine Handykamera über die Köpfe der Ansammlung.

»Warum die Hektik?«, fragte Kerem und spähte weiter auf die Tanzfläche.

»Ich habe Cemal versprochen, dass ich ihm Bescheid gebe, sobald sie die Tanzfläche betritt, und ich ihm eine Videoaufnahme von ihrem ersten Tanz schicke«, sagte Ferhat, der von dem Gedränge nach rechts und links geschleudert wurde.

»Warum tut der sich das an?«, fragte Kerem.

»Keine Ahnung. Das war die Abmachung, damit Cemal hier fernbleibt, und glaub mir, ich wäre bereit, weitaus mehr zu tun, als ihm nur eine Videoaufnahme von Cansus ersten Tanz zu schicken, damit der heute Abend nicht hier aufkreuzt.«

Eine zarte, kleine Figur von himmlischer Anmut und atemberaubender körperlicher Präsenz betrat den Saal.

KAPITEL NEUNUNDVIERZIG

»Ach ja. Trotz allem, was wir um uns herum an Elend sehen, ist die Welt schön, mein Junge.«
Osman (68) aus Kreuzberg

Cemal stellte sich vor den großen Spiegel im Flur und band sich die schmale schwarze Krawatte mit dem Windsorknoten um den Hals. Danach klatschte er Eau de Toilette auf seine Wangen und sprühte noch Parfum nach.

Er ging in sein Zimmer, nahm die Rose von der Nachttischkommode und schaltete das Licht aus. Er sah sich ein letztes Mal im Spiegel an. Fest schloss sich seine Hand um den Stiel der Rose, so fest, dass sich die Dornen in seine Handfläche bohrten. Es brannte höllisch, auch ein paar winzige Blutströpfchen waren zu sehen. Cemal lächelte.

KAPITEL FÜNFZIG

»Manchmal ist die Wahrheit das Letzte, was wir hören möchten.«
Esra (29) aus Schöneberg

Cansu schritt mit ihrem Bräutigam durch eine schmale, von Menschen gebildete Gasse in den Hochzeitsaal. Das Erste, was ihr auffiel, waren die vielen Scheinwerfer, die sie blendeten. Die zwei Kameramänner filmten sie aus verschiedenen Perspektiven, während grelles Licht das Hochzeitspaar bestrahlte. Die Menschengasse hielt Rosen über das Paar. Nach zahlreichen Fotoblitzen und nach den Glückwünschen, die dem Paar von allen Seiten zugerufen wurden, fand Cansu sich endlich auf der Tanzfläche wieder.

»Einen großen Applaus für unser junges Brautpaar. Möge euer Lächeln ein Leben lang anhalten«, sprach der Sänger euphorisch in das Mikrofon, gefolgt von lang anhaltendem starken Beifall der Gäste.

Der Bräutigam hob Cansus durchsichtigen Gesichtsschleier und küsste sie auf die Stirn.

Cansu lächelte verlegen. Die Freude leuchtete förmlich aus ihren Augen. Dann wurden die beiden zum ersten gemeinsamen Tanz gebeten. Ihre Augenlider schimmerten türkis, und der weiße Schwall aus kostbarem Stoff lief gleichmäßig um ihren Körper herum bis auf den Boden. Dann begann der erste gemeinsame Tanz mit ihrem Ehemann. Gleichzeitig fing das Cateringpersonal an, das Essen auszuteilen.

Cansu fand es seltsam, ihre Arbeit einmal von einer anderen Perspektive aus betrachten zu dürfen. Sie genoss diesen Augenblick, auf den sie schon lange sehnsüchtig gewartete hatte. Die Arbeit in Hochzeitssälen hatte sie nicht etwa, wie viele ihrer Kolleginnen, von einer Hochzeit abgeschreckt, sondern jeder erste gemeinsame Tanz eines Hochzeitspaares hatte ihre Sehnsucht danach, selbst zu heiraten, nur noch gesteigert. Cansu blickte mit verliebten Augen in die ihres Bräutigams und vergaß die Welt um sich herum.

KAPITEL EINUNDFÜNFZIG

»Vergessen ist die beste Rache.«
Faruk (23) aus Charlottenburg

Cemal spazierte entspannt an der Admiralbrücke vorbei. Die ersten Feierwütigen hatten sich zu bissiger House-Musik aus externen Bluetooth-Lautsprechern auf der Brücke warmgetanzt.

Er ging weiter am Kanal entlang, von wo aus er einen schönen Blick auf die Fassaden aufwendig restaurierter Altbauten hatte. Auf zahlreichen Balkonen entdeckte er Schilder, auf denen eine lächelnde Sonne abgebildet und die Aufschrift »ATOMKRAFT? NEIN DANKE!« zu lesen war.

Er lächelte, als er die Sonne sah. Jedes Mal bringt sie mich zum Lachen, diese verrückte Sonne, dachte er.

Er nahm einen tiefen Atemzug. Es roch nach feuchtem Herbstlaub, nach Erde und Gras. Am späten Nachmittag hatte ein Regenschauer eingesetzt, und das Wetter war jetzt am Abend den Minusgraden sehr nahegekommen.

Cemal blickte immer wieder auf sein Handy. Obwohl er wusste, dass heute die Liebe seines Lebens einen anderen Mann heiraten würde, war er innerlich gefasst und fühlte sich mit der Welt im Einklang. Dann kamen wie von selbst die Erinnerungen ... Der Tag, an dem er Cansu zum ersten Mal auf einer Hochzeitsfeier begegnet war. Cansu hatte im Alter von siebzehn Jahren bei einer Hochzeitsfeier von Cemals Familienangehörigen die Gäste bedient. Sie war von ihnen beschimpft worden, weil sie einerseits angeblich nicht schnell genug bedient hatte und andererseits in der allgemeinen Hektik Gläser zu Bruch gegangen waren. Außerdem hatte man sie dafür verantwortlich machen wollen, dass Getränke verschüttet und Knabbereien auf dem Fußboden gelandet waren. Letztendlich hatte man Cansu sogar nahegelegt, sich einen anderen Job zu suchen, worauf sie weinend aus dem Saal gelaufen war.

Cemal erinnerte sich genau an seine Gefühle von damals. Ihn hatte die Reaktion seiner Familie sehr wütend gemacht, und er hatte großes Mitleid mit dem Mädchen gehabt.

»Ihr könnt mich alle mal«, hatte er in seiner Wut der Hochzeitsgesellschaft zugerufen, doch es wurde bald klar, dass niemand verstehen konnte, warum Cemal das Mädchen so sehr verteidigte. Für die Familie war Cansu einfach nur irgendein Mädchen, offenbar aus ärmlichen Verhältnissen stammend, denn sonst würde sie ja nicht auf einer Hochzeit bedienen müssen. Niemand aus Cemals Familie würde sein Kind solch niedere Arbeiten verrichten lassen, das gehörte sich nicht, wenn man wohlhabend war und etwas auf sich was hielt.

»Nein, Cemal, nicht! Bleib hier!«, hatte ihm seine Mutter noch hinterhergerufen. Aber es hatte nichts genützt. Cemal war Cansu trotzdem nachgelaufen.

Zum Glück hatte er sie auf ihrem Heimweg noch rechtzeitig abfangen können. Cemal hatte sich wortreich und ehrlichen Herzens bei ihr für das Verhalten seiner Familie entschuldigt. Und Cansu hatte unter Tränen ein ganz kleines bisschen gelächelt. Dann hatte Cemal sich abwenden wollen, um wieder zu gehen, aber schon nach wenigen Schritten war er wieder zu ihr zurückgekehrt.

»Kann ich das wieder gutmachen?«, hatte er gefragt.

Cansu hatte den Kopf geschüttelt. »Du hast dich doch bereits entschuldigt. Außerdem kannst du nichts für das Benehmen deiner Familie.«

Doch Cemal hatte nicht lockergelassen, sie hatten sich unterhalten, und irgendwann hatte er ihre Hand genommen. Er hatte sie zum Essen eingeladen, sie hatten weiter geredet und dann auch noch einen langen Spaziergang gemacht.

Cemal lächelte in Gedanken. Ja, so hatte es angefangen. Und seit dieser Zeit hatten sie sich fast jeden Tag getroffen. Wenn sie sich nicht sehen konnten, so wurde stundenlang telefoniert.

In der Zwischenzeit hatte Cemal die Baerwaldbrücke erreicht. Am Abend wirkte die Brücke im fahlen Licht der altmodischen Straßenlaternen recht romantisch. Auch herrschte hier eine nahezu himmlische Ruhe, denn die meisten Leute hielten sich lieber auf der Admiralbrücke auf.

An diesem Ort hatte er Cansu gefragt, ob sie seine Frau werden wolle. Zwei Jahre war das nun her. Sie war ihm lachend und weinend in die Arme gefallen und hatte glücklich »Ja!« gerufen.

Nachdem Cemal seiner Mutter erklärte hatte, welches Mädchen er heiraten wolle, hatte sie ihm einen Vogel gezeigt und ihn gefragt, ob er nun völlig den Verstand verloren habe.

Cemal glaubte, sich an die Worte seiner Mutter genau erinnern zu können. »Nein, das darfst du nicht machen, mein Sohn!«, hatte sie gerufen. Er hatte gesehen, wie sich hektische rote Flecken auf ihrem Gesicht ausgebreitet hatten, während sie ihn aus weit aufgerissenen Augen anstarrte. »Es ist schon schwer genug gewesen, nach dieser Hochzeit damals eine Familienkrise abzuwenden! Immerhin hast du dich gegenüber deinem Onkels sehr respektlos verhalten! Und nun willst du ausgerechnet dieses Mädchen heiraten, diese Cansu, die eigentlich schuld ist an dem ganzen Theater!«

Und dabei war es geblieben. Cansu war bis zum Schluss in Cemals Familie nicht willkommen gewesen. Viel Ärger, Streitigkeiten, unangenehme Szenen hatte es deswegen gegeben. Und irgendwann hatte Cansu keine Kraft mehr, und auch Cemal hatte oft nicht mehr so richtig gewusst, wie es denn nun eigentlich weitergehen sollte. Dann war der Tag gekommen, an dem Cansu die Verlobung gelöst hatte. Und auch das war auf der Baerwaldbrücke passiert, wo alles seinen Anfang genommen hatte ...

Cemal seufzte. Als er mitten auf der Brücke stand, hatte ihn die Gegenwart wieder eingeholt. Sein

Handy klingelte. Ein Blick auf das Display sagte ihm, dass Ferhat eine SMS geschickt hatte. »Sie haben Saal betreten. Video kommt per WhatsApp. LG Ferhat.«

KAPITEL ZWEIUNDFÜNFZIG

»Selbst dann, wenn du tausendmal Unrecht erlitten haben solltest, sei selbst kein einziges Mal ungerecht.«
Yusuf (59) aus Neukölln

Kerem beobachtete das tanzende Hochzeitspaar mit gemischten Gefühlen. »An der Stelle von diesem Typen hätte eigentlich Cemal tanzen sollen«, murmelte er vor sich hin.

Ferhat winkte ab. »Ach, komm, lass gut sein«, sagte er leise. »Schließen wir das Kapitel einfach.«

»Von mir aus«, sagte Kerem und blickte weiter staunend auf die Tanzfläche.

»Die Welt ist schon komisch«, meinte Ferhat plötzlich.

»Wieso?«

»Zuvor hatte immer Cansu das Essen auf Hochzeiten ausgeteilt und mit sehnsüchtigen Augen zwischen Küche und Saal ein Blick auf das Brautpaar geworfen. Heute ist es nun so weit. Heute ist sie die Braut. Die Welt ist schon komisch, Bruder.«

»Was soll daran komisch sein? Der BSR-Arbeiter erlebt das jeden Tag. Er leert die Mülltonnen anderer Menschen aus, und wenn er abends nach Hause geht, schmeißt er 'ne Tüte Müll in die Tonne, und ein anderer leert sie aus. Das ist der Lauf des Lebens«, versuchte Kerem zu erklären.

»Vermutlich hast du recht.« Ferhat wollte ihm diesen kleinen Sieg durchaus gönnen. Zufrieden begann Kerem sich auf das Essen zu stürzen.

»Oh, Mann, das Essen schmeckt so uninteressant wie tote Füße.«

Dann starrte Kerem aufgebracht auf die Tanzfläche

»Die sind ja nur am Tanzen, die beiden. Oh mein Gott. Setzt euch doch mal für eine Minute hin. Ich kann mir dieses Trauerspiel hier nicht mehr mit ansehen.«

»Du hast wieder recht, und weißt du was, ich gehe raus und rauche eine«, sagte Ferhat und hielt eine Zigarette hoch.

»Zigarette? Ich geh' an die Bar«, sagte Kerem und verschwand. Er suchte Trost bei seinen Freunden Johnny Walker und Jack Daniels.

KAPITEL DREIUNDFÜNFZIG

»Wir Menschen lieben es zu töten. Sei es mit einer Kugel oder mit Worten. Und mit dem, was wir tun oder unterlassen.«

Levent (46) aus Wedding

Ferhat ging an die Bar. Cansu und ihr Ehemann hatten den Saal schon längst verlassen. Die Gäste ebenso.

Der Festzug war vorbeigerauscht, zurück blieb ein zugesauter Hochzeitssaal, der noch bis in die Morgenstunden von den Cateringhilfskräften gewischt werden musste, die eigentlich nur so hießen, aber in Wirklichkeit jede Art von Arbeit in diesem Saal leisten mussten. Das wusste Ferhat nur zu gut, als er sie dabei beobachtete, wie sie die Stühle hochstapelten und den Boden fegten.

»Ich will, dass du mir noch was nachschenkst!«, schrie Kerem aggressiv auf die Servicekraft ein, die die Getränke ins Lager brachte.

»Komm, lass gut sein, Kerem. Und wie fandst du den Abend so?«, wollte Ferhat ihn ablenken und klopfte auf seine Schulter. »Ach, weißt du, wir hätten genauso gut mit Mördern abhängen können. So was Trostloses habe ich ja noch nie gesehen! Kellner, wo bleibt mein Drink!«

Ferhat versuchte Kerem dazu zu bewegen aufzustehen, doch der wehrte ihn mit der Hand ab.

»Ferhat. Bruder«, lallte Kerem und packte seine Hand auf Ferhats Schulter. »Wir beide gehen jetzt schick aus.«

Ferhat sah verwundert zu Kerem.

»Warum hast du eine schwarze Sonnenbrille aufgesetzt? Und wieso hast du im Winter eine Sonnenbrille bei dir?«

»Warum tragen alle Diktatoren Sonnenbrillen?«, fragte Kerem plötzlich.

»Weil sie geblendet sind?«, fragte Ferhat.

»Falsch. Weil sie cool sind. Nur coole Menschen tragen Sonnenbrillen. Und nur coole Menschen werden Diktatoren. Sie haben das Recht, in abgedunkelten Räumen und mitternachts dunkelschwarze Sonnenbrillen zu tragen«, sprach Kerem schwermütig und blickte in Ferhats Augen, um eine Reaktion abzuwarten.

»Ist Karl Lagerfeld etwa auch ein ...«, wollte Ferhat fragen.

»Ja!«, schrie Kerem dazwischen. »Ein Fashiondiktator. Keinem gefällt, was er entwirft, aber alle tun so, als ob. Und jetzt frag mich, ob ich ein Baum bin!«

Ferhat lächelte verlegen und schaute nach rechts und links, um sich zu vergewissern, ob sie beobachtet wurden.

»Frag!«

»Okay. Bist du ein Baum?«

»Nein. Puhahahah«, warf sich Kerem weg.

»Das findest du witzig ja? Bist du bei Verstand?« Ferhat versuchte Kerem festzuhalten.

»Sicher!«, brüllte Kerem und torkelte nach hinten.

»Okay, das können wir gleich mal testen. Wenn du drei Äpfel und vier Orangen in einer Hand hast und vier Äpfel und drei Orangen in der anderen hast, was hast du dann insgesamt?«, fragte Ferhat.

»Ziemlich große Hände würde ich sagen«, rief Kerem. »Kommt ein Pferd in die Bar. Was fragt der Barkeeper? Hä? Was?«, fragte Kerem und gab sich gleich selbst die Antwort. »Warum machst du ein so langes Gesicht?«

Kerems Oberkörper zitterte heftig vor Lachen. Ferhat zog es vor, ihn erstmal ausreden zu lassen.

»Pass auf, pass auf. Treffen sich zwei Nasen auf der Straße, fragt die eine die andere: ›Wie läuft's‹? Verstehst du Ferhat, wie läuft's?«

Ferhat wartete, bis Kerems Zitteranfall abgeebbt war. Als er sich wieder eingekriegt hatte, legte er seinen Arm um Ferhats Hals.

»Ich bin etwas verwirrt, mein Freund.«

»Wieso?«, fragte Ferhat.

»Wenn mein Sohn Priester wird, nenne ich ihn dann Vater?«

Diesmal zitterte Ferhat, weil er den Arm um Kerem geschlungen hatte, notgedrungen mit, als sich Kerem wieder vor Lachen ausschüttete.

»Okay, pass auf Bruder.«

Kerem tippte eine vom Cateringpersonal an, die an ihnen vorbeilief, und fragte sie: »Entschuldige, aber mein Freund und ich haben eine Frage und sind uns da nicht so sicher. Dürften wir dich um Rat fragen?«

»Ja, bitte?«

»Dürfen türkische Vampire Knoblauch essen?«

»Wieso, seid ihr Türken?«, fragte sie.

»Ja, und zudem Vampire, und wir wissen nicht, ob wir essen gehen dürfen.«

Ferhat schlug sich mit der Hand an die Stirn und winkte das Mädchen ab.

»Du bist ein Idiot«, sagte er.

»Und du bist noch idioter«, sagte Kerem.

»Soll das die Steigerung von Idiot sein?«

Als Ferhat Kerem hinausführte und ihn in den Beifahrersitz setzen wollte, stützte sich Kerem im letzten Augenblick noch ab und drehte sich zu Ferhat.

»Einen Moment noch. Ruf doch bitte Cemal an. Wenn er zu Hause ist, komme ich mit dir.«

»Gut, aber verspreche mir, auf dem Heimweg keine Witze mehr zu erzählen.«

»Ist ja gut«, stöhnte Kerem und warf sich in den Sitz

KAPITEL VIERUNDFÜNFZIG

»Hätte ich doch die glücklichen Momente meiner Kindheit irgendwo aufbewahren können. Jetzt hätte ich sie dringend nötig.«
Aziz (53) aus Wilmersdorf

Als Ferhat nach Hause kam, bemerkte er als Erstes, dass das Küchenfenster weit offen stand, obwohl es regnete. Die Wohnung sah ungewöhnlich ordentlich aus. Auf dem Fensterbrett sah er eine abgebrannte Kerze. Das Wachs, das weich heruntergelaufen war, war nun ausgehärtet. Ferat holte sein Handy aus der Jackentasche und drückte auf eine eingespeicherte Nummer. Er hörte das Freizeichen. Die Sekunden kamen ihm ewig lange vor.
»Geh verdammt nochmal ran, Digger«, knurrte er. Es klingelte noch eine Weile, doch nichts passierte. Cemal nahm nicht ab.

Ferhat legte auf und kontrollierte die Nummer. Sie war korrekt. Ferhat unternahm einen erneuten Versuch. Wieder ertönte ewig lange das Freizeichen.

»Junge, was machst du mit mir? Bist du wieder rückfällig geworden?«

Ferhat lief in der Küche auf und ab. Ob Cemal wohl wieder sturzbetrunken um die Häuser zog? Ferhat seufzte. Das durfte nicht sein! Morgen war der verabredete Termin für das Treffen mit seiner Mutter. Wenn Cemal mit einem Kater aufwachen und seiner Mutter mit einer Alkoholfahne gegenübertreten würde, dann wäre alles gelaufen. Sie würde ihm vorwerfen, sich kein bisschen geändert zu haben, und alle Versöhnungsversuche würden im Keim erstickt sein. Ferhat ging in Cemals Zimmer. Es war aufgeräumt. Es war so ordentlich, wie Ferhat es noch nie gesehen hatte. Er wunderte sich.

KAPITEL FÜNFUNDFÜNFZIG

»Sie schwieg. Ich schwieg. Es wurde nie wieder ein Wort gewechselt.«
Ilyas (35) aus Tempelhof

Claudia hatte die besten Tage ihres Lebens hinter sich gelassen. Sie gehörte nun zu den spießigen und frustrierten Alt-Linken, die früher in einer Kommune gelebt hatten und sich nun über den erhöhten Lärmpegel in den Nachtstunden auf den Straßen Kreuzbergs beschwerten.

Fast war sie geneigt, eine Bürgerwehr dagegen zu errichten, aber dafür fehlte ihr jede Kraft, sie gründete lieber eine Initiative, in der sie Unterschriften sammelte, um zu erreichen, dass die nächtlichen Ausschweifungen amtlich unterbunden werden. Sie sammelte Nacht für Nacht Videobeweise und hatte auch den Geräuschpegel festgehalten, der an manchen Tagen bei über 120 Dezibel lag.

All diese Sachen hatte sie dem Gericht schon vorgelegt, aber die erlahmte Bürokratie in den Berliner Amtsgerichten brachte sie zur Resignation. Sie ging das Problem pragmatischer an und ließ die Wände ihrer Wohnung besser gegen Schall isolieren, und wenn sie nachts Gassi ging, zog sich sie sich unter die Mütze Ohrschützer über.

Ihr Leben war von Pragmatismus geprägt. Als sie noch auf der Humboldt-Universität Volkswirtschaftslehre studierte, um, wie sie damals noch meinte, das System besser verstehen und somit besser aushebeln zu können, war sie mit allem im Einklang.

Die Kommune, in der sie lebte, gab ihr reichlich ideologischen Rückhalt und exzessive Nächte zugleich. Nachdem sie ihr Studium abgeschlossen hatte, fing sie an, Geld zu verdienen, und hörte auf, eine Demagogin zu sein.

Sie zog aus der Kommune aus, reiste um die Welt und stürzte sich von einer unglücklichen Männerbekanntschaft in die nächste. Sie hatte viele Verluste im Leben hinnehmen müssen. Den Verlust ihrer Überzeugungen, ihrer Kommune, ihrer Freunde, ihrer Lebenspartner und den tragischen Verlust ihres Sohnes, der nichts mehr von ihr wissen wollte.

Der Einzige, der noch bei ihr geblieben war, war ihr Hund, den sie immer tief in der Nacht Gassi führte. Sie mied die Admiralbrücke und zog es vor, über die Baerwaldbrücke zu laufen, die weiter weg lag und auf der sie ungestört in den Landwehrkanal schauen konnte.

Sie liebte den Blick auf den Kanal in dunkler Nacht, wenn allein der Vollmond ihn streichelte und das Wasser dann so schimmerte, als würden Katzenaugen in Lauerstellung verweilen. Sie blickte auf die vor Anker liegenden Schiffe, die sich in der tiefen Nacht wie eine Lichterkette aneinanderreihten. Es waren zumeist junge Menschen, die diese Hausboote gemietet hatten und dort bis in die Morgenstunden das Leben in vollen Zügen genossen.

Claudia blieb stehen und blickte in den Kanal, während ihr Hund am Metallzaun herumschnüffelte und hier und da sein Revier markierte. Heute hatte er wieder Verdauungsprobleme, und so kamen sie nur schleppend voran, weil er gefühlt gegen jeden Brückenpoller kackte. Nachdem Claudia in der Mitte der Brücke angekommen war, bemerkte sie, dass jemand einen Strick am Geländer befestigt hatte. Er war sehr fest mit dem eisernen Geländer verknotet. Das Ganze machte einen professionellen Eindruck, als wüsste jemand genau, welchen Knoten er hier anzuwenden hatte.

»Warte mal, Max«, flüsterte sie und trat näher. Der Hund winselte leise. Er schien den Strick nicht aus den Augen lassen zu wollen. Claudia beugte sich über das Geländer. Nun konnte sie das Ende des Stricks sehen. An ihm hing ein Mann. Ein toter Mann? Eine Leiche? Claudia erschrak bis ins Mark und blickte sich wie wild um. Aber sie war allein. Völlig allein bis auf den nun plötzlich wie verrückt bellenden Max.

Claudia holte ihr Handy aus der Jackentasche und wählte 110.

KAPITEL SECHSUNDFÜNFZIG

»Der eigentliche Lob gebührt den Wolken, doch alle schrieben Gedichte über das Regen.«
Kübra (25) aus Schöneberg

Eine Stunde zuvor …

Cemal öffnete sein Handydisplay und wartete geduldig, bis das Video, das ihm Ferhat geschickt hatte, geladen wurde, um es abspielen zu können.

»Das dauert ja ewig«, sagte er, als er sah, dass gerade erst mal die Hälfte des Videos geladen war.

Er legte seinen Rucksack auf den Boden und öffnete den Reißverschluss zur Seite. Er nahm das Seil aus dem Rucksack. Er hatte gut recherchiert, wie man einen Henkersknoten richtig anlegt. Beim Sicherhängen konnte man viel falsch machen, wie er herausgefunden hatte. Nicht wenige Menschen starben qualvoll, und ihr Todeskampf dauerte minutenlang. Wenn sie »Pech« hatten, wurden sie mitten im Todeskampf mit irreversiblen Hirnschäden gerettet.

Cemal wollte nichts dem Zufall überlassen. Er hatte sich ein hochwertiges Bergseil von zehn Millimeter Durchmesser besorgt und bereits zu Hause den Henkersknoten gebunden. Das eine Ende vom Seil befestigte er am Geländer der Brücke. Auch hier überließ er nichts dem Zufall. Es musste fachmännisch befestigt werden, andernfalls würde er in den Landwehrkanal stürzen und sich lächerlich machen.

Mittlerweile war das Video zu Ende geladen. Er öffnete es und sah eine glückliche Cansu, die in den Armen ihres Ehemannes tanzte. Cemal schloss die Augen und stellte sich vor, dass er derjenige wäre, der Cansu glücklich machen und zufriedenstellen würde.

Während Cemal auf das Geländer der Brücke kletterte, bemerkte er, dass sein Handy den typischen Piepton abgab, der ihm sagte, dass er eine Nachricht empfangen hatte. Er sah, dass Ferhat ihm eine Nachricht geschickt hatte. »Mal sehen, was der gute alte Junge noch zu sagen hat«, sagte Cemal und öffnete die Nachricht.

»Und? Zufrieden?«, stand auf dem Display. Darunter konnte Cemal ein paar hüpfende Smileys sehen.

Cemal lächelte.

Dann stieg er erneut über das Brückengeländer. Und während er dort stand, das dunkle Wasser unter ihm, mit beiden Händen das kühle Eisen des Geländers hinter sich umfassend, schaute er zum Himmel. Er versuchte, an gar nichts zu denken, sich nur auf seinen Atem zu konzentrieren. Einatmen ... ausatmen ... mir ist kalt ... einatmen ... ausatmen ... Aber dann kamen sie doch, sie überfielen ihn förmlich, die Erinnerungen, die Gedanken ...

Einatmen ... ausatmen ... einatmen ... Cansu, ich liebe dich ... ausatmen ... ich liebe dich noch immer ...

einatmen ... ich habe so viel falsch gemacht ... ausatmen ... verdammt, warum ... einatmen ... Cansu ... ausatmen ... es ist so saukalt ... Cansu ... Mutter ... Verzeih mir ... Vater ... Ferhat ... Cansuuu ...

Cemal machte einen Schritt nach vorn, dann flog er. Und schrie. Er flog und schrie und spürte noch einen starken, schmerzhaften Ruck im Nacken, dann war alles dunkel. Nichts mehr. Tot. Ruhe. Aus.

KAPITEL SIEBENUNDFÜNFZIG

»Die Einsamkeit hat so sehr von uns Besitz ergriffen, dass wir beginnen, sie zu lieben, noch während wir darauf warten, selbst geliebt zu werden.«

Zehra (45) aus Steglitz

Ferhat wurde durch das Klingeln und Klopfen vor seiner Wohnungstür geweckt. Er schaute schnell auf sein Handy-Display. Die Uhr zeigte 03:55 Uhr.

»Cemal, du Trottel, dafür werde ich dich umbringen«, murmelte Ferhat vor sich hin und stand aus dem Bett auf. Er schlich müde zur Tür und schaute durch den Spion. Vor der Wohnungstür standen zwei Polizeibeamte. Ferhats Puls beschleunigte sich. Er spürte regelrecht seinen schneller werdenden Herzschlag. Rasch öffnete er die Tür.

»Ja?«, rief Ferhat lauter als beabsichtigt. Er klang atemlos, als sei er derjenige gewesen, der die Treppenstufen hochgestiegen war und nicht die Polizeibeamten.

»Guten Tag. Ist das die Wohnung von Cemal Aydogan?«, fragte einer der Beamten mit gräulichem Haar und einem faltigen Gesicht, indem er Cemals Personalausweis hochhielt.

»Ja. Wir leben zusammen«, brachte Ferhat völlig außer Atem raus und wunderte sich, was Cemals Personalausweis bei den Polizeibeamten verloren hatte.

»Sind Sie ein Verwandter von ihm?« Der Polizist versuchte, mit sehr leiser Stimme zu sprechen.

Ferhat beantwortete die Frage mit ja, ohne sich Gedanken darüber zu machen, ob damit eine Blutsverwandtschaft gemeint war. Cemal war schließlich so etwas wie sein jüngerer Bruder.

Der Polizeibeamte machte einen kurzen Schritt nach vorne. »Dürfen wir bitte kurz reinkommen?«

»Nein«, sagte Ferhat. Er ärgerte sich über Cemal, weil er annahm, dass dieser Drogen in seinem Zimmer versteckt haben könnte. Wenn die Polizei auch noch mit Cemals Personalausweis in der Hand bei ihm mitten in der Nacht anklopfte, musste der was ausgefressen haben. Nicht zuletzt war Ferhat auf die Polizisten sauer, weil sie ihn aus dem schönsten Schlaf gerissen hatten.

»Ist was mit Cemal?«, fragte Ferhat.

»Wir würden das gerne drinnen besprechen«, sagte der Polizeibeamte mit ruhiger Stimme.

»Nein«, wiederholte Ferhat und baute sich vor der Tür etwas auf. »Ich möchte einen Durchsuchungsbefehl. Eher kommen Sie nicht in die Wohnung.«

Die Polizeibeamten tauschten einen kurzen Blick. Der jüngere Kollege nickte dem älteren zu. »Ich muss Ihnen eine schlimme Nachricht überbringen. Ihr Bruder Cemal wurde vor zwei Stunden auf der Baerwaldbrücke tot aufgefunden.«

Ferhat blieb der Atem weg. Im ersten Moment war er so geschockt, dass er den ihm am nächsten stehenden Beamten am liebsten an den Kragen gegangen wäre. »Wo ist Cemal jetzt? Sie müssen sich irren!«, schrie er.

»Ihr Bruder ist im Institut für Gerichtsmedizin der Charité. Leider ist es Gewissheit, dass es sich dabei um Ihren Bruder handelt. In dem Ausweis, den wir in seiner Hosentasche gefunden haben ist er auf diese Adresse gemeldet. Bei der verstorbenen Person handelt es sich um diesen jungen Mann, der auf dem Personalausweis abgebildet ist«, sagte der Polizeibeamte und hielt noch einmal Cemals Personalausweis hoch.

»Haben Sie jemanden, der Ihnen zur Seite steht?«, fragte der Polizeibeamte weiter.

Ohne zu antworten drehte Ferhat sich um und lief in Cemals Zimmer, wo er sich verzweifelt aufs Bett warf. Während er die Bettdecke des Freundes umklammerte, rief er immer wieder laut und eindringlich seinen Namen. Dann wurde ihm plötzlich schwarz vor Augen.

KAPITEL ACHTUNDFÜNFZIG

»Ich hoffe nur, dass ich schizophren bin. Dass alles, was ich erlebt habe, nur Einbildung war.«
Mahmud (29) aus Spandau

Ferhat versuchte, seine Augen zu öffnen, doch der stechende Schmerz am Kopf ließ ihn die Augenlider sofort wieder schließen. Durch kreisende Bewegungen seiner Finger in der Schläfengegend versuchte er dann, den bohrenden Schmerz etwas erträglicher zu machen.

»Vorsicht, mein Sohn«, hörte Ferhat die Stimme von Onkel Hasan, der ihn stützte.

»Onkel Hasan?«, fragte Ferhat leicht benommen.

Er versuchte, sich aufzurichten, doch Onkel Hasan hielt ihn fest.

»Warte, mein Sohn. Du musst noch etwas im Bett liegenbleiben, hat der Arzt gesagt. Man hat dir Beruhigungsmittel verabreicht, du wirst dich noch eine Weile schonen müssen.«

Ferhat versuchte, langsam seine Augen zu öffnen. Er hörte, wie Onkel Hasan Kerem darum bat, die Deckenleuchte noch mehr zu dimmen.

»Wir sind für dich da«, hörte er eine Stimme leise sagen, während er gleichzeitig eine warme Hand auf seiner spürte. Sofort war ihm bewusst, dass es die Stimme von Lisa war. Ihre unverwechselbar warme

Stimme, die ihn auch in diesem Moment weder beruhigte noch ihm ein Trost war.

Dann fühlte er, dass ihn jemand umarmte.

»Bruder, weine dich ruhig aus. Du brauchst das jetzt«, sagte Kerem mit unsicher klingender Stimme.

Endlich schaffte Ferhat es, seine Augen zu öffnen. Unruhig blickte er sich um. Er lag in seinem Bett in seinem Zimmer in seiner Wohnung. Was war geschehen? An seinem Bett stand Lisa, die seinen Puls kontrollierte.

Er sah in ihre kristallklaren Augen.

»Danke, dass du da bist«, murmelte er verlegen.

Sie lächelte ihn ein wenig unsicher an, während sie zwei Tabletten auf das Nachtschränkchen legte. »Nimm die hier, wenn dein Kreislauf wieder absacken sollte.«

Kerem, Onkel Hasan und Lisa verabschiedeten sich dann, doch nicht ohne Ferhat das Versprechen abgenommen zu haben, dass er sich sofort bei ihnen melden würde, wenn es nötig wäre.

Nachdem die Wohnungstür hinter seinem Besuch ins Schloss gefallen war, schaltete Ferhat die Nachttischlampe aus und schloss die Augen. Er fühlte sich sehr müde und hatte das Gefühl als würden tausende Tonnen Last ihn gegen das Bett drücken.

KAPITEL NEUNUNDFÜNFZIG

»Einsamkeit kann man nicht teilen. Wenn doch, dann ist es keine Einsamkeit mehr.«
Tuba (23) aus Reinickendorf

»Das Abendessen ist fertig!« Ferhat konnte die lebhafte Stimme Lisas aus der Küche hören. Er versuchte, sich im Bett aufzurichten, was ihm nur mit großer Anstrengung gelang.

»Abendessen?«, wiederholte Ferhat fragend. Er schaute auf die Wanduhr. Es war bereits 19:38 Uhr. Er hatte den halben Tag geschlafen und spürte ein starkes Dröhnen im Kopf.

»Ganz genau.« Lisa kam aus der Küche gelaufen. »Du hast sehr lange geschlafen«, sagte sie und deutete auf seinen Nachttisch, auf dem jetzt einige Blumensträuße und Knabbereien zu sehen waren.

»Oh ja, das glaube ich auch«, sagte Ferhat, denn er spürte einen riesigen Druck auf der Blase. Langsam stand er auf und ging auf die Toilette.

Als er zurückkam, erzählte Lisa, dass ein paar Männer aus der Teestube da gewesen waren. Auch zwei Mitschüler hatten ihn besuchen wollen. Sie hatten die Blumen und Süßigkeiten mitgebracht. Außerdem hatten sie ihre Hilfe angeboten, dass sich Ferhat jederzeit bei ihnen melden konnte.

Nachdem Lisa alles berichtet hatte, sah sie Ferhat prüfend an. »Wie fühlst du dich jetzt?«, erkundigte sie sich.

»Wie soll es mir gehen?«, sagte Ferhat und kämpfte gegen seine Tränen an.

»Komm, wir essen jetzt erst mal was«, sagte Lisa und führte Ferhat in die Küche. Er empfand die Situation als unwirklich. Cemal sollte nie wieder zurückkommen, und dennoch war die Wohnung nicht leer. Lisa war hier. Es machte ihn verlegen, zu sehen, wie sie ihn bemutterte. Doch wenn er ehrlich sein wollte, so musste er zugeben, dass er für ihre Fürsorge dankbar war. Und wenn er sie so dabei beobachtete, wie sie ihm den Tee servierte, spürte er sogar ein leichtes Kribbeln im Bauch. Sollten das womöglich diese seltsamen »Schmetterlinge im Bauch« sein? Doch schließlich konnte das auch bedeuten, dass er einfach nur Hunger hatte.

Er schaute sich die Lokalnachrichten auf seinem Smartphone an. Gleichzeitig schlang er das Abendessen hastig hinunter und spülte mit heißem Kräutertee nach. Es gab nichts Aufregendes zu lesen, vor allem gab es keine Meldung über einen Suizid. Aber ihm leuchtete das ein. Warum sollte man denn ausgerechnet Cemals Selbstmord würdigen? Schließlich war er sozusagen nur ein Tropfen in einem Meer von Suiziden. Lisa aß schweigend. Ferhat entging nicht, dass sie ihn von Zeit zu Zeit unauffällig ansah. »Du bist die beste Krankenpflegerin in ganz Berlin«, sagte er und lächelte sie an.

Sie stieß ihn mit dem Ellenbogen. »Ich bin nicht als Krankenpflegerin hier, sondern als gute Freundin.« Auch sie lächelte jetzt.

Nachdem Ferhat seinen zweiten Tee getrunken hatte, bedankte er sich bei Lisa für das Essen. Er stand auf, ging zurück in sein Zimmer und legte sich in sein Bett. Lisa folgte ihm und fragte, ob er noch etwas brauche.

»Kannst du mir irgendwas zu alledem, was in letzter Nacht geschehen ist sagen? Gott, ich fühle mich so ohnmächtig. Außerdem fühle ich mich schlecht, schuldig, hilflos. Was soll ich bloß machen?« Ferhat seufzte schwer. Lisa blickte ihn mit ernster Miene an.

Diesen Blick hatte er bei ihr zuvor noch nicht gesehen. Irgendwie schien bei ihr immer ein Lächeln mitzuschwingen, aber jetzt war davon nichts zu sehen.

»Geht es dir wirklich gut?«, fragte sie.

Ferhat schaute sie verunsichert an. »Das müsstest du doch besser wissen, als ich. Du bist doch die Expertin.«

»Das meine ich nicht«, sagte sie. »Wie fühlst du dich seelisch?«

»Den Umständen entsprechend, würde ich sagen. Noch kein Fall für die Klapse.« Ferhat lachte gezwungen. »Warum fragst du das?«

»Moment«, sagte sie und ging raus, ohne die Tür hinter sich zu schließen. Kurze Zeit später kam sie mit ihrer Handtasche wieder rein.

»Wenn du möchtest, bleibe ich jetzt bei dir«, sagte sie und schaute noch ernster, als zuvor.

»Bei mir?«

Lisa antwortete nicht sofort, stattdessen stellte sie einen Stuhl vor Ferhats Bett. Nachdem sie sich hingesetzt hatte, schaute sie ihn an und räusperte sich kurz. »Letzte Nacht habe ich eine Textnachricht von Cemal erhalten. Er schrieb darin, dass ich auf seinen Bruder gut aufpassen solle. Damit meinte er dich. Mir wünschte er alles Gute und Glück für mein weiteres Leben.« Lisa machte eine kleine Pause. Dann räusperte sie sich noch einmal. »Ich habe Cemals Nachricht erst am Ende meiner Nachtschicht gesehen«, fuhr sie fort. »Natürlich habe ich sofort versucht, ihn zu erreichen, aber er meldete sich nicht. Als ich dich dann auch nicht erreichen konnte, bin ich einfach hierher in eure Wohnung gekommen. Ein Arzt war schon hier, außerdem Onkel Hasan und Kerem.«

»Was?« Ferhat blickte sie entsetzt an. »Cemal hat sich von dir verabschiedet? Und was ist mit mir?«

»Nicht ganz.« Lisa holte einen Briefumschlag aus ihrer Handtasche.

»Ferhat«, sagte Lisa und schluckte schwer. »Das haben Onkel Hasan und ich auf deinem Diwan gefunden. Es ist von Cemal. Es ist ein Abschiedsbrief an dich.«

KAPITEL SECHZIG

»Weißt du, wann Liebe endet? Wenn du sagst, dass es vorbei ist und du keinen inneren Schmerz empfindest. Dann ist es wirklich vorbei.«
Seval (21) aus Zehlendorf

Aus dem Abschiedsbrief

Lieber Ferhat,

wenn du das liest, so heißt das, dass ich nicht mehr am Leben bin.

Ferhat, mein Lieber, du warst ein Bruder, ein Vater und der beste Freund für mich. Und ich bedaure zutiefst, dass ich dir meine Liebe und Bewunderung nie offen zeigen konnte.

Ich bin mit viel Geld und wenig Liebe aufgewachsen. Vielleicht ist das ein Grund, weshalb ich nie so richtig gelernt habe, echte Gefühle zu zeigen.

Nur bei Cansu war das anders. Deshalb ist, nachdem sie sich von mir getrennt hat, auch alles in mir erloschen: meine Selbstachtung, mein Lebensmut, die Fähigkeit, zu lieben.

Ich kenne dich sehr gut, Ferhat, und deshalb weiß ich, dass du die Schuld an meinem Tod auch bei dir suchen wirst, dass du dich fragen wirst, ob du meine Tat nicht hättest verhindern können. Du wirst dich bestimmt auch fragen, ob du nicht irgendwelche Anzeichen hättest erkennen und richtig deuten müssen.

Mein Lieber, glaub mir: Weder du noch jemand anderes trägt die Verantwortung für meine Entscheidung.

Und das erklärst du bitte auch meinen Eltern, denn auch sie trifft keine Schuld. Ich bin auf niemanden sauer.

Den Kampf mit meinen inneren Dämonen hätte nur ich selbst ausfechten können, und ich bin seit einiger Zeit an einem Punkt angelangt, wo ich für mich festgestellt habe, dass die Dämonen mich besiegt haben. Ich fühle mich schon lange innerlich wie tot. Der körperliche Tod ist nur die logische Konsequenz davon.

Cansu wünsche ich alles Gute und Glück dieser Welt.

Grüß Cevo und die anderen von der Teestube, ich habe sie alle lieb, besonders Onkel Hasan und Kerem.

Es wäre schön, wenn du hin und wieder bei meinen Eltern nach dem Rechten sehen würdest. Ich bedaure, dass ich nie der Sohn sein konnte, den sie sich vorgestellt haben. Aber auch sie sollen wissen, dass ich sie liebe und sie im Stillen immer verdammt vermisst habe.

Auch dir, Ferhat, möchte ich noch sagen, dass ich dich verdammt lieb habe. Du wirst dein Abitur bestehen und der beste Arzt in ganz Berlin werden, da bin ich mir sicher! Aber bitte versprich mir, deine

Patienten nicht mit deinen ewig langen Geschichten aus Elazığ zu langweilen, du vergraulst sie damit bloß. Das war nur ein gut gemeinter brüderlicher Ratschlag.

Ach ja, ehe ich es vergesse: Ich habe unter meinem Kopfkissen ca. 2000 € liegen. Ich habe natürlich mein Konto leergeräumt. Das Geld soll dir gehören.

Meine Kleidung habe ich gewaschen, gebügelt, sorgfältig gefaltet und in Kartons gelegt. Und die hab' ich unter mein Bett geschoben. Ich möchte, dass du alles der Kleidersammlung übergibst.

Das Geschirr habe ich gespült, den Boden gewischt und einen Großeinkauf erledigt. Du findest alles eingeräumt in der Küche.

Ich hoffe, dass ich nichts vergessen habe.

Jetzt ist die Zeit gekommen, mich zu verabschieden. Mach's gut, Ferhat, mein Lieber!

In Liebe
Cemal

KAPITEL EINUNDSECHZIG

»Vielleicht war es auch das ständige Sich-selbst-Belügen, das uns das Leben so angenehm erscheinen ließ.«
Sinan (53) aus Wilmersdorf

Ferhat hielt immer noch verkrampft die Hand von Lisa fest und starrte mit tränenden Augen in ihre, nachdem sie zu Ende gelesen hatte. Er hatte sich nicht getraut, selber daraus zu lesen, und sie darum gebeten.

»Ich hätte es ihm nicht verbieten dürfen, bei der Hochzeit mit dabei zu sein. Verstehst du, Lisa? Ich hätte ihn gewähren lassen sollen.«

Sie hielt ihm den Brief vor die Augen.

»Da steht es doch schwarz auf weiß.«

Dann las sie vor:

»Mein Lieber, glaub mir: Weder du noch jemand anderes trägt die Verantwortung für meine Entscheidung.«

Jetzt beugte sie sich zu ihm hinunter und versuchte langsam und behutsam auf ihn einzureden.

»Hey. Du darfst dir dafür nicht die Schuld geben. Dieser Abschiedsbrief wäre nicht an dich adressiert gewesen, wenn du nicht alles richtig gemacht hättest. Da ist keine Rede von Vorwürfen und kein Hass gegen dich.«

Sie streichelte jetzt seine Hand.

»Wenn du mich als neutrale Person fragst, dann kann ich nur das wiedergeben, was ich selber beobachtet habe. Vor einem Jahr warst du jeden einzelnen Tag über Wochen an der Seite deines Freundes. Du hast ihn zugedeckt, ihm eigenhändig das Essen und Trinken zum Mund geführt, bist mit ihm am Kanal spazieren gegangen und hast ihn zum Lachen gebracht.«

Jetzt faltete sie ein Taschentuch auseinander und reichte es ihm in die Hand.

»Meine Kolleginnen können das auch bezeugen. Als ich um sechs Uhr morgens meine Schicht beendet hatte und das Krankenhaus verließ, sah ich mehrere Male, wie du auf einer der Parkbänke eingeschlafen warst. Du hast ihm gesagt, dass du nach Hause gehst, und bist doch geblieben, stimmt's?«

Ferhat schwieg.

»Die wenigsten Eltern würden ihr eigenes Kind so fürsorglich behandeln, wie du deinen Freund behandelt hast.«

Jetzt hielt Ferhat ihre Hand fester gedrückt.

»Alle, für die ich etwas empfinde, lösen sich wie Luft auf und verschwinden aus meinem Leben«, sagte Ferhat und dachte an Dilan, die sich entschieden hatte, auszuwandern, an die Schöne mit den feurigen Haaren aus dem Internetcafé, auf die er sich innerlich falsche Hoffnungen gemacht hatte, an die zahlreichen Suizide an der Schule und nun an den von Cemal.

»Ich denke, ich schaffe das nicht mehr Lisa. Ich werde meinen Vater anrufen und ihm wohl sagen, dass es das für mich war. Ich bin in Elazığ besser aufgehoben. Berlin frisst mich auf, ich bin dem allen hier nicht gewachsen. Ich sollte an der Seite meiner Familie sein«, sagte Ferhat und entschloss sich, seine Entscheidung Onkel Hasan mitzuteilen, der gerade mit einem besorgten Gesicht sein Zimmer betrat. Ferhat sah ihn verwundert an, weil er nicht bemerkt hatte, dass sich die Tür geöffnet hatte.

»Ich habe Onkel Hasan den Schlüssel von Cemal übergeben, damit er sich jederzeit nach dir erkundigen kann«, sagte Lisa. Onkel Hasan umarmte Ferhat und fing an zu weinen. Ferhat blickte fragend in Lisas Gesicht, doch sie konnte sich keinen Reim daraus machen.

»Ferhat, mein Junge. Der Sohn Adams kommt aus der Erde, und zur Erde wird er zurückkehren.«

»Was meinst du damit?«, fragte Ferhat.

»Die Rechtsmedizin hat seinen Körper freigegeben. Morgen wird er nach dem Mittagsgebet beerdigt werden.«

KAPITEL ZWEIUNDSECHZIG

»Ich bin so tief in meine Fantasien versunken, dass ich darüber die wahre Welt vergessen habe.«
Gülhan (30) aus Wedding

»Haltet die Reihen dicht und gerade. Wir werden nun das Totengebet für unseren verstorbenen Sohn Cemal verrichten. Allah der Allbarmherzige möge sich seiner Seele erbarmen.« Der Imam wies die Anwesenden kurz in das Ritual des Totengebetes ein. Die meisten seiner Worte gingen im Weinen der vielen Menschen unter, die sich in den Hof der Moschee gedrängt hatten.

Ferhat war schon früh eingetroffen. Er stand in der ersten Reihe und konnte deshalb unmittelbar auf den Sarg blicken. Der Gedanke erschien ihm fast unwirklich, dass darin der leblose Körper seines Freundes Cemal liegen sollte.

Die tiefhängenden Augen seines Vaters weinten unaufhörlich, während er den Sarg umschloss und seine Finger am kalten Holz kratzten. »Mein Sohn, wieso du? Wieso?«, schrie er heiser, während er sein Gesicht schluchzend und hilflos auf den Sarg legte und heiße Tränen vergoss.

Keiner der Anwesenden konnte einen so kühlen Kopf bewahren, um dem Vater in dieser schweren Stunde beizustehen. Jeder weinte derart bitterlich, dass man annehmen konnte, kaum jemand der Anwesenden habe sich zuvor mit dem Tod befasst. Der Tod schockierte sie. Sie waren ihn nicht gewohnt.

Cemal war nur ein Name unter vielen dieser leidgeprüften Migrantenkinder, deren Eltern hierhergekommen waren, um ihnen ein gutes Leben zu ermöglichen. Alle der älteren Anwesenden verließen einst ihre Dörfer, ihre verträumten Kleinstädte und ihre vertraute Umgebung für eine bessere Zukunft.

Was sie hier oftmals vorfanden, war das Geld, das sie innerhalb kürzester Zeit gehortet hatten, das den eigentlichen Preis, den sie dafür nicht selten zahlen mussten, nicht wert war.

Ferhat verlor sich in wirren Gedanken, als er eine große knorrige Hand auf seiner Schulter spürte. Er drehte sich um und sah zu seiner Verwunderung Dr. Fehn, Lea und viele weitere Klassenkameraden aus seiner Jahrgangsstufe. Dr. Fehn öffnete seine Arme.

»Komm her, Junge«, sagte er und drückte Ferhat fest an sich. Ferhat spürte eine unendliche Erleichterung.

»Wir werden alle gemeinsam schon drüberstehen«, hörte er Lea von der Seite sprechen. Ferhat wollte sich bei allen bedanken, doch seine Worte verebbten im schluchzenden Weinen.

»Schon gut, mein Junge«, sprach Dr. Fehn und klopfte ihm auf den Rücken.

KAPITEL DREIUNDSECHZIG

»Habt ihr schon mal jemanden gesehen, der mit Blicken töten kann? Oh Gott, ihr wollt nicht wissen, wie so etwas aussieht.«
Kemal (26) aus Neukölln

Der Mond spendete dem bewaldeten Friedhof fahles Licht. Es war weit über Mitternacht. Ferhat war der Einzige, der sich noch um diese Uhrzeit auf dem Friedhof herumtrieb. Er hatte Cemals Grab nicht verlassen und hockte davor. Er war völlig erschöpft. Sein samtiger Blick war auf den Koran gerichtet, den er unaufhörlich im Flüsterton rezitierte.

Von weiter hinten nahm er Fußschritte wahr, die auf dem welken Laub knirschten, das sich über den Rasen verbreitet hatte.

»Da ist er ja«, hörte er Kerems Stimme von der Seite an ihn herannahen.

Einige der Älteren aus der Teestube waren auch gekommen. Cevo blickte mit rot unterlaufenen Augen Ferhat an und nickte ihm zustimmend zu. Sie wussten, dass dies eine schwere Stunde für Ferhat war.

»Ferhat, Bruder. Komm, lass gut sein«, sagte Kerem und versuchte ihm zu helfen, sich wieder aufzurichten.

Doch Ferhat reagierte nicht und rezitierte weiter. Das tat er schon den ganzen Tag über. Kerem hockte sich zu ihm herunter.

»Bruder. Cemal ist tot. Er hört uns nicht. Er hört dich nicht. Es bringt nichts, wenn du einem Toten den Koran vorliest. Das macht ihn weder lebendig, noch bringt ihn das zurück.«

Ferhat versuchte zu antworten, doch das Sprechen fiel ihm schwer. Die Luft schien im Hals getrocknet zu sein, und jedes Wort kam schwerfällig aus seinem Mund, als würden raue Schallwellen schwermütig seine Kehle durchstreifen und ihren Weg aus seinem Mund suchen.

»Wenn ihr wirklich denkt, dass ich für den Toten lese, so befindet ihr euch in einem gewaltigen Irrtum, denn der Koran ist für die Lebenden. Er belebt die toten Herzen. Ich lese nicht für Cemal, ich lese für mich und für euch. Der Koran war immer lebendig und wird mit voranschreitender Zeit immer jünger! Hier hört doch: ›Das ist doch nur eine Ermahnung und ein deutlicher Koran, damit er warne, der da lebt‹ Hört ihr? Wer da lebt! Nicht, wer da tot ist! Findet ihr es nicht auch eigenartig, dass wir den Koran immer für die Toten lesen, wo er doch den Lebenden herabgesandt wurde?«

»Ferhat. Meinst du nicht, dass du dich da in etwas hineinsteigerst? Wir sind auch noch alle betroffen. Komm, lass uns gehen und auf dem Weg darüber reden«, sagte Kerem. Kerem nahm den Koran aus Ferhats Hand und reichte ihn Cevo. Sodann griff er Ferhat unter die Arme und half ihm aufzustehen. Ferhat ließ sich unter Tränen vom Grab entfernen und fing erneut an, schluchzend zu weinen.

Der letzte Blick. So trostlos. So wie der letzte melancholische Blick vom Haliç-Hügel ins Goldene Horn, um all die in dieser Stadt verbrachte Zeit ein letztes Mal zu würdigen, die wie ein Fragezeichen nun vor ihm lag.

»Ah, Cemal«, stieß Ferhat wortgewaltig aus und haute sich mit der Faust auf die Brust.

Nachdem Ferhat Kerems Vorschlag, bei ihm zu übernachten, dankend abgelehnt und ihn darum gebeten hatte, ihn zu Hause abzusetzen, legte er sich, bei sich daheim angekommen, in Cemals Bett und versuchte nachzuempfinden, wie Cemal wohl seine letzte Nacht hier verbracht hatte in der Gewissheit, nie wieder zurückzukehren.

Er starrte mit leerem Blick gegen die kahle Decke. Wie würde es mit ihm selbst jetzt weitergehen?

Onkel Hasan hatte unbedingt darauf bestanden, dass er sein Abitur zu Ende bringt, ehe er sich entscheidet, Deutschland den Rücken zu kehren. Sein Vater war gleicher Meinung, und etwas anderes, dachte er sich, bliebe ihm auch nicht übrig. Schnell das Kapitel Berlin schließen und in die Zukunft blicken. In eine Zukunft, die er für sich hier nicht mehr sah. So würde er es machen.

Die Abiturprüfungen standen an. Sie würde er noch meistern, und mit dem Abschluss in der Tasche würde er zu seiner Familie zurückkehren. Er würde sich vielleicht eine kurze Auszeit nehmen und dann sein Medizinstudium antreten. Dafür müsste er dann aber wieder in eine Großstadt, was ihm sehr missfiel. Istanbul, Ankara, vielleicht doch lieber Bursa. Seine Gedanken überschlugen sich, und er griff nach seinem Smartphone.

»Lieber Gott. Bitte mach, dass ich keine falsche Entscheidung treffe«, sagte Ferhat und rief Lisa an.

»Ferhat?«, fragte Lisa am Ende der Leitung verwundert. Er hatte schon seit mehr als einem Jahr ihre Nummer, und zum ersten Mal hatte er sie angerufen.

»Hallo, Lisa. Entschuldige bitte, dass ich dich so spät noch anrufe. Können wir uns kurz treffen?«

»Aber sicher«, hörte er sie sagen, und er wusste in diesem Augenblick, dass dieses Treffen sein Leben verändern würde.

KAPITEL VIERUNDSECHZIG

»Ich hätte nie gedacht, dass ich ihr Schweigen am meisten vermissen werde. Dabei sprachen ihre Augen wahre Bildbände.«
Tarik (35) aus Kreuzberg

Sechs Monate später …

Ferhat stand vor dem pompösen Grabstein, vor dem die ersten Rosen anfingen welk zu werden.

Ferhat sprach ein Bittgebet aus und kniete anschließend vor dem Grab nieder. »Hättest du doch etwas ausgeharrt, Bruder. Nach dem Schweren kommt das Gute. Nach dem Schweren kommt das Gute. Wir hätten das gemeinsam überstanden. Wir säßen jetzt zusammen in der Wohnung und hätten gemeinsam gelacht. Du hättest nur geduldig sein müssen, wir wissen doch nicht, was das Leben für uns noch bereithält«, sprach Ferhat zum Grabstein und weinte um seinen Bruder, der sein Leben spektakulär mit einem Strick um den Hals an einer Brücke beendet hatte, über den niemand mehr sprach und dem nur noch wenige eine Träne nachweinten.

Er würde zu einer Anekdote verkommen, dachte er sich, die – falls man sich in späteren Jahren noch an sie erinnern sollte – kurz erzählt sein und schnell wieder vergessen würde, ohne dass sich auch nur einer darüber Gedanken machen würde.

Dann ging Ferhat zu seiner Schule und eilte hastig in den ersten Stock hoch. Er näherte sich dem Monument, an dem noch einige Bilder Cemals die Glasvitrine verzierten. Ferhat öffnete die Vitrine und klebte in sie neben das gemeinsame Bild von sich und Cemal eine Aufschrift: »Alles, was in der Welt ist, wird vergehen, und es bleibt das Angesicht deines Herrn, dem Allmächtigen!«

Einige Monate vor der Übergabe des Abiturzeugnisses gab Ferhat in der Schule seine CD ab. Es war Brauch, dass jeder Schüler sein Abiturzeugnis mit einer eigens ausgewählten Einspielmusik entgegennahm, indem er im Vorfeld eine CD mit der gewünschten Einspielmusik beim Abi-Komitee abgab.

Doch im Gegensatz zu den anderen Schülern hatte er nichts auf diese CD überspielt. Es war nichts auf seiner CD. Nichts. Nur Schweigen. Als Ferhat aufgerufen wurde und keine Musik ertönte, versuchte das Abi-Komitee am Laptop hastig den Fehler herauszufinden.

Ferhat nahm das Mikrofon aus der Hand seines Mitschülers und sagte: »Bemühe dich nicht. Es ist keine Datei darauf. Ich dachte, dass es angemessener wäre, für all die verstorbenen Suizidopfer in den letzten drei Jahren unseres Jahrgangs eine Schweigeminute einzulegen. Ich möchte an unsere verstorbenen Klassenkameraden erinnern. Anscheinend hielt das niemand von den Organisatoren hier für nötig.«

Dann nahm er schweigend sein Zeugnis entgegen und verließ die Veranstaltung, noch bevor sie richtig angefangen hatte. Er hinterließ verstörte Eltern, die sich ratlos anblickten.

»Das ist ja unmöglich! Gibt es keine andere Plattform, auf der er seine Meinung hätte kundtun können?«, zischte eine verärgerte Mutter.

»Was können denn unsere Kinder dafür? Ist es denn ihre Schuld? Warum musst du ihnen diesen Tag so vergraulen?«, rief ein Vater Ferhat hinterher.

Dr. Fehn brach in lautes Gelächter aus. »Pahh. Das ist mein Junge«, schrie er und hielt ihm beide Daumen hoch. Dann deutete er mit den Daumen auf sich. »Hat der alles von mir.«

Ferhat lächelte ihn an und winkte ihm hinter der Glasfassade noch hinterher.

»Ich bin stolz auf dich«, sagte Lisa, die vor ihrem Auto auf ihn wartete. Sie überreichte ihm einen großen Blumenstrauß und umarmte ihn.

»Aber nur, wenn es keine Umstände macht«, lachte Ferhat verlegen.

»Und jetzt?«, fragte Lisa.

»Und jetzt fahren wir zu mir nach Hause, damit ich mich umziehen kann. Und dann gehen wir schick essen«, sagte Ferhat. Dann fuhren sie gemeinsam zu ihm nach Hause.

Als sie vor dem Miethaus hielten, bat er Lisa, im Auto zu warten. Es war genau sechs Monate her, als Ferhat Lisa am späten Abend angerufen hatte, um sie um einen Gefallen zu bitten. Er wollte mit ihr zum Ort des Unglücks hingehen und bat sie um seelische Unterstützung. Zur Baerwaldbrücke. Zuvor hatte

Ferhat Kerem darum gebeten, ihn dahin zu begleiten, doch der hatte ihm einen Vogel gezeigt und ihm geraten, sich von diesem Ort fern zu halten.

Da würde es spuken, hatte er Ferhat noch zugerufen, nachdem der ihm gesagt hatte, dass er eben allein hingehen würde. Aber ganz so allein hatte Ferhat dann doch nicht gehen wollen, und so hatte er eben Lisa gebeten, ihn zu begleiten.

Sie war auch tatsächlich mitgekommen. Und sie hatten sich zum ersten Mal so richtig ausgiebig unterhalten können. Erst hatten sie über Ferhats Zukunftspläne gesprochen, und dann über Cansu, die auch zur Beerdigung von Cemal gekommen war.

Ferhat erinnerte sich, gehört zu haben, dass Cansu wegen Cemals Selbstmord sogar ihre Flitterwochen verschoben hatte. Als sie an der Baerwaldbrücke angekommen waren, hatte Ferhat hemmungslos zu schluchzen begonnen. Lisa hatte ihn tröstend in die Arme genommen, trotzdem hatte er sich längere Zeit nicht beruhigen können.

»Sollen wir gehen?«, hatte sie ihn mehrmals gefragt. »Kannst du es nicht mehr ertragen?«

Doch Ferhat hatte nur den Kopf geschüttelt. Er wollte bleiben, auch wenn es schmerzte.

Von der Brücke aus war das Urban-Krankenhaus gut zu sehen. Ferhat hatte auf das Gebäude gezeigt. »Hier hat Cemals Suizidversuch angefangen«, hatte er gesagt. Und mit leiser Stimme hatte er hinzugefügt: »Das war vor knapp einem Jahr.« Nach einer kleinen Pause hatte er auf das Brückengländer gedeutet. »Und hier hat es ein Ende genommen.« Ferhat war inzwischen zu der Überzeugung angelangt, dass der Vorfall vor über einem Jahr ein misslungener Suizidversuch gewesen war. Ein Hilferuf. Ferhat hatte es nicht geahnt.

Ferhat hatte begonnen Lisa nach dem gemeinsamen Spaziergang zur Brücke öfter anzurufen und sie in immer kürzeren Abständen zu treffen.

Etwa drei Monate nach dem gemeinsamen Spaziergang hatte er sich entschlossen ihr zu beichten, dass er viel mehr für sie empfand als nur Freundschaft. Er hatte gehofft, mit diesen Worten nicht auch noch Lisa zu verlieren. Er hatte die Entscheidung innerlich schon kurz nach Cemals Suizid getroffen, als er noch darüber nachgedacht hatte, nach dem Abitur wieder in seine Heimat zurückzukehren, doch wenn Lisa bereit wäre, sich auf ihn einzulassen, dann wäre er auch bereit gewesen, sein Leben nach dem Abitur in Berlin fortzusetzen.

Er hatte es sich auch nicht so recht erklären können, was der ausschlaggebende Grund war, dass er sie so sehr in sein Herz schloss. War es ihre fürsorgliche Art? Waren es ihre großen blauen Augen, in denen er sich verlieren konnte? Ihre langen, glatten hellbraunen Haare und ihre Unbeschwertheit? Ihre manchmal forsche Art? Ja, all das auch, aber am meisten war es etwas, das Ferhat gar nicht mit einer Charaktereigenschaft oder einem äußeren Merkmal beschreiben konnte: Es war schlicht die Tatsache, dass er sich in ihrer Nähe geborgen und angekommen fühlte. Angekommen im Ruhepol seines Herzens. Das wurde ihm nach Cemals Suizid bewusst.

Er hatte genau gewusst, dass das kein emotionaler Amoklauf war, den er getrieben hatte, um nach Halt zu suchen. Er hatte die Liebe seines Lebens gefunden. Das hoffte er zumindest in dem Augenblick, wo er, drei Monate nach dem gemeinsamen Spaziergang zur Baerwaldbrücke, sie nach der Arbeit vor dem Urban-Krankenhaus abgefangen und seine Gefühle ihr gegenüber offenbart hatte.

Sie hatte ihm gegen den Arm geboxt. »Du Idiot! Warum hast du mich so lange warten lassen«, hatte sie gerufen und gelacht. Freude und Erleichterung hatten ihr im Gesicht gestanden. Ferhat war ebenfalls erfreut, erleichtert und überwältigt.

Dann hatte sie ihm gebeichtet, dass er ihr damals vor einem Jahr, als Cemal im Krankenhaus lag, ihre Privatnummer nicht nur gegeben hatte, um ihn über Cemals Gesundheitszustand zu informieren. Sie hatte sich auch erhofft, dass daraus mehr entstehen würde. Und letztendlich gestand sie Ferhat sogar, dass sie mittlerweile schon ein ganzes langes Jahr in ihn verliebt war. Doch sie hatte sich nicht getraut, ihm ihre Gefühle zu offenbaren, weil sie befürchtet hatte, dass er wirklich nur Freundschaft für sie empfand.

Sie hatte ihn dennoch aufgefordert auf die Knie zu gehen und ihr einen ordentlichen Hochzeitsantrag zu machen. Ferhat empfand dies als peinlich und es kostete ihm viel Überwindung sich dazu durchzuringen, doch schließlich hatte Ferhat Lisa drei Tage später nach ihrer Nachtschicht vor dem Krankenhaus abgefangen und sich vor ihr hingekniet, um ihr einen Heiratsantrag zu machen. Sie waren sich weinend in die Arme gefallen.

Ihre Freude hatte einen schnellen Dämpfer bekommen. Ferhats Eltern hatten sich gegen diese Ehe ausgesprochen, als Ferhat ihnen von seinen Absichten erzählt hatte, doch er hatte Lisa noch nichts davon erzählt.

Er hatte vor, in den Sommerferien nach Elazığ zu fliegen und dort seine Eltern zu überzeugen. Doch als Ferhat vor seiner Wohnungstür stand und gerade schwungvoll die Tür öffnete, wusste er sofort in diesem Augenblick, dass es nie so weit kommen würde. Denn als er die Wohnungstür öffnete, stand plötzlich sein Vater vor ihm.

KAPITEL FÜNFUNDSECHZIG

»Ich war noch klein. Ich war glücklich. Dann wurde ich erwachsen, und alles war vorbei.«
Sümeyye (48) aus Tempelhof

»Komm her, mein Junge«, rief sein Vater mit einem breiten Grinsen und drückte Ferhat zu sich.

»Vater, du hier?«, war das Erste, was Ferhat herausbringen konnte.

Sein Vater packte ihn an den Schultern und blickte ihn mit Freudentränen an. »Kein Grund zur Sorge. Deine Mutter, deine Geschwister, deine Onkel und Tanten, alle grüßen und beglückwünschen dich zum bestandenen Abitur.«

Ferhat atmete tief aus und umarmte seinen Vater.

»Es tut mir leid, dass ich es nicht zur Verleihung des Abiturzeugnisses geschafft habe.«

Welch ein Glück, dachte sich Ferhat. Das würde peinlich werden, wenn sein Vater mitbekommen würde, wie Ferhat sein Abiturzeugnis entgegengenommen hatte. Sein Vater hatte ihm nichts von einem Überraschungsbesuch in Deutschland erzählt, aber Ferhat war froh zu hören, dass es allen in der Familie gut ging. Sein Vater kramte eine weiße Tüte aus dem Koffer.

»Das ist das berühmte Kete-Brot deiner Mutter. Du sagtest ja, dass selbst die türkischen Bäckereien hier es nicht anbieten würden. Frisch aus der Hand deiner Mutter. Pack dir ein Stück zur Seite, und den Rest kannst du ins Gefrierfach tun.«

Ferhat nahm das Brot und ging sofort in die Küche.

»Ich mache uns Tee. Damit schmeckt es am besten.«

Sein Vater winkte mit der Hand ab und sagte ihm, er solle sich keine Umstände machen. Ferhat akzeptierte keine Widerworte und forderte seinen Vater auf, es sich gemütlich zu machen.

Auf die Frage, wie er es denn geschafft habe, sich Zutritt zur Wohnung zu verschaffen, hob sein Vater verblüfft die Hände hoch.

»Du beleidigst mich schwer, Ferhat. Ich habe unser Haus in Elazığ eigenhändig gebaut, da wird es doch ein Kinderspiel für mich sein eine schäbige Haustür zu öffnen. Du solltest deinem in die Jahre gekommenen Vater schon etwas mehr zutrauen. Wenn ich dich vor der Wohnungstür und nicht in der Wohnung abgefangen hätte, wäre das keine Überraschung mehr gewesen.«

Ferhat lachte auf und wollte gerade den Tee in die Kanne geben, da bat ihn sein Vater, damit aufzuhören. Er kramte aus einer weiteren Tüte schwarzen Tee und reichte ihn Ferhat.

»Den hat mein Freund selbst auf seiner Teeplantage angebaut. Der kommt aus Rize. Alles organisch und ohne Pestizide«, sagte er, und Ferhat roch daran.

»Das merkt man bereits am Geruch. Da hängt kein säuerlicher Gestank in der Luft. Es duftet stark und frisch.«

Nachdem Ferhat den Tee aufgesetzt hatte, ging er kurz auf die Toilette und benachrichtigte Lisa, dass sein Vater gekommen sei und es wohl länger dauern werde.

Lisa, die noch immer unten im Auto auf Ferhat wartete, fragte ihn, ob das nicht der ideale Zeitpunkt sei, um sich kennenzulernen, aber was Ferhat ihr bisher verschwiegen hatte, war, dass seine Familie allergisch darauf reagiert hatte, als er ihr vor drei Monaten mitgeteilt hatte, dass er es ernst mit Lisa meine.

Er log ihr vor, dass sein Vater von der langen Reise müde und erschöpft wäre und es doch besser sei, das Sich-Kennenlernen auf den nächsten Tag zu verschieben. Sie stimmte ihm zu und fuhr doch mit einem Bedauern nach Hause.

Ferhat bot seinem Vater an, für die Zeit, die er hier bleiben würde, in Cemals Zimmer zu schlafen. Er hatte nichts umgestellt, Cemals Bett war immer noch da. Sein Vater zog es vor, später in Ferhats Zimmer zu schlafen.

Als Ferhat den Tee fertig gekocht hatte, goss er ihn in ein Glas und hatte ein dumpfes Gefühl im Magen, das ihm sagte, dass das nicht der eigentliche Grund für die Reise seines Vaters gewesen sein konnte: ihn einfach zum Abitur zu gratulieren. Das klang so gar nicht nach seinem Vater.

Sein Vater würde, wie er ihn kannte, ankündigen, dass ihm die Verleihung des Abiturzeugnisses so wichtig ist, dass er ihn besuchen kommen wird, und er würde etwas mehr Bedauern darüber zeigen, dass er die Verleihung verpasst hatte. Nachdem Ferhat sich mit seinem Vater über die neuesten Entwicklungen im Dorf ausgetauscht hatte, fragte er ihn, wann er die Rückreise antreten würde.

»Du meinst ›unsere Rückreise‹«, erwiderte sein Vater angestrengt lächelnd und nahm einen Schluck vom Tee.

»Unsere?«, fragte Ferhat, verschluckte sich und fing an heftig zu husten.

»Das haben wir gleich«, sagte sein Vater und klapste einige Male mit der flachen Hand auf seinen Rücken. Nachdem Ferhat zu sich gekommen war, nahm er einen Schluck Wasser.

»Wow. Ich weiß nicht, was ich sagen soll. Die Überraschung ist dir wirklich gelungen. Ich bleibe den ganzen Sommer über bei euch«, freute sich Ferhat. Jetzt schob sein Vater den Tee beiseite und blickte Ferhat mit ernster Miene in die Augen.

»Mein Sohn. Es gibt kein Rückticket.«

»Kein Rückticket?«, fragte Ferhats mit einem verblassendem Lächeln zurück. Sein Magen krampfte sich zusammen, da ihm mit einem Schlag klar wurde, dass sein Vater niemals gekommen war, um ihm wegen der Zeugnisübergabe zu gratulieren, sondern um ihn aufzufordern, Berlin den Rücken zu kehren.

So, wie er es ursprünglich geplant und es seinen Eltern nach dem Suizid von Cemal mitgeteilt hatte, sich aber wegen Lisa dagegen entschieden hatte. Er hätte selbst nicht gedacht, dass die Dinge sich zwischen Lisa und ihm so schnell entwickeln würden.

Zu seiner Überraschung hatte er vor drei Monaten die sehr harte Reaktion seines Vaters zu spüren bekommen.

Sein Vater hatte wütend in das Telefon geschrien, dass die Familie niemals ihre Einwilligung dazu geben würde, und er hatte ihm versucht zu erklären, dass er, Ferhat, sicherlich gerade nur verwirrt wäre, weil sein bester Freund gestorben sei und er Halt bräuchte.

Ferhat hatte ihm aber entgegnet, er wisse sehr gut, was er tue, und als er gesagt hatte, dass er nach dem Abitur weiter in Deutschland bleiben und sein Medizin-Studium hier in Berlin aufnehmen wollte, war seinem Vater so der Kragen geplatzt, dass er auflegte.

Kurze Zeit später hatte Ferhat sich bei seinem Vater für sein Verhalten entschuldigt, aber er hatte ihm auch zu verstehen gegeben, dass er bei seinem Entschluss bleiben werde. Bis heute war das Thema Lisa und Rückkehr in die Türkei zwischen ihm und seinem Vater totgeschwiegen geworden. Doch da war es jetzt also wieder, in voller Wucht.

»Deine Mutter und ich möchten, dass du wieder in deine Heimat zurückkehrst, mein Junge. Wir machen uns ernsthaft Sorgen um dich. Du bist abgemagert, und deine Haare fallen dir reihenweise aus. Wir können da nicht länger tatenlos zusehen«, sagte sein Vater und stand auf. »Also, vier Wochen hast du ja noch Zeit, um hier alles zu einem Abschluss zu bringen, und danach ...«

Ferhat platzte dazwischen. »Und danach was? Meint ihr, dass ihr mein Glück erzwingen könnt?«

Sein Vater räusperte sich. »Wir möchten dir nicht vorschreiben, wen du heiraten sollst, aber wen auf keinen Fall, das schon. Heirate eine Frau aus deinem Kulturkreis, mein Sohn. In der Türkei wirst du während deines Studiums noch genug Möglichkeiten haben, eine für dich passende Frau zu finden.«

»Ach, jetzt steht auch schon fest, wo ich meine Frau kennenzulernen habe?«, erwiderte Ferhat lachend aus Verzweiflung.

»Du weißt hoffentlich, dass deine Mutter und ich das alles nicht machen, um dir das Leben zu erschweren. Das Gegenteil ist der Fall.«

Jetzt stand Ferhat auf und lief zu seinem Vater am anderen Ende der Küche. »Ach wirklich? Erst reißt du mich wie ein Wahnsinniger auf Biegen und Brechen mit den Wurzeln aus und schickst mich nach Berlin, und jetzt, wo ich nach fünf Jahren das erste Mal das Gefühl habe, heimisch geworden zu sein und Wurzeln geschlagen zu haben, willst du auch diese herausreißen, indem du mir ein Ticket vor die Nase knallst und von mir erwartest, mein Studium in Berlin, und noch wichtiger, die Liebe meines Lebens fallen zu lassen?!«, wurde Ferhat mit jedem Satz lauter. Er schüttelte den Kopf.

»So weit wird es nicht kommen.« Jetzt wurde auch sein Vater lauter. »Und was ist mit der Liebe und dem Respekt gegenüber der Familie? Haben wir dich nicht großgezogen und dir alles gegeben, was du brauchtest?«

»Haha«, lachte Ferhat jetzt demonstrativ laut und stützte die rechte Hand gegen die Wand. »Ihr habt euren Sohn, den ihr selber zeugen wolltet, großgezogen, bravo, eine Meisterleistung.« Ferhat klatschte jetzt in die Hände. »Ich hoffe nur, ihr habt das nicht getan, um all das irgendwann als Druckmittel gegen mich zu nutzen. Ich glaube, du verwechselst hier Liebe gegenüber der Familie mit emotionaler Erpressung.«

Sein Vater packte Ferhat nun am Kragen und rüttelte ihn heftig durch. »Es reicht! Du wirst mitkommen. Kein Studium in Berlin, und noch wichtiger, keine Lisa!«

Noch nie hatte Ferhat seinen Vater so außer Kontrolle gesehen. Er war außer Stande, ihm etwas entgegenzusetzen, und ließ ihn gewähren. Was ihn aber noch viel mehr beunruhigte als die Aggressivität seines Vaters, war das schleichende Gefühl in der Magengrube, das wie Sodbrennen in seinem Gehirnnetz jagte, als würde sich in diesem Augenblick die Geschichte Cemals wiederholen. Er wollte nicht wie Cemal zwischen allen Stühlen stehen, er wollte klare Verhältnisse, aber davon war er noch sehr weit entfernt. Er bekam richtig Angst, dass dieser Streit eskalieren könnte, da sein Vater immer lauter und aggressiver wurde, und das, obwohl Ferhat schwieg.

Dann klingelte es an der Haustür. Die Nachbarn, dachte Ferhat. Sie mussten den Streit gehört und es der Polizei gemeldet haben.

Sein Vater ließ von ihm ab. »Ich gehe nachschauen«, sagte er und ging zur Haustür. Ferhat blieb regungslos in der Küche. Ihm wurde schmerzhaft bewusst, wie sehr sein Vater versuchen würde, ihn von einer Ehe mit Lisa abzubringen. Ihn zu dominieren. Vielleicht sein Leben zu bestimmen. Warum ging überhaupt sein Vater an die Tür, das war doch seine Wohnung, dachte Ferhat und stand auf, um selber danach zu sehen, wer da gerade klingelte.

»Ferhat?«, fragte sein Vater, als er die Tür öffnete. Ferhat ging zur Tür und wollte fragen, was los sei, doch sein Vater schien nicht ihn damit angesprochen zu haben. »Was hast du hier verloren, Ferhat?«

Als Ferhat Onkel Hasan vor der Tür sah, machte er sich immer mehr Sorgen um seinen Vater. Wieso nannte er Onkel Hasan beim Namen Ferhat?

»Vater, das ist Onkel Hasan, von dem ich dir so viel erzählt habe.«

Sein Vater winkte ihn mit der Hand ab, ohne den Blick von Onkel Hasan abzuwenden.

»Nein, ist er nicht. Das ist Ferhat, mein großer Bruder, und ich möchte wissen, was er hier verloren hat.«

KAPITEL SECHSUNDSECHZIG

»Der Mensch wird am meisten durch jene geprüft, die er am meisten liebt.«
Ali (63) aus Wedding

Ferhat, der die Szene mit ungläubigen Augen beobachtete, gab sich einen Ruck und bat Onkel Hasan herein, damit man alles in Ruhe besprechen konnte. Sein Vater wäre beinahe auch auf Onkel Hasan losgegangen, doch dieser machte keine Anstalten, zu sprechen oder sich gegen die Anschuldigungen von Ferhats Vater zu wehren. Vielleicht lag das auch daran, dass sein Vater pausenlos auf ihn einschrie und ihm Anschuldigungen entgegenfeuerte.

Jetzt saßen sie zu dritt in der Küche, und Ferhat wusste nicht so recht, wie er mit der Situation umgehen sollte. Umso froher war er, als Onkel Hasan zum ersten Mal das Wort ergriff.

»Dein Vater hat recht, mein Sohn. Mein bürgerlicher Name ist Ferhat. Wir sind Geschwister.«

Doch statt Licht ins Dunkel zu bringen, verwirrte ihn diese Antwort nur noch mehr.

»Aber dein Nachname? Ihr habt doch verschiedene Nachnamen, und ihr seht euch auch nicht zum Verwechseln ähnlich«, stellte Ferhat mit einem großen Fragezeichen im Gesicht fest.

»Genau genommen sind wir Halbbrüder. Nachdem mein Vater gestorben war, heiratete meine Mutter euren Opa, und dann wurden dein Vater, deine Onkel und Tanten geboren. Ich bin der Einzige mit einem anderen Nachnamen«, erklärte Onkel Hasan mit seiner ruhigen Stimme.

»Willst du ihm vielleicht auch erklären, wie du die Familie im Stich gelassen hast und, ohne ein Sterbenswörtchen zu sagen, abgehauen bist? Und willst du mir erklären, wie du Kontakt zu meinem Sohn aufgenommen hast?«, fragte Ferhats Vater Onkel Hasan ungeduldig.

»Kurz bevor Ferhat nach Berlin zog, hat mich Bilal kontaktiert.«

Bilal? Ferhat überlegte. War damit Vaters jüngster Bruder gemeint? Ja, ganz sicher handelte es sich um Onkel Bilal. Denn es war dieser Onkel gewesen, der Ferhat die Nummer »eines guten Freundes« aus Berlin in die Hand gedrückt hatte, der sich nun ... als sein leiblicher Onkel entpuppen sollte? Ferhat war verwirrt.

Onkel Hasan sprach: »Wir hatten den Kontakt nie abgebrochen, aber dein Vater wollte euch davon nichts erzählen, weil er wusste, dass ihr nicht gut auf mich zu sprechen sein würdet. Als ich hörte, dass mein Neffe in meine Stadt kommt, da habe ich das erste Mal seit Jahren etwas in mir gespürt, was ich verloren glaubte: Hoffnung.« Während er dies sagte, rollten die ersten Tränen aus seinen Augen herunter.

»Du hast deinen Sohn nach mir benannt, Said«, sagte Onkel Hasan und drehte sich zu Ferhats Vater. Dieser zog es aber vor, zu schweigen.

»Aber wieso steht in deinem Pass Hasan und nicht Ferhat?«, fragte Ferhat. Onkel Hasan drehte sich zu seinem jüngeren Bruder Said.

»Ich musste meinen Namen ändern, als ich nach Deutschland kam und die Polizei mir riet, fürs Erste in das Zeugenschutzprogramm aufgenommen zu werden. Ich nahm also den Namen Hasan an, der seitdem nicht geändert wurde. Ich habe nie den Kontakt zu euch abgebrochen, um euch im Stich zu lassen. Ich hatte nach dem Militärputsch und meiner Haftstrafe nicht mehr viele Möglichkeiten, in der Türkei zu bleiben. Ich hatte viele politische Feinde, die es nicht nur auf mein Leben abgesehen hatten. Ich habe euch verlassen, um euch zu schützen. Ich hätte es mir nie verzeihen können, wenn euch wegen mir etwas zugestoßen wäre«, sagte Onkel Hasan und legte seine Hand auf die von Ferhats Vater.

»Ich habe euch monatlich die Hälfte meines Einkommens zugeschickt und sie euch über Bilal zukommen lassen. Durch ihn wusste ich, dass es euch gut geht, und ich war stolz darauf, Neffen wie Ferhat zu meiner Familie zählen zu können. Ich hätte gerne eine Familie gehabt, Said. Ich habe euch alle schrecklich vermisst«, sagte er, und seine Stimme verebbte in einem Tränenmeer.

Said haderte mit sich, doch Ferhat eilte sofort zu Onkel Hasan und umarmte ihn.

»Du hast das also alles wegen uns getan?«, fragte Said mit rauer Stimme. »Ich habe dich auch all die Jahre vermisst, doch ich hatte immer eine Wut in mir getragen, da du uns wortlos verlassen hattest. Die ersten Jahre ohne dich waren besonders hart. Du warst unser aller großer Bruder, zu dem wir alle aufgeschaut hatten, und plötzlich warst du nicht mehr da, Ferhat. Ich habe meinem ersten Kind deinen Namen gegeben. Ah, Ferhat, wieso müssen wir uns auf diese Weise wiedersehen?«, sagte er und fiel in Onkel Hasans Arme.

»Wieso kommst du nicht mit uns nach Elazığ?«, fragte Ferhat.

»Du weißt doch, mein Sohn. Ich habe Berlin die letzten Jahre nicht verlassen. Ich schaffe das einfach nicht.«

»Doch, das schaffst du!«, entgegnete Ferhat energisch. Dann schaute er seinem Vater in die Augen und legte seinen Arm um Onkel Hasan.

»Wir schaffen das gemeinsam.«

KAPITEL SIEBENUNDSECHZIG

»Manchmal muss man alles hinter sich lassen. Menschen, Orte, einfach alles.«
Yagmur (27) aus Zehlendorf

Zehn Jahre später …

Nachdem Ferhat mit Lisa und ihrem gemeinsamen vierjährigen Sohn in Berlin landeten, gingen sie als erstes zu Lisas Eltern, brachten ihnen Leckereien aus Ferhats Heimat mit und tauschten sich über Neuigkeiten aus.

Nach der kurzen Unterhaltung ging Ferhat Cemals Eltern besuchen und erkundigte sich nach ihrem Wohlbefinden. Sie waren extra zur Hochzeit Ferhats damals vor acht Jahren nach Elazığ angereist. Sie waren einer derjenigen, die ein Umdenken bei Ferhats Eltern ausgelöst hatten.

Als Ferhats Vater nach Berlin gekommen war, um ihn mit in die Heimat zu nehmen, hatte Ferhat viel mit Cemals Eltern darüber gesprochen, dass er in einer ähnlichen Situation, wie Cemal damals stecke und er hatte sie gefragt, was er tun konnte, um zu deeskalieren.

Cemals Eltern hatten Ferhat und seinen Vater zu einem Tee gebeten. Dort hatten sie Ferhats Vater erklärt, welchen Schaden sie damals ihrem Sohn Cemal zugefügt hatten, in dem sie ihn vor die Wahl gestellt hatten, sich zwischen seiner Herkunftsfamilie und seiner zukünftigen Frau zu entscheiden. Ihr Sohn hatte beides verloren.

Ferhats Eltern hatten ihrem Sohn zugestanden, sein Studium der Medizin in Berlin antreten zu können, doch sie benötigten noch Zeit, um darüber nachzudenken, dass ihr Ältester ausgerechnet eine Berlinerin heiraten wollte.

Zwei Jahre hatten sich die Familien einige Male gegenseitig besucht, denn die Skepsis war beiderseits.

Auch Lisas Eltern hatten einer Heirat nicht von Anfang an zugestimmt, weil sie wegen der Herkunft Ferhats Bedenken hatten. Außerdem war ihnen der weitere Lebensweg Ferhats zu ungewiss. Würde er für immer in Deutschland bleiben? Würde er hier nur noch studieren? Würden sie ihre Tochter verlieren, wenn diese ihrem Ehemann in die Türkei folgen müsste? Schlussendlich hatten Ferhat und Lisa trotz aller Widrigkeiten den Familien beweisen können, dass ihre Entscheidung feststand und wohl überlegt war.

Ferhat hätte von sich aus nie gedacht, als ein konservativer Provinzjunge mal eine deutsche Berlinerin zu heiraten. Er hatte aber auf sein Herz gehört und festgestellt, dass beide viel mehr Gemeinsamkeiten hatten, als er gedacht hatte. Ihre Eigenschaft, sich um andere Menschen kümmern zu wollen und zwar nicht nur berufsbedingt als Krankenpflegerin und er als Arzt, vielmehr auch im Privatleben. Das bindende Glied war Cemal gewesen, der diese beiden Persönlichkeiten auf tragische Weise zusammengebracht hatte. Ferhat erkannte in Lisas Fürsorge für ihre Mitmenschen, in ihrem Verantwortungsbewusstsein, ihrem Humor und ihrer Leichtigkeit und manchmal auch forschen Art eine Frau, in der er nicht nur seine künftige Ehefrau sah, sondern auch eine Freundin fürs Leben. Er hatte Gott gedankt, dass er sich über die Jahre nie getäuscht hatte und seinem inneren Gefühl gefolgt war.

Nachdem die Familien eingewilligt hatten, wurden zwei Hochzeitsfeiern abgehalten. Die eine in Elazığ und die zweite in Berlin.

Nach der Hochzeit hatten sie noch sechs Jahre in Berlin gelebt, bis Ferhat sein Studium der Medizin abgeschlossen hatte. Nach dem Studium hatten sie sich entschlossen, nach Istanbul zu ziehen. Sie wollten etwas Neues probieren, und Lisa hatte sich schnell in Istanbul wohlgefühlt. Während Ferhat praktische Erfahrungen im Bereich der Chirurgie sammelte, hatte sie rasch eine Stelle als Krankenpflegerin in einem privaten deutschen Krankenhaus gefunden.

Kurze Zeit später wurde sie schwanger. Ferhat und Lisa hatten sich entschlossen, das Kind in Istanbul zur Welt zu bringen. Ferhats Mutter hatte der jungen Frau in der Zeit ihrer Schwangerschaft sehr zur Seite gestanden. Und Lisas Mutter war sogar für ein paar Wochen aus Deutschland nach Istanbul gekommen, um ihre Tochter zu unterstützen.

In den vier Jahren Istanbul hatte Lisa schon so weit türkisch gelernt, dass sie ohne Ferhats Hilfe zurechtkam. Nachdem der Sohn der beiden vier Jahre alt geworden war, hatte Ferhats Onkel Bilal damit begonnen, bei jeder Gelegenheit zur Sprache zu bringen, dass sich die Großeltern weitere Enkel wünschen würden.

Ferhats Mutter erkundigte sich immer wieder, ob gesundheitlich alles in Ordnung wäre, und Ferhat hatte große Schwierigkeiten, seinen Verwandten zu erklären, dass sie vorerst mit einem Kind zufrieden waren und dass es nichts mit gesundheitlichen Gründen zu tun hatte.

»Was habe ich bei der Erziehung von diesem Jungen bloß falsch gemacht, dass er mir das antut«, fragte seine Mutter häufig in gespielter Verzweiflung ihren Mann.

Ferhats Vater lachte dann jedes Mal laut. »Lass doch den Jungen sein Leben selbst bestimmen!«, lautete meist seine Antwort. »Unser Ferhat ist inzwischen ein gefragter Chirurg, aber du benimmst dich noch immer so, als sei er ein unmündiges Schulkind.«

»Und wenn er der Präsident unseres Landes wäre, so wünsche ich mir trotzdem weitere Enkelkinder«, lautete dann die Antwort von Ferhats Mutter. Ferhat war das letzte Mal vor vier Jahren in Berlin gewesen. Lisa war zwar einige Mal mit dem gemeinsamen Sohn nach Berlin geflogen, aber Ferhat konnte sich aus beruflichen Gründen nicht so häufig freinehmen.

Mit Cemals Eltern sprach er gern über vergangene Zeiten. Er war froh, dass es ihnen gut ging. Im

Wohnzimmer hingen noch immer die Bilder von Cemal. Ferhat berichtete ihnen auch, dass Onkel Hasan nach einer Therapie seine Flugangst besiegt hatte. Dadurch war es ihm möglich geworden, nach dreißig Jahren das erste Mal wieder in seine Heimat zu fliegen. Mittlerweile lebte er in Elazığ und wollte auf seine alten Jahre endlich zur Ruhe kommen. Aber es freute ihn natürlich trotzdem, wenn die zahlreichen Neffen ihn besuchten, um sich seine Erzählungen über die Erlebnisse aus seiner Berliner Zeit anhören zu können.

Nachdem Ferhat Cemals Eltern noch Grüße von Onkel Hasan überbracht hatte, umarmte er beide und verabschiedete sich von ihnen. Er wusste, dass seine Schwiegereltern auch auf seinen Besuch warteten.

Ferhats Schwiegereltern vermissten ihren Enkel unbeschreiblich, daher bot ihnen Ferhat immer wieder an, ihn jederzeit besuchen zu können. Diesmal überbrachte er ihnen die Neuigkeit mit, dass sie nicht mehr in einer Großstadt leben, sondern in Ferhats Heimat nach Elazığ ziehen wollten.

»Was soll's«, meinte Lisas Vater. »Wir sind auch auf einem Bauernhof großgeworden. Mussten unser Wasser noch von Hand pumpen und abends mit Kerzen auskommen. Das wird dem kleinen Racker bestimmt gut bekommen«, fügte er noch hinzu, während er den Kopf seines Enkels streichelte.

Lisa verdrehte die Augen. »Papa! Wir werden nach Elazığ ziehen und nicht ins Mittelalter.«

Ihr Vater grinste. »Das ist doch das Gleiche«, meinte er trocken.

Lisas Mutter schlug ihm auf die Schulter. »Jetzt hör aber auf!«, rief sie lachend. »Lasst euch nicht ärgern«, wandte sie sich dann an ihre Tochter und den Schwiegersohn, »ihr wisst doch, unser Vater kann es einfach nicht lassen, andere Leute aufzuziehen.«

Nachdem Ferhat seinen Kuchen gegessen und den Kaffee ausgetrunken hatte, nahm er seinen Sohn mit nach draußen. Er wollte ihm den Kiez zeigen, in dem er früher mal gelebt hatte.

KAPITEL ACHTUNDSECHZIG

»Berlin du asoziales Stück Scheiße! Ich liebe dich Lan!«

Enver (35) aus Wedding

Als Ferhat durch seine alte Straße lief, merkte er, wie fremd ihm die Umgebung erschien. Und das lag nicht nur daran, dass er das letzte Mal vor vier Jahren hier gewesen war.

Sein früherer Arbeitsplatz, das Internetcafé, war nicht mehr da. Dort wurde nun Fairtrade-Baumwolle angeboten. Der Dönerladen gegenüber, wo er nach der Arbeit oft was gegessen hatte, war auch nicht mehr da. Die Menschen standen in einer langen Schlange, um vegane Burger und veganes Eis zu essen.

Wären die wenigen Satellitenschüsseln nicht gewesen, die Ferhat am Häuserblock sah, hätte er gedacht, dass er sich verfahren habe. Aber das war seine Straße, daran gab es keinen Zweifel.

Sein Sohn zog an seinem Hemd und fing an rumzunörgeln. Ferhat betrat den nächsten Eisladen, wo er vor dem nächsten Problem stand. Er meinte, sich daran erinnern zu können, dass es hier vor vier Jahren gefühlt nur drei Eissorten gegeben hatte: Schoko, Vanille, Erdbeere.

Nicht so im modernisierten, trendigen Kiezladen.

Ferhat begann zu grübeln.

»Na, mein Sohn. Was hättest du denn gerne? Kürbis-Nougat oder doch lieber Passionsfrucht-Himbeer-Kardamom?«

Sein Sohn deutete auf eine schwarze Eissorte. Dark Chocolate, dachte Ferhat. Aber es war schwarze Vanille.

Als er mit seinem Sohn den Laden verließ gab es Tumult vor einem Mülleimer. Mal keine Jutebeutel sondern zwei scheinbar Obdachlose, die sich mit ihren Lidl Tüten, wie die Verrückten die Köpfe einschlagen, dachte sich Ferhat. Nichts Ungewöhnliches für Berlin, dachte er sich, doch die Reaktionen der Umherstehenden reichten von Gleichgültigkeit über schaulustigen Touristen, die das Ganze toll fanden und filmten, bis hin zu jenen, die das dramatisieren.

»Kati verständige sofort die Polizei bitte!«, rief ein junger Mann in fast panischer Todesangst, dem die Brille runter fiel, als er versuchte dazwischen zu gehen und die Tüten ihn um die Ohren flogen.

Neben Ferhat stand ein junger Vater, der seinen kleinen Sohn im Schoß trug, den er anfänglich auch für einen Jutebeutel hielt, so wie er im Baumwollstoff eingewickelt war.

»Mami«, stöhnte der kleine Junge.

»Das haben wir doch grad eben schon besprochen Ben. Die Annemarie muss heute arbeiten. Sie hat ein sehr wichtiges Projekt.« Dann wandte er sich Ferhat zu. »Die haben sich einvernehmlich dazu entschlossen sich zu prügeln. Die diskutieren nämlich schon seit zehn Minuten darüber, wem die Pfandflasche gehört« Dann nippte er zufrieden an seiner Bionade und ging mit Ben weiter.

Nachdem Ferhat die Straße weiter runter lief stand er endlich vor seiner alten Wohnung. Das Haus war wie ausgewechselt. Eine glänzende weiße Fassade mit einem großen französischen bodenlangen Fenstern. Er ging zur Haustür und schaute sich die Klingelschilder an. Keiner der alten Bewohner war geblieben.

Daneben hatte eine kleine Salat Bar aufgemacht, von der Ferhat jetzt eine piepsige Frauenstimme vernahm. »Nee Jana. Du, ich seh' das auch überhaupt nicht ein den Valentin das durchgehen zu lassen. Genau das ist die Art von Machtdemonstration, auf die ich mich nicht einlassen muss. Wir müssen das mit dem Valentin noch besser in Griff kriegen. Er braucht seine Zeit und ich meine. Weißt du ...«, noch bevor die junge Frau am Tisch, die eine wahre Gartenkolonie zu verdrücken schien, weiter ausführen wollte, ließ ein kleiner Junge mit lockigen Haaren, der neben ihr saß demonstrativ sein Kinderbuch zu Boden fallen. Jetzt schlug sie Gabel und Messer auf den Tisch und geriet völlig in Rage. Warum auch immer man einen Messer brauchte, um Kresse zu durchschneiden, dachte sich Ferhat. War das ein Steakmesser? Wie nahm der Kellner die Bestellung auf? Hätten Sie ihre Kresse Medium Rare oder Well-Done? Ferhat fing an zu grinsen.

»Valentin! Ich bin empört! So nicht! Das wird zu Hause ein Nachspiel haben mein kleiner Freund, aber darauf kannst du dich so was von verlassen.«

Jetzt wandte sie sich völlig entsetzt und verzweifelt ihrer Freundin zu.

»Genau diese Art von Machtdemonstrationen mit dem Valentin rauben mir den letzten Nerv.«

Ferhat dachte Valentin wäre vielleicht ihr spanischer Liebhaber. Was waren das überhaupt für Tischgespräche?, fragte sich Ferhat und entschied sich jetzt zur Teestube zu gehen und einen Tee zu trinken.

Auf Cevo war immer Verlass, dachte er sich und nahm seinen Sohn an die Hand und lief weiter. Auf dem Weg zur Teestube merkte er, wie auf den Straßen Kreuzbergs mehr Englisch und Spanisch gesprochen wurde. Statt dem Berliner Dialekt hörte er jetzt einen anderen deutschen Dialekt, der ihm nicht vertraut war.

Er stand vor der Teestube, doch sie war nicht aufzufinden. Scheinbar hatte die Teestube auch dichtgemacht. An ihrer Stelle war ein kleiner Bio-Laden entstanden.

Er fragte sich, wo die Jugendlichen und älteren Männer geblieben waren, die noch vor vier Jahren hier jeden Abend Karten- und Brettspiele gespielt hatten. Einerseits freute er sich, dass aus der Raucherkammer, die am laufenden Band Lungenkrebs produzierte etwas geworden war, wo Menschen gesund rein gingen und gesund wieder rauskamen. Aber andererseits schienen mit einem Mal alle Erinnerungen der letzten Jahre wie ausgelöscht.

Hier hatte er sich immer mit Onkel Hasan, Kerem und Cemal auf einen Tee getroffen. Mit Kerem wollte er sich noch am Abend treffen. Er war einer der wenigen, die in Berlin geblieben waren.

Lea war nach New York ausgewandert, Dr. Fehn war aufs Land gezogen und Cansu war vor sechs Jahren mit ihrem Mann und ihren beiden Töchtern nach Bursa gegangen. Der Kontakt war so gut wie abgebrochen. Sie sagte zu Ferhat immer, dass sie ihr Glück in der Türkei versuchen wollten, doch er wurde das Gefühl nicht los, dass diese Stadt sie zu sehr an Cemal erinnerte. Solange sie glücklich war, hatte es ihn nicht zu interessierten.

Jetzt hallten in seinem Inneren die Worte Dilans nach, die mit den Worten »Berlin ist gefallen« nach Istanbul ausgewandert war. Damit hatte sie die Mietspekulanten gemeint, die neureichen Schwaben, von denen bis heute immer mehr von Prenzlauer Berg nach Kreuzberg zogen, wie sie es vorausgesagt hatte. Zuletzt hatte er Dilan vor einem Jahr in Istanbul getroffen, auf einem Benefizkonzert für Flüchtlinge, die auf der griechischen Insel ausharren mussten.

»Oh, mein verehrter Doktor. Was machen Sie denn in der Stadt?«, hörte Ferhat eine Stimme hinter seinem Rücken. Diese Stimme war unverwechselbar. Er erkannte sie sofort. Die Stimmlage Cevos.

»Cevo. Für dich bin und bleib ich einfach Ferhat«, sagte er und umarmte ihn.

»Sag mal, was ist denn aus unserer Teestube und unserer Straße geworden, Mensch? Ich erkenne sie ja kaum wieder«, sagte Ferhat.

»Was hast du erwartet? Vor vier Jahren wurde unser Mietvertrag gekündigt. Die Teestube, als auch die Mietwohnungen wurden privatisiert und zwangsmodernisiert, sodass wir alle in die Außenbezirke ausweichen mussten. Die Gemeinschaft hat sich aufgelöst, jeder wohnt irgendwo anders und ist froh, dass er überhaupt 'ne bezahlbare Wohnung gefunden hat. Kann sich keine Sau mehr leisten, in Kreuzberg zu wohnen«, sagte Cevo.

»Und wo wohnst du? Was machst du hier?«, fragte Ferhat.

»Ich halte die Stellung, mein Junge. Eines Tages werden die keine Lust mehr auf den Laden haben, und ich werde ihn mir zurück erobern und meine Schar wieder um mich sammeln.« Cevo lachte vergnügt. Dann betrachtete er Ferhat aufmerksam. »Und was machst du hier, Junge?«

»Ich bin gekommen, um mich ein letztes Mal von dieser Stadt zu verabschieden. Es waren intensive Jahre hier. Nun ist es an Zeit, Berlin Goodbye zu sagen. Ich werde nach Elazığ aufbrechen. Ich habe schon eine Stelle als leitender Chirurg in einem renommierten Krankenhaus. Ich denke, dass Großstädte mir nicht gut bekommen, Cevo. Jetzt werde ich aber das Grab von Cemal besuchen. Pass gut auf dich auf!«

KAPITEL NEUNUNDSECHZIG

»Billige Fantasien werden euch teuer kommen.«

Yilmaz (35) aus Schöneberg

Ferhat trat vor das Grab von Cemal.

»Hier scheint lange keiner mehr gewesen zu sein«, sagte er und fing an, das Unkraut mit den Händen zu entfernen. Er ging zum Friedhofsbrunnen, kam mit einer Gießkanne zurück und begoss die trockene und staubige Erde.

Sein Sohn stand am Brunnen und planschte mit den Händen im Wasser. Ferhat wollte nicht, dass er das Grab von Cemal in diesem Zustand sah. Nachdem er das Grab ordentlich hergerichtet hatte, rief er: »Cemal, mein Sohn, komm her.«

Der Junge lief lächelnd auf ihn zu. Ferhat legte ihm die Hände auf die Schultern und deutete auf das Grab. »Hier liegt dein Onkel Cemal begraben, von dem ich dir soviel erzählt habe. Weißt du noch?«

Sein Sohn nickte lächelnd mit dem Kopf und schaute ihm direkt in die Augen.

»Weißt du überhaupt, was Cemal bedeutet?«, fragte Ferhat.

Sein Sohn schüttelte jetzt den Kopf.

»Es bedeutet Schönheit. Gott ist schön und liebt die Schönheit. Wir gehen nach Elazığ. Dort ist es schön mein Sohn.«

KAPITEL SIEBZIG

»Mach dir nicht einen Kopf wegen allem. Weder die Probleme noch das Leben sind ewig.«
Zeyd (68) aus Kreuzberg

Nachdem Ferhat seinem Sohn eine Gute-Nacht-Geschichte vorgelesen und ihn schlafen gelegt hatte, griff er nach seiner Jacke.

Lisa schaute ihn aufmerksam an. »Wohin willst du denn noch um diese Uhrzeit?«

»Ich will nur einen kleinen Spaziergang am Kanal machen«, sagte Ferhat.

Lisa nickte. »Gut, aber bleib nicht so lange weg.« Sie schaute ihn ein wenig besorgt an.

Ferhat ging zu ihr und küsste sie auf die Stirn. »Versprochen«, sagte er leise.

Er fuhr mit dem Wagen in die Adalbertstraße und parkte vor seinem früheren Wohnhaus. Lange betrachtete er die Namensschilder neben der Haustür. Keinen dieser Leute kannte er.

Ferhat trat ein paar Schritte zurück und blickte an der Hausfassade hoch, bis er das Küchenfenster seiner ehemaligen Wohnung im dritten Stockwerk entdeckte. Dort brannte Licht. Ferhat schloss kurz die Augen und stellte sich vor, wie er mit Cemal am Küchentisch gesessen und Tee getrunken hatte. Was würde er dafür geben, wenn er das mit seinem alten Freund noch einmal machen könnte!

Wenig später fuhr er an der Admiralbrücke vorbei und parkte am Urban-Krankenhaus. Er stieg aus und ging langsam zur Baerwaldbrücke.

An das Geländer gelehnt ließ er die friedliche Szenerie auf sich wirken: die ruhig vor Anker liegenden Hausboote, der Mond, der sich im Kanalwasser spiegelte. Eine leichte Brise wehte vom Wasser zur Brücke hinüber, alles war still.

Ferhat spürte, dass seine Augen sich mit Tränen füllten. Unwillkürlich schluckte er. Dann zog er einen Briefumschlag aus der Jackentasche und warf ihn mit den Worten »Gott sei deiner Seele gnädig Cemal« in den Kanal.

Ferhats Abschiedsbrief an Cemal schwamm noch eine kleine Weile auf der Wasseroberfläche, dann versank er.

Der Abschiedsbrief von Ferhat an Cemal

Nun verlässt du uns, du edler Mensch
In den Nachtstunden, wo kein Licht mehr brennt
Was ich tun werd', wenn ich dich das letzte Mal seh'?
Einsam und verlassen am entrückten Bahnhof steh?

Dann kehre ich zurück ins Haus, wo alles begann
Mit leisen Schritten mit leisen Füßen
Durchs Treppenhaus mit stumpfen Ton, mit stumpfen Klang

Zu deinen Ehren, mit meinen Grüßen

Wie kann ich meinen Zustand beschreiben?
Stets zwischen Bangen und Hoffen
Sehne ich mich nach besseren Zeiten
Doch das Leben hat mich hart getroffen

Wie könnte ich mich dir beschreiben?
Viele Zigaretten, nun auch graues Haar
Das Leben hat mich eben gezeichnet
Viel zu viel. Ich komm kaum mehr nach

Dich zu ersetzen? Dich zu hassen?
Kann ich mich auf dich verlassen?
An deiner Stelle jemanden zulassen?
Ich? Du von allen guten Geistern verlassen?

Wie könnte ich sprechen
Solange mein Mund schweigt?
Mein Schweigen brechen
Solange das Herz weint?

Schweigen werde ich
Solange das Herz schreit
Ein wenig leiden
Solange die Hand schreibt

Nur so lange, bis wir uns wiedersehen
Solange du nicht da bist
Wie könnte ich bloß widerstehen

Deinen Augen, die so klar sind?

Ich warte dann unten
Genau vor der Haustür
Dreh hier und da meine Runden
Die mich zurück ins Haus führen

Von dort in die tiefsten meiner Seele
In die tiefsten Tiefen
Der einzige Ort, an dem ich noch lebe
Ich bleib' jetzt erst mal liegen

Werde mich wenden, ein wenig nachsinnen
Und mich fragen, worüber der Tote klagt
Dann schaue ich auf zum schimmernden Nacht-himmel
Jedes Jahr zur selben Zeit an deinem Todestag

»Alles ist zurückgeblieben. Der Tee in den Gläsern, unsere Jugend auf den Straßen, unsere Familien in weiter Ferne, die Geliebten in unseren Herzen und unser Lächeln auf den Bildern.«
Vedat (55), aus Kreuzberg.

Ende

DANKSAGUNG UND SCHLUSSWORT

Liebe Leserrinnen, liebe Leser,

ich möchte Sie beglückwünschen und Ihnen gleichzeitig danken, dass Sie mein Buch bis zum Ende durchgelesen haben.

Bei diesem Roman handelt es sich um keine leichte Kost. Es ist kein Text, den man eben mal so schnell herunterliest, und dessen Inhalt spurlos an einem vorbeizieht. Das Thema jugendliche Migranten und Suizid ist eines derjenigen, die gern unter den Teppich gekehrt werden. Betroffene, die an Depressionen leiden, holen sich oftmals keine professionelle Hilfe. Und über die Zeit wuchert ein Dämon in ihrem Inneren, der sie dann nicht selten zum Suizid bewegt.

Mein erstes diesbezügliches Erlebnis hatte ich im Jahr 2005. Es war das Jahr, in dem ich mein Abitur abschloss. Als ich an einem sonnigen Tag im stickigen Klassenraum saß und vor allem darüber nachdachte, wie und wo ich mich nach der Schule würde abkühlen können, stürmte Yasemin (Name geändert) in die Klasse. Sie war völlig außer Atem. Eindringlich blickte sie mir in die Augen, sie schien große Angst zu haben. »Alper, komm sofort mit!«, rief sie in heller Aufregung. »Sevgi (Name geändert) hat gerade versucht, sich das Leben zu nehmen!«

Sofort bin ich Yasemin gefolgt. Wir stürmten durchs Treppenhaus. In einem Klassenraum in der oberen Etage lag Sevgi auf dem Boden. Ihre Arme waren blutig. Sie weinte und schlug um sich. Mehrere Mitschüler mussten sie festhalten. Ich erfuhr, dass sie sich hatte die Pulsadern aufschneiden wollen. Zum Glück war ihr das nicht gelungen.

Yasemin informierte mich leise darüber, dass Sevgi an diesem Tag für eine Englischarbeit null Punkte bekommen hatte. Das aber bedeutete, dass sie durch das Abitur fallen würde. Zwar hatte sie noch versucht, die Englischlehrerin umzustimmen. Doch das Gespräch hatte erfolglos für Sevgi geendet. Und als Yasemin sie nach Einzelheiten fragen wollte, hatte Sevgi nur wortlos nach einer Flasche gegriffen, diese an der Wand zerschlagen und sich mit den Scherben die Handgelenke zerschnitten.

Während wir alle noch etwas ratlos in dem Klassenraum herumstanden, verlangte Sevgi mehrmals, sich auf der Toilette waschen zu können. Zwei Mädchen begleiteten sie. Wenige Minuten später hörten wir Geschrei, es kam aus der Toilette. Sevgi war ihren Begleiterinnen davongelaufen und rannte nun in Panik durchs Treppenhaus. Auf der Stelle folgte ich ihr. Sie lief in einen leeren Klassenraum, dort war ein Fenster geöffnet. Sevgi sprang auf einen Tisch und wollte sich auf den Schulhof stürzen. In letzter Minute gelang es mir, sie festzuhalten und zurückzureißen.

Doch was sollte nun geschehen?

Die beiden anwesenden Lehrkräfte waren sichtlich überfordert. Sie wussten nicht, ob sie einen Krankenwagen rufen sollten oder nicht. Unsere Psychologielehrerin war ursprünglich der Meinung gewesen, dass Sevgis Tat nur ein Hilfeschrei und keine feste Absicht gewesen sei. Denn die Pulsschlagader müsse man schon längst aufschneiden und nicht quer, um einen schnellen Tod herbeizuführen, meinte sie. Doch nach Sevgis zweiten Versuch, ihrem Leben ein Ende zu bereiten, entschloss sich die Lehrerin, eine Psychiatrische Klinik anzurufen.

Diese Psychologielehrerin, Sevgis Freundin und ich begleiteten Sevgi in die Klinik. Dort erhielt sie fürs Erste Medikamente, die sie ruhig stellten.

In dieser Psychiatrischen Klinik fiel mir sofort die hohe Zahl an Patienten mit Migrationshintergrund auf. Das war ein Schlüsselerlebnis für mich, das mich auch zum Schreiben des vorliegenden Romans veranlasste.

Dieser Vorfall hat mich etliche Jahre begleitet. Ich habe mir immer wieder die Frage gestellt, was passiert wäre, wenn ich Sevgi nicht mehr hätte aufhalten können. War ihr Misserfolg in der Schule wirklich der ausschlaggebende Grund für ihr Handeln oder gab es noch weitere, eventuell tiefer sitzende Probleme?

Nach ihrer Entlassung aus der Klinik hat Sevgi sich in eine Therapie begeben. Später hat sie das Abitur nachgeholt und ist anschließend aus Berlin weggezogen. Seitdem ist der Kontakt zwischen uns abgebrochen, ich hoffe sehr, dass es ihr gut geht. In Deutschland begehen jedes Jahr rund 10.000 Menschen

Selbstmord. Bundesweit entscheiden sich jeden Tag dreißig Menschen gegen das Leben. Doch warum begehen Menschen mit Migrationshintergrund viel häufiger Suizid als andere? Gründe hierfür gibt es viele. Einige möchte ich hier aufzählen. Diese werden auch in verschiedenen Studien benannt.

Die Migrantenkinder aus dem türkischen Sprachraum haben mit Normenkonflikten zwischen sich und der Elterngeneration der Gastarbeiter zu kämpfen. Diese Konflikte resultieren überwiegend aus traditionellen Rollenvorstellungen der Älteren oder Identitätskrisen der Jüngeren, welche vor allem aufgrund ihrer selbstbestimmten und selbstbewussten Lebensplanung in Widerspruch zu den konservativen Auffassungen der Elterngeneration geraten können. Die im vorliegenden Roman erzählte unglückliche Geschichte von Cemal und Cansu mag einigen Lesern vielleicht etwas überzogen erscheinen, aber selbst im Jahre 2018 sind solche Probleme in Berlin und anderen Großstädten durchaus Realität. Wenn zum Beispiel ein Kurde eine Türkin heiraten möchte oder auch ein Türke eine Kurdin, so kann dies zu gewaltigen Problemen führen. Oder wenn ein junges Mädchen, das in Berlin-Kreuzberg lebt, und deren Eltern aus Zentralanatolien stammen, einen jungen Mann heiraten möchte, der ebenfalls in Kreuzberg zu Hause ist, deren Eltern jedoch aus der Westtürkei stammen, so birgt solch ein Sachverhalt großes Konfliktpotenzial in sich.

Warum zur Hölle ist das so, wird man sich völlig zurecht fragen? Obwohl diese Kinder in Deutschland auf die Welt kamen und sozialisiert wurden, so sind doch ihre Eltern überwiegend noch in der Türkei geboren. Häufig sind sie auch noch in dörflichen Gegenden aufgewachsen, in denen die Familie bis heute im Mittelpunkt steht und sich nach außen abschottet. Man heiratet seinesgleichen und verkehrt ausschließlich mit Gleichgesinnten, die gleiche Anschauungen haben. Dieser Zustand wird in Berlin von diesen Menschen aufrechterhalten. Sie verkehren nur unter ihresgleichen, besuchen zum Beispiel Teestuben, deren Inhaber aus ihrem Heimatdorf kommt oder gehen in Kulturvereine, in denen sich Leute aus ihrem Heimatort treffen. Diese Eltern schaffen es selbst in Berlin, sich nahezu hermetisch von äußeren Einflüssen abzuriegeln. Jedoch gelingt dies den Kindern oft nicht mehr, da sie erkennen, wie fremd sich diese Lebensweise zu ihrer eigenen Lebensauffassung verhält. Auch das Thema »Importbräute« soll hier nicht ungenannt bleiben.

Die Eltern sehen viele der in Deutschland lebenden Mädchen als »verdorben« an und suchen für ihre Söhne oder Töchter nach aus ihrer Sicht geeigneten Ehepartnern. Diese kommen meist aus den eigenen Heimatdörfern. Häufig verläuft so eine Ehe auch für alle Beteiligten zufriedenstellend. Es handelt sich in den meisten Fällen nicht um tatsächliche »Zwangsehen«, sondern um arrangierte Ehen. Die diesen Ehen entstammenden Kinder sorgen ebenfalls dafür, dass sich bereits erwähnte Denkweisen auch in einem Berlin des Jahres 2018 verfestigen und über mehrere Generationen weiterbestehen können. Zum Konflikt kommt es meist erst dann, wenn die Kinder unbedingt jemanden heiraten wollen, der nicht den Vorstellungen der Eltern entspricht. Oder wenn sie den Heiratskandidaten hartnäckig ablehnen, der ihnen von der Familie bestimmt wird und sich dem ganzen Spektakel mit allen ihnen zur Verfügung stehenden Mitteln verweigern.

Zum Glück gibt es zahlreiche positive Beispiele, die zeigen, dass es auch anders geht. Doch es wäre naiv, zu behaupten, dass all diese Probleme heutzutage nur noch eine Randerscheinung wären und keine große Rolle mehr spielen würden. Konflikte können im Übrigen auch bei der Berufswahl entstehen, im Hinblick auf die Karriereplanung und in weiteren Bereichen des gesellschaftlichen Lebens. Wenn die Tochter beispielsweise lieber Karriere machen möchte, als eine Familie zu gründen. Wenn der Sohn sich entscheidet, einen unkonventionellen Beruf zu ergreifen oder einen, der in der Familie nicht angesehen ist. Hinzu kommt der Druck der deutschen Mehrheitsgesellschaft, und das kann bei den betroffenen Personen zu Frust, Depressionen und im schlimmsten Fall sogar zu Suizid führen. Es ist bedeutsam, dass die Suizidrate der türkischen Migranten doppelt so hoch ist, wie bei deutschen Betroffenen. Meistens sind diese Migranten auch doppeltem Druck ausgesetzt, da ist zum einen die Erwartungshaltung der

Familie und zum anderen die Erwartungshaltung der Mehrheitsgesellschaft. In den meisten Fällen schaffen es diese jungen Menschen, souverän beiden Erwartungen gerecht zu werden. Problematisch wird es nur, wenn der Druck von allen beiden Seiten zu stark wird. Es ist nahezu unmöglich, eine umfassende Lösung für diese komplexe Problematik zu formulieren. Einfach aus dem Elternhaus ausbrechen, bringt in den wenigsten Fällen die versprochene Glückseligkeit. Sich seinem Schicksal zu ergeben und eben mal die Frau oder den Mann zu heiraten, den die Eltern wollen, kann zu Depressionen und im schlimmsten Fall aufgrund eines unglücklichen unerfüllten Lebens zum Suizid führen.

Wenn man selbst Kenntnis davon erhält, dass ein junger Mensch in so einer seelischen Zwickmühle steckt, ist es unbedingt ratsam, professionelle Hilfe zu holen. Auch sollten Menschen, die an psychischen Erkrankungen wie Depressionen leiden, zunächst einmal selbst erkennen, dass sie professionelle Hilfe benötigen und sich dann bereit erklären, sich therapieren zu lassen Doch leider scheitert die Angelegenheit oftmals an dieser Stelle. Man schämt sich, offen damit umzugehen, da psychische Erkrankungen noch vielerorts als Zeichen von Schwäche gedeutet werden und man soziale Sanktionen fürchtet.

»Ich habe es dir ja gesagt. Mit der (oder dem) stimmt etwas nicht«, könnte es dann heißen. Die Folge: Betroffene isolieren sich immer mehr und kommen aus diesem Teufelskreis nicht mehr mit eigener Kraft heraus. Umso wichtiger ist es für Außenstehende, eventuelle Zeichen schnell zu erkennen und sofort umsichtig zu handeln. Es sollte eine gesamtgesellschaftliche Aufgabe sein, sich hinsichtlich dieser Thematik zu sensibilisieren und Betroffenen immer ein offenes Ohr zu schenken. Zögern Sie nicht, für Ihre Liebsten oder für andere Personen Hilfe zu holen!

Ihr Alper Soytürk

Hilfeseiten für Betroffene und Angehörige:

Nationales Suizidpräventionsprogramm:
http://www.suizidpraevention-deutschland.de/
Deutsche Gesellschaft für Suizidprävention:
https://www.suizidprophylaxe.de/
Telefonseelsorge:
http://www.telefonseelsorge.de/
Muslimisches Seelsorge-Telefon:http://www.mutes.de/home.html

Telefon-Seelsorge in Deutschland:
+49 (0)800 111 0 111 (gebührenfrei)
+49 (0)800 111 0 222 (gebührenfrei)

Muslimisches Seelsorge-Telefon:
+49 (0)30 443 509 821 (gebührenfrei)